KB016156

창작의 원류,
고전문학에서 보다!

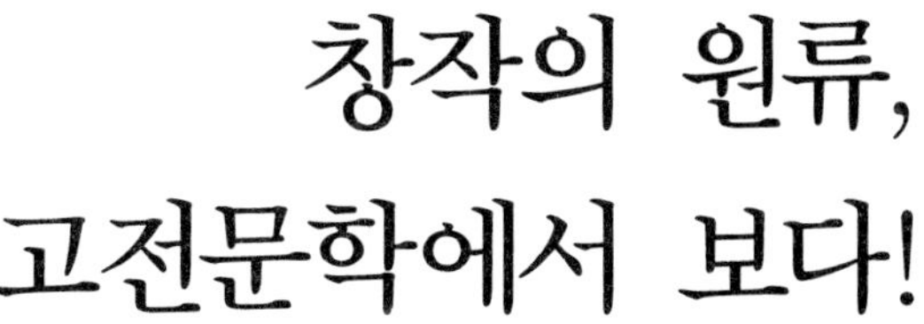

창작의 원류, 고전문학에서 보다!

김현화 지음

보고사

머리말

인간은 자신을 에워싼 세계를 이해하고 해석하는 단계에서 문학과 조우했다. 세계를 형성하고 있는 물상과 그 안에서 인간들이 부딪치며 파생해 내는 현상들에 대한 응시와 관조, 그것을 문자로 진술해 내고자 하는 욕망으로부터 창작의 실마리를 잡았다. 고전문학의 창작은 곧 이러한 자아와 우주 사이에 놓인 물상과 현상에 생명력을 부여하고 현실 문제를 복사해 놓는 데서 그 시발점을 찾을 수 있다. 때로 그것은 노래 형태로, 때로 이야기 형태로 변주되며 고전문학의 외연을 넓혔다.

창작은 '세계의 비유'에서 비롯한다. 천공을 보며 무한하고도 영속적 삶을 비유하거나, 물을 보며 순정하고도 자유자재한 심성을 비유하였다. 별과 바람과 해와 이슬이 스치는 천공을 보며 어떻게 하면 무한하고도 영속적 삶을 꿈꾸는 것이 가능할 것인가 고민하다 선계의 신선들과 도깨비 등을 문학 속에 등장시켰다. 굽이굽이 세상을 돌며 자신을 변신시키는 물을 보며 어떻게 하면 순정하고도 자유자재한 심성을 꿈꾸는 것이 가능할 것인가 고민하다 용궁의 존재들과 거북이 등을 문학 속에 등장시켰다. 세상은 온통 비유의 대상이었다. 노래와 이야기는 더욱 활발해졌고, 세계는 마르지 않는 영감을 주는 창작의 근원지로 전승되었다.

또한 창작은 세계를 비유해 내는 '인간의 진심'에서 비롯한다. 마주한 인간관계를 보며 노래를 하게 된 이유는 무엇인가. 마주한 세계를 보며 어째서 이야기를 짓게 되었는가. 말하기와 쓰기의 욕구 때문만은 아니었다. 그 너머의 심오한 본성, 심안으로 보아야 선명해지는 순수한 가치, 그것을 가시화 내고자 하는 욕망이 자리하고 있었다. 고전문학에서 최상의 가치로 선별해 둔 이상적 가치, 예컨대 충이나 효, 신의나 신념, 지고지순한 애정 등에 대한 자별한 염원 때문이었다. 충과 효, 신의와 신념, 애정 등의 이상적 가치는 정의를 기반으로 한다. 정의로운 인간과 정의로운 세계 구현은 거짓 없는 참된 마음, 진심으로 이루어진다. 인간과 세계의 조화를 희구하는 당대인의 진심에서 창작의 원류는 출발한다.

문학은 적층 사유의 생성물이자 개별성을 갖는 독자적 사유의 결과물이다. 당대의 이념이나 사상을 수렴하면서도 개아의 자유의식과 개성을 드러내는 사유물이란 뜻이다. 그래서 현대의 관점으로 고전문학을 재단해서는 곤란하다. 고리타분한, 한결같은, 정적인, 비현실적인, 비상식적인, 비과학적인, 이질적인, 통속적인, 진부한, 관념적인 등의 고정된 사고로 접근하는 것은, 고전문학의 창작 의식을 제대로 통찰하지 못하는 결과를 초래한다. 고전문학은 당대의 현실과 사유체계에 기반을 둔 나름의 독창적 세계관과 창작 기법을 선사하고 있으며, 그것은 한국문학의 원류로써 한 획을 긋고 있다.

이 글은 시가와 설화, 고전소설을 아우르는 고전문학 전반에 걸친 창작 기법을 살피는 데 역점을 둔다. 창작 기법을 살핀다는 것은 작품의 생성에 긴밀히 작동한 당대인의 창작 의식을 살핀다는 의미이다. 특정한 작품을 독창적으로 짓거나 표현하기 위해 당대인이 고심했던 시원(始原)을 추적하다 보면, 고전문학의 탄생과 관련한 현실 문제는 물론 미학적 사유 체계를 유추해 낼 수 있다. 한국문학에 도

도히 흐르는 독창적 수사법과 문제의식, 생사관 등의 원류를 찾는 일이기 때문이다. 이를 바탕으로, '사물의 입체화'와 '공간의 상상력', '주제의 형상화' 측면에서 고전문학이 닦아 놓은 창작의 원류를 짚어 보고자 한다.

제1부에서는 '사물의 입체화'가 고전문학 안에서 어떻게 가시화되는지 논의할 것이다. 여기서 주목하는 '사물'의 범주는 물상(物像)뿐만 아니라 인간관계 혹은 인간과 세계의 관계에서 파생하는 사건(일)을 아우르는 것임을 전제한다. 〈만복사저포기〉나 〈성산별곡〉처럼 개별 작품을 통한 사물의 입체화를 살피는 논의는 물론, '무덤'이나 '꽃', '노제'처럼 선후대 작품 사이에서 발현하는 사물의 통시성을 살피는 논의도 함께 이루어질 것이다. 인간이 문학을 꿈꾼 순간부터 가장 현실적 표상물로, 또 가장 비근한 대상물로 다가온 것이 사물일 것이다. 인간은 사물과 떨어져 살 수 없으며, 유기적 관계 속에서 삶을 이어간다. 이 비근한 대상을 고전문학은 각기 고유한 관점에서 입체화해 내고 있어 주목할 만하다.

제2부에서는 '공간의 상상력'이 고전문학 안에서 어떻게 펼쳐지는지 논의할 것이다. 공간은 인간이 태어난 순간부터 생명을 소진하는 순간까지 가장 밀접하게 붙어 있는 삶의 처소이다. 민족이나 사회 집단의 처소인 동시에 한 개인의 삶이 올곧이 담겨 있는 처소이기도 하다. 그러다 보니 고전문학 초기부터 공간에 대한 관심은 지대했으며, 당대인이 상상할 수 있는 무한한 영역을 제공했다. 33천의 별세계, 천상계와 지상계, 동굴과 지하세계, 용궁과 수중세계, 정치적 사색의 공간, 도깨비와 귀신, 호랑이와 여우가 둔갑해 등장하는 이계 등 숱한 상상의 공간이 등장했다. 공간에 대한 상상력이 방대하고 섬세해질수록 고전문학의 미학적 깊이는 더해졌고, 다양한 역할의 등장

인물이 출현하였다. 공간은 당대의 현실을 투사하는 데 가장 유효하고도 적절한 창작 기법이었다. 고전소설 〈홍계월전〉과 〈최척전〉의 공간에 대한 상상력이 고전시가 〈장진주사〉에서는 어떠한 상상력으로 이어지고 있는지 연계해 보기로 한다.

제3부에서는 '주제의 형상화'가 고전문학 안에서 어떻게 구현되는지 논의할 것이다. 주제는 하나의 작품이 지향하는 중심 사상이다. 그 작품이 추구하는 정수이다. 그런데 추상적이고 관념적이라는 것이 문제다. 고전문학의 이상적 가치, 효나 충, 신념이나 신의, 애정 같은 정의에 대해 어떻게 하면 목전의 가시물로 구현해 내느냐 하는 것이 주안점이다. 이를 위해 고전문학은 당대의 사유 체계를 상징하는 인물들에 대해 더욱 고심하게 되었으며, 그들의 지성적 활약과 고뇌어린 행위에 힘입어 추상적이고도 관념적 성격의 주제를 형상화해 내는 데 성공한다. 고전소설 〈최생우진기〉의 경우 불교적 사유 체계와 고전시가 〈원가〉의 유교적 사유 체계, 설화 〈맹강녀〉와 〈사산비명〉의 행적부 서사에 펼쳐진 다층적 사유 체계의 발현은 바로 그와 같은 창작 기법의 고심에서 출현한 주제이다.

이 글에서 활용한 논문은 그 동안 학술지에 투고한 글을 논지에 따라 분별해 놓은 것이다. 오탈자를 보완하고, 몇몇 비문을 수정하는 선에서 원문을 그대로 실었다. 창작의 원류를 고전문학 안에서 살피는 일은 이미 선학의 지성에 힘입어 다양한 층위의 연구 성과를 보았다. 그러나 국문학사를 개괄하는 가운데 간략하게 언급한 논의가 거개여서 지엽적이라는 인상을 지울 수 없었다. 원고가 충만해지길 기다려 고전문학에서 창작의 원류를 찾아볼 수 있기를 고대했다. 다소 아쉬움이 남는 지점은 고전소설 장르의 논문 비중이 높다는 것이다. 고전소설 전공자의 입장에서 논문을 쓰다 보니 편중된 것이 사실이

려니와 고전시가와 설화를 연구하며 쌓은 성과가 아직은 부족하다는 것을 시인해야겠다. 그런 중에도 이 글의 출간을 시도한 것은 고전문학이 소통하고 있는 창작 기법의 닮은 얼굴을 발견한 기쁨 때문이다.

문학의 정체성과 독창성은 현대의 어느 특정한 시점에 출현한 것이거나 천재성을 발휘한 일군의 작가들이 이루어 놓은 것이 아니다. 문학사에 내재하는 역사성, 단절되지 않은 고전문학과의 교접 속에서 이루어진 성과라는 사실을 부인할 수 없다. 모든 역사는 시원이 있다. 원류의 지점이 있다. 창작의 원류를 고전문학에서 열어보고자 한 것은 그와 같은 이유에서이다. 고심 끝에 빛을 보게 된 이 글이 고전문학을 연구하고 사랑하는 이들에게 작으나마 즐거운 영감으로 다가섰으면 하는 바람이다. 미진한 글을 엮어 내는 데 손을 내밀어 준 보고사 대표님과 편집부 선생님들에게도 고맙다는 인사를 전한다.

2017년 2월 바람 불어 좋은 날,
고전문학을 연모하는 김현화 씀

차례

고전소설에 나타난 노제(路祭)의 문학적 의미 · 97

〈성산별곡〉 서사의 미적 요소와 문학적 의미 · 123

제2부 공간의 상상력과 고전문학

〈홍계월전〉의 여성영웅 공간 양상과 문학적 의미 · 147

〈최척전〉의 노정 공간 연구 · 174

제3부 주제의 형상화와 고전문학

제1부
사물의 입체화와 고전문학

제1부에서는 '사물의 입체화'가 고전문학 안에서 어떻게 가시화되는지 논의할 것이다. 여기서 주목하는 '사물'의 범주는 물상(物像)뿐만 아니라 인간관계 혹은 인간과 세계의 관계에서 파생하는 사건(일)을 아우르는 것임을 전제한다. 〈만복사저포기〉나 〈성산별곡〉처럼 개별 작품을 통한 사물의 입체화를 살피는 논의는 물론, '무덤'이나 '꽃', '노제'처럼 선후대 작품 사이에서 발현하는 사물의 통시성을 살피는 논의도 함께 이루어질 것이다. 인간이 문학을 꿈꾼 순간부터 가장 현실적 표상물로, 또 가장 비근한 대상물로 다가온 것이 사물일 것이다. 인간은 사물과 떨어져 살 수 없으며, 유기적 관계 속에서 삶을 이어간다. 이 비근한 대상을 고전문학은 각기 고유한 관점에서 입체화해 내고 있어 주목할 만하다.

〈만복사저포기〉의 환상 구현방식과 문학적 의미

1. 서론

〈만복사저포기〉는 인간의 세계와 귀신의 세계, 인간의 세계와 동물의 세계, 혹은 인간의 세계와 사물의 세계가 공존한다고 믿었던 당대인의 이원론적 세계관을 담고 있는 작품이다. 초월적 시공간 내지는 인간과 귀신이 교섭하는 경이로운 사건을 다루고 있어 일찍부터 그 환상성을 중심에 둔 다양한 논의가 이루어졌다.

불교 사상을 배경으로 한 인생의 무상감을 표현한 작품으로 접근하는가 하면,[1] 세속적인 시애담을 중심으로 그 전후에 불상영험담과 왕생담을 위치시킨 이합 구조의 작품으로 주목하기도 하였으며[2], 매월당이 꿈꾸던 무의식 속의 참 자기가 여귀로 등장한 뒤, 그 여인이 모든 한을 해소한다는 점에서 본성을 깨닫고 득도에 이르는 선(禪) 소설로 보기도 했다.[3] 등장인물이 무덤이나 산으로 들어간다는

---

1) 정주동, 『매월당 김시습 연구』, 민족문화사, 1961.
2) 경일남, 「만복사저포기의 이합 구조와 의미」, 『한국 고전소설의 구조와 의미』, 역락, 2002.
3) 설중환, 「만복사저포기와 불교」, 『어문논집』27, 고려대 국어국문학연구회, 1987.

점에서 모태 회귀라는 집단적 무의식의 실현으로 보기도 했고,[4] 삶과 죽음, 인세와 비인세를 넘나든 환상 체험이 주인공이나 독자에게 자기의 존재론을 입증시키는 기능을 한다고 살피기도 했다.[5]

작품 안에 동원된 환상성이 삶의 단계마다 만나게 되는 문제들을 처리하고 치유한다는 문학심리치료학적 입장에서 보기도 하고,[6] 다양한 품격의 시를 제시하여 시적 화자의 심리를 대변하는 시화소설(詩化小說)로 보는가 하면,[7] 내면을 전경화 하여 독자가 인물의 내면을 읽을 수 있게 하여 현실의 문제를 되돌아보게 한다는 점에서 내면소설로 살핀 논의[8]까지 〈만복사저포기〉의 환상적 성격을 밝힌 연구 성과는 다기하다.

〈만복사저포기〉의 환상적 성격을 유추해 내는 요지는 이것이다. 작품 안에 나타나는 현실 세계 너머의 시공간, 곧 초월계를 어떻게 서술해 내고 있는가, 또한 초월적 사건을 바라보는 등장인물의 태도는 어떠한가, 이것이 독자에게 어떻게 전달되어 어떠한 방식으로 이해되고 있는가 하는 점이다. 그간의 논의에서는 양생이 여귀와 만나며 느끼는 감정들, 예컨대 그가 여귀의 존재에 대해 의심하면서도 굳이 의문을 품지 않고, 무덤 공간에 함께 있으면서도 그 공간의 두려움에 대한 의문을 모른 척 하는 태도 등에서 환상이 시작된다고 보았

---

4) 김성기, 「만복사저포기에 대한 심리적 고찰」, 『한국고전산문연구』, 동화문화사, 1981.

5) 신재홍, 「금오신화의 환상성에 대한 주제론적 접근」, 『고전문학과 교육』1, 태학사, 1999.

6) 정운채, 「만복사저포기의 문학치료학적 독해」, 『고전문학과 교육』2, 태학사, 2000.

7) 전성운, 「금오신화의 창작방식과 의도-만복사저포기를 중심으로」, 『고소설연구』 24, 한국고소설학회, 2007.

8) 김문희, 「인물의 내면소설로서 만복사저포기와 이생규장전의 독법」, 『고소설연구』 32, 월인, 2011.

다. 현실적이지 않은 존재와 사건, 공간에 대한 암묵적 묵인 속에서 환상으로 접어든다는 것이다.

이러한 서술 태도 내지는 등장인물의 태도에 대해 '망설임',[9] '머뭇거림',[10] '주저(함)'[11] 등으로 논의되어 〈만복사저포기〉의 환상을 연구하는 단서로 활용되었다. 이와 같은 서구의 문학 이론이 지목하는 기본 규칙이나 구성 요소만으로 한국 문학의 고유한 환상성에 접근할 수 없다는 한계점이 노출되기도 하였다. 우리만의 풍부한 환상 요소를 살피기 위해서는 그 환상을 실제로 가동시키는 보다 세밀한 수사학적 전제들이 필요하다는 지적이다.[12] 즉 매월당이 작품 안에 포진해 놓은 보다 다양한 환상 지표들을 새로운 관점에서 찾는 일이 중요하다는 지적이다.

이 논문에서는 〈만복사저포기〉의 환상 지표에 초점을 맞추어 매월당이 구현하고자 하였던 환상의 문학적 의미를 살펴보고자 한다. 2장에서는 전기문학의 환상성에 대해 짚어 보고, 그 안의 환상 지표들이 〈만복사저포기〉기에 이르는 동안 문예적 장치로 안착한 배경을 살펴본다. 3장에서는 〈만복사저포기〉 안에 드러난 환상 지표에 대해 구체적으로 살피기로 한다. 《금오신화》의 다른 작품들과 달리 전문에 걸쳐 유난히 문(門)이 소거되어 보이지 않는다는 점, 그리고 주요 소재들이 일정한 높이의 상승감을 유지하는 가운데 환상이 일어난다는 점 등을 바탕으로 환상 구현방식을 짚어 본다. 이러한 논지를 바탕으로 4장에서는 〈만복사저포기〉[13] 안에 펼쳐진 환상의 문학적 의

9) 토도로프 츠베탕, 『환상문학서설』, 이기우 역, 한국문화사, 1996.
10) 서강여성문학회, 『한국문학과 환상성』, 예림기획, 2001.
11) 토도로프 츠베탕, 「문학과 환상」, 하태환 역, 『세계의 문학』, 1997(여름호).
12) 최기숙, 『환상』, 연세대 출판부, 2003.

미를 탐문해 봄으로써 새로운 측면의 창작 의식에 주목해 볼 것이다.

2. 전기문학과 환상

기이한 사건을 다룬 전기소설의 성격, 곧 전기성은 현대에 이르러 환상성이라는 이름으로 새롭게 접근되었다. '환상적'이라는 단어는 라틴어 판타스티쿠스(phantasticus)에서 나온 말로, '나타나다', '드러나다', '착각을 주다' 등의 의미로 해석된다. '환상'이라는 말이 세계문학사에 등장한 것은 불과 19세기 초반이다.[14] 고대의 《삼국유사》나 《삼국사기》, 《수이전》 같은 전기적 성격의 서사문학 자료를 가지고 있는 우리 문학사에 환상이라는 단어를 적용하는 일은, 이미 존재해 오던 것을 새 용기에 담아 또 다른 가치를 생산해 내는 일처럼 중요한 작업이다.

환상성이 전기성을 대변하여[15] 거부감 없이 연구될 수 있는 것은

---

13) <만복사저포기>는 다음의 자료를 활용하기로 한다.(이재호, 『금오신화』, 솔, 1998)

14) 한국문학연구에서 환상성에 대한 논의의 시발은 1980년대 고전소설을 통해 먼저 이루어졌고, 1990년대 들어 현대문학에서도 활발한 연구 대상이 되었다. 그에 대한 주요 성과는 다음과 같다.

송효섭, 「이조소설의 환상성에 대한 장르론적 접근」, 『한국언어문학』23, 한국언어문학회, 1984.

송효섭, 「삼국유사의 환상적 이야기에 대한 기호학적 연구」, 서강대 박사학위논문, 1988.

김성룡, 「한국 고전소설의 환상성에 대한 연구」, 서울대 석사학위논문, 1985.

강상순, 「고전소설에서 환상성의 몇 유형과 환몽소설의 환상성」, 『고소설연구』15, 한국고소설학회, 2003.

정환국, 「고전소설의 환상성, 그 연구사적 전망」, 『민족문학사연구』37, 민족문학사학회, 민족문학사연구소, 2008.

황병하, 「환상문학과 한국문학」, 『세계의 문학』통권84, 1997(여름)

〈만복사저포기〉 같은 전기소설의 자생력과 수용력이 그만큼 강하다는 의미이다. 전기소설은 환상이라고 말할 만한 평범하지 않은 일을 담고 있는 한국문학 안의 오랜 장르이다. 로즈마리 잭슨[16]은 문학에서 환상[17]이 욕망을 표현하는 방식으로 다음의 두 가지를 활용한다고 보았다. 욕망에 관해 말하거나 명시해서 보여줄 수 있다는 점, 반대로 욕망이 문화적 질서와 연속성을 위협하는 하나의 장애 요소인 경우 그 욕망을 추방할 수 있다는 점이 그것이다. 환상이란 곧 현실적인 것만으로는 드러내기 어려운, 지배질서에 억압되거나 은폐되었던 욕망의 문제를 전면으로 끌어내는 관점에서 이해[18]된다.

〈최치원〉의 환상을 살펴보자. 〈최치원〉의 환상이 발생한 궁극적 배경은 자신의 의지와 상관없이 강제 혼인을 해야 했던 여귀들의 울분에서 비롯된다. 정신적 세계를 우위에 두고 살고자 했던 그녀들의 울분은 여성이 속박되어 살아야 했던 당대의 사회적 단면을 드러낸다. 최치원을 통해서는 자신의 이상이나 역량이 세계의 통념에 부딪

15) 윤경희는, 고소설의 일반적인 특징에 대한 용어로 사용되었던 전기성 대신 현실을 재현하는 소설적인 방식의 하나라는 의미로 환상성을 사용했다. 또한 작가가 기이한 이야기를 전술한다는 의미의 전기성 대신 작품 자체가 독자에게 환기시키는 문학적 효과를 지칭하는 개념으로도 환상성 용어를 선택했다.(윤경희, 「만복사저포기의 환상성」, 『한국고전연구』4, 한국고전연구회, 1998.)

16) 로즈마리 잭슨, 서강여성문학연구회 역, 『환상성-전복의 문학』, 문학동네, 2001.

17) 환상은 幻相, 幻象, 幻像, 幻想으로 표기된다. 幻相이란 불교 용어로서 실체가 없는 헛것을 뜻한다. 幻象 역시 불교 용어로 환술(幻術)로써 없는 것을 마치 현재 있는 것처럼 만들어진 것을 말한다. 幻像은 헛것 또는 사상(寫像)이나 감각의 착오로 사실이 아닌 것이 사실로 보이는 환각 현상을 말한다. 幻想이란 현실적인 기초나 가능성이 없는 헛된 생각이나 공상을 뜻한다. 이 용어들의 공통 근거는 幻인데, 幻은 미혹시키는 것, 가상의 것이라고 한다.(김성룡, 「고소설의 환상성」, 『고소설연구』15, 한국고소설학회, 2003, 9-10면)

18) 강상순, 앞의 논문, 38면.

칠 수밖에 없는 현실을 보여준다. 인간이 여귀들과 교유하는 환상은 당대의 지배 질서에 억압되어 있던 욕망이 발현한 것이다.

〈김현감호〉는 인간과 이류(異類)의 애정 관계 속에서 환상이 펼쳐진다. 그들의 애정은 외압으로 파국 나고 얼핏 비극적으로 끝나는 듯하다. 그러나 그들이 성취한 내적인 승리에 관심을 두어야 한다. 비록 그 관계는 인간과 호랑이라는 가시적인 한계, 곧 육체적 한계로 단절되지만 신의와 희생을 바탕으로 한 초월적 가치를 획득한다. 이 작품의 환상은 일방적이고도 일률적인 삶의 방식에 충격을 가하며 진정한 인간 그 자체에 대한 고심을 보여준다.

〈거타지〉의 환상은 인간과 사물 간의 교섭이라는 측면에서 두드러진다. 거타지는 해신(海神)의 일족을 잡아먹는 요물을 물리쳐 주고 꽃가지를 선물 받는다. 고국에 돌아온 거타지는 꽃가지를 꺼내 여자로 변하게 한 다음 함께 살았다. 현실계 안에서 변신이 수용되는 환상이 일어난 것이다. 또한 신의와 애정 추구가 인간 대 인간의 관계 안에서만 맺어진다는 상투적 인식을 벗어내는 환상이기도 하다.

서사문학의 '환상'은 조선시대 고전소설에 이르러서도 지속된다. 인간과 사물의 교섭은 〈서재야회록〉이나 〈안빙몽유록〉 등을 통해 절정을 이룬다. 작가가 환상 속에서 만난 문방사우의 정령이나 꽃의 정령은 현실 세계에서 배제되거나 소외된 존재에 대한 안타까움을 표출한 상징물이다. 기묘사화에 연루되었던 개인적 체험을 환상이라는 문예 장치로 발화한다. 인간과 이류의 교섭이 이루어지는 환상은 〈용궁부연록〉이나 〈최생우진기〉 등을 통해서 절정을 이룬다. 과거 〈김현감호〉의 환상이 인간과 이류 사이의 애정을 주축으로 펼쳐졌다면, 〈용궁부연록〉, 〈최생우진기〉의 환상은 범사회적 현실 문제를 직접 다룬 성격으로 변모한다.

한편 인간과 귀신의 교섭을 다룬 환상은 〈만복사저포기〉나 〈하생기우전〉 등의 작품에서 절정을 이룬다. 양 작품은 남주인공이 요절한 여귀를 만나면서 환상이 일어난다. 양 작품의 작가는 정치 현실에 얽힌 역동적 삶을 살았던 인물들인 만큼 소설 안에 등장하는 귀신은 현실 세계에서 억압 받고 거세 되었던 그들의 꿈과 욕망의 또 다른 모습이라고 할 것이다. 조선 중기까지 이어진 환상성은 〈구운몽〉이나 〈육미당기〉, 〈숙향전〉, 〈허생전〉, 〈전우치전〉, 〈장국진전〉 같은 다양한 성격의 소설로 이어진다. 고전문학의 환상 계보는 이처럼 연원이 깊다.

고전문학이 환상에 대해 오랜 시간 집중할 수 있었던 것은 로즈메리 잭슨이 지적한 것처럼 '현실에 대한 전복성' 때문이다. 기존의 가치 체계와 제도를 해체시키거나 부정할 만한 새로운 인간과 사유에 대한 민중(독자와 작가)의 바람을 수용한 결과이다. 실재하지 않는 허구를 통해 실재하는 것의 근본 문제를 되짚어 보는 전복성 때문에 환상은 생산적이다. 귀신이나 저승 같은 '환상'을 담은 이야기들은 당대의 문화 여건 속에서 은폐되고 배제되었던 존재들에 대한 사회적 고발 노릇을 해 왔다. 개인적 욕망이든 집단적 욕망이든 그것이 환상과 조우할 때 가장 진실한 내면을 드러냈다는 사실에 주목해 보아야 한다.

3. 〈만복사저포기〉의 환상 지표

1) 문(門)의 의도적 소거와 개방

〈만복사저포기〉의 부지소종 결미는 매월당의 현실적인 삶[19]과 무관하지 않다. 19세 때 과거에 낙방하고 삼각산 중흥사에서 공부하고 있던 그는 단종 양위 사실을 듣고 책을 불사르고 방랑길에 올랐다. 승려 차림으로 관서 지방으로, 관동 지방으로, 호남 지방으로 끝없이 편력한다. 짧은 결혼 생활 동안 환속하기도 하지만 한양으로 강원도 땅으로 세상을 돌다 59세인 1493년 3월 부여 무량사에서 세상을 떠났다.

매월당의 삶 속에는 일정한 가택이 없었다. 그가 소유하고 욕망하던 물리적 공간의 문(門)이란 것이 없었던 셈이다. 《금오신화》를 지을 무렵 술에 취해 경주의 거리를 활보하기도 하고, 한양의 산그늘에서 직접 농사를 지으며 살기도 했다. 성균관 동기 고태필에게 꽃을 재배하는 법을 일러 주기도 하고, 훌쩍 관동 땅 강릉과 양양 등을 떠돌며 바닷가 마을에서 마을 청년들과 어울려 생활하기도 했다. 설악산 기슭으로 들어가서는 임종하기 두 해 전까지 말년을 또 농사 지으며 살았다. 자신의 가택을 상징할 만한 문에 대한 소유욕에서 벗어난 모습이다.

정치에 대한 환멸로 시작한 방랑길이었지만 조정에서 완전히 눈을 뗀 것도 아니었다. 29세 되던 해에는 효령대군의 추천으로 궁 안에 열흘간 머물며 불경 언해 사업에 참여하기도 하고, 31세 되던 해에는 원각사 낙성회에 참여해 찬시를 짓기도 했다. 41세 되던 해에는 정업원에 머물며 불경을 가르치다 사간원의 탄핵을 받기도 했다. 일연 대사와 의상 대사의 사상을 계승한 책을 짓기도 하고, 《황정경》을 읽으며 도가적 양생술에 취하기도 했다. 매월당은 자신의 삶을 한 마디로 규정할 만한 가택의 문을 정해 놓지 않았다.

매월당은 삶의 공간을 소유나 욕망이 아닌 자신의 실존에서 찾았

---

19) 이후 매월당의 삶에 대해서는 다음의 자료를 참고한다.(정주동, 『매월당김시습연구』, 신아사, 1965 ; 심경호, 『김시습 평전』, 돌베개, 2003)

던 인물이었다. 자신의 존재 실현을 할 수 있는 곳이라면 그 곳이 어디든 머물고 떠났다. 그래서 그는 들고나는 문에 대한 특별한 무게를 두지 않았던 것이고, 〈만복사저포기〉 안에 자연스럽게 일상 공간의 문을 의도적으로 소거해 버림으로써 환상을 도모하는 문예적 장치를 선보일 수 있었던 것이다. 문의 의도적 소거가 〈만복사저포기〉만의 특징이 되겠는가 하는 점은 《금오신화》의 다른 작품과 비교해 보면 두드러진다.

〈이생규장전〉은 담장이 문의 기능을 대신한다. 이생이 처음 최랑을 엿본 것도 담장을 통해서고, 최랑에게 시를 써서 바구니에 담아 보낸 곳도 담장이었고, 마침내 최랑의 누각으로 숨어 든 것도 담장을 통해서였다. 이생이 노복들의 농사 감독이 되어 영남 땅으로 쫓겨 간 것도 담장을 탔던 일 때문이고, 최랑이 혼령이 되어 이생을 찾아온 것도 그들의 애정을 강렬하게 묶어 준 담장 때문이었다. 매월당은 문의 기능을 담장으로 대신해 작품의 중요한 경계로 활용했다.

〈취유부벽정기〉는 문의 표현이 달리 필요 없는 단일한 공간에서 서사가 진행된다. 평양성 밖 동북쪽 20리쯤에 위치한 부벽정이 그곳인데, 굳이 문을 열고 닫고 할 만한 공간이 아니다. 그래서 "사닥다리를 타고 올라가 난간에 기대어 앞을 바라보며(躡梯而登 憑軒一望)"라는 표현만으로 공간의 경계를 나누었다. 선녀가 나타났을 때, "홍생은 뜰 아래로 내려가 담 틈에 비켜서서(生下階 而避之于墻隙)" 하는 표현으로 또 다른 공간과의 연결을 시도했을 뿐 굳이 문의 경계를 세우지 않았다. 홍생이 선녀와 시를 나눈 공간은 병풍을 쳤다곤 하나 부벽정 아래 사방이 트인 뜰이었을 것이다. 선녀가 공중으로 높이 올라 사라지자 회오리바람이 불어 홍생이 앉은 자리를 걷어갔을 뿐만 아니라 그 시도 앗아가 버린 장면을 보아도 그러하다. 매월당이 문의 기능을 쓰지 않았던 것은 두 인물의 만남과 이별이 전면이 개방된 단일한 공간에서 벌어지기 때문이다.

〈남염부주지〉는 지옥의 여러 공간이 등장하고 그에 따라 다양한 문의 기능이 표현된다. 맨 처음 박생이 찾아간 지옥은 구리와 쇠로 덮인 공간인데 굳게 잠긴 쇠문 앞에서 첫 번째 통과 절차가 벌어진다. 수문졸까지 등장해 세상 이치에 통달한 인간을 염라왕이 기다리고 있었다면서 경의를 표했다. 그렇게 지옥세계의 첫 번째 수문을 지나 염왕이 거처하는 성문 앞에 이르니 사방 문이 활짝 열려 박생을 맞이했다. 박생은 그 곳에서 염라왕과 마주 앉아 공자의 바른 학통과 귀신론, 제왕론 등의 토론을 펼치고 문 밖으로 나와 수레에 오른다. 수레를 끌던 사람이 발을 헛디뎌서 수레가 넘어졌고, 그 바람에 놀라 일어나니 한바탕 꿈이었다. 맨 마지막 문의 기능은 지옥과 현실계를 연결하는 기능을 한다.

〈용궁부연록〉[20] 역시 일상적 문의 기능을 그대로 표현한다. 용왕의 시자들이 직접 찾아와 한생을 용궁으로 청할 때, "그들은 몸을 굽혀 서생의 소매를 잡고 문 밖으로 모셨다(遂鞠躬挽袂出門)"라고 한다든지, "잠깐 후에 용궁문 밖에 도착했다(已至於宮門之外)"라는 식으로

20) <용궁부연록>의 용궁 공간이 음계와 몽중계의 공간으로 그려지는 것은, 김시습의 내면 의식이 반영된 결과라고 짐작된다. 그의 사고 체계 속에서 그가 바라는 왕도정치가 구현되는 이상세계는 이미 현실적으로 존재하지 않는 비현실적인 과거의 공간이요, 사자(死者)들의 공간이 되어 버렸기 때문인 것이다.(경일남, 「용궁부연록의 연회 양상과 의미」, 『한국고전소설의 구조와 의미』, 역락, 2002, 112면) <용궁부연록>의 용궁이 몽중계의 공간으로 등장함에도 일상적 공간의 '문'을 충실히 표현하고 있는 것을 볼 수 있다. 이는 같은 이계(異界)지만 현실 공간을 주축으로 사건을 전개하는 <만복사저포기> 안의 '문'이 의도적으로 배제되거나 소거된 흔적과 대비된다. 아울러 매월당이 창작 기법 측면에서 의도적으로 '문'을 소거했다는 반증으로도 접근된다.

문의 기능을 거론했다. 용왕의 거처에 이르러서는, “그가 문 안에 들어서자(生纔入門)”라고 하는 식으로 공간 곳곳에 위치한 문의 기능을 배제하지 않았다. 용궁 잔치에 찾아온 손님을 맞이하기 위해, “용왕은 또 문 밖으로 나가서 맞아들였다(王于出門迎接)”라는 대목이라든지, 한생이 구경을 마치고 돌아오려는 순간, “그 문들이 겹겹으로 있어서 앞이 아득하여 갈 길을 알 수 없었으므로(其門戶重重 迷不知其所之)” 하는 식으로 문의 경계를 노출했다.

이와 달리 〈만복사저포기〉에서는 물리적 공간의 문을 의도적으로 소거한 흔적이 곳곳에서 발견된다. 문의 기능이 의도적으로 소거된 흔적은 처음 장면이다. 양생은 예전의 명성을 잃고 퇴락한 만복사, 거기서도 행랑이 끝나는 동쪽 끝 방에 홀로 머물고 있다. 그는 달밤이면 뜰에 나와 외롭고 고독한 심사를 시에 담았다. 이 대목에서 한번쯤은 ‘문 밖’이라든지 ‘문 밖으로 나와’, 혹은 ‘문을 열고’ 등의 비근한 표현이 나올 수 있다. 그러나 매월당은 만복사 마당을 이제 곧 귀신이 등장하는 환상 공간으로 만들기 위해 문의 기능을 의도적으로 소거했다.

문의 기능을 대신한 것이 바로 한 그루 배나무이다. “그 방 밖에는 배나무 한그루가 서 있었는데(外有梨花一株)”라는 표현으로 양생이 문을 밀고 나왔을 법한 상황을 절제했다. 은덩어리를 매단 것 같은 배나무가 있어 양생이 밤마다 절 마당으로 나온다는 것으로 문의 기능을 소거했다. 배나무에 의탁해 고독한 심사를 빌던 양생을 위로하듯 공중에서 좋은 배필을 얻을 것이라는 신기한 소리가 울린다. 물리적 공간의 문을 소거하고 자연스럽게 초월계 공간의 문을 개방했다.

문의 의도적 소거 흔적은 양생이 부처와 저포놀이[21]를 하고, 여귀가 등장하는 법당 장면에서도 볼 수 있다. “양생은 소매 속에 저포를 품고 부처를 찾아갔다. 그는 저포를 던지려 하면서 소원을 빌었다(生袖樗蒲 擲於佛前曰)"는 표현으로 행랑채 방에서 법당으로 오며 넘나드는 문에 대한 경계를 지웠다. "잠시 후에 한 아리따운 아가씨가 나타나는데(俄而有一美姬)" 하는 식으로 인간과 귀신이 충분히 서로 넘나들 수 있는 환경을 미리 마련해 놓는다. 여귀의 시녀가 나타날 때도 "달 그림자가 창살에 비치었다. 문득 발자국 소리가 들려 왔다(影入窓柯 忽有跫音)"는 표현으로 일상 공간의 문을 소거하고, 음계의 여귀가 현실 공간에 등장하는 대목을 자연스럽게 표현한다.

개령동으로 향하는 길에서도 매월당은 의도적으로 문을 소거했다. "양생이 여인의 손을 잡고 마을을 지나가니 개들은 울타리 밑에서 짖고 사람들은 길을 나다녔다. 길 가는 사람들은 양생이 여인과 함께 가는 것을 보지 못했다.(生執女手 經過閭巷 犬吠於籬 人行於路 而行人不知與女同歸)"이 서술 안에 등장할 수 있는 문을 보면, 양생과 여귀가 나선 만복사 문이 있을 테고, 둘이 지나갈 때 울타리 밑에서 개들이 짖었다고 하니 고을의 집들을 구분하는 숱한 문들이 있었을 법하다. 사립문이건 기와대문이건 열려 있거나 닫혀 있는 문들이 묘사될 수

21) 박일용은, 저포놀이의 유희성에 주목할 필요가 있다고 보았다. 양생의 저포놀이는 고독을 읊은 시의 내용과는 대조되는 것으로, 초월적 존재인 부처를 놀이의 상대로 격하시키는 한편, 간절한 소망을 놀이와 점복의 대상으로 희화화한 것이라고 접근했다. 이렇게 보면 저포놀이는 불교적 발원이라기보다는 불교적 인연론에 대한 이죽거림이라 볼 수도 있다고 하였다.(박일용, 「만복사저포기의 형상화 방식과 그 현실적 의미」, 『고소설연구』18, 한국고소설학회, 2004, 43면) 이보다 앞서 이금선은, 저포놀이가 첫째 양생과 부처의 관계가 수직적이 아니라 수평적이라는 점에 주목해, 이러한 수평적 관계 때문에 감히 양생이 청할 수 있었던 것으로 보았다. 둘째, 저포놀이에서 이긴 양생이 부처 앞에 꿇어앉아서 약속 이행을 촉구하는 행위는 수직적이라며, 앞서 수평적 관계와 대립되는, 부처에게 전적으로 의존하는 행위로 모순적이라는 점을 지적하였다.(이금선, 「만복사저포기에 나타난 사랑」, 『어문논집』4, 숙명여대 한국어문학연구소, 1994, 185면)

있었다. 양생에게 어디서 그처럼 일찍 돌아오는지 묻는 사람들이 등장하니, '대문을 열고 나서던 (마을사람이)'이라든지 '문 밖을 쓸던 (마을사람이)' 하는 식의 표현도 가능할 법하다. 그러나 마을의 문들을 모두 소거해 버림으로써 음계의 존재인 여귀가 걸림 없이 인간 세계를 통과하는 장면을 살려냈다.

일상적 공간의 문이 의도적으로 소거된 것과 달리 초월계 공간의 문은 개방된다. 양생이 개령동 무덤으로 들어섰다는 것은 인간이 음계로 들어선 것을 의미한다. 초월계 공간의 문은 일상 공간의 문처럼 물리적 지표로 표현되지 않지만, 인간이 음계로 들어선다는 점에서 보이지 않는 상징적 문이 개방된 것이다. 이 부분에 이르러 매월당이 그토록 철저히 일상 공간의 문을 소거했던 이유가 밝혀진다. 〈만복사저포기〉의 중심 공간은 바로 이 개령동 무덤이다. 여귀가 죽어 가매장된 곳이면서 양생이 근원적 고독으로부터 벗어나는 공간이기 때문이다.

> 문학에서 죽음이나 낯선 이계는 주인공을 세계와 격리시키지만, 동시에 영원성의 이면으로 안내한다. 그 곳은 주인공의 현실 공간과 격리된 낯선 세계이지만, 한편으로는 주인공의 내면과 긴밀하게 연계된 친화적 세계이기도 하다. 그런데 이러한 주인공의 체험은 철저한 개인적 체험이기 때문에 타인과 이 경험을 나누어 가질 수 없다. 이는 주인공이 오직 대상 세계 자체와 일 대 일의 관계를 맺는 주관적 체험인 것이다. 이러한 전달 불가능성이 환상의 세계를 현실로부터 더욱 격리시키는 요인이 되기도 한다.[22]

22) 최기숙, 앞의 책, 110면.

양생과 여귀가 재회한 보련사에 이르러서야 비로소 매월당은 문의 경계를 하나 세운다. "여인은 절 문에 들어서자 부처님께 절을 올리더니…….(女入門禮佛)" 하는 식으로 문을 갑자기 등장시킨다. 보련사 공간이 여귀에게 새로운 시간, 곧 고독한 음계로부터 벗어나 좋은 세상으로 갈 수 있는 당위성을 획득하는 곳이기 때문이다. 보련사는 그녀가 양생의 배필로서, 억울한 죽음을 위로받는 입장으로서 당당히 들어설 수 있는 공간이다. "여인이 전송을 받을 때는 울음소리가 끊어지지 않더니 '문' 밖에 이르러서는 다만 은은히 소리만 들려왔다.(送魂之時 哭聲不絕 至于門外 但隱隱有聲日)"고 하여 그녀가 마침내 새로운 시간으로 향하게 된 것을 문의 경계로 표현했다.

양생의 부지소종을 통해서는 또 다른 초월계 공간의 문이 개방된다. 선한 업을 닦아 다시 그녀를 만나게 될 내세를 기약하게 된 데서 열린 문이다. 양생의 입산은 비극적이지 않다. 여귀를 통해 생과 사의 경계가 확장되는 인식의 변화를 경험했고, 육체를 벗어난 영혼의 영원성을 체험했으며, 존재론적 사유를 체험했다. 지리산 입산과 부지소종(不知所終)은 그런 면에서 사랑의 패배가 아닌 승화로 다가오며 또 다른 초월계의 문을 연 것으로 다가온다.

2) 주요 소재의 상승감 유지

양생과 가장 친근한 정서는 고독이다. 그 고독이 발산되는 내적 요인은 일찍이 부모를 여의고 아직 장가를 들지 못한 처지에다, 서생이라고 불리기는 하나 관등에 이름을 올린 것도 아니요, 퇴락한 절간에 의탁한 삶을 살고 있다는 데서 기인한다. 그는 현재 어떠한 세계에도 소속되지 못한 인물이다.

> 양생이 거주하는 만복사 동쪽 방은 세속 세계의 끝에 해당하는 한편, 불가 세계로 진입하는 초입에 해당하는 지점이다. 그러나 양생이 간절히 짝을 구하는 것을 보면 그가 불가 세계의 초입에 서 있다기보다는 어느 곳에도 의탁할 데가 없어서 그 곳으로 밀려온 것으로서 현실 세계의 끝자락에서 절대적인 소외 의식을 느낀다고 할 수 있다. 작가는 이러한 소외 의식을 그리기 위해 그림 같은 서정적 풍경을 설정한다. 방 밖에 하얗게 핀 배꽃과 그 위로 쏟아지는 달빛의 정적을 대조시키고 그 아래서 밤마다 청춘의 외로움을 삭이는 양생의 고독감이 시적으로 부조된다.[23]

'외롭고 고독한 일신', '적적한 시간', '퇴락한 절간'에서 우러나는 양생의 무거운 정서와 환하고 화려한 배나무의 색감이 대비된 것이다. "바야흐로 봄을 맞이하여 꽃이 활짝 핀 배나무가 마치 옥나무에 은 덩어리가 매달려 있는 것 같았다."는 묘사는 양생의 고독한 환경이 어두운 정조로 하강하는 것을 막으며 그 스스로 갱생의 의지를 갖도록 한다. 양생이 달밤마다 눈부신 배꽃 아래서 아름다운 배필을 구하는 시를 짓는 행위가 그것이다.

배나무는 단순히 양생의 시적 감흥을 유발하는 자연물이 아니라 땅과 하늘을 소통시키는 기능을 한다. 양생의 지극한 바람에 하늘의 응답이 일어나도록 하는 환상 장치이다. 일정한 높이의 상승감을 담당하는 배나무가 없었다면, 뒤이어 양생이 부처를 향해 저포놀이를 제안하는 행위가 타당성 있지 않았을 것이다. 이미 하늘의 약조를 받은 양생이기에 당당히 내기를 청할 수 있었다.

여귀의 처지 또한 고독하기는 매한가지다. "간담이 찢어지고 창자

---

23) 박일용, 앞의 논문, 41-42면.

마저 끊어질 듯(膽裂腸摧)"한 적막 속에서 삼 년이나 떠돌던 고혼이었다. "그윽한 골짜기에 외로이 살면서 한평생의 박명함을 한탄했고, 꽃다운 밤을 혼자 보내면서 짝 없이 홀로 살아감을 슬퍼했습니다.(幽居在空谷 歎平生之薄命 獨宿度良宵 傷彩鸞之獨舞)"라는 독백은 골짜기에서 고혼으로 살았던 처량한 심사를 실감나게 한다.

여귀의 고독감 역시 마냥 하강하지만은 않는다. "타고난 생명에 인연이 있을 것이오니 일찍이 배필을 정해 주시어 즐거움을 얻게 해 주심을 간절히 빌어 마지않습니다.(賦命有緣 早得歡娛 無任懇禱之至)"라는 그녀의 축원문 속에서 제 짝을 만나 밝고 안온한 세계로 편입하고자 하는 욕망을 본다. 죽은 자의 욕망이긴 하나 희망이 엿보이는 밝은 이미지로 상승하는 것은(여귀의 욕망과 양생의 욕망이 곧 합일될 것이라는 추측이 가능하도록) 앞서 배나무가 유지했던 일정한 상승감을 이어받는 소재의 등장 때문이다.

그녀는 불단에 "불을 켜고, 향로에 향을 꽂은 후(添燈揷香)", "품속에서 축원문을 꺼내 불탁 위에 얹어 놓는(遂出懷中狀辭 獻於卓前)" 행위를 한다. 불단 위의 붉은 촛불과 향불, 불탁 위의 축원문은 바닥으로부터 일정한 높이의 상승감을 유지한다. 귀신인 그녀가 머물다 온 환경(지하 세계)을 밝은 색감으로 끌어올린다. 양생과 여귀가 절간 방에서 애정 관계를 맺었을 때는, "달은 이미 서쪽 봉우리에 걸려 있었고, 닭 울음소리가 들려왔으며, 절의 종소리가 처음 울려(時月掛西峰 鷄鳴荒村 寺鐘初擊)" 오는 새벽이었다. 서쪽 봉우리에 '뜬 달'과 '허공에 뜬' 닭 울음소리와 '허공에 울리는' 종소리 역시 일정한 상승감을 유지한다. 그 모든 것들이 일정한 높이로 떠서 그들의 애정이 비극적이지만은 않을 것이라는 암시를 준다.

두 인물이 개령동에 들어섰을 때 "다북쑥이 들을 덮고 가시나무가 공중에 높이 늘어선 속에 집 한 채가 있는데 자그마한 것이 매우 화려했다.(蓬蒿蔽野 荊棘參天 有一屋 小而極麗)"라고 표현된다. '집 한 채' 라고 묘사한 그 곳은 분명 여귀의 무덤이다. 황량하고 적막한 환경이 빚어내는 무거운 정조를 밝은 이미지로 상승시키는 것은, "가시나무가 공중에 높이 늘어선 속에(荊棘參天)"라는 대목이다. '울창하게 칭칭 감긴', '사납게 엉킨' 식으로 표현할 법한 가시나무를, "공중에 높이 늘어선(參天)"과 같은 정경으로 상승감을 주고, 그 속에 자리 잡은 집 한 채가 "매우 화려했다(極麗)"고 묘사하니 음울한 무덤의 정조가 밝게 살아난다.

〈만복사저포기〉의 상승감은 "주발을 들고 서 있는(執椀而立)" 양생의 행위를 통해서도 지속된다. 두 인물의 이별이 다가왔을 때 작품의 정조는 다시금 무거워진다. 그러나 여귀가 양생에게 건네는 주발이 그러한 정조를 끌어올리는 역할을 한다. 주발은 죽은 자와 애정 관계를 맺었던 양생의 허탈감과 두려움, 혼란스러움, 믿고 싶지 않은 현실적 감각들을 제어하는 기능을 한다. 주발을 통해 양생은 그녀와의 애정이 꿈이 아니었다는 사실을 믿게 되고, 고혼으로 방치되어 있던 그녀의 명복을 빌어 줄 수 있게 된다. 이 모든 과정이 침잠한 분위기로 흐르지 않은 것은 양생이 '들고 서 있었던' 주발에서 기인한다. 적어도 그가 주발을 땅에 내려놓지 않고 손에 들고 있었던 그 높이만큼 또 다른 희망이 상승하고 있다.

주요 소재를 통해 일정한 높이의 상승감을 유지하고자 했던 매월당의 의중은 양생과 여귀가 절간의 휘장 안에서 함께 밥을 먹고 잠을 자는 대목에서도 드러난다. "같이 밥을 먹게 했더니 수저 놀리는 소리만이 들렸는데, 인간이 먹는 것과 조금도 다름이 없었다.(遂命同飯 唯聞匙箸聲 一如人間)"라고 한다든지, "그들의 얘기 소리가 밤중에 분명히 들려왔는데, 사람들이 가만히 엿들으려고 하면 갑자기 중지되곤 했다.(中夜言語朗朗 人欲細聽 驟止其言曰)"라고 표현하는 장면이 그것이다. 죽은 혼을 달래는 초혼제의 적막하고 슬픈 분위기를 허공중의 수저소리, 말소리를 통해 다정다감하고 안락한 분위기로 상승시킨다. 인간과 교섭한 귀신, 현실계와 교통한 비현실계의 어둡고도 낯선 분위기가 안정되고 낯익은 분위기로 상승할 수 있도록 기능하는 소재들이다.

마침내 여인이 이승에서 좋은 배필을 만나 못 다한 회포를 풀고 저승으로 떠나는 장면에서도 상승감은 유지된다. "이윽고 영혼은 떠났다."로 둘의 이별이 종결되는 것이 아니라, 전송을 받는 그녀의 울음소리가 허공에서 은은히 울리다가 사라지는 것으로 처리한다. 그녀의 존재가 허공에 미약하게나마 남아 있도록 처리한 상승감은, 양생이 개령동 무덤과 절간에서 연달아 재를 올려 주자 다시 그녀가 공중에 나타나 내세를 약속하는[24] 상승감과 연결된다. 비극적 분위기가 미래에 대한 희망으로 탈바꿈하는 순간이다.

"그 후 장가가지 않고 지리산에 들어가 약초를 캐며 살았다.(生後不復婚嫁 入智異山採藥)"[25]는 양생의 모습은 작품 초반부터 일정한 높이를 유지해 온 상승감의 결미를 장식한다. 양생이 발을 붙이고 살았던 속세 공간보다 상당한 높이의 산으로 들어간 것이니 오히려 그 어떤

24) 경일남은, 양생이 여귀의 명복을 기원하는 추천불공과 이에 감응한 여귀가 공중에 나타나 양생도 윤회에서 벗어나기를 빌어주는 공창(空唱) 축원을 통해 왕생과 해탈이라는 종교적 차원의 결합 · 합일을 내포하고 있다고 보았다.(경일남, 「만복사저포기의 이합 구조와 의미」, 『한국고전소설의 구조와 의미』, 역락, 2002, 75-80면 참조)

25) 여기서 약초는 물론 영원한 정신적 생명수일 것이다. 따라서 부지소종(不知所終)은 양생이 바라는 이상세계-한이 해소된 세계-를 적극적으로 찾아 나간 것으로 보고 싶다. 물론 이 세계는 무의식의 세계이다.(설중환, 앞의 논문, 177면)

소재보다 상승감을 강조한다. "그가 어디서 세상을 마쳤는지는 아는 이가 없다.(不知所終)"고 해서 〈만복사저포기〉의 정조가 암울하다거나 비극적이라고 속단할 수 없는 것은 바로 이와 같은 상승감으로 서사를 마무리하고 있기 때문이다. 삼세를 돌고 돌아야 만날 수 있는 인연이지만 양생에게 희망은 존재한다. 그녀와 다시 만날 수 있는 내세를 향한 믿음, 그것이 가능하리란 기대감을 심어 주는 것이 바로 입산이라는 소재이다.

4. 환상 구현의 문학적 의미

〈만복사저포기〉는 근원적인 가치에 집중한 작품이다. 매월당이 집중한 근원적 가치는 '순수'라는 인간의 본성이다. 또한 그러한 가치를 지닌 인간이다. 양생은 순수 그 자체의 본성을 보여준다. 조실부모했다곤 하나 부모의 사랑을 경험해 보았을 양생이다. 한미한 서생이라곤 하나 양반의 지위를 가진 인물이다. 퇴락한 절간에 의탁해 살았다곤 하나 무일푼이어서 불목하니 같은 노동력을 제공하는 처지는 또 아니었다. 그렇다면 단순히 현실적인 빈곤과 제약만으로 그를 고독한 인간이라고 단정 짓기엔 부족함이 있다. 한 마디씩 부족한 양생의 조건은 오히려 가장 본원적인 인간의 자성을 드러내기에 효과적으로 작용한다.

양생이 배나무에 기대 고독을 노래하고, 감히 부처를 상대로 저포놀이 내기를 하고, 게다가 법당으로 찾아온 여인이 귀신이란 사실을 알면서도 두려워하지 않고 음계로 진입할 수 있었던 것은 바로 순수함 때문이었다. 되돌려 말하면 그 순수함이 빛을 발할 수 있었던 것은 양생의 부족한 현실적 조건 때문이었다. 조실부모, 퇴락한 절간 살이, 홀몸 같은 부족한 현실적 조건들이 오히려 초월계와 초월적 존재에 대한 동질감을 자극했고, 진심으로 소통할 수 있게 한 것이다.

매월당은 순수의 본성을 여귀를 통해서도 형상화했다. 여귀는 왜구의 노략질로 삶이 파국 난 당대 민중의 삶을 표현한 인물로도 이해된다. 그녀는 15,16세라는 꽃다운 나이에 횡사했다. 삼 년 동안이나 초야에 가매장된 채 부모에게조차 잊힌 존재로 살았다. 그녀의 곁에는 응어리진 한을 품고 떠도는 고혼들뿐이다. 충분히 원귀가 될 만한 조건이었지만 그녀의 자성은 순수를 지향한다. 양생과 애정 관계를 맺고 고독한 시간을 치유하는 가운데 이웃에 사는 네 명의 여귀들을 불러 시와 술로써 잔치를 연다. 양생이 여귀들과 술을 나누고 시를 짓는 것은 고혼을 달래고 명복을 비는 역할 그 자체이다.

그녀는 자신만의 고독한 시간을 치유하는 데 머문 것이 아니라 타자의 불우한 삶에도 관심을 기울인 것이다. 바꾸어 말하면 자신을 에워싼 세계에도 관심을 두었기 때문에 양생을 통한 해원 의식에 이웃의 여귀들을 부를 수 있었다. 이러한 호혜의식은 인간 세계의 삼 년에 해당하는 사흘을 함께 보내고 양생을 개령동 무덤 밖으로 돌려보내는 행위에서도 드러난다. 삶과 죽음의 이치에 순리대로 따르고, 음계와 현실계의 양존을 지키고자 하는 의식을 보여준다. 이 모든 것의 바탕이 바로 순수라는 자성이 있기에 가능했다.

매월당은 정치적으로나 개인적으로나 고심에 찬 삶을 살았던 인물이다. 그는 유학자로서, 때로 불가의 옷을 입은 승려로서, 때로 영생을 꿈꾸는 도가의 일원으로서, 부단히 자신의 본성을 닦은 인물이었다. '나란 존재는 무엇인가', '나란 인간은 어떻게 살아야 하는가', '나의 자성은 무엇인가', 이러한 자문 속에서 일생을 방랑했고, 〈만복사저포기〉의 양생과 여귀를 통해 그에 대한 자답을 '순수'라는 이름으로 형상화해 놓았다. 다른 것이 조금도 섞임이 없는, 그릇된 욕심이 전혀 없는, 오로지 순수 그 자체를 지향하는 본성을 심어 놓았다. 알력과 투쟁, 욕망과 배신이 넘치는 현실 세계를 화합하고 조율할 수 있는 절실한 인간상으로 순수한 본성을 가진 인물들을 등장시킨 것이다.

> <만복사저포기>는 애정의 성취나 그 좌절에 무게 중심이 있는 것이 아니라 현실적 시간과 공간의 한계에서 살고 있는 인간의 삶과 죽음의 문제에 대한 성찰, 순간과 영원의 대립의 무화, 욕망과 그 무화의 문제를 모두 포섭하며 삶데 대한 근원적인 질문을 형상화하고 있다.[26]

순수의 세계가 교섭하며 환상을 만들었다. 인간과 귀신, 현실계와 비현실계가 교섭하는 신기한 노릇이 일어났다. 환상은 일상 공간의 문을 의도적으로 소거하거나 제약하는 가운데서도 일어나고, 주요 소재의 상승감을 일정한 높이로 유지하는 가운데서도 일어났다. 이러한 창작 기법은 환상이 낯설거나 이질적으로 다가서지 않도록 하기 위한 문예적 장치이자, 순수한 인간상을 열망했던 매월당의 의중을 부각시키기 위한 작가의식의 소산이다.

5. 결론

이 논문은 〈만복사저포기〉의 환상 구현 방식에 초점을 맞추어 환

---

26) 윤경희, 「인귀교환 모티프의 환상성과 패로디적 변용」, 『한국문학과 환상성』, 서강여성문학연구회, 예림기획, 2001, 154면.

상 지표를 찾아보고 그에 따른 문학적 의미를 살피고자 하였다. 우선 2장에서는 전기문학과 환상의 친연성에 대해 짚어 보고, 그 환상 지표들이 〈만복사저포기〉기에 이르는 동안 문예적 장치로 안착한 배경을 찾았다.

3장에서는 〈만복사저포기〉 안에 드러난 환상 지표를 구체적으로 살폈다. 환상 지표는 물리적 공간의 문을 소거하고 초월계 공간의 문을 개방한 배나무에서 볼 수 있다. 양생과 귀녀가 조우하는 법당 공간, 개령동으로 가는 노상 공간 등의 문 역시 환상이 일어나도록 하는 소재라는 데 주목했다. 반대로 인간인 양생이 개령동의 여귀 거처로 들어가며 초월계 공간의 문이 개방된다는 사실도 짚어 보았다. 그 후 양생이 지리산에 들어가 약초를 캐면서 살았다는 결미에서는 또 다른 초월계 공간의 문이 개방된다는 사실에도 집중했다. 그녀를 만나게 될 내세를 기약하게 된 데서 열린 문이다.

주요 소재들이 일정한 높이의 상승감을 유지하는 가운데서도 환상이 일어난다. 배나무는 양생의 지극한 바람을 담아 하늘의 응답이 일어나도록 하는 환상 장치이다. 여귀의 바람이 현실성을 띠는 것은 불단 위의 붉은 촛불과 향불, 불탁 위의 축원문이 바닥으로부터 일정한 높이의 상승감을 유지하기 때문이다. 서쪽 봉우리에 '뜬 달'과 '허공에 뜬' 닭 울음소리, '허공에 퍼지는' 종소리, '공중에 높이 늘어선' 가시나무 등이 일정한 높이로 떠서 서사의 비극성을 차단하는 일정한 상승감을 유지한다. 〈만복사저포기〉의 정조는 "주발을 들고 서 있는(執椀而立)" 양생의 행위, 허공중의 수저소리, 말소리, 공창축언 등의 상승감으로 이어진다. 또한 양생의 입산은 그가 속세 공간보다 높이를 지닌 산으로 들어간 것이니 그 어떤 소재보다 상승감을 강조한다. '부지소종(不知所終)'으로 마무리되는 작품의 정조가 비극적이지만은 않은 것은 이와 같은 상승감으로 서사를 마무리하기 때문이다.

4장에서는 〈만복사저포기〉 안에 펼쳐진 환상의 문학적 의미를 재고해 보았다. 〈만복사저포기〉 는 양생과 여귀를 통해 '순수'라는 본성을 형상화해 놓은 작품이다. 양생과 여귀가 보여준 다른 것이 조금도 섞임이 없는, 그릇된 욕심이 전혀 없는, 오로지 순수 그 자체를 지향하는 본성 이야기이다. 순수의 세계가 교섭하며 환상이 일어났다. 이러한 창작 기법은 환상이 낯설거나 이질적으로 다가서지 않도록 하기 위한 문예적 장치이자, 순수한 인간상을 열망했던 매월당의 의중을 부각시키기 위한 작가의식의 소산이다.

고전소설 무덤 소재의 현대적 전승 양상과 의미

〈만복사저포기〉와 〈영혼은 호수로 가 잠든다〉를 중심으로

1. 서론

소설의 창작 소재는 가변성과 불변성을 갖는다. 어떠한 소재라 하더라도 일회성 이야깃거리로 사라지지 않고, 끊임없이 새로운 작품 안에서 재출현한다. 단일한 소재가 고전소설에서 현대소설에 이르기까지 변화무쌍한 모습으로 재출현하며 작품의 개별성을 확보하고 문예적 토양을 비옥하게 만든 사례는 무수하다. 이러한 가변성과 아울러 각각의 소재마다 지니는 불변성 역시 창작 요소로서의 특징이라고 할 것이다. 누대에 걸쳐 각기 다른 작가의 창작 소재로 활용되면서도 그 소재만의 특성을 고수하는 일면을 본다. 예컨대 '산'이라든지 '용궁' 등이 고수하고 있는 특성이 그것이다.

이러한 소재의 특성은 소설의 흥미를 확대 개편하고, 새로운 주제를 부여하고, 여러 설화를 모아 재구성하며, 사건의 진전에 따라 새로운 이야기의 도출을 꾀하게 하는 역동적 기제로 작용[1]한 사실에

1) 김현룡, 「고소설의 설화소재 수용에 관한 고찰」, 『국학연구론총』2, 택민국학연구원, 2008, 6-28면 참조.

서 드러난다. 고전소설과 현대소설의 작품 생성 원리에 혼재하고 있는 창작 소재의 가변성과 불변성은 일찌감치 연구자들의 관심을 촉발시켰고, 한국문학의 정통성을 재발견하기 위한 연구를 지속적으로 잇게 한 추동력이 되었다. 가장 비근한 연구 사례는 패러디 양식을 기반으로 한 접근이다. 패러디란 '텍스트와 텍스트 사이에서 발생하는 모든 영향과 모방의 관계'[2), 다시 말해 '과거의 특정한 문학작품이나 장르를 전제로 새로운 의미를 형성하는 문학적 전략'[3)]을 일컫는다. 패러디소설은, 특정한 원 텍스트를 기반으로 창작 행위를 했다는 '작가의 의도성'을 전제로 한 장르이다. 이를 기반으로 고전을 패러디 한 현대소설이 부각되었으며 흡족할 만한 연구 성과도 쌓았다.[4)]

여기서 논의할 지점은 현대 패러디소설의 원 텍스트가 몇몇 고전

2) 이미란, 『한국현대소설과 패러디』, 국학자료원, 1999, 9면.

3) 이승준, 「한국 패러디 소설의 새로운 가능성: 이순원의 '말을 찾아서'와 김영하의 '아랑은 왜'를 중심으로」, 『국제어문』40, 국제어문학회, 2007, 77면.

4) 김현실 외, 『한국 패러디소설 연구』, 국학자료원, 1996.

장양수, 『한국 패러디소설 연구』, 이회, 1997.

송경빈, 「한국 현대소설의 패로디연구」, 충남대학교 박사학위논문, 1997.

이미란, 위의 책 참조.

김일영, 「현대문학에서의 허생 이야기 변용양상 연구」, 경북대 박사학위논문, 1992.

신현달, 「채만식 문학에 나타난 '심청전' 제재 변용 양상과 작가의식 연구」, 계명대 석사학위논문, 1994.

오승은, 「패러디소설의 이중 시점-최인훈의 '춘향뎐'과 '놀부뎐'」, 서강대 석사학위논문, 1997.

전홍남, 「채만식의 '허생전'에 나타난 고전소설의 현대적 수용과 변용」, 『국어국문학』109, 1993.

정봉곤, 「최인훈의 패러디소설 연구」, 부산대 석사학위논문, 1997.

정은주, 「최인훈의 '구운몽', '서유기' 연구」, 고려대 석사학위논문, 1990.

한채화, 「최인훈의 '춘향뎐' '놀부뎐' 연구」, 청주대 석사학위논문, 1993.

작품에 귀속되어 있다는 점, 그에 따라 연구자들의 논의 또한 그 작품들의 상관성을 살피는 데 경도되어 있다는 점[5)]이 한계로 다가온다는 부분이다. 연구자의 의식 저변에 패러디문학이란 '의식적인 모방의 한 형식'[6)]이란 기호가 자리하고 있기 때문이다. 이는 '작가의 의도성'을 전제로 한 것인데, 작가의 패러디 의도가 명백히 어느 한 작품을 목표로 한 것이라는 범주 안에서 연구가 진행되었다는 것을 의미한다. 그에 따라 특히 채만식과 최인훈의 패러디소설 연구에 편중된 논의가 펼쳐진 것을 알 수 있다. 한편으로는 현대의 작가가 의도하지 않았다 하더라도 과거의 어느 한 작품과 긴밀히 맺고 있는 서사적 친연성에 대해서도 관심을 두어야 한다는 생각이다. 이를 '비의도성 안의 공통분모'라고 할 수 있는데, '작가의 의도성'과는 상반되는 전제 조건이다.

이 논문은 이러한 논지를 바탕으로 고전소설과 현대소설의 창작

---

5) 이미란은, 현대소설이 패러디한 원 텍스트로, <춘향전>(최인훈: 춘향뎐, 임철우: 옥중가, 김주영: 외설 춘향전), <흥부전>(채만식: 흥보씨, 최인훈: 놀부뎐), <옹고집전>(최인훈: 옹고집전), <허생전>(이광수: 허생전, 채만식: 허생, 이남희: 허생의 처), <구운몽>(최인훈: 구운몽), 《금오신화》(최인훈: 금오신화), <홍길동전>(박양호: 서울 홍길동, 서하진: 홍길동), 《열하일기》(최인훈: 열하일기, 정강철: 신 열하일기) 등을 정리하고, 아울러 '아사달 설화'(현진건: 무영탑), '처용 설화'(김춘수: 처용, 윤후명: 처용 나무를 향하여, 김소진: 처용단장), '온달 설화(최인훈: 온달),' '나무꾼과 선녀 설화'(김지원: 바보언달과 편강공주, 심상대: 나무꾼의 뜻, 서하진: 나무꾼과 선녀) 등의 설화 역시 패러디 소설의 원 텍스트로 정리했다.(이미란, 앞의 책, 194-195면) 이 목록에 이승준은, 현대소설이 패러디한 고전 목록으로, <심청전>(황석영: 심청), 《금오신화》(심상대: 금오신화1234), 《삼국유사》(조성기: 천년 동안의 고독) 등을 추가 보완하며, '우렁 각시 설화'(송경아: 나의 우렁 총각 이야기), '아랑 설화'(김영하: 아랑은 왜)는 물론 '의자왕'(박인홍: 의자왕의 표변과 멸망에 관한 허구적 고찰)과 '임꺽정'(조해일: 임꺽정)의 이야기 역시 현대 패러디 소설로 재등장한 사실을 정리했다.(앞의 논문, 93-94면)

6) 이승준, 위의 논문, 77면.

소재 관련 양상을 짚어 보고 그 문학적 의미를 탐문해 보고자 한다. 그 대상은 '무덤'이라는 소재이다. 무덤은 서사가 마무리되면서 그 공간이 하나의 독특한 의미를 부여받게 되는 경우의 소재인데, 흔히 보거나 전해들을 수 있는 공간이지만 작가의 새로운 접근 경로를 따르다 보면 그 의미가 새롭게 규정되는 공간이다. 곧 "서사적 탐색 결과로서의 공간"[7]이라는 의미이다. 살아 있는 자들이 선험적으로 느끼는 죽음이라는 관념 세계가 죽은 자와 함께 존재하는 무덤[8]은, 우리 소설사의 초기 작품에서부터 작품 구성을 위해 활용되었는데 현실 공간에서는 흉묘처럼 그려지지만 귀신 공간에서는 낭만적 분위기기를 연출하는 이중적 성격의 공간성을 공유하며[9] 소설 작품의 창작 소재로 전승되었다. 이와 같은 무덤 소재의 전승 양상을 통해 고전소설과 현대소설이 창작 기법 측면에서 긴밀한 소통을 하고 있다는 사실을 짚어 볼 수 있을 것이다.

이를 밝히기 위해 고전소설 〈만복사저포기〉[10]와 현대소설 〈영혼은 호수로 가 잠든다〉[11]를 중심으로 논의를 펼치고자 한다. 우선 2장에서는 양 작품의 서사적 친연성에 대해 탐문하고, 동일한 범주의 연구 대상이 될 수 있는지 살필 것이다. 3장에서는 양 작품에 나타난 무덤 소재의 전승 양상에 대해 접근할 것이다. 무덤이 등장인물의 성

---

7) 김동환, 「한국 현대소설에 나타나는 공간적 상상력: 소설교육의 방향성을 위한 접근」, 『국어교육』124, 한국어교육학회, 2007, 566면.

8) 유정일, 「한국 전기소설에 나타난 무덤과 지하세계의 공간적 의미」, 『한중인문학연구』14, 한중인문학회, 2005, 33면.

9) 경일남, 「고전소설의 무덤 활용양상과 문학적 기능」, 『어문연구』58, 어문연구학회, 2008, 163-164면 축약.

10) 김시습, 『금오신화』, 이재호 역, 솔, 1998.

11) 이순원, 『우리소설로의 초대』, 생각의 나무, 2001, 255-280면.

격 형성에 기여하고, 사건의 발단의 지표로 작용하며, 시공간의 몽환성 강화라는 측면에서 전승된 양상을 짚어 보기로 한다. 이를 바탕으로 4장에서는 무덤이 실존과 욕망의 원형지로 기능하고, 세대 간의 작품을 연결하는 창작 기법의 한 축으로써 전승된 문학적 의미를 탐문하고자 한다. 이와 같은 과정을 통해 고전소설이 추구했던 독창적 창작 의식을 재발견하고, 그것이 현재로 이어져 한국문학의 정체성을 타진하는 계기로 작용한 사실을 짚어 볼 것이다.

2. 서사적 친연성

〈만복사저포기〉는 비명횡사한 여귀와 인간인 양생이 애정을 나누는 고전소설이다. 〈영혼은 호수로 가 잠든다〉(1996)는 망자의 유언을 좇아 두 남녀가 운명적으로 조우하는 현대소설이다. 세대를 뛰어넘는 양 작품의 동일한 창작 소재는 '무덤'이다. 무덤을 정점에 두고 이승과 저승의 이야기가 교차하는 서사적 친연성이 눈에 띤다. 이를 살피기 위해 양 작품의 서사 단락을 정리하면 다음과 같다.

*** 〈만복사저포기〉의 서사 단락**

- 조실부모한 양생은 만복사에 거처를 얻어 살다
- 왜구의 난 속에서 횡사한 여귀가 만복사로 찾아오다
- 양생은 여귀의 처소인 개령동 무덤으로 동행하다
- 무덤에서 여귀의 이웃 여귀들을 만나 시를 짓고, 부부 연을 맺다
- 양생은 은주발을 들고 처녀의 부모를 찾다
- 보련사에서 여귀를 만나 마지막 밤을 보내다
- 여귀는 타국의 남자 몸으로 환생하다

- 양생은 지리산으로 들어가 약초를 캐며 살다가 세상을 마치다

*** 〈영혼은 호수로 가 잠든다〉의 서사 단락**
- 수호는 강릉의 보현사에서 유년시절부터 자주 유숙하다
- 수호는 보현사 법당 앞에서 소복 차림의 여자와 마주치다
- 여자는 보현사 행을 재촉한 남편 영해의 꿈을 꾸고 나선 길이다
- 두 사람은 경포 호수로 동행하다
- 영해는 임파선 암으로 투병하다 대관령 자락에서 숨을 거두다
- 고등학교 시절 그 무덤에서 영해는 가장 소중한 것을 수호에게 주고 떠나겠다고 약속하다
- 수호는 영해의 사후 약속을 통해 그의 아내와 조우한 사실을 깨닫다

양 작품의 서사 단락을 통해 볼 수 있는 공통점은 우선 만복사와 보현사라는 사찰 공간에서 남녀주인공이 조우한다는 점이다. 만복사는 양생이 홑몸을 의탁하고 살아온 친숙한 공간이다. 보현사는 수호가 유년시절부터 유숙하던 낯익은 공간이다. 남자주인공들의 삶에서 분리할 수 없는 친숙하고 낯익은 공간으로 사찰이 등장한 것은 앞으로 펼쳐질 초월적 사건 때문이다. 양생이 부처에게 배필 점지를 요구하며 저포놀이를 청하거나, 양생을 제외한 다른 사람의 눈에는 여귀가 보이지 않는 일이 벌어져도 전혀 어색하지 않은 공간이다. 수호가, 여자를 처음 본 순간부터 알 수 없는 안타까움을 느껴 산 아랫마을까지 동행할 것을 권하는 행위 역시 의아하게 다가오지 않는다. 이는 전래의 사찰 공간이 함축하고 있는 초월적 논리의 세계를 차용했기 때문이다.

산 자와 죽은 자의 대면이 이루어지는 기이한 사건은 세속적 시각을 벗어난 경계의 것이다. 삶과 죽음의 경계를 그처럼 무연한 시각으

로 현실성 있게 드러내기 위해서는 양자의 세계를 모두 포섭할 수 있는 공간을 필요로 한다. 사찰은 전통적으로 산 자가 죽은 자를 배웅하고, 죽은 자가 원망(願望)하는 것을 산 자가 재(齋)를 통해 풀어주는 공간이었다. 수호의 후면 배경이 사찰로 나타난 것은 이 같은 고전소설의 초월적 공간 성격을 수용한 결과이다. 한편으로는 이와 같은 초월적 공간 성격은 한국인만의 관계 지향적, 즉 인간 관계에 마음 써주기를 중시하는 심정논리적 담론[12] 측면에서 주목할 만하다.

양생과 여귀는 만복사 법당에서 조우한다. 양생이 고독하고 외로운 일신을 부처에게 하소연하자 여귀가 나타나 인연을 맺는다. 마찬가지로 수호와 소복 차림의 여자 역시 보현사 법당에서 조우한다. 수호는 고향 강릉으로 내려간 길에 약수터를 핑계로 보현사에 들렀다가 여자와 조우한 길이다. 그곳은 수호에게 있어 일시적 거점 공간이 아니라 유년시절부터 친숙한 공간이다. 양생처럼 온 생을 의탁한 곳은 아니지만 자주 유숙을 하던, 고향의 가장 낯익은 공간 가운데 하나로 작용한다.

이처럼 남녀주인공들이 사찰에서 마주치는 것은 이 공간이 완충지대 역할을 하기 때문이다. 만복사는 양생이 사는 마을과 여귀의 처소인 개령동 무덤 사이의 완충지대이다. 보현사 역시 산 아래 마을과 세 명의 주인공을 연결하는, 20년 전 대관령 무덤 사이에 위치한 완충지대이다. 산 자의 행보가 갑작스럽게 죽은 자의 시공간으로 들어가게 되면 기괴한 감정과 공포스러운 분위기만 강조된다. 남녀주인

12) 김민정, 「만복사저포기에 나타난 정서의 미학」, 『국학연구론총』13, 택민국학연구원, 5면.(논자는 <만복사저포기>가 내포하고 있는 정서를 '인고의 미학'과 '관계의 미학', '사라짐의 미학' 측면에서 탐문하며, 한국인의 사유에 관통하고 있는 정서와 심리를 통해 작품을 분석하였다.)

공의 불가사의한 인연과 만남에 중점을 둔 작품 성격이 자칫 왜곡될 소지가 있다. 사찰에서 남녀주인공이 대면하는 것은 바로 이와 같은 심리적 위화감을 조절하고, 산 자가 죽은 자의 경계로 들어서는 이야기에 타당성을 부여하기 위한 장치이다.

양 작품의 서사적 친연성은 여자주인공이 죽음과 관련 있다는 점에서도 엿볼 수 있다. 양생과 조우한 여귀는 전란 통에 자결한 인물이고, 수호가 조우한 인물은 망자가 된 고교 동창의 아내이다. 수호가 만난 여인은 자신의 의지로 보현사에 등장한 인물이 아니다. 죽은 남편의 유언에 따라 보현사로 떠난 길에 수호와 운명적으로 만나는 인물이다. 자신의 의지보다 등 너머에 존재하는 남편의 세계, 곧 망자의 세계를 보여주는 인물이다. 망자의 세계에서 건너온 〈만복사저포기〉의 여귀와 닮은 성격의 인물이다.

서사적 친연성은 또한 양 작품의 주인공이 모두 자신의 거처를 벗어난 노정 가운데서 독특한 경험을 한다는 사실에서도 드러난다. 소설에서 '장소 이동은 시간에 리듬을 부여함으로써 시간의 흐름을 느낄 수 있게'[13] 하는데, 시간의 흐름이란 서사의 능동적 진척을 의미한다. 양생이 여귀와 가연을 맺고 이별의 정한을 쌓는 중심 사건은 노정 가운데의 개령동 무덤이다. 수호 역시 서울에서 고향 강릉으로 떠난 노정 위에서 망자의 기억과 조우한다. 노정은 양 작품의 서사를 이끌어가는 중요한 창작 기제이다.

마지막으로 접근해 볼 수 있는 서사적 친연성의 단서는 몽환성이라는 측면이다. 〈만복사저포기〉의 몽환은 인간과 여귀가 만나는 순간부터 일어난다. 양생이 개령동 무덤에서 사흘간의 시간을 경험하

13) 롤랑 브르뇌프 · 레알 월레 공저, 『현대소설론』, 현대문학, 1996, 194면.

고 또 타국의 남자로 환생하는 여귀를 배웅하는 서사 전면이 모두 환상적 사건이다. 〈영혼은 호수로 가 잠든다〉에서는 육신의 한계로 단절된 시공간을 뛰어넘어 망자의 유언이 이루어지는 몽환적 사건이 벌어진다. 대관령 무덤에서 자신이 가장 아끼는 것을 친구에게 주고 가겠다던 망자의 약속이 20년 뒤 운명적으로 이루어지는 장면에서 몽환성이 극대화된다. 무덤이 일으키는 몽환은, "현실세계에서 현실적-합리적-정상적인 것과 공존·대립하는 일종의 불가해한 신비 체험"14)이다. 기이한 인물과의 만남, 기이한 약속의 이행 등이 무덤과 결부된 환상 속에서 일어나는 것을 목격한다.

양 작품의 서사적 친연성은 '사찰 공간의 기연(奇緣)'과 '죽음', '노정'과 '몽환성'을 공유하는 사실에서 찾을 수 있다. 이 소재들은 양 작품의 서사적 친연성을 살피는 구체적 단서가 된다. 이러한 소재들을 다시 구조적으로 통일하고 있는 것이 무덤이라는 창작 소재이다. 〈만복사저포기〉에서 활용한 무덤이 세대를 뛰어넘어 〈영혼은 호수로 가 잠든다〉에서 새로운 의미를 부여하며 변주된 사실을 살필 수 있다.

3. 무덤 소재의 전승 양상

'무덤'은 한 인간의 주검을 상징하는 피상성에 그치지 않고 작품의 완성도에 기여하는 서사적 구조물로 기능한다. 당대의 인간과 세계의 실체를 드러내는 기호로 작용한다. 다시 말해 작품 안에 등장하는

---

14) 강상순, 「고소설에서 환상성의 몇 유형과 환몽소설의 환상성」, 『고소설연구』15, 한국고소설학회, 2003, 36-43면, '환상' 용어 의미 축약.

인간관계와 세계에 부여된 개별적이고도 통시적 시공간을 가시화 한 것이 무덤이라는 창작 소재이다. 소설 안에서의 시공간은 오직 "그것이 실현되는 현상이 존재하는 거시 세계로 확증"[15]할 수 있다. 〈만복사저포기〉와 〈영혼은 호수로 가 잠든다〉는 이러한 거시 세계로서의 확증 단서로 무덤 소재를 활용하고 있다.

1) 등장인물의 성격 형성

무덤이 이야기의 주요 공간으로 등장하는 것은 그 주인 때문이다. 무덤 주인은 생전의 시간이 불우했거나 삶의 마지막 행보가 비극적일 때 영면에 들지 못한 채 다시 현실계의 문을 두드린다. 무덤은 그 주인의 생전 기억을 봉인하는 자리이면서 한편으로는 해제하는 기능을 하는 공간이다. 이 같은 양면성을 띤 무덤 속 인물에 대해 작가는 "연민하기 양태의 관점"[16]에서 바라볼 수밖에 없다. 생전에 원망(願望)하던 바를 이루지 못하고 떠난 존재에 대한 위안 의식 때문이다. 〈만복사저포기〉와 〈영혼은 호수로 가 잠든다〉의 무덤 소재는 이러한 사자의 성격을 구축하는 데 구심점 노릇을 한다.

〈만복사저포기〉 무덤의 주인은 3년 동안이나 무덤 속에 살고 있는 귀신이지만 백골이라거나 섬뜩한 형상으로 나타나지 않는다. 아름답고 고아한 자태로 등장한다. "귀신이 인간의 형상을 그대로 닮아 있는 까닭은 귀신 역시 본래 현실계의 인간이라는 인식"[17]을 함의한

15) 한스 라이헨바하, 『시간과 공간의 철학』, 이정우 역, 서광사, 1986, 327면.

16) 서술자가 인물에 어떤 태도를 취하느냐 하는 문제는 곧 인물의 성격과 유형을 만드는 데 결정적인 역할을 한다. 서술자의 인물에 대한 태도는 다섯 가지로 설정해 볼 수 있다. 비아냥거리기, 반항하기, 경계하기, 연민하기, 비하하기 등이 그것이다.(김준선, 「소설 창작에 있어 서술자의 인물에 대한 개념과 태도 정하기」, 『한국문학이론과 비평』13권 2호 43집, 한국문학이론과 비평학회, 2009, 323-331면 축약)

창작 의식에서 발동한다. 그래서 여귀와 조우한 남자주인공은 분명히 의심나고 두려운 마음이 들지만 그녀와 애정 관계를 맺게 된다. 가령 그녀가 적막한 골짜기에서 박명을 탓하며 살았다고 한탄하는 축원문 내용이라거나, 마을사람의 눈에는 그녀가 보이지 않고 남자주인공의 눈에만 띈다는 점, 특히 그녀의 처소가 다북쑥 덮인 황량한 들판 한가운데라는 사실 등에서는 독자 역시 남자주인공 이상으로 그녀에 대한 의심어린 시선을 던질 수밖에 없다.[18] 그러나 이 모든 의혹어린 시선은 무마된다. 당대의 작가와 독자, 작품 안의 남자주인공이 합의한 '특정한 성격의 인물'에 대한 믿음 때문이다.

〈만복사저포기〉의 무덤 주인에 대한 원형은 〈최치원〉에 나오는 쌍녀분의 주인들을 통해 그 관습적 성격의 형성 과정을 유추해 볼 수 있다. 쌍녀분 주인들은 정략적 결혼을 수용하지 못한 채 요절한 자매인데, 최치원을 선택해 애정 관계를 맺는 대목이 눈에 띈다. 쌍녀분은 고금 명현의 유람지인 초현관 앞의 언덕에 있는데, 그곳을 왕래한 자들이 모두 비천해 현묘한 이치를 논할 수 없었다고 여귀들은 토로한다. 그러나 최치원만큼은 자신들의 이상에 맞는 배필이라고 인정한다. 이 말은 자신들의 재주나 도량이 최치원의 학문과 겨루어도 뒤지지 않는다는 뜻이다. 생전에 선택하지 않은 배필을 사자의 몸이 되어서 선택한 것은 그녀들이 추구한 삶의 목적이 지적인 덕성을 기반

17) 생사의 극명한 경계가 귀신과 인간을 구분 짓는다 하더라도 결국 모든 인간은 죽음을 통해 귀신이 되는 존재이기 때문에 귀신에 대하여 동질감을 갖게 된다. 인간은 죽음에 대한 공포를 인지함과 동시에 죽음 역시 삶과 다르지 않다는 방어기제를 작용하게 된다.(조재현, 『고전소설의 환상세계』, 월인, 2009, 223면)

18) 幽居在空谷 歎平生之薄命 獨宿度良宵 傷彩鸞之獨舞/生執女手 經過閭閻 犬吠於籬 人行於路 而行人不知與女同歸/蓬蒿蔽野 荊棘參天 有一屋 小而極麗/ 김시습, 『금오신화』, 솔, 1998, 55-57면.(이후 서명과 면수만 명기한다)

으로 하기 때문이다.

쌍녀분의 주인들이 구축한 지적이고도 우아한 덕성을 갖춘 성격은 세대를 유전해 〈만복사저포기〉와 〈하생기우전〉의 무덤 주인에 이르러서도 나타난다. 다른 점이 있다면 이전의 무덤 주인들과 달리 〈하생기우전〉의 여귀는 현실계로 복귀한다는 사실이다. 무덤의 주인이 된 지 불과 사흘밖에 되지 않은 몸이었기 때문에 현실계 복귀는 그만큼 타당성을 인정받는다.[19] 〈운영전〉에 이르러서도 요절한 여주인공의 고상한 학풍과 덕성 넘치는 성격은 그대로 유전한다. 다만 무덤 대신 천상계가 등장해 그녀의 성격을 지탱하는 배경 역할을 한다. 이처럼 고전소설의 무덤은 지적이고 우아한 여귀의 거처로 전승되었다.

사자에 대한 현실계 인간의 이중적 태도[20]는 〈영혼은 호수로 가 잠든다〉에서도 엿볼 수 있다. 보현사에서 마주친 여인과 경포 호수까지 동행하며 수호가 느끼는 모호한 반응이 그것이다. 망자인 남편의 주검을 대관령에 묻고, 그 혼이 살고 있다는 경포 호수로 찾아가는 길이라는 여인의 말을 통해, 수호는 이미 그 무덤의 주인이 자신과 관련 있는 인물이라는 사실을 감지한다. '경포 호수'와 '대관령'은 수호의 기억 속에 자리하고 있는 과거의 단상, 곧 자신이 죽을 때 가장 아끼던 것을 수호에게 남기고 가겠다고 했던 영해와 관련 있는 곳이기 때문이다. 그래서 이 작품의 망자 성격은 산 자의 기억에 따라 다양한 성격으로 분화해 나타난다.

---

19) 김현화, 「하생기우전 여귀인물의 성격 전환 양상과 의미」, 『한민족어문학』65, 한민족어문학회, 2013, 213면.

20) 이처럼 초현실적 대상세계에 대한 인물과 서술자의 서로 다른 태도를 통해 독자의 심리적 원근을 조절하여 독특한 환상성을 창출하는 경우가 애정 전기소설에서 자주 등장한다.(김문희, 「고전소설 환상성의 양상과 인식적 기반」, 『고소설연구』19, 월인, 2005, 10면)

수호는 학교를 졸업한 지 20년이 되는 해에 영해의 부고를 전해 듣는다. 이 순간부터 지난가을 보현사에서 마주쳤던 미지의 여인이 떠오르며 영해의 기억이 파편처럼 일어난다. 무덤의 주인은, "교실에서건 운동장에서건 거의 있는 듯 없는 듯하던 친구(이순원: 256)", 혹은 "420명의 동창 가운데서도 어느 자리에 사진이 있는지 모를 지극히 평범하고도 평범한 동창 중의 한 사람(이순원: 256)"으로 기억된다. 이태 동안 학교를 같이 다니면서도, "딸기밭이나 참외밭, 수박밭, 복숭아밭과 자두밭, 포도밭, 사과밭, 배밭, 밤나무밭, 하다못해 김장을 앞둔 무밭에 이르기까지 그와 함께는 어디에도 들어가 본 적이 없었다.(이순원: 264)"고 할 정도로 공유한 추억거리가 없는 인물이다. 반면에 대관령 묏등에 앉아, "뭐 꼭 상여가 가야 묘를 쓰나? 지가 가서 누우면 그게 묘지.(이순원: 266)"라거나 "난 대관령 사람들은 어디서 죽든 혼이 다 거기로(경포 호수) 가 모여 있을 거 같은데. 산에 묻어도 비에 씻기고 물에 씻기고 해서.(이순원: 269)"처럼 사후세계를 탐문하며 깊은 유대감을 맺은 인물이기도 하다. 사자가 된 뒤에는 자신의 아내 꿈에 나타나 보현사 행을 재촉하고, 그곳에서 수호와 조우하도록 인도하는 몽환적 인물이기도 하다.

사자의 성격을 상황에 따라 다중인격으로 표현하는 것은 이 소설 안에 등장하는 무덤의 성격과 관련지어 볼 수 있다. 영해는 그 흔한 서리조차 함께 해 본 적 없는 인물이지만, 가장 기억에 남는 대화를 나눈 공간으로 대관령의 무덤이 떠오를 만큼 특별한 인물이기도 하다. 존재론적 사유를 나누었던 대관령 무덤은 일상적 인간관계에서는 드러나지 않았던 영해의 존재감을 부각하는 곳이다. 평범한 성격부터 초월적 성격까지 두루 표출되는 영해의 다중인격은 그 아내를 통해서도 드러난다. "소복을 한 여자의 이미지 역시 현실 속의 인물이라기보다는 추상화되고 명료하지 않으며 천상의 여인처럼 묘사"[21] 하는 것에서 영해의 그림자가 비친다. 소복 차림의 아내는, 사자인 영해가 자신의 인격을 나누어 보낸 분신과도 같은 존재라는 점에서 그의 또 다른 성격을 보여주는 상징이다.

양 작품에 구상된 무덤은 작가가 희구하는 등장인물의 성격을 형성하는 데 기여한다. 〈만복사저포기〉의 무덤은 누대에 걸쳐 답습해 온 학문적 재주와 덕성을 갖춘 사자의 성격을 구현했다. 양생을 비롯한 후대의 남자주인공들이 상대가 여귀임을 눈치 채고도 애정 관계를 맺을 수 있었던 것은 바로 그와 같은 관습적 인격에 대한 믿음 때문이었다. 재주와 덕성 넘치는 사대부가의 미인상이 바로 그것이다. 이러한 영원성은 〈영혼은 호수로 가 잠든다〉의 무덤이 구현한 사자의 성격에서도 드러난다. 영해가 자신의 아내를 보현사로 이끌고, 수호와 경포 호수까지 동행하도록 유도한 것은 물리적 시공을 뛰어넘어서도 존재하는 영속적 존재를 실현하기 위한 것이다. 무덤 주인의 육체는 무덤에 갇혔지만 아내를 통해 자신의 삶을 확장하는 가운데 다중의 성격을 보여준다. 이처럼 고전소설의 무덤 소재는 현대소설에 이르러서도 등장인물의 영속적 성격을 형성하는 데 기여한다는 사실을 지목해 볼 수 있다.

2) 사건 발단의 지표

무덤이 이야기의 전면에서, 혹은 행간에서 창작 소재로 등장하는 것은, 소설 속의 인물이 간절히 원하던 생전의 꿈이 물리적 공간의

---

21) 이미림, 「이순원 여행소설 속의 타자화된 강원(영동):『말을 찾아서』를 중심으로」, 『우리문학연구』42, 경인문화사, 2014, 279면.

한계를 극복하고 새롭게 연장하는 것을 보여주기 때문이다. 무덤 주인이 당대의 제도와 이념, 가치와 신념 안에서 어떠한 갈등 상황과 대면했는지 삶의 문제를 보여준다. 〈만복사저포기〉와 〈영혼은 호수로 가 잠든다〉의 무덤은 주인공에게 닥친 중대한 삶의 문제, 곧 작품의 분기점이 되는 사건의 발단이 '외압'에서 비롯한 것인지, 개인적 삶의 '내홍'에서 비롯한 것인지 드러내는 소재로 작용한다.

> 지난번 변방의 방비가 무너져 왜구가 침범해 와 싸움은 눈앞에서 치열했고 봉화는 몇 해 동안이나 계속되었습니다. 왜적이 집을 불사르고 백성을 잡아갔으며, 사람들이 동서로 달아나고 도망해 가니 친척과 노복들은 사방으로 흩어졌습니다. 저는 가냘픈 몸으로 멀리는 피난가지 못하고 깊숙한 골방으로 숨어들어 끝내 굳건히 정절을 지켜 치욕을 당하지 않고서 난리의 화를 면했습니다. 때문에 부모님께서도 여자로서의 수절을 그르지 않았다고 하여 한적한 곳으로 옮겨 잠시 초야에서 살게 해 주셨는데, 그것도 어느덧 3년이나 되었습니다.[22]

이 대목은 〈만복사저포기〉의 무덤 주인이 궁벽한 골짜기에서 살 수밖에 없었던 사연을 담고 있다. 왜구의 침입이 있었고, 친척이나 노복의 도움을 받지 못한 채 결국 골방에서 자결하였다는 사연이다. 이 사건의 행간에는 당대의 인습이 통념처럼 살아있다. 온 나라가 병화에 시달리는데도 '굳건히 정절을 지켜 치욕을 당하지 않고서 난리의 화를 면했다'는 무덤 주인의 말과 '여자로서의 수절을 그르지 않

22) 邊方失禦 倭寇來侵 干戈滿目 烽燧連年 焚蕩室廬 虜掠生民 東西奔竄 左右逋逃 親戚僮仆 各相亂離 妾以蒲柳弱質 不能遠逝 自入深閨 終守幽貞 不爲行露之沾 以避橫逆之禍 父母以女子守節不爽 避地僻處 僑居草野 已三年矣, 김시습, 『금오신화』, 55면.

았다'고 하여 골짜기에 가묘를 세워 준 부모의 태도에서 개별적 생명의 가치보다 우위에 선 인습의 통념을 발견한다. 그녀가 무덤의 주인으로 등장할 수밖에 없었던 이유는 이처럼 대사회적 외압 때문이다. 그 죽음의 이면에는 사회적으로 묵인하고 있던 강요된 자화상이 있었다.

이러한 모습은 〈최치원〉의 쌍녀분 주인들이 선택한 죽음과 다르지 않다. 그녀들은 정략결혼으로 인한 울화를 견디지 못해 죽음을 맞이했는데, 그 이면에는 독립적 선택을 하지 못한 채 당대의 통념대로 살아야 했던 무덤 주인공들의 하소연이 담겨 있다. 후대의 〈하생기우전〉 무덤 주인을 보면, 가족사처럼 보이는 사건 이면에 전체주의가 개인을 향해 가하는 부당한 횡포와 권력을 담고 있다. "전기적 중심의 인물은 자기를 넘어서는 세계와 관련을 맺을 때만 의의가 있다."[23]는 지적처럼 이들은 자신을 넘어선 세상의 인습, 그리고 통념과 불가분의 관계를 맺고 있다.

무덤은 대사회적 외압의 희생자를 위로하고 현실세계에서는 해결하지 못한 문제를 펼쳐 낸다. 〈만복사저포기〉의 여귀는 가문과 세상의 절대 가치를 수호해야 하는 입장이었지만, 그것은 그녀의 행복과 무관한 것이었다. 그녀가 양생과 삼세인연의 즐거움을 추구하고, 타국의 남자로 환생하기 위해 떠나는 모습에서, 여성이라는 이름으로 짊어지고 살았던 삶의 무게를 벗어내고 싶은 심리를 엿본다. 그녀는 인습과 통념의 수호자로서 무덤의 주인이 되기는 했지만, '환생'을 통해 자신이 바라던 꿈을 좇아 시공의 한계를 허물어버린다. 이를 통해 무덤이 대사회적 외압을 표상하는 공간이자 그로 인한 외상을 치

---

23) 게오르그 루카치, 『소설의 이론』, 심설당, 1985, 83면.

유하는 공간이라는 사실을 짚어 볼 수 있다.

〈영혼은 호수로 가 잠든다〉의 무덤은 지극히 개별적인 삶의 내홍에서 비롯한 문제를 표출한다. 무덤 주인인 영해는 인간관계에서 고립되고 소외된 삶을 살았던 인물이다. 동창생들이 그를 기억하는 연결 고리로 수호라는 인물 하나를 들 정도로 존재감이 없는 삶이었다. 그런데 이마저도 오해라는 사실은, "친구들은 왜 아직까지도 내가 그를 잘 알고 있다고 생각하는 것일까.(이순원: 255)"라는 반문이라든가, "학교를 20년이 되는 지금까지도 동창들 사이에서 나는 언제나 그를 가장 잘 아는 사람이어야 했다.(이순원: 256)"라는 일종의 부담감을 수호가 드러내는 과정에서 나타난다. 뿐만 아니라 그가 죽었다는 정확한 날짜에 대해서도 "가을이라니까 9월이나 10월 언제쯤 되겠지.(이순원: 261)"라는 식의 정보 부재, 그가 어떻게 살아왔는지 묻는 말에, "직장도 몸이 아파서 그만두기 전까지 강릉이 아니라 속초 어딘가에 다녔다고 그러고.(이순원: 260)"하는 낯선 타자 대하기 식의 대화에서 희미한 그림자처럼 살아 온 영해의 삶이 비친다.

무엇보다 그가 임파선암에 걸려 투병했다는 사실을 죽고 난 뒤에야 모두가 알게 된 사실은 인간관계의 씁쓸한 단면을 부각한다. 수호는 지난해 가을에 죽은 영해의 부고를 해가 바뀐 지 보름도 더 지나서야 듣는다. 수호에게 영해의 부고를 전한 고향 친구 권은, 지난해 11월 고향 강릉에 수호가 내려왔을 때도 그 일을 기억하지 못해 전달하지 않았다. 그 며칠 전에 또 다른 동창인 망치에게 들은 영해의 부고였음에도 말이다. 영해의 고독한 삶은 망치라는 인물을 통해 더욱 극대화된다. 망치는 그 지역 동창회 총무 일을 보고 있었음에도 영해가 죽었다는 사실을 다른 인물을 통해 전해 듣는다. 그리고 그 사실을 "마누라 데리고 볼링공하고 볼링화 사러(이순원: 259)" 권의 가게에 들렀다가 지나는 소리로 전한다. 등장인물 모두에게 그의 부재는 안타깝다거나 쓸쓸한 기억이 아니었다.

무덤은 고립되고 외로운 삶을 살았던 영해의 죽음을 치유해 주는 기능을 한다. 수호가 유일하게 품고 있는 영해에 대한 기억은 바로 그 무덤에서 기인한다. 그 무덤에서 영해가 남긴 말은 이 소설의 서사를 이끄는 중요한 대목이다. "이다음 내가 죽으면 내가 제일 아끼던 거 니 주고 갈게.(이순원: 269)" 아무도 돌아보지 않는 자신의 고독한 시간과 교감해 준 수호에 대한 진심어린 마음이었던 셈이다. 그 진심은 죽음이라는 육체적 한계와 20년이라는 시공을 뛰어넘어 눈앞의 사실로 일어난다. 자신이 가장 아끼던 것(아내)을 수호에게 보내고, 수호가 자신을 기억하도록 경포 호수에서의 재회를 성사시킴으로써 현실성을 갖춘 인간으로 거듭난다.

이것은 〈만복사저포기〉의 등장인물 형성과 유기적 관련성을 맺는다. 〈영혼은 호수로 가 잠든다〉에 활용된 무덤 소재 역시 그 주인의 죽음과 관련한 문제를 제시한다. 전자가 전란과 사회적 통념이라는 대사회적 외압 아래 무덤의 주인이 될 수밖에 없었던 인물을 내세웠다면, 후자는 극단적으로 인간관계에서 소외된 한 인간의 고독과 고립에 주목한다. 이는 인물이 처한 삶의 문제를, 고독하고 쓸쓸한 경계의 무덤 주인을 통해 형상화한 것이다. 〈만복사저포기〉의 여귀는 저승으로 밀려난 존재임에도 불구하고 이승의 인간과 인연 맺기를 열망하는 가련한 존재이고, 〈영혼은 호수로 가 잠든다〉의 사자는 영혼으로 남아서라도 자신의 존재를 현실 속에 부각하고자 애쓴 존재이다. 자신이 처했던 삶의 문제를 재생해 냄으로써 존재 가치를 부각하고 있다. 이처럼 무덤 소재는 등장인물이 처한 대사회적 문제거나 개인적 삶의 문제를 드러내는 창작 소재로 적극 반영되며 전승되었다.

3) 시공간의 몽환성 강화

〈만복사저포기〉의 무덤 주인은 시공에 갇힌 육신의 한계를 벗어나 영생을 누리는 존재로 거듭난다. 그녀는 불교적 관념 세계인 '중유(中有) 공간에 놓여 있는 존재'로, 타국에서 남자로 태어나는 것을 통해 '윤회 사상을 드러내는 인물'로 접근해 볼 수 있다.[24] 윤회 사상 같은 순환적 세계관이 필요했던 것은 무덤이 지닌 시공간적 성격에서 기인한다. 무덤은 여귀가 살았던 생전의 시간을 봉합하는 시공간이다. 세상의 통념과 절대 가치를 이행한 수호자로서의 영광을 안고 묻힌 시공간이다. 그래서 작지만 화려한 외관, 인간 세상의 것 같지 않은 세간, 교활한 태도 없이 아름다운 시녀, 인품과 학덕을 갖춘 네 명의 이웃 처녀가 존재하는 시공간으로 개령동 무덤을 선사받는다.

여귀가 진실로 원한 것은 자신의 존재 가치를 인정받을 수 있는 시공간이다. 고독하고 외로운 인간적 정한을 함께 나눌 인연을 만날 수 있는 시공간이었다. 그래서 여귀는 무덤을 벗어나 양생과 조우하고 애정 관계를 맺는다. 이즈음부터 여귀의 무덤은 생전의 영광과 비극적 순간을 봉합한 성격에서 벗어나 그녀가 진실로 바라는 세계를 구축하는 시공간으로 변모한다. 양생을 통해서는 부부 인연을 맺고, 부모를 통해서는 순절을 치사 받고, 천명을 통해서는 타국의 남자로 환생하는 복을 받는다. 이처럼 사후에도 새로운 세계를 구축할 수 있었던 것은 여귀가 머물던 무덤이라는 시공간이 존재했기 때문이다.

여귀가 단순히 망자의 비애로 점철된 형상으로 머물러 있지 않고

24) 불교에서 윤회의 세계에 생존하는 것을 '유(有)'라고 하여 때로는 윤회를 '유(有)'라고 할 때도 적잖다. 결국 윤회한다는 말은 '생유-본유-사유-중유'의 연속적 경험 과정을 의미한다는 사실, 그래서 귀신이란 존재는 바로 이 단계의 중유에 있는 존재이다.(유정일, 앞의 논문, 36-37면)

끊임없이 산 자의 세계와 교섭할 수 있었던 것은 무덤이라는 공간 때문이다. 무덤의 약동적 성격은 몽환성을 배가시켰다. 현실에 존재하지 않는 것의 잦은 출현, 그것은 작품의 몽환성적 분위기를 형성하는데 일조한다. 화려한 집의 내부 구조, 산 사람과 다름없는 여귀의 이웃들, 빼어난 문재 겨루기 등 현실계와 동일한 서사가 진행되지만 그것은 어디까지나 무덤이라는 몽환적 공간 안에서의 일이다. 곧 무덤이 현실적 기능으로 작용하고 있지만 역설적이게도 그만큼 몽환성이 배가되는 역할을 한다는 의미이다.

무덤은 〈하생기우전〉에 이르러 현실적 단면을 강조한다. 여귀가 짧어진 생전의 시간은 외진 숲속의 무덤 안에 봉합된다. 그러나 하생과 부부 연을 맺는 순간부터 죽음 이전과 다른 새로운 세계를 구축한다. 그녀가 무덤의 주인으로 밀려나게 된 현실적 요인들, 즉 조정의 실권을 잡고 숱한 인명을 헤친 부친의 죄악과 불공정한 인재 등용, 혼사 장애의 요소 등 세상의 불의들이 바로잡힌다. 보다 현실적 성격을 갖추기 시작한 무덤의 성격 변모는 〈종옥전〉과 〈오유란전〉 등에 등장하는 '위장무덤'에서 살필 수 있는데, '생자(生者)의 거짓 무덤이라는 공간적 특징'[25]을 볼 수 있을 만큼 새로운 세계를 구축하는 데 일조한다. 당대인의 진실과 위선, 허세와 도리에 대처하는 삶의 양태를 보여주는 시공간으로 새롭게 거듭난다. 무덤의 성격 변모에 따라 당대인이 공감할 만한 방향으로 작품의 현장감이 강화되었기 때문이다. 그러나 그녀의 환생은 여전히 몽환성을 배제할 수 없는 기제로 작용하고, 이러한 논리가 당대인의 사유에도 수용되었다는 사실

---

25) 경일남은, 고전소설에 나타나는 위장무덤이 제3자를 속이기 위한 거짓 공간이며, 이것이 본격적으로 활용된 배경이 무덤이 후대로 가면서 그 공간기능을 보다 다면적으로 확장시켜 나갔기 때문이라고 보았다.(경일남, 앞의 논문, 176-178면)

을 알 수 있다.

무덤의 몽환성은, 〈영혼은 호수로 가 잠든다〉의 서사 행간에서도 일어난다. 주인공 수호의 잔잔한 일상에 파장을 일으킨 것은 고교 동창 영해의 부고이다. 20년 전의 그를 기억해 낼 수 있는 유일한 단서가 무덤 공간이다. 영해가 대관령으로 가서 죽은 이유는 '아무 것도 아니었던' 자신의 삶을 해체해서 남은 사람들에게 존재감을 되새기고자 했던 바람 때문이다. 함께 학창시절을 보냈는지조차 가물가물한, 학교를 졸업한 뒤로는 어디에서 무엇을 하며 살았는지, 세상을 떠나기 전까지 암 투병을 하며 고통스럽게 살았던 시간이나, 왜 꼭 대관령으로 가서 운명을 달리 했는지, 자신의 삶이 남긴 의문투성이를 해체해서 보여주는 시공간이다.

반면에 20년 전의 대관령 무덤은 자신의 삶 가운데 가장 빛나는 시간을 분리해 낸 시공간이기도 하다. 무기력할 정도로 고요하고 소외감 들던 자신의 삶 가운데 보석처럼 자리한 수호와의 기억을 분리해 낸다. 그 무덤은 수호에게도 영해와의 유일한 기억을 떠올리는 기능을 한다. 영해의 대관령 주검을 통해 지난해 가을 이전까지 살아 있었던 영해의 삶을 해체해 보고, 또 20년 전 무덤과 얽힌 기억을 독립적으로 분리해 내면서 보현사에서 마주친 낯선 여인과의 운명적 인연을 깨닫는 몽환적 역할을 한다.

〈만복사저포기〉와 〈영혼은 호수로 가 잠든다〉는 무덤 주인과 산 자의 운명적 만남 사이에 사찰 공간을 마련해 그 몽환적 성격을 두드러지게 한다. 고전소설의 사찰 공간은 소원 성취를 위한 희구 공간, 중생 구제의 구원 공간, 작중 인물들의 극적 상봉 공간, 출가승의 득도 성취 공간 등으로 활용되었는데,[26] 양 작품에서는 '소원 성취를 위한 희구 공간'과 '작중 인물들의 극적 상봉 공간'으로 작용한다. 만복사는 고독한 양생과 횡사한 여귀의 정한을 푸는 시공간으로, 보현사는 사자가 개입한 두 남녀의 운명적 만남이 이루어지는 시공간이다.

"탈현실의 공간인 사원은 현실의 법칙에 종속되지 않는 자율적인 공간이자 욕망이 발휘되는 영역이며 현실 원칙이 부과된 검열로부터 완전히 면제된 곳"[27]이다. 또한 사찰 공간은 죽음과 사후 세계를 다루는 종교적 공간이므로 무덤의 성격과도 닮았다. 초월계의 사자가 현실계로 들어서거나, 혹은 그 영향력을 발휘할 때 사찰 공간은 '낯설고 두려운 것'을 제어하는 완충 지대 역할을 한다. 〈만복사저포기〉는 여귀와 인간의 애정 관계를 다루고, 〈영혼은 호수로 가 잠든다〉는 사자가 이끄는 두 남녀의 운명적 만남을 다루므로, 사찰 공간의 고즈넉함과 성스러움, 신비함 등이 낯설고 두려운 분위기의 완충 지대 역할을 한다. 아울러 이러한 완충지대를 통해 작품의 몽환성은 더욱 강화된다.

이처럼〈만복사저포기〉를 이어 〈영혼은 호수로 가 잠든다〉에서도 무덤 소재를 통해 시공간의 몽환성을 강화하고 있어 주목할 만하다. 무덤은 등장인물의 탄생부터 죽음의 순간까지 응축된 삶이 묻히는 곳이다. 무덤은 사자가 처했던 삶의 양태를 그대로 복사해 낼 수 있는 공간이다. 인간의 삶과 시공간은 불가분의 관계인만큼 양 작품의 창작자는 그 중요성을 인식하고 있었다. 그렇기에 몽환적 시공간을 통해 삶과 죽음의 경계를 온전히 전달할 수 있었고, 세대를 뛰어넘어 재현될 수 있었다.

---

26) 경일남, 「고전소설에 나타난 사찰 공간의 실상과 활용양상」, 『고전소설의 창작 기법 연구』, 역락, 2007, 169-200면 참조)

27) 이미림, 앞의 논문, 278면.

4. 무덤 소재 전승의 문학적 의미

문학 작품의 존재 가치는 '인간의 삶'에 대한 이해와 성찰을 도모하는 혜안에서 찾을 수 있다. 추상적 삶을 구체화하기 위해 문학 작품은 종종 현실계 너머의 것을 차용해 이 세상의 진리나 순정한 가치를 표출한다. 편안하고 낯익은 것보다는 다소 불편하고 낯선 것과의 충돌을 통한 균열 속에서 이 세상의 은밀한 문제를 노출한다. 일상적이지 않은 것, 기묘한 것, 몽환적인 것 등이 불러일으키는 두려움 속에서 드러나는 솔직한 본능 때문일 것이다. "대부분의 사람들에게 가장 강렬하게 두려운 낯설음의 감정을 불러일으키는 것은 죽음, 시체, 죽은 자의 생환이나 귀신과 유령 등"[28]인데, 무덤은 이 기괴한 대상들의 거처이다. 무덤은 인간의 삶과 죽음을 가로지르는 시공간이라는 점에서 고전소설과 현대소설 창작 소재로 적극 활용되었다. 무덤이 세대를 뛰어넘어 중요한 이야기 공간으로 출현하게 된 문학적 의미는 두 가지 측면에서 살필 수 있다.

첫 번째는 고전소설의 무덤이 실존과 욕망의 원형지 기능을 충실히 이행한 창작 소재라는 점이고, 이것을 현대소설이 전승했다는 점이다. 인간이 죽음을 두려워하는 것은 자신의 삶이 그대로 종결되어 버린다는 허무감과 비애에서 비롯한다. 생전의 삶이 허상이나 가상은 아니었는지, 어떠한 가치를 물을 수 있는 시간이었는지, 반문하며 드는 두려움 때문이다. 무덤은 이러한 원초적 불안과 두려움을 위무하는 완충 공간이다. 죽어서도 자신의 육신을 둘 수 있는 무덤이 존재한다는 사실을 통해 인간은 안도감을 갖고, 현실과 이승, 그리

---

28) 지그문트 프로이트, 『창조적인 작가와 몽상』, 열린책들, 1996, 133면.

고 자신의 생전 시간과 연장된 삶의 일부를 보는 것이다. 곁을 스쳐 간 타자의 무덤을 통해 인간은 자신 역시 그처럼 이승과 저승의 영속적 관계를 맺게 되리란 사실을 은연중 인지한다. 소설의 창작자들은 이러한 무덤의 속성을 간파했고, 무덤의 주인들이 원망(願望)하던 욕망을 실현하는 창작 소재로 활용한 것이다.

〈만복사저포기〉와 〈영혼은 호수로 가 잠든다〉에 등장하는 무덤은 '나'의 실존에 대한 탐문 과정을 담고 있으며, 그 실존을 위해 추구했던 현실적 욕망을 풀어 낸 문학적 장치이다. 〈만복사저포기〉의 무덤 주인은 나이 십오륙 세에 횡사한 자신의 삶이 진실로 세상에 존재했던 것이 맞는지 의구심을 품었을 법하다. 그 의구심은 차갑고 외로운 골짜기 무덤 안에서 묻혀 지낸 3년 동안 지속되었고, 마침내 자신의 실존을 확인하기 위해 현실계의 문을 두드린다. 양생이 그녀의 부모와 상봉하고, 그녀의 절개를 위한 죽음을 확인하는 과정은, 그녀가 세상에 존재했었다는 사실을 확인하는 부분이다. 양생이 무덤에서 인간 세상의 3년에 해당하는 사흘을 보낸 것은, 애정 상대를 만나 안락한 삶을 누리고자 했던 그녀의 현실적 욕망을 실현하는 과정이다.

〈영혼은 호수로 가 잠든다〉의 무덤 주인 역시 임파선 암 투병을 하다 죽음의 순간에 이르러서야 자신의 삶이 과연 존재했었던 것인지 지난 인간관계를 돌아본다. 학창시절, 청년기의 결혼과 직장생활, 투병기, 그 어느 것 하나 뚜렷하게 자신의 존재감을 남기지 못했다는 사실을 깨닫는다. 영해는 고교 동창 수호와 아내의 운명적 만남을 성사시키면서 자신이 세상에 존재했었다는 사실을 증명하는 한편, 순탄하지 않았던 인간관계의 물꼬를 터 보려고 한다. 무덤은 곧 소설 속 등장인물의 실존과 깊은 관련이 있으며 욕망의 해소 과정을 나타낸다.

두 번째는 고전소설의 무덤이 세대를 뛰어넘는 창작 기법으로써 현대소설과 소통하는 소재라는 점이다. "이야기가 성립되자면 애초에 어떤 상황이 설정되고, 그 상황에 여러 가지 힘이 가해져서 그 상황에 운동과 변화가 초래되어야 하는데, 운동과 변화라는 이 근본적인 개념이 바로 플롯"[29)]인만큼, 사건을 인과 관계에 따라 필연성 있게 엮는 구성체가 필수적이다. 무덤은 플롯의 동력으로 활용된 창작 소재이다. 세대의 유전과 상관없이 죽음은 일상적으로 일어나며, 그 죽음을 배웅하는 공간인 무덤 역시 분리할 수 없는 영향력으로 인간 곁에 존재한다. 그렇기 때문에 무덤은 어느 문학 작품에서고 창작 소재로 활용될 수 있었다. 무덤은 단순히 서사 골격을 맞추는 소재로서만 작용하는 것이 아니라 오랜 연원을 지닌 창작 기법들과 교섭해 플롯의 동력으로 작용한다. 이를테면, '사찰 공간의 기연'이라든지 '노정 위의 체험', 또는 '죽음'이나 '몽환성' 등을 소재로 한 것이 그것이다.

무덤 소재가 이러한 창작 기법과 균열을 일으키지 않고 플롯을 구조화하는 데 일조할 수 있었던 것은 문학 작품이 원초적으로 구현하는 중점에 '인간'과 그 '삶'이 있기 때문이다. 삶을 다룬 이야기가 그 완형을 이루기 위해서는 1) 인물, 환경, 인물과 환경을 통해 주인공의 내면의식을 드러내고, 2) 사회 현상을 적실히 반영하고, 3) 갈등 양상을 핍진하게 드러내는 가운데 화학적 결합을 해야 비로소 소설이 될 수 있다[30)]는 전제 때문이다. 무덤은 인간과 그 삶에 대한 총체적 접

---

29) 롤랑 브르뇌프 · 레알 웰레 공저, 앞의 책, 74면.

30) 김광순, 「한국 고소설의 기원과 시대구분시론」, 『국학연구론총』2, 택민국학연구원, 2008, 16면 축약.(곧, 세 가지 요건의 화학적 결합이 이루어진 그릇이라야 인물의 대화, 소회, 삽입시, 독백을 여실히 담아낼 수 있다는 것을 강조하였다. 위의 논문, 17면 참조)

근을 가능케 한 소재이며, 이것을 발판으로 죽음의 세계는 물론 그곳으로 떠나며 벌어지는 노정, 그 안에서 경험하는 환상 등을 모두 플롯에 담을 수 있었다. 〈만복사저포기〉와 〈영혼은 호수로 가 잠든다〉의 무덤 주인들은 현실세계에 제대로 발을 내리지 못한 채 죽음을 맞이한 인물들이다. 그들의 비감어린 죽음은 사후의 삶으로 연장되며 일정한 노정을 통해 현실계 인물과 대면한다. 양생은 여귀의 방문으로, 수호는 영해의 방문으로, 초월계를 인식하는 환상을 경험한다.

고전소설의 중심 소재였던 무덤은 현대소설 안에서도 중요한 이야기 공간으로 자리 잡았다. 서사적 진행을 위한 단순한 소재가 아니라 주제 형성과 구현에 작용하고, 다양한 창작 기법의 소통구로 작용한다는 점에서 주목할 만하다. "고전소설에 나타나는 환상계는 자아와 세계에 대한 긍정적이고 다양한 가능성을 제공한다는 측면에서 과거와 현대를 아우르는 미덕을 지니고 있다."[31]는 지적처럼 전래의 무덤 소재가 현대소설에서 새롭게 변주되어 나타나는 것은 한국문학의 정체성을 탐문하는 단서가 된다. 양 작품을 통해 유추해 볼 수 있는 한국문학의 정체성은 순환하는 세계관과 삶, 그 안의 인간이라고 할 것이다. 과거와 현재, 미래의 시공을 훌쩍 뛰어넘어 존재하는 영원한 생명력, 그것을 무덤이라는 소재를 통해 끊임없이 탐문하는 과정을 통해 그 일면이 두드러진다.

5. 결론

이 논문은 고전소설에 주요 소재로 등장하는 '무덤'의 현대적 전승

31) 조재현, 앞의 책, 341면.

양상과 의미에 대해 살폈다. 고전소설 〈만복사저포기〉와 현대소설 〈영혼은 호수로 가 잠든다〉를 통해 그 논의 과정을 담았다.

2장에서는 양 작품의 서사적 친연성을 찾아 동일한 범주의 연구 대상이 될 수 있는지 접근했다. 양 작품의 서사적 친연성은 첫째, 만복사와 보현사라는 사찰 공간에서 두 남녀가 조우한다는 점이다. 이는 종교 공간이 세속적 시각만으로 드러내기 어려운 삶과 죽음의 경계를 드러내는 데 용이하고, 그러한 내면을 갖춘 등인물의 행위에 타당성을 주기 때문이다. 다음으로 여자주인공들이 죽음과 관련 있다는 점이다. 〈만복사저포기〉의 여귀가 존재 자체만으로 죽음과 관련 있다면, 〈영혼은 호수로 가 잠든다〉의 여자주인공은 망자인 남편의 유언을 전달하고 실현하는 행보를 보여준다. 양 작품의 서사적 친연성은 주인공이 모두 자신의 거처를 벗어난 노정 가운데서 독특한 경험을 한다는 사실에서도 드러난다. 또한 이승과 저승이 교차하는 서사의 몽환성이라는 측면에서도 찾아볼 수 있다.

3장에서는 무덤의 전승 양상을 살펴보았다. 우선 양 작품의 무덤은 등장인물의 성격 형성에 기여한다. 〈만복사저포기〉의 무덤 주인은 당대의 작가와 독자, 작품 안의 남자주인공이 합의한 관습적 인격의 주체이다. 〈최치원〉의 쌍녀분 여귀들이 구축한 지적이고도 우아한 덕성을 갖춘 성격은 세대를 유전해 〈만복사저포기〉, 〈하생기우전〉, 〈운영전〉에 이르도록 관습적 형태로 유전한다. 〈영혼은 호수로 가 잠든다〉의 무덤 주인은, 아내를 통해 자신의 삶을 확장하는 가운데 평범한 일상적 성격부터 초월적 성격까지 다중인격을 보여준다. 존재의 영속적 성격을 형성하는 데 기여한다는 측면에서는 공통점을 갖는다. 두 번째, 양 작품의 무덤 소재는 등장인물이 처한 삶의 문제, 즉 작품의 분기점이 되는 사건의 발단이 대사회적 외압에 의한 것인지, 개인적 삶의 내홍에서 비롯한 것인지 드러내는 기능을 한다. 세 번째, 양 작품의 무덤 소재는 시공간의 몽환성을 강화하는 양상을 보여준다.

4장에서는 무덤이 세대를 뛰어넘어 중요한 이야기 공간으로 출현하게 된 문학적 의미를 살폈다. 첫 번째는 무덤이 실존과 욕망의 원형지 기능을 충실히 하는 창작 소재라는 점이다. 양 작품은 무덤을 통해 '나'의 실존에 대한 탐문 과정을 밝히며, 그 실존을 위해 추구했던 현실적 욕망을 풀어낸다. 두 번째는 무덤이 세대 간의 창작 기법과 소통하는 소재라는 점이다. '사찰 공간의 기연'과 '죽음', '노정 위의 체험'과 '환상' 등의 창작 기법과 소통해 인간과 삶에 대한 총체적 접근을 시도한다.

한국문학의 정체성은 순환하는 세계관과 삶, 그 안의 인간을 그리고 있다는 점에서 찾을 수 있다. 과거와 현재, 미래의 시공을 훌쩍 뛰어넘어 존재하는 영원한 생명력, 그것을 무덤이라는 소재를 통해 끊임없이 탐문하는 과정을 통해 그 일면이 두드러진다. 이러한 작업은 보다 다양한 작품을 연구 대상으로 삼아야 한다는 전제가 서고, 또 고전소설에 대응하는 시기별(이를테면, 90년대 소설, 2000년대 소설) 현대소설의 선별에도 특수한 기준을 설정해야 한다는 전제가 따른다.

고전소설에 나타난 꽃의 문예적 조명

1. 서론

개개의 작품들은 역사적·사회적 현실에 입각하여 제각기 다른 문학적 세계를 나타내고 있기 때문에 시대정신의 반영이라고 볼 수 있다. 문학이 역사적 현실과 밀접하게 연관되어 있다고 하는 것은 그것이 문학 제작의 배경을 이루고 있는 역사에 있어서의 정치·경제·도덕·과학·종교 등 여러 원리와 소재 차원에서 연관되어 있음을 뜻한다.[1] 따라서 소재론에 대한 연구는 개별 작품의 창작 의식을 보다 면밀하게 읽어 낼 수 있는 기반이 된다. 작가의 삶이 투영된 환경에서 선별된 소재는 당대의 창작과 관련한 문예적 관점을 자연스럽게 드러내기 때문이다.

그간 소재론 연구와 관련해 중요한 연구 성과가 있었다. 국문학 배경으로서의 정치·사회·종교·자연 등을 다룬 연구부터[2] 인물의 성격 일면을 돕는 환경으로서의 자연 배경론 연구,[3] 근원설화와 삽입설

---

1) 박철희, 『문학개론』, 형설출판사, 1985, 99면.

2) 박성의, 「국문학 배경론」, 『국어국문학』10, 국어국문학회, 1954, 174-177면.

3) 이태극, 「고대소설의 자연배경론 : 續·한국고대소설연구 서설」, 『한국문화연구원 논총』3, 이화여대, 1963, 35-51면.

화의 소재론적 연구[4]), 고전소설에 삽입된 산문과 운문의 문예양식 연구,[5]) 창작 재료 자체의 유형성과 흥미성을 간직한 화소와 그 화소 간의 결구 방식을 살핀 연구[6]) 등 참신한 논의가 이루어졌다. 그럼에도 이전의 논의에서 유형화하지 않은 채 개별 소재로 언급하였거나 소재 자체의 소설적 기능을 아예 언급하지 않은 예들이 아직 많다.

이 논문에서 살펴 볼 꽃이라는 소재 역시 서사 문예적 기능과 의미를 획득할 만한 논의가 이루어지지 못한 듯하다. 창작자의 환경과 비근한 소재인 까닭에 마땅히 작품 안으로 수용해 문예적 기능을 담당하였을 것임에도 불구하고 이에 대한 관심이 이어지지 않았다.[7]) 꽃에 관한 문예적 접근은 시가문학 안에서 자세히 이루어졌다. 꽃의 어원을 중심으로 한 고대 가요와 민요, 무가 등의 고찰,[8]) 매화·국화 등 특정한 꽃의 상징성과 문학성 연구,[9]) 민요와 시에 나타난 꽃의

---

4) 최삼룡, 「한국 고소설의 소재에 대한 연구」, 『한국언어문학』29, 한국언어문학회, 1991, 326-358면.
 이복규, 『우리 고소설 연구』, 2004, 223-288면.
 송성욱, 「한국 고전소설의 모티프, 그 환상적 성격」, 『한국고전소설의 세계』, 돌베개, 2005, 147-169면.

5) 경일남, 『고전소설과 삽입 문예양식』, 역락, 2002.
 경일남, 『고전소설의 창작기법 연구』, 아세아문화사, 2007.

6) 김진영, 「화소와 결구방식을 통해 본 영웅소설의 유형성」, 『한국고소설의 창작방법 연구』, 새문사, 2005, 115-138면.

7) 꽃이 고전작품 안에서 재생의 주력(呪力)이나 상징몽, 그리고 태몽 속에 쓰이며, 예언성(豫言性)을 드러낸다고 살핀 연구가 있으나 소략한 언급에 머물고 문예적 기능과 의미까지 발전시키지 못하였다.(안영희, 「고대인들에게 반영된 꽃의 의미: 꽃의 어원을 중심으로」, 『아세아여성연구』11, 숙명여대 아세아여성연구소, 1972, 206-208면 ; 최삼룡, 앞의 논문, 332-333면)

8) 안영희, 위의 논문, 189-213면.

9) 최강현, 「사군자의 문학적 고찰(Ⅰ)-주로 매화를 중심으로」, 『홍대논총』Ⅶ, 홍익대 출판부, 1975, 21-40면.
 윤영옥, 「매화와 국화의 시조」, 『시조론』, 일조각, 1978, 91-105면.

특징 연구,[10] 고시조에 나타난 꽃의 의미와 상징체계 연구,[11] 고시조에 담긴 꽃의 이미지 분석을 통한 유·불·선의 사상적 고찰,[12] 등 활발한 논의가 있었다. 이러한 논의는 고전소설과도 긴밀한 연관성을 갖는다. 고전소설 안의 삽입시는 물론 그 서사 전반에 걸친 꽃의 문예적 장치와 호응하기 때문이다.

이 논문은 고전소설에 나타나는 꽃이 상투적 소재가 아닌 가치화된 소재로 작품 사이에 존재하며, 나아가 소설적 기능을 담당하는 장치라는 사실에 주목하고자 한다. 이를 통해 고전소설이 지향했던 심미주의적 문예관에 대해서 유추해 보고자 한다. 2장에서는 꽃이 작품 안에서 문학적으로 형상화된 기법을 살피고, 3장에서는 꽃이 서사 구조적 장치로 기능하며 당대의 작가 의식을 심도 있게 구현한 사실을 밝힌다. 이를 바탕으로 4장에서는 고전소설에 나타난 심미주의적 문예관을 이해하기로 한다. 이러한 연구를 통해 고전소설의 소재론적 창작 기반에 대한 이해를 넓히고자 한다.[13]

2. 꽃의 형상화 기법 양상

고대인은 자연을 통해 현실 문제를 재조명하는 문학관을 형성했

10) 김대행, 『한국 시의 전통 연구』, 개문사, 1980, 175-191면.

11) 정병욱, 『한국고전시가론』, 신구문화사, 1982, 355-374면.
진동혁, 『고시조문학론』, 형설출판사, 1982, 71-77면.

12) 윤광민, 「고시조에 나타난 꽃 연구」, 성신여대 석사논문, 198면.

13) 이 논문은 고전소설에 나타난 꽃의 문예적 기능을 살피는 데 있어 다수의 작품을 전체적으로 조망하고자 한다. 개별 작품을 통한 보다 심화된 논의의 전초 작업임을 밝힌다.

다. 즉, 인간과 자연이 소통하는 가운데 당대인의 고민을 반영하는 창작 의식을 마련한 것이다. 그런 가운데 신선계나 저승, 용궁 같은 신비한 세계를 상상해 냈고, 나아가 인간이 동물이나 식물과도 소통하는 자연관을 구현했다. 인간과 꽃의 소통은 『삼국사기』 소재 〈화왕계〉와 『삼국유사』 소재 〈거타지〉에서 발견되는데, 꽃을 통해 군왕의 선의(善意)를 읊고, 꽃가지가 여인으로 변하는 이야기는 당대인의 환상을 자극했을 법하다.

또한 도연명의 '도화원기'에서 유래한 도화에 대한 환상이[14] 시가문학의 주요한 소재로 익숙해져 있었고, 바리데기 신화를 통해 읊어지던 생명꽃에 대한 환상도[15] 세간에 회자되었던 것을 고려해 보면, 고전소설 안에서의 꽃은 그 서사의 긴밀함 속에서 보다 의미 있게 구상되었으리라 추정할 수 있다. 이와 같은 배경을 토대로 고전소설 안에 장치된 꽃의 형상화 기법 양상을 숙고해 보기로 한다.

1) 인물의 입체적 묘사

〈이생규장전〉은 이생과 최랑의 애정 이야기로 자발적이고도 자유로운 연애를 다룬 전반부와 전란으로 인해 생사의 갈림길로 이별하는 후반부로 구성된다. 이러한 서사 속에서 최랑은 꽃의 묘사로 작품 전편에 걸쳐 독특한 입체성을 띤다.

---

14) 진동혁은, 무릉도원의 영향으로 도화가 탈속적인 또는 신선적인 의미로 시조 안에서 가장 많이 읊어진 꽃 소재가 되었다고 밝혔다.(진동혁, 앞의 논문, 69면)

15) 생명꽃 요소는 다른 나라에는 별로 나타나지 않는 것으로 우리나라 설화의 한 특징이라 할 수 있다. 그런데 우리 설화에 이처럼 생명꽃과 관련된 내용이 많이 나타나고 있는 것은 어쩌면 고대에 있어 우리 무속신화에 생명꽃 및 서천꽃밭과 같은 내용이 있었기 때문일 가능성이 있다.(이수자, 「무속의례의 꽃장식」, 『한국무속학』14, 한국무속학회, 2007, 434면)

① 이생이 담장 너머 꽃 숲에 둘러싸인 최랑을 엿보다.
② 이생이 기다리는 담장 너머로 도화가지가 넘어오다.
③ 최랑이 머리에 꽃을 꺾어 꽂고 이생을 기다리다.[16)]

①의 화사한 꽃 숲은 곧 전개될 청춘남녀의 사랑과 호응한다. 최랑이 도적에게 죽은 뒤 귀신으로 찾아오는 후반부의 무거운 정조는 작품 서두의 이 화사한 꽃 숲과 대비되며 균형을 잡는다. 아울러 ②에서처럼 담장 너머로 넘겨 보낸 도화꽃가지는 이생과의 사랑을 받아들이겠다는 최랑의 적극적인 자세를 상징한다. 이러한 암묵적 의지는 ③에 이르러 확연히 드러난다. 꽃떨기 사이에서 꽃을 머리에 꽂고 이생을 기다리는 최랑은 농염하기조차 하다.

꽃과 더불어 여주인공의 미가 강조되는 예는 〈위경천전〉에서도 나타난다. 위생이 소낭자를 처음 본 순간, 그녀는, "자줏빛 꽃 아래 앉아 손에 한 떨기 꽃봉오리를 꺾어 들고"[17)] 시를 읊는다. 비록 위생을 의식한 행동은 아니지만 그녀를 훔쳐보는 위생의 마음이 동요될 만큼 요염하다. 꽃을 통한 이러한 관능적 형상화는 곧 이어질 남녀 주인공의 자유로운 연애를 뒷받침해 주는 바탕이 된다.

꽃은 주인공의 태몽을 통해 인물의 신성성을 강조하기도 한다. 〈구운몽〉의 난양공주는 태후가 신선의 꽃을 받는 꿈을 꾸고,[18)] 〈심

---

16) ①一日窺牆內 名花盛開 蜂鳥爭喧 傍有小樓 隱映於花叢之間 珠簾半掩 羅幃低垂 有一美人 倦繡停針. ②忽見桃花一枝 過牆而有搖裊之影 ③回眄左右 女已花叢裏 與香兒 折花相戴 鋪罽僻地. 『금오신화』, 이재호 역주, 1998, 91-92면.

17) 紫薇花下 懸一紅蓮燈 下有一美人…… 手折一枝花蕚 依樓支頭而吟. 『17세기 애정전기소설』, 이상구 역주, 월인, 260면.

18) 공쥐 탄싱홀 제 태휘 숨의 신션의 옷과 불근 진쥬롤 보앗더니. 「구운몽」, 김병국 교주, 서울대학교출판부, 2007, 123-124면.

청전〉의 곽씨 부인도 녹의홍상 선녀로 내려온 심청에게 계수나무 꽃을 받는 태몽을 꾼다.[19] 태몽을 통해 난양과 심청의 존재 자체에 천상계의 신성성을 부여한 경우이다.

또한 꽃을 통해 인물의 신분이나 위치를 드러내기도 한다. 〈구운몽〉의 계섬월이 양소유에게 자기 집을 소개하는데, "다리 남녘에 분칠한 담 밖에 앵도화가 한창 핀 집이 곧 첩의 집이라."고 하는 대목이 나온다. 유곽이란 말 대신에 앵도화란 표현으로 계섬월이 기녀라는 신분을 밝힌 것이다. 한편으로 꽃은 신선계의 인물을 상징하기도 한다. 〈전우치전〉에서 운생과 설생이 팔진성찬을 차려 놓고 전우치를 기롱하자 도술로써 징계하는 대목을 보자.

> 우치는 즉시 한 동산에 가니 도화가 만발하여 금수장을 드리운 듯하거늘 우치는 두루 완상하다가 꽃 한 떨기를 훑어 진언을 염하자 낱낱이 변하여 각색 실과가 되었다. 그것을 소매 속에 넣고 돌아와 좌중에 던지니 향기가 코를 스치며 승도, 포도, 수박이 낱낱이 헤어지는 것이었다.[20]

꽃을 이용해 실과를 만드는 도술 묘사이다. 이때의 꽃은 단순히 자연물이 아니라 전우치의 도교적 성격을 입체화하는 장치이다. 앞서 예처럼 여성 인물을 표현하는 장치로 꽃을 쓴 것과는 사뭇 대비되는

---

19) 정월 십오야이 ᄃᆡ목 ᄒᆞ니 어더구나 녹의홍상 일원션에 좌슈화 들고 우슈의 옥ᄑᆡ 들고 ᄇᆡᆨ운을 자바타고 공중의 나려와셔 심봉ᄉᆞ 양위 젼의 졀ᄒᆞ고 엿ᄌᆞ오되 쇼녀난 텬상 션녜로셔 상졔긔 득죄ᄒᆞ고 인간의 ᄂᆡ치시ᄆᆡ 갈 바을 모르드니 셔가여ᄅᆡ 지시키로 ᄃᆡᆨ을 ᄎᆞᄌᆞ 왓ᄉᆞ오니 어엽비 여기쇼셔. 「심청전」(박순호 소장 39장본), 민속원, 2005, 142면.

20) 「전우치전」(활자본), 서문당, 1994, 188면.

점이다.

2) 배경 장면의 효과적 비유

〈운영전〉은 궁녀 운영과 김진사의 비극적 사랑을 다룬 이야기이다. 이 작품의 주요 공간은 유생이, 운영과 김 진사를 만나 비명에 간 사연을 전해 듣는 수성궁이다. 이 후원 공간 장면에 그들의 비극적인 이야기를 형상화한 꽃이 등장한다.

> 유생은 서쪽 동산으로 걸어 들어갔다. 산과 물이 깊숙한 곳에 이르자, 온갖 풀들이 빽빽하게 우거져 맑은 연못에 그림자가 비치었으며, 땅에 꽃이 떨어져 있었으나 사람의 자취는 찾아볼 수 없었다[21]

이 공간 장면에서 유난히 색감을 발하는 것이 낙화이다. 한밤의 공간에 색감을 가진 것은 이 떨어진 꽃뿐이다. 산과 물, 풀이 상승적이거나 평면적인 위치인 반면 낙화는 하강의 이미지이다. 이 꽃의 강렬한 색감과 하강의 이미지는 두 남녀의 극적인 사랑과 짧게 끝난 생애를 형상화한 것이다. 비록 낙화의 비유가 한 공간에서만 이루어지지만 서사 전편에 그 의미가 깃들어 있는 셈이다. 이와 달리 〈안빙몽유록〉은 작품 전편이 꽃과 관련된 공간을 보여준다. 즉, 현실 공간도 화원이요, 몽유 공간도 화원으로 설정되어 나타난다.

> 여러 차례 진사시험에 응시했으나 낙방하고 남산 오두막집에서 한가로이 지내면서 집 뒤뜰에다 진기한 화초들을 많이 심어두고 날마다

21) 生步入西園 泉石幽邃處 則百草叢芊 影落澄潭 滿地落花 人跡不到.『17세기 애정전기소설』, 이상구 역주, 월인, 1999, 270면.

그 사이에서 시나 읊조리며 세월을 보냈다.[22)]

오두막 뒤뜰 꽃밭은 몽중의 화려한 화국(花國)으로 환치되고, 안빙은 그곳에서 꽃들의 환대를 받으며 시흥을 펼친다. 이때 안빙은 화국의 여왕을 만나는 조원전에 이르기까지 수많은 문을 지난다. 청의동자를 따라 채색의 중문을 지나고, 두 여시를 따라 다시 수십 개의 중문을 지나는데, 이는 안빙의 오두막 뒤뜰 꽃밭과 대비되는 광대한 화국의 영지를 상징한다. 아울러 낙방한 채 은둔하는 안빙의 처지가 숱한 문 밖으로 밀려나 있는 비유이기도 하다. 안빙이 화국에서 돌아와 보는 뜰 밖의 출당화는 그 숱한 문 밖으로 밀려나 있는 안빙의 또 다른 모습이다.

〈종옥전〉에서도 꽃으로 상징한 공간이 나온다. 학문에 통달해 등과하기 전까지는 결혼하지 않겠다고 다짐한 종옥과 이를 훼절코자 하는 인물들 사이에 연꽃 핀 못이 자리한다. 연당에서의 주요 서사 단락을 보자.

① 종옥은 연당에서 학업에만 정진하다.
② 향란이 찾아와 유혹하자 그 뜻이 꺾이다.
③ 향란과 가짜 귀신놀음을 하며 밤마다 연당을 거닐다.
④ 중양절 잔칫상에서 가짜 귀신놀음이 판명 나 망신을 당하고 연당으로 돌아와 한탄하다.[23)]

연꽃은 진흙 속에서 피지만 그에 물들지 않으므로 고결한 정신세

22) 累擧進士不第 就南山別業 居閑 所居之後圃 多植名花異草. 『기재기이』, 박헌순 역주, 범우사, 1990. 148면.

23) 『역주 조선후기 세태소설선』, 신해진, 월인,1999, 119-149면.

계를 상징한다. 종옥의 거처 공간에 등장하는 연꽃은 바로 그와 같은 종옥의 정신세계를 상징한다. 학업에 통달해 등과하는 것 외에는 관심이 없는 종옥에게 연당은 하나의 이상적인 삶의 비유이다. 그러나 연당을 경계로 그러한 이상을 훼절코자 하는 향란과 김공이 대치되어 있다. 그들의 계획대로 종옥은 훼절당하지만 역설적이게도 그로 말미암아 자신의 진성을 솔직하게 깨우치는 공간으로 작용한다. 꽃은 이와 같은 공간 장면뿐만 아니라 시간을 형상화 한 곳에서도 긴요하게 살아난다. 다만 공간 장면에서와 달리 꽃의 형상화 기법이 매우 짧게 표현된다는 특징이 있다.

> ① 홰나무 꽃이 누렇게 물 드는 시기가 되어 김생은 과거 시험장에서 나라 안의 모든 선비들과 함께 자거를 다투다.[24]
>
> ② ᄉᆡᆼ이 쟉일의 산의 드러 올 제 버들쏫치지지 아녓더니 ᄒᆞ로 ᄉᆞ이의 믈ᄉᆡᆨ이 변ᄒᆞ여 바회 ᄉᆞ이의 국홰 만발ᄒᆞ여거ᄂᆞᆯ ᄉᆡᆼ이 고이히 너겨 사ᄅᆞᆷ을 만나 무ᄅᆞ니 임의 팔월이 되여더라.[25]
>
> ③ 단풍잎은 서리를 맞아 붉게 물 들었고, 국화는 이슬을 머금은 채 누런 꽃이 피어 있다.[26]

①은 과거 보는 시기를 홰나무 꽃이 물 드는 시기로 환치했다. '과거 보는 시기가 되어' 따위의 상투적인 표현에 의존하지 않고 꽃을 빌어 그 시기를 상기토록 한 것은 매우 돋보이는 수사법이다. ②는 양소유가 공명을 구하러 가는 길에 만난 도인에게 거문고를 전수 받

---

24) 以槐黃之期 與國士鬪蠚距於試場. 「상사동기」, 『17세기 애정전기소설』, 이상구 역주, 월인, 1999, 310면.

25) 「구운몽」, 38면.

26) 楓葉着霜而染舟 菊花凝露而綻黃. 「종옥전」, 『17세기 애정전기소설』, 144면.

는 사이 흘러간 시간을 버들꽃과 국화로 대비하고 있다. 이 역시도 단순히 '시간이 순식간에 지나버렸다'는 투의 고루한 표현 대신 각기 다른 절기의 꽃들을 대비시켜 시간의 경과를 나타내고 있어 흥미롭다. ③은 종옥이 가짜 귀신 놀음을 하는 향란과 유영하는 밤 시간을 표현한 것인데, 단순한 묘사이기는 하지만 꽃을 통해 두 사람이 만끽하는 가을밤 정경이 그대로 살아난다.

3) 삽입시의 문재(文才) 겨루기

고전소설의 남녀 주인공은 시나 사를 주고받으면서 서로의 깊은 감정을 이해하고 그것을 통해 애정을 더욱 돈독히 하게 된다. 그들은 문예에 대해 동일한 취향을 가진 사람들이며, 시나 사의 수창에서 크나큰 기쁨을 느낀다.[27] 이러한 애정류의 삽입시뿐만 아니라 문재를 겨루는 삽입시의 등장도 눈에 띄는데, 꽃이 그 역할을 맡고 있다.

꽃을 통한 문재 겨루기는 우선 '꽃이 삽입시 내에서 소재로 드러나는 경우'이다. 〈만복사저포기〉의 양생과 귀녀들은 시를 통해 자신의 현실을 달래는 한편, 문재를 겨루며 고매한 정신세계를 구가한다. 이때 그들의 시료(詩料)로 꽃이 등장한다. 정씨는 매화와 배꽃으로, 오씨는 복숭아꽃과 연꽃으로, 유씨는 계수나무꽃으로, 양생과 귀녀는 개별적인 꽃이 아닌 통칭의 '꽃'을 시재로 겨룬다. 시연에서 김씨만 유일하게 꽃을 시재로 하지 않으며 지나치게 그에 의탁하는 것을 경계한다.

두 번째는 '실재의 꽃으로 문재를 겨루는 경우'이다. 〈구운몽〉의 정소저와 난양공주는 처음부터 문재를 겨루고자 하는 의식이 분명하

27) 박희병, 『한국전기소설의 미학』, 돌베개, 1997, 52면.

다. 궁궐 뜰에 핀 벽도화를 두고 서로 문재를 겨루며 경쟁 의식을 펼친다. 태후가 정소저에게 벽도화를 시재로 하여 칠보(七步) 안에 시 짓기를 하명하자 난양공주가 함께 시험보기를 청한다. 중요한 것은 태후가 두 인물의 시를 보고 조정에 만일 여자를 뽑는 과거 시험이 있다면 정소저와 난양공주가 장원을 겨루리란 평을 한 점이다. 남성 사회의 '과시(科試)'에 견주어도 손색없는 두 여성 인물의 문재가 증명되고 있다. 꽃을 소재로 한 문재 겨루기는 곧 두 여성의 뛰어난 문학적 자질을 드러내는 역할을 한다.

세 번째는 '의인화된 꽃을 통한 문재 겨루기'이다. 〈안빙몽유록〉에 등장하는 인물은 모두 의인화된 꽃들이며 그 인물들에 의해 시연이 벌어진다. 화국(花國)의 시연 역시 단순한 시작(詩作)이 아니라 문장을 겨루는 성격이라는 사실은, 주씨가 공자의 제자인 증점의 말을 빗대어 창랑곡을 노래하자 여왕이 책망하는 부분에서 나타난다. 여왕은 주씨가 자기 뜻이 없이 옛 가사를 암송하자 벌주도 내린다. 이제 주씨는 본격적인 문재 겨루기에 몰입한다.

외람되이 부용성 지킨 지 몇 해런고	叨主芙蓉歲幾舟
한가로이 꽃 속에서 연잎 배를 저었네	等閑花裏棹蓮舟
광풍제월 아무도 사랑하지 아니하니	光風霽月無人愛
염계 이야기에 다시 수심만 생기네	說到濂溪更作愁

-『기재기이』, 27면

속진에 물들지 않는 꽃으로 상징되는 부용(주씨)의 시는 작가의 군자 상을 담아낸다. 광풍제월, 곧 맑고 깨끗한 마음이 중요시되지 않는 현실로 인해 '說到濂溪更作愁'에 이르면 주씨의 고민은 깊어진다.

때 묻지 않은 연잎 배를 저으며 사는 것도 군자요, 광풍제월의 상실로 수심에 젖어 사는 것도 군자이다. 그런 까닭에 탈속의 경지와 욕계의 경지가 대비된다. 한가로운 부용성의 세월과 수심 젖은 염계의 세월이 그것이다. 낙도를 노래한 동리의 시는 주씨의 시와 비견된다.

사치를 버리고 도를 즐기니	樂道厭紛華
동쪽 울 아래 집을 정했네	東籬還是家
저녁 꽃 가을 지나 다 지고	夕英秋後少
맑은 이슬 밤 깊어 많구나	白露夜深多
율리엔 도령이 슬프고	栗里悲陶令
용산엔 맹가가 한스럽네	龍山恨孟嘉
해마다 비바람만 몰아치니	年年風雨日
다시는 꽃을 꽂지 못하겠구나	無復滿頭花

–『기재기이』, 28면

화자(국화)의 거처는 동리다. 도를 즐기는 순행의 삶이 담긴 공간이다. 난만하던 꽃들이 모두 지고 찬 이슬만 내리는 때에 동리 홀로 오롯하게 낙도를 노래한다. 동리가 넘겨다보는 율리와 용산의 미담(美談)들은 한 조각 꿈과도 같아서 스산하기만 하다. 그곳은 화려하던 꽃의 잔치가 끝나고 비바람만 몰아치는 땅이다. 동리의 도는 그 비바람에 휩쓸리지 않고 낙도를 소유하는 것이다.

이처럼 꽃은 인물의 입체적 기법으로, 시·공간 배경을 효과적으로 비유하는 기법으로, 그리고 삽입시의 문재를 겨루는 기법으로 형상화되었다. 이를 통해 고전소설은 한층 짜임새 있는 서사와 유려한 문체를 형성하였다.

3. 꽃의 서사 구조적 기능

시가 문학에서 꽃은 주로 서경을 읊거나 지난날을 애탄하거나 이별한 님을 그리는 심경, 혹은 여인의 미모와 청춘을 찬탄·탄식하는 주제로 쓰이는데,[28] 그것이 고전소설 안으로 수용되면 그 기능과 의미가 한층 복합적인 면모로 탈바꿈한다. 고전소설의 창작자가 꽃의 보편성에서 추출한 독특한 이미지와 특질은 곧 주제 의식을 반영하기 위한 노력에서 기인한다. 사건 단락과 단락 사이에서 기능하는 꽃을 통해 작품의 서사 구조에 대한 이해와 아울러 창작 기반을 살피는 데 도움을 준다.

1) 애정 관계의 소통과 갈등

〈상사동기〉의 김생은 회산군의 시녀 영영과 하룻밤 맺은 사랑을 잊지 못해 괴로워한다. 영영과의 애정 관계가 이어지지 않는 것은 그녀가 회산군이 총애하는 궁녀일 뿐만 아니라 김생의 신분이 낮다는 사회적 배경에서도 기인한다. 김생은 학문에 매진해 3년 뒤 갑과의 과거에서 장원 급제한다.

> 3일 동안의 유가에서 김생은 머리에 계수나무 꽃을 꽂고 손에는 상아로 된 홀을 잡았다. 앞에서는 두 개의 일산이 인도하고 뒤에서는 동자들이 옹위하였으며, 좌우에서는 비단옷을 입은 광대들이 재주를 부리고 악공들은 온갖 소리를 함께 연주하니 길거리를 가득 메운 구경꾼들이 김생을 마치 신선인 양 바라보았다.[29]

---

28) 정병욱, 『한국고전시가론』, 신구문화사, 2000(신구판), 444-449면 축약.

29) 三日遊街 頭戴桂花 手執牙笏 前導雙盖 後擁天童 衣錦唱夫 左右呈伎 執樂工人

하루아침에 달라진 김생의 위상은 계수나무꽃으로 상징된다. 계수나무꽃은 장원 급제한 사람의 살쩍에 꽂던 어사화이다. 어사화는 말 그대로 사회적 신분의 상승을 나타내는 꽃이다. 어사화는 이후 김생의 행위에 대범함을 실어 준다. 유가 행렬 중 불현듯 영영이 떠오르자 취기를 빌미삼아 회산군 집 앞에 눕는 행동을 하는 것이다. 김생의 계획대로 영영과 재회하고 마침내 결연하기에 이른다. 계수나무꽃은 김생과 영영의 애정 관계를 소통시키는 문예적 기능이자 당대 신분 사회의 단면을 드러내기도 한다.

계수나무꽃의 기능은 〈구운몽〉에서도 찾을 수 있다. 양소유는 과업을 이루지 못한 상태에서 정경패와의 혼사 이야기를 듣게 되나 문벌이 맞지 않아 때를 뒤로 미룬다. 그 뒤 과문에 들어 계수나무꽃을 꽂고 정소저의 집으로 찾아와 혼인을 청한다. 이미 그 전에 양소유는 여사도의 복색으로 정소저를 찾아가 그녀의 능력과 자질을 살피는 적극성도 보이지만, 현실적으로는 문벌 높은 가문에 당당하게 나설 수 있는 입지가 아니었다. 두 인물의 애정 관계가 소통되는 곳에서도 상승된 신분을 상징하는 계수나무꽃의 기능이 작용한 것이다.

주목한 바와 같이 꽃은 남녀 간 애정이 주요 서사로 작용하는 대목에서, 그것을 소통시키는 기능을 담당하고 있다. 남녀 주인공의 만남이 이루어지고, 애정이 진전되는 서사 구조의 개연성을 꽃이 담당하고 있다는 의미이다. 신선이나 노비, 무당 등과 같은 조력자에 힘입어 애정을 소통하는 서사 구조에 비해 정적이기는 하지만, 등장인물의 심리 전개와 묘사에 매우 독창적인 기능을 하고 있다는 사실을 살필 수 있다.

衆聲並奏 觀者滿庭 望若天上郎也. 『17세기 애정전기소설』, 311면.

한편 꽃은 등장인물의 애정 갈등 관계에도 적극적으로 개입한다. 〈사씨남정기〉에서 사씨와 유한림의 갈등이 시작되는 부분에 모란꽃이 등장한다. 모란꽃이 만발한 화원으로 꽃구경을 나간 사씨 부인은 교씨의 거문고 소리를 듣고 이를 경계하도록 이른다. 교씨가 유한림에게 이르길, "네 만일 이후에 또 노래를 부르면 내게 혀를 끊는 칼도 있고 벙어리 만드는 약도 있나니 삼가 조심하여라."고 겁박하였다고 모함한다. 이 말을 전해들은 유한림은 사씨 부인의 투기를 의심하고 갈등 관계로 나아간다.

〈김인향전〉에서는 주인공을 함정에 빠트리는 장면에 목화가 등장한다. 김좌수의 후실 정씨가 인향을 음해하고자 목화밭으로 유인한다. 인향은 목화를 따다가 얻어먹은 떡 때문에 잉태한 것처럼 몸이 변하고, 가문의 체통을 염려한 김좌수의 닦달로 결국 연못에 빠져 죽는다. 이로 인해 일시적이나마 정혼자인 유성윤과의 애정이 단절된다. 주인공을 함정에 빠트리고 애정 관계의 단절을 불러온 공간이 가내(家內)의 공간이 아니라 목화밭이라는 사실이 이채롭다. 이는 봉건 가족 제도의 구조적 모순이 한 가문의 갈등 단계를 벗어나 사회적 문제로 만연해 있던 시대적 상황을 공개적 공간에서 부각한 것이다.

〈사씨남정기〉의 모란꽃 화원은 〈김인향전〉의 목화밭보다는 폐쇄된 공간이지만 그렇다고 완전히 밀폐된 공간은 아니다. 비록 일부분이나마 개방성이 보장된 화원에서 처첩 간의 갈등을 야기토록 한 것은 봉건 가족 제도의 모순을 사회적 문제로 끌어내 보려는 작가의 노력에서 비롯된 것이다. 결국 양 작품은 당대의 가족 제도에서 발생한 문제를, 꽃이라는 소재를 중심으로 한 공간에서 재조명한 것으로 이해할 수 있다. 곧 꽃은 개인적 애정 갈등 너머의 사회적 문제를 드러내는 서사 구조적 기능을 담당하고 있는 것이다.

2) 유랑과 정착 구조의 서사 복선

〈구운몽〉은 광활한 우주의 시공간을 활용하여 입체적 성층화를 이룩한[30] 고전소설의 백미이다. 성진과 팔선녀의 유랑과 정착이 시작되는 곳은 연화봉 골짜기 석교이다. 그곳에서 성진과 팔선녀가 속세의 감정으로 희롱하고 그로 인해 인간세계로 하강한다. 이때 성진이 팔선녀를 희롱하는 것이 다음 아닌 꽃을 이용한 환술이다. 그가 도화 한 가지를 꺾어 선녀 앞으로 던지자 여덟 봉오리가 땅으로 떨어져 화하여 명주가 된다. 여덟 봉오리 꽃은 이후 팔선녀의 지상 환생을 의미한다. 팔선녀는 각기 다른 신분과 재주로 태어나지만 기이한 사건의 연속 속에서 마침내 양소유와 부부 연을 이룬다.

양소유는 작품 말미에서 장원급제 한림학사하고 출장입상 공명신퇴하여 팔부인과 더불어 즐긴 것이 모두 하룻밤 꿈이며 자신의 본신이 성진이란 사실을 깨닫는다. 대사가 법좌에 올라 경문을 여니 천화가 날리는 순간 성진은 불생불멸의 정과를 얻는다. 지상 인간으로서의 삶에 작용한 꽃의 환술적 성격과 선계 구도자로서의 삶에 작용한 꽃의 득도적(得道) 성격은 작품에 미학적 통일성을 부여하며 작가의 공사상을 강조하는 복선으로 거듭난다.

〈구운몽〉에서 서사 전반에 걸쳐 꽃이 복선 작용을 했다면, 〈최척전〉에서는 한 번의 상징으로 주인공의 유랑과 정착을 암시한다. 임진왜란과 병자호란 사이의 사회상과 전쟁이 가져다준 민중계층의 삶의 황폐함과 가족 이산의 아픔을 절실하게 표현함으로써 전쟁의 참상을 고발하고 있는 점[31]은, 가장 적실한 창작 의식의 소산이다. 그

30) 이월영, 『고소설론』, 월인, 2000, 148면.

31) 박태상, 『조선조 애정소설연구』, 태학사, 1996, 302면.

만큼 전란이라는 시대상이 깊게 담겨 있으며 그로 인한 두 남녀의 20여년에 걸친 파란만장한 유랑과 정착은 사실성을 더한다.

> 최척은 피리를 잘 불었으며, 매번 꽃피는 아침과 달뜨는 저녁이 되면 아내와 함께 피리를 불곤 하였다. 일찍이 날씨가 맑은 어느 봄날 밤이었는데, 어둠이 깊어 갈 무렵 미풍이 잠깐 일어나면서 밝은 달이 환하게 비추었으며, 바람에 날리던 꽃잎이 옷에 떨어져 그윽한 향기가 코끝에 스며들었다.[32]

매번 꽃피는 아침이면 피리를 불었다고 하였으니 이미 두 인물의 생활 속에 꽃이 존재하는 상황이다. '바람에 날리는 꽃잎'은 이제 곧 전개될 두 인물의 유랑을 의미한다. 낙화는 곧잘 선인들의 문학 속에서 활용된 의미심장한 예였으므로[33] 그저 단순한 서경만으로 볼 수 없다.

아득한 요대엔 새벽구름이 떠다니고	瑤臺漂渺曉白雲
맑은 난소의 곡조는 끊이지 않네	吹澈鸞蕭曲未終
여향 공중에 울려 퍼짐에 달은 떨어지려 하고	餘響滿空月欲落
뜰에 드리운 꽃 그림자는 향기로운 바람에 날리네	一庭花影動香風[34]

---

32) 陟吹蕭 每花朝月夕 與妻相對而吹 嘗於暮春淸夜 將半微風乍起 素月揚輝 飛花撲衣 暗香侵鼻. 『17세기 애정전기소설』, 318면.

33) 정병욱은, 1,648수의 시조 가운데 약 1할인 174편에 꽃이 쓰인 것을 확인했고, 이어 꽃의 종류별로 나누어 고찰했는데 낙화가 12회 등장하며 다섯 번째로 많은 활용 빈도수를 확인했다.(앞의 논문, 434면)

34) 이상구, 『17세기 애정전기소설』, 319면.

이들의 험난한 유랑의 전조를 시 속의 낙화를 통해 한 번 더 강조하고 있다. 최척의 시에서는 '꽃이 바람에 날리는' 것이 아니라 '꽃그림자(花影)가 바람에 날리는' 것으로 나타난다. 그림자는 존재의 또 다른 자취다. 비록 봄밤의 정조를 곡진하게 표현한 수사법으로 쓰였다곤 하지만 일본과 중국을 거쳐 대해(大海)를 유랑할 수밖에 없었던 두 남녀의 또 다른 삶의 자취를 상징하는 표현이다. '꽃그림자는 향기로운 바람(香風)에 날린다'고 하였으니 그들의 유랑이 결국은 향풍처럼 낙관적인 정착에 이르리란 것 역시 암시하고 있다.

〈주생전〉과 〈위경천전〉의 주생, 그리고 위생은 유랑과 정착의 삶을 보여주는 인물이다. 이들의 공통점은, ①배를 타고 주유하는 유랑을 하던 중, ②육지에 내려 꽃 숲에 이르고, ③꽃 숲 너머의 여주인공과 애정 관계를 이루지만, ④전란으로 여주인공과 이별하며 배를 타고 떠난다는 것이다. 주생과 위생의 애정 관계는 물-육지-물의 공간을 이동하며 이루어지는데 한가운데 꽃 숲이 자리한다. 꽃 숲은 여주인공을 둘러싼 세계이고 물은 남주인공을 둘러싼 세계이다. 꽃 숲에서 애정이 성사되지만 물로 상징된 남주인공의 운명은 멈추지 않고 흐른다. 이로 인해 남녀 주인공은 이별로 치닫는다.

이러한 서사는 전대 작품의 기이한 애정 관계, 예컨대 「만복사저포기」나 「하생기우전」 등의 인귀 간 애정 관계가 인간 대 인간의 애정 관계로 전환한 것이다. 즉 무덤 속 여귀가 꽃 숲의 선화와 소낭자라는 인간으로 등장하며 사실주의적 문예관을 구현한 것이다. 사실적인 사건과 소재를 통해 시대상을 담고자 하였던 창작 의식을 읽을 수 있다.

이때 꽃은 등장인물의 유랑과 정착이라는 서사 구조를 뒷받침하는 문학적 기능을 담당한다. 성진과 팔선녀의 선계와 인간계, 다시 선계로 이어지는 서사 구조의 근본적 복선으로 작용하며, 최척과 옥영의 파란만장한 유랑과 정착의 전조로 작용하고, 물-육지-물로 이어지는 〈주생전〉·〈위경천전〉 남녀의 유랑과 정착 구조를 지탱하는 기능을 한다. 아름답게 피었다 짧게 지는 꽃의 속성이 각 작품의 서사 구조에 녹아들어 기능하고 있음을 알 수 있다.

3) 해원의식의 은유적 주체

〈안빙몽유록〉은 궁벽한 오두막의 선비가 화국(花國)으로 찾아가 융숭한 환대 속에서 시흥을 나누고 돌아오는 이야기이다. 기재는 기묘사화의 파란을 겪고 15년 세월을 은거한 인물이다. 어떠한 형태로든 작품에 그에 관한 이야기를 담고 싶었을 것으로 추정되는데, 〈안빙몽유록〉의 의인화된 꽃 세계에서 지향하는 왕도 정치의 신념이 곧 기묘사화를 재조명하는 단서로 다가온다. 그래서 화국의 인물을 통해 사화로 희생된 유림을 재현한 것이 아닌가 하는 짐작을 해 본다.[35)]

신광한이 〈안빙몽유록〉에서 의인화 기법을 사용하고 있는 이유는 단지 이전 작품의 영향에 의한 것만은 아니다. 그가 사물을 의인화해서 소설로 구조화할 수 있었던 또 다른 이유는 사물을 이해하는 그만의 독특한 방식과 사상적 근간으로써 『대학』의 격물치지 철학적 사유 방법을 생활 철학으로 중요시했기 때문이었다.[36)] 이를 바탕으로 기재는 사화로 희생된 명현의 넋을 꽃으로 되살렸고, 시흥을 통해 그

35) 이에 관한 연구는 졸고에서 자세히 다루었다.(김현화, 「기재기이의 불교문학적 연구」, 충남대 석사논문, 2006)

36) 격물치지의 철학적 사유는 물계의 사정을 인간계의 상황으로 우의적 기법을 통해 형상화하고 의인화시킬 수 있는 철학적이며 논리적인 가능성을 갖게 해 준다. 물계에서 깨달은 이치를 인간계의 상황으로 환치시켜 형상화하기에 적절한 철학적 사유 방법이 격물지지인 것이다.(유정일, 『기재기이 연구』, 경인문화사, 2005, 122면)

들의 명분을 세우는 문학적 해원 의식을 치른다. 아울러 화국의 정돈된 질서와 절조, 덕성이 가득한 세계 속에서 이상적인 유가 세계를 펼친다.

〈안빙몽유록〉이 정치적 파란을 함께 겪었던 동류들을 위한 해원 의식을 치렀다면, 〈심청전〉은 고달픈 민중의 맺힌 한을 푸는 너른 의미의 해원 의식을 치른다. 심청전의 향유층이 양반에 국한되지 않은 민중이었다는 점, 유자의 삶이 아닌 민초의 삶을 그렸다는 점이 그것을 방증한다. 〈심청전〉의 향유층은 자신들의 처지를 심청과 심봉사에게 투사시켜 그들이 처한 소외 상황을 재인식하고 그러한 소외 상황의 극복에 대한 강렬한 소망을 심청의 환생과 심봉사의 개안에 투사시켜 낭만적인 보상감을 맛본 것이다.[37]

> 정월 십오야의 ᄃᆡ목 ᄒᆞᆫ나 어더구나 녹의홍상 일원션예 좌슈의 계화를 들고 우슈의 옥ᄑᆡ들고 ᄇᆡᆨ운을 자바타고 공중의 나려와셔 심봉ᄉᆞ 양위젼의 졀ᄒᆞ고 엿ᄌᆞ오되 쇼녀난 쳔상 션예로셔 상졔긔 득ᄌᆈᄒᆞ고 인간의 ᄂᆡ치시미 갈바을 모르드니 셔가여ᄅᆡ 지시키로 ᄃᆡᆨ을 ᄎᆞᄌᆞ 왓ᄉᆞ오니 어엽비 여기쇼셔.[38]

심청이 계수나무꽃을 들고 지상으로 오는 태몽이다. 계수나무꽃이 어사화로 활용되고 또 등용의 상징으로 쓰인다는 사실은 이미 짚어 보았다. 그녀의 연꽃 환생은 이 계수화의 현실적인 의미와 호응한다. 연꽃 환생 중에 만나는 인물들이 그 사실을 대변하는데 심청은, ①

37) 박일용, 「고전소설에 나타나는 역설적 비극과 낭만: 고전소설에 설정된 이상적 인물의 이념과 삶」, 『국제고려학회논문집』1, 국제고려학회 서울지회, 1999, 269면.
38) 『심청전(박순호 소장 39장본)』, 김진영 외, 민속원, 2005, 140-142면.

아황과 여영의 반죽을 세상에 전하는 명을 받고, ②왕소군의 뜻을 세상에 전하는 명을 받고, ③이소의 절조를 세상에 전하는 명을 받고, ④이태백의 말을 세상에 전하는 명을 받는다. 그들이 당부한 것은 절조와 충정, 문한(文翰)으로, 이는 유교적 세계관의 덕목들이다.

심청이 이처럼 유교적 이상을 실현하는 존재로 부상하는 데 계수나무꽃이 중요한 기능을 한다. 계수나무꽃은 남성 사회의 출장입상을 상징하는 어사화로 활용된 만큼 심청의 유교적 부활을 돕고 있는 장치이다. 그녀의 연꽃 환생은 단순히 효에 대한 보상 차원이 아니라 유교적 세계관을 구현하는 중층적 차원으로 전환한다. 이는 당대 민중이 자신과 같은 민초의 삶이 긍정적 세계로 얼마나 성장할 수 있는지 지켜 본 결과이며, 그를 통해 현실세계의 못다 이룬 꿈을 푸는 문학적 해원 의식을 치른 결과라고 이해된다.

고전소설의 서사 구조적 장치로 활발하게 활용한 꽃을 통해 작품의 주제 의식이 더욱 구체화된다는 사실을 이해하였다. 꽃은 작가의 창작 의도 아래 선별된 소재였으며, 당대인의 미학적 관점을 싣고 있다는 사실도 아울러 접근해 볼 수 있다.

4. 꽃을 통해 본 심미주의적 문예관

고전소설이 지향하는 궁극의 진리는 인간 그 자체의 존재론적 성찰이다. 당대 유가의 세계관 속에서 재도론적 문학관을 바탕으로 인간의 삶이 조명되고 투영된 것이 다반사이다. 그런데 꽃이라는 소재론적 접근을 통해 당대인의 창작 의식이 도문일치에만 머무르지 않는다는 사실을 발견한다. 작품의 미학적 시발은 바로 허구적 진실의 창조이다. 작가는 보다 심원한 진실을 드러내기 위해 허구를 통한 글쓰기를 시도한다. 허구는 추악하거나 비정한 세계의 외피나 속사정을 드러내기도 하지만, 반대로 보다 아름답고 원숙하고 조화로운 세계를 꿈꾸는 데서도 발휘된다. 이렇게 아름다운 것에 대한 환상과 낭만을 구현하고자 했던 심미안이 고전소설의 문예관으로 형성되어 있음을 추미할 수 있다.

꽃을 통한 심미주의적 문예관은 관념적이고 상투적인 서사에서 벗어나 회화적 성격의 서사로 발전하는 곳에서 주목된다. 우선 담박하거나 화려한 색감의 회화성에서 그 면목이 드러난다. 꽃은 이미 그 자체로 담박하든 화려하든 고유한 색감을 지니고 있기 때문에, 서사 속에 등장하는 순간 외물과 대비되는 시각적 효과를 누린다. 예컨대 〈김인향전〉의 목화밭에 핀 목화라든지 〈종옥전〉의 연당에 핀 연꽃 등은 그 담박한 색감으로 인향과 종옥의 순응적고 도의적 성격을 이미지화 한다. 곧 인향은 하얀 목화처럼 비정한 세상에 물들기 쉽다는 연상 작용을 일으키는데, 실재로 그 공간에서 계모의 계략에 걸려든다. 종옥은 연꽃의 이미지대로 여색에는 관심을 두지 않고 과문 준비만 하는 인물인데, 연꽃이 진흙 속에서 피는 꽃이라는 점에서 미구에 그가 또 다른 사유 체계를 경험하게 될 것이란 전조를 보여준다고 할 것이다.

한편 〈주생전〉의 꽃 숲에 핀 갖가지 꽃들이며, 〈사씨남정기〉의 연못에 핀 모란꽃 등은 화려한 색감의 회화성을 담고 있다. 주생을 에워싼 화사한 꽃 숲은 청춘남녀의 열정적인 애정을 예고한다. 갖가지 꽃들은 모두 그 때가 있어서 흥성하게 피었다가 홀연히 지기 마련이다. 주생과 선화, 배도의 사랑도 이별과 죽음이라는 시간을 맞는데, 이때 세 남녀가 경험한 꽃 숲은 화려한 사랑의 오고 감을 상징적으로 표현한다. 그런가 하면 꽃들의 여왕이라고 불리는 모란꽃을 통해 사씨와 교씨의 지위 갈등을 부각하는 역할도 볼 수 있다. 그녀들 사이에 색감이 두드러진 모란꽃을 배치한 것은 처첩제의 본질적인 갈등을 강조하기 위한 것이다. 이처럼 꽃이 지닌 색감을 통해 서사를 회화적으로 표현하고자 하였던 의식은 심미주의적 발상에서 기인한 것이다.

한편 꽃의 원근법을 통한 회화성도 눈여겨 볼만하다. 〈구운몽〉의 서사는 이 같은 원근법을 살려 입체적 회화성을 살린다. 성진과 팔선녀의 인간계 하강과 환원이 이루어지는 곳은 바로 여기, 천상 연화봉의 금강경이 펼쳐진 자리이다. 그곳에서 성진이 팔선녀를 희롱하며 던진 도화 여덟 봉우리가 땅으로 떨어지는 순간 시선은 원거리 밖으로 향한다. 땅으로 떨어진 꽃은 팔 부인으로 환생하고, 이제 도화의 원행(遠行) 길은 멀찍이서 관망된다. 양소유로 환생해서 도화의 원행 길 곳곳에서 꽃 그림자처럼 출현하는 성진의 모습도 더불어 관망된다. 성진과 도화의 원행 길은 연화봉 요지대로 환원하는 것이다. 세상의 부귀를 경험하고 다시 근거리 안으로 들어선다. 그 순간 천화가 일어나는데, 이는 원거리 밖으로 떨어진 도화 여덟 봉우리와 대비되는 원근법을 보여준다.

고전소설의 심미주의적 문예관은 '진선미'라는 이상적 가치를 추구하는 성격에서도 드러난다. 진선미는 이상적 가치라는 데서 관념적이고 관습적인 문예관을 담고 있기 마련이다. 이는 도문일치 문학관과도 상관성을 갖는다. 그런데 보다 진실하고 선하고 아름다운 가치를 담기 위해 미문(美文)과 미담(美談)을 주조로 다가서는 작품이 있어 당대인의 심미안을 가늠하게 한다. 〈안빙몽유록〉의 경우 화국(花國)이라는 공간의 꽃들을 통해 미문과 미담의 절정을 구가한다.

작자는 통념적으로 인습되는 진선미의 가치를 보다 실감나고 생동하는 것으로 담아내기 위해 자신의 문예적 심미안을 그대로 투영한다.

〈안빙몽유록〉의 화원은 '진선미'의 가치가 최상으로 극대화된 시공간이다. 화국(花國)의 꽃들은 기묘사화의 피화자들이며, 그곳을 찾아간 안빙은 작자인 기재 신광한의 우의적 표상이다. 그들은 절조의 미담자들로서 하나같이 미려한 수사로 등장한다. 모란꽃인 여왕은 "살진 얼굴에 홍조를 띠고 구름처럼 가벼운 걸음으로" 등장하는데, 오얏꽃 이부인은 "수심 띤 얼굴이 옥구슬처럼 곱고 맑았"고, 복숭아꽃 반희는 "짙푸른 눈썹과 섬세하고 농염한 고운 바탕이 붉은 비단결보다도 훨씬 아름다웠"으며, 국화 동리은일은 "황관을 쓰고 수수한 복장을 했는데 향기로운 덕성이 얼굴에 가득하였"다고 생전의 미담자들을 추념(追念)한다. 이러한 미문 속에서 그들의 절조에 담긴 진선미가 더욱 부각된다.

비록 꽃이라는 단일 소재로 다가선 것이기는 하지만, 고전소설이 재도론적 문학관 속에서도 심미주의적 문예관을 지향하고 있으며, 언어 유희적 차원의 창작 의식도 보여주고 있다는 사실을 읽어낼 수 있었다. 당대인의 미학적 관점을 보다 명징하게 드러내고자 하였던 창작 의식의 소산으로 이해된다.

5. 결론

이 논문의 취지는 소재론을 바탕으로 한 창작 기반의 이해이다. 고전소설에 나타난 꽃을 의미론적으로 조명하여 상투적 소재가 아닌 가치화된 소재로써 작품 사이에 존재한다는 사실을 살폈다. 아울러 꽃을 통해 고전소설의 심미주의적 문예관도 짚어 보았다.

2장에서는 고대인이 자연과의 교감 속에서 현실 문제를 재조명하는 사실에 주목하였다. 인간과 꽃의 소통을 통해 형성된 문학관 속에서 고전소설에 꽃이 형상화된 기법을 찾아보았다.

첫 번째로 꽃은 등장인물을 입체적으로 형상화하는 데 활용되었다. 〈이상규장전〉의 최랑과 〈위경천전〉의 소낭자를 통해 묘사된 꽃가지는 여주인공의 관능적이고도 농염한 미를 발산하고 애정 관계를 주도적으로 이끄는 성격으로 형상화된다. 또한 〈구운몽〉의 난양공주 태몽과 〈심청전〉의 심청 태몽에 나오는 꽃은 그들의 신성성을 드러낸다. 〈구운몽〉의 계섬월 집에 핀 도화를 통해서는 기녀라는 등장인물의 사회적 신분을 지시한다. 〈전우치전〉의 꽃은 전우치의 도교성을 형상화한 것으로 접근할 수 있다.

두 번째로 꽃은 배경 장면의 효과적 비유에도 활용되었다. 〈운영전〉의 수성궁 낙화는 남녀 주인공의 비극적인 사랑을 암시한다. 〈안빙몽유록〉의 화계는 안빙의 몽유처로 작동한다. 〈종옥전〉의 연꽃 연당은 종옥의 내면이 드러나는 동기로 형상화된다. 시간적 장면은 앞서의 공간적 장면과 달리 짧은 묘사라는 특징이 있다. '과거 보는 시기가 되어' 따위의 상투적 표현이 아닌, '홰나무 꽃이 누렇게 물드는 시기가 되어 과거 시험장에서 자거를 겨루다'는 식의 수사법에 주목하였다.

세 번째로 삽입시에 나타난 문재 겨루기에도 꽃이 형상화되었다. 〈만복사저포기〉의 양생과 귀녀들의 문재 겨루기를 통해서는 꽃이 시의 소재로 형상화된 것을 살폈고, 〈구운몽〉의 정경패와 난양공주의 삽입시를 통해서는 실재의 꽃으로 문재 겨루기가 일어난 경우를 짚어 보았다. 〈안빙몽유록〉의 주씨와 동리의 삽입시를 통해서는 낙도라는 주제로 문재를 겨루는 점에 주목하였다.

3장에서는 꽃의 서사 구조적 기능을 통해 개별 작품의 문학적 의미를 읽었다. 첫 번째로 꽃이 애정 관계의 소통과 갈등에 관여하는 점을 살폈다. 〈상사동기〉와 〈구운몽〉에서 김생과 양소유가 꽂고 등장하는 계수화는 어사화라는 점에서 두 인물의 출장입상을 구현한 꽃이고, 격상된 신분으로 여주인공에게 청혼하는 애정의 소통 장치로 작용했다. 한편 〈사씨남정기〉와 〈김인향전〉에서는 모해와 함정의 장소로 모란꽃과 목화밭이 등장해 주인공의 애정 관계를 갈등 상황으로 몰고 가는 기능을 한다. 당대 봉건 가족 제도의 모순과 갈등을 화원과 목화밭이라는 개방된 공간에서 재조명한 것이다.

두 번째로 등장인물의 유랑과 정착 서사의 복선으로 꽃이 기능한다. 〈구운몽〉에서는 양소유가 성진으로 환생해 유랑을 시작하는 순간에는 팔선녀와 희롱한 꽃봉오리가 나타난다. 정착의 순간에도 득도의 상징인 천화가 날리며 작품의 미학적 통일감을 이룬다. 그런 가운데 불교의 공사상을 발현한다. 〈주생전〉과 〈위경천전〉의 남주인공이 물-육지-물의 구조로 유랑하고 그 한가운데 꽃 숲이 위치한다는 점이 이채롭다. 꽃 숲이란 공간을 통해 전대 작품의 인간과 귀신의 기이한 애정 관계가 인간 대 인간의 애정 관계로 전환하며 사실주의적 문예관을 구현한 사실을 짚어볼 수 있다.

세 번째로 해원 의식의 은유적 주체로 꽃이 기능하는 사실을 살폈다. 〈안빙몽유록〉에서는 화국의 시흥을 통해 기묘사화의 명현을 위한 해원 의식이 치러지고, 〈심청전〉에서는 연꽃 재생을 통해 고달픈 민중의 맺힌 것을 푸는 너른 의미의 해원 의식이 치러진다.

5장에서는 꽃을 통한 고전소설의 심미주의적 문예관을 살폈다. 도문일치의 재도론적 문학관 속에서도 고전소설은 심미안을 주조로 하는 작품을 구현했다. 그러한 면모를 회화적 성격에서 드러난다. 담박하거나 화려한 꽃의 색감이 서사와 연결되어 등장인물의 성격과 행위를 나타내는 것이다. 또한 회화적 원근법 역시 작품을 입체적이고 현장성 있는 서사 구조로 이끌고 있다는 점에서도 문예미가 표출된다. 꽃을 통해 본 고전소설의 심미주의적 문예관은 '진선미'라는 이상적 가치를 추구하는 성격에서도 살아난다. 〈안빙몽유록〉의 화원에 등장하는 꽃들의 유려한 수사와 미담은 그들의 절조 속에 담긴 진선미 가치를 최상의 것으로 상승시킨다.

꽃의 문예적 기능과 의미를 살피는 일은 당대인의 미학적 관점을 짚어볼 수 있는 계기로 작동한다. 이러한 발상이 소재론에 대한 관심과 연구 지평을 넓히는 데 일조할 수 있기를 기대한다. 다만 본 논문의 연구 범위가 다수의 작품을 통한 거시적 차원의 접근이었다는 한계를 밝히며, 개별 작품을 통한 미시적 차원의 연구는 차후의 과제로 남긴다.

고전소설에 나타난 노제(路祭)의 문학적 의미

1. 서론

고전소설은 삶의 극적인 노정을 형상화하는 서사물이다. 인간 존재의 가치와 고귀한 지향점을 구현하는 가운데, 개아와 세계가 일어서고 머무르고 무너지고 사라지면서 빚는 현상이 무연한 포말(泡沫)로 끝나지 않는다는 사실을 역설한다. 이러한 주제 의식은 다양한 문예 기법을 통해 성취되었는데, 이 글의 논지인 '노제(路祭)'의 문학적 기능 역시 당대인의 창작 의식과 세계관을 가늠할 수 있는 단서이다. 노제가 지니는 보편적 기능은 고전소설 안으로 수용되어 등장인물의 내면과 배경을 입체화하거나 사건의 전개와 변화에 영향을 주어 작품의 심미안을 높이는 데 일조한다. 노제는 인간의 죽음과 삶을 다루고 있다는 점에서 당대의 사생관이 깃든 주제 의식을 드러낸다.

노제의 사전적 의미는, ①음력 정월에 길거리 장승에게 지내는 제사, ②발인할 때 문 앞에서 지내는 제식을 말한다. ①의 경우는 신앙적 의례를 통해 마을사람의 일체화 기능을 도모한다는 점에서[1] 인간의 안위를 비는 축원 성격이 강하고, ②의 경우는 상장례의 풍속으

1) 최길성, 『한국민간신앙의 연구』, 계명대학교 출판부, 1989, 220-221면.

로 사자를 위한 명복적 성격이 강하다. 곧 노제란 행여가 먼 길을 갈 때나 망자가 평상시 맺은 인연이 깊은 곳을 지나갈 때 길거리에서 지내는 제사[2]라는 점에서 재래 민속과 불교의 습합을 볼 수 있는 의식이다. 그렇다고 노제가 재래 민속과 불교의 상장례 의미만을 담고 있는 것은 아니다. 노제를 치를 때 읽는 노제문의 형식이 유교적 상장례 요소와 다를 것이 없어서[3] 성리학적 세계와도 소통하고 있다.

노제의 이러한 다층적인 면모와 축원·명복 기능은 고전소설 안에서 선인의 사생관을 드러내는 주요한 장치가 된다. 물론 당대인의 사생관을 함의한 제의가 문학적 장치로 숱하게 연출된 것을 볼 수 있다. 그것은 이 글에서 논의하고자 하는 노제를 포괄하는 광의적 문예 장치이다. 양자는 인간의 죽음과 삶을 다룬다는 점에서 동질의 제의이지만, 그 제식을 행하는 시간적 공간적 배경 면에서 변별점을 갖는 이형의 제의이다. 즉, 노제는 말 그대로 노상의 제의를 뜻한다. 풍속적 노제의 축원과 명복이라는 보편적 기능에 '노상이라는 허구적 시공간 배경'을 문예적으로 이입한 제의이다. 노상의 시공간이 다양하다는 것은 그만큼 노제의 문학적 성격이 극적이고 다양하다는 것을 의미한다.

노상의 시공간은 사원이나 궁정, 여염의 가택 내에서 이루어지는 제의 공간과 변별된다. 이때의 노상은 하늘은 물론 노제가 펼쳐지는 산이나 바다, 들판이나 길 등 가택 외의 공간을 두루 포함한다. 아울러 이승과 저승, 현실계와 초월계를 내포한 삼세의 시공간이 중첩된 곳이다. 재래 풍속에서 애초 노제가 벌어졌던 외부적 공간, 곧 장승

2) 이덕진, 『한국인의 생사관』, 태학사, 2008, 138면.

3) 유가의 노제는 '거리제'라고도 하는데, 상여가 장지로 가는 도중에 거리에서 제물을 차리고 노제 축문을 읽는다.(이덕진, 앞의 책, 148면)

제와 망자의 진혼이 펼쳐진 현실적 공간 위로 문학적 상상력이 펼쳐지는 것이다. 노상의 허구적 시공간 배경은 노제의 성격을 보다 사실적으로 살린다는 점에서 가택 내의 제의에 비해 현실감을 준다. 그에 따라 고전소설에 등장하는 노제문 역시 등장인물이 처한 상황을 보다 곡진한 감정과 분위기로 환기시킨다.

노제는 단순한 형식적 차용이 아닌 창작을 위한 문예 기법으로 수용되었다는 사실을 간과할 수 없다. 그럼에도 그간 고전소설에 나타난 노제의 문예적 기능에 대해서는 뚜렷한 연구가 이루어지지 않은 듯하다. 다만 고전소설에 삽입된 제문에 대한 시론적인 논의[4]가 있어 제의의 문학적 활용 양상과 기능을 유추해 볼 수 있는 단서로 삼을 만하다. 제의를 둘러싼 보다 폭넓은 논의로는 고전소설의 귀신관이나 죽음관(사생관)을 다룬 연구[5]가 있다. 제의의 문학적 특성만을 한정지어 살핀 논의는 아니지만 노제의 문예적 수용을 용인했던 당대의 사생론과 관계를 맺고 있어 주목된다.

---

4) 경일남, 「고전소설에 삽입된 제문의 양상과 기능」, 『고전소설과 삽입 문예 양식』, 2002, 83-106면 참조.

5) 박성의, 「고대인의 귀신관과 국문학」, 『인문논집』8, 고려대 문과대학, 1967, 5-36면 참조.

이용재, 「한국 고소설에 나타난 죽음의 연구」, 경희대 교육대학원 석사학위논문, 1977.

서인석, 「고전소설의 결말구조와 그 세계관」, 『국문학연구』66, 1984, 77-97면 참조.

이현수·김수중, 「한국 고전소설에 나타난 죽음의 연구」, 『인문학연구』13, 조선대 인문과학연구소, 1991, 1-22면 참조.

이태옥, 「고전소설에서의 죽음의 의미」, 『건국어문학』19·20합집, 건국대 국어국문학연구회, 1995, 309-332면 참조.

박대복, 「고소설의 생사관: 주인공과 그의 부모를 중심으로」, 『어문연구』91, 한국어문교육연구회, 1996, 51-70면 참조.

이학주, 「신라수이전 소재 애정전기의 생사관」, 『동아시아고대학』2, 동아시아고대학회, 2000, 35-75면 참조.

노제의 문학적 의미를 살피기 위한 논의의 대상은 『삼국유사』나 『수이전』의 명문을 비롯한 고전소설 가운데 노제를 문예적 기능으로 수용한 작품으로 한정한다. 먼저 2장에서 고전소설 안에서 노제가 형상화된 전거와 양상을 살핀다. 산천 제사를 통한 원초적인 축원과 벽사의 기법으로, 원사(冤死)의 넋을 위무하는 기법으로, 생과 사의 균열을 막고자 망자의 주검을 타자화하는 기법으로 활용한 노제의 양상을 살핀다. 3장에서는 노제가 원형적 세계의 복원과 아울러 부당한 현실 세계의 해체와 재편을 꾀하고, 작품의 숭고미를 구현하는 문예적 측면에 주목한다. 4장에서는 산 자와 망자의 교섭 속에서 치러지는 노제를 통해 고전소설이 지향하는 상생의 사생관을 밝혀 보고자 한다. 이를 통해 고전소설의 문예 기법에 대한 새로운 모색을 타진해 볼 것이다.

2. 노제의 형상화 양상

1) 축원과 벽사의 기법

노제의 원초적인 성격은 산 자의 안위를 보필하고 망자의 넋을 비는 축원과 명복에 있다. 망자의 넋을 위로해 저승으로 인도하는 명복 기능은 결국 현실 세계의 탈을 막기 위한 벽사의 방편과도 같은 의미이므로 노제는 산 자를 위한 제의라고 할 것이다. 『삼국유사』를 보면 변신 희구는 물론 성스러운 존재의 탄강, 득아(得兒)와 득물 추구, 방조·구조의 호소 등 산 자의 원력을 중심으로 한 노제가 실현되고 있다. 이때의 노제는 문학적 상징성을 구비한 노제이다. 제의 현장이 허구화되고, 제문 역시 하늘과 산천 등을 향해 앙천축수하는 형태로 나타난다. 이를 통해 노제는 축약된 제의 형태, 곧 노상의 기도와 감응 형태로 전개된다.

웅녀의 인신(人身) 축원과 득아 축원[6]은 지상으로 강림한 신, 환웅을 통해 이루어진다. 축원 현장은 태백산의 굴과 신단수 아래이고, 웅녀의 기도에 환웅이 감응해 단군이 태어난다. 웅녀의 앙천축수는 상징화된 노제문의 역할로, 태백산의 굴과 신단수는 허구화된 노상의 제의 현장으로 탈바꿈한다. 이러한 노상의 기도와 감응 형태의 허구적 제의 현장은 해부루의 득아 축원이나 수로왕의 탄강 축원에서도 드러난다. 해부루의 득아 축원에서는 노제문이 앙천축수의 형태로 나타나지만[7], 수로왕의 탄강 축원에서는 구지봉에서 울리는 신의 전언이 노제문의 성격을 띤다. 왕의 탄강에 맞춰 백성의 노래와 춤을 요구하는 형태는 보다 시각적이고 청각적인 제의 현장을 묘사한다.[8]

노상의 기도와 감응 형태는 매 사냥을 좋아하던 경명왕이 선도산에서 잃어버린 매를 찾기 위해 신모에게 제사를 올리는 곳에서도 발견한다. 만약 매를 찾게 되면 마땅히 작을 봉하겠다는 기도를 올리는데, 곧바로 매가 날아오니 왕은 신모를 대왕으로 봉한다는 부분이다.[9] 이때의 노제는 왕의 지위에 버금가는 신모의 위상을 드러낸다.

---

6) 『삼국유사』1 「기이편」, 이재호 역, 솔, 1997, 68-69쪽.(이하 『삼국유사』 자료는 이 책에 의거하며 면수만 옮기기로 한다)

7) 夫婁老無子 一日祭山川求嗣, 『삼국유사』1, 96면.

8) 皇天所以命我者 御是處 惟新家邦 爲玆故降矣 儞等須掘峯頂撮土 歌之云 龜何龜何 首其現也 若不現也 燔灼而吃也 以之蹈舞 則是迎大王 歡喜踴躍之也, 『삼국유사』1, 371면.

9) 第五十四景明王好使鷹 嘗登此放鷹而失之 禱於神母曰 若得鷹 當封爵 俄而鷹

노제는 수중 생물의 구법(求法)을 돕는 관념적 경지로까지 확장한다. 물고기와 자라가 다리를 놓아 진표 율사를 물속으로 맞아들여 불법을 듣고 계를 받는[10] 대목은 일체 중생계로 확장되어 있던 노제의 면모를 보여준다. 수중 생물을 향해 펼친 진표의 불법은 고도로 상징화된 노제문의 비유로 볼 수 있다.

이와 같은 노제의 기법은 고전소설로 이어져 같은 양상으로 나타난다. 〈숙향전〉[11]을 보면 숙향이 모해를 받고 장승상 집에서 나와 표진강에 이르러 천지신명에게 자신의 누명을 벗겨 달라고 앙천축수하는 대목이 나온다. 그런 뒤 투신하는데 표진강 용왕이 그녀를 구조한다. 또한 숙향이 갈대밭에 이르러 화마가 일어나자 앙천축수하기를, "부모의 얼굴이나 한 번 보고 죽게 해 달라"고 빈다. 이에 화덕진인이 나타나 숙향을 구조한다. 노상의 기도와 감응이란 노제 기법이 응축된 장면이다. 표진강과 갈대밭이란 노상은 숙명적 고난에서 헤어나려는 제의 현장이다. 숙향의 앙천축수는 하늘을 감응시켜 도가적 구조자를 등장시키는 노제문 역할을 한다.

〈안락국전〉[12]의 안락국이 겪는 운명적 고난도 앙천축수의 노제 형태로 해결된다. 안락국이 부왕을 찾아 서역국으로 가던 중 길이 막히자, "하늘은 안락국이 부왕을 만나 부자 상면하게 하여 주소서."하고 앙천축수한다. 그러자 천동이 배를 끌고 와 바다를 건네주어 장자가 보낸 수족들을 떨어트리고 마침내 부왕의 처소에 들게 된다. 바다는 부왕과의 상면을 위해서도, 극악한 장자의 위해로부터 벗어나기

飛來止机上 因封爵大王焉, 『삼국유사』2, 332쪽.

10) 島嶼間 魚鼈成橋 迎入水中 講法受戒, 『삼국유사』2, 279쪽.

11) 차충환, 『숙향전 연구』부록, 이화여대 도서관 소장 국문필사본, 월인, 1999.

12) 김기동 편, 『이조전기소설선』, 정음사, 1984.

위해서도 거쳐야 하는 노상이다. 극락세계로 가는 길이기에 안락국의 행보는 애초부터 노제의 성격을 띤다. 그래서 그의 앙천축수는 상징화된 노제문의 성격을 띨 수밖에 없으며, 하늘의 방조자를 부르는 역할을 한다.

〈적성의전〉[13]의 성의는 모후를 구원할 일령주를 얻기 위해 서역 청룡사로 떠난다. 성의의 노정 역시 천명처럼 부여된 과업이다. 성의 일행이 서천으로 항해하던 중 바다 가운데 이르러 기괴한 물짐승과 마주친다. 물짐승이 파도를 요동치게 해 배가 뒤집히려는 순간 성의는, "천지신명과 서해 용왕은 소자의 절박한 사정을 살피사, 서역에 득달하여 약을 얻어 오게 하소서."라고 앙천축수한다. 이 기도로 물길이 고요해진다. 성의의 앙천축수는 천지신명의 방조를 부르고 벽사를 행하는 주술적 성격을 띤다. 바다라는 허구적 노상에서 극적으로 치러진 노제이다.

2) 원사(寃死)의 풀림 마당

고전소설은 산 자의 경계 밖에 있는 존재, 곧 망자의 출현으로 그 환상성이 농후해지곤 한다. 망자가 주체적으로 현실 공간에 진입하여, 산 자와 죽은 자 구분 없이 같은 시공간에서 살아가고 있는 고대 한국인의 세계 인식, 죽음관[14]이야말로 환상성 그 자체이다. 고전소설은 특히 억울한 사연을 가진 죽음이나 비명횡사한 죽음에 대해 지대한 관심을 쏟는다. 원사한 넋에 대한 산 자의 애정과 추도를 끊임없이 문학 세계로 끌어들여 서사의 편폭을 넓히는데, 그 일환으로 노제를

---

13) 이윤석 외 교주, 『적성의전 · 금방울전 · 김원전 · 만언사』, 경인문화사, 2006.

14) 김열규 외, 『한국인의 죽음과 삶』, 철학과 현실사, 2001, 187면.

적극 수용한다. 망자와 인연 있는 장소에 이르러 치르던 풍속적 노제의 성격을 그대로 소설적 현장으로 살려 체험한다. 고전소설 속 노제는 산 자와 죽은 자의 소통을 통해 원사를 푸는 마당풀이와도 같다.

이러한 소통은 혜공왕이 자신의 후손 융을 죽인 것에 대해 김유신이 호국령의 자리를 내놓자 왕이 김경신을 공의 무덤으로 보내 사죄토록 하는 대목에서 엿본다.[15] 김유신의 후손 융의 원사와 그에 따른 김유신의 억울한 감정이 중복되어 있다. 혜공왕을 두렵게 한 것은 호국영 자리를 내놓겠다는 김유신의 발언이다. 이것은 그만큼 현실세계에 깊이 침잠해 있던 망자의 영향을 역설하는 것이며, 이로 인해 산 자는 망자의 무덤 앞에서 사죄를 올리는 노제를 펼친다. 망자인 김유신이 요구하는 것은 정당한 세계의 질서 개편인데, 혜공왕이 이를 받아들임으로써 산 자와 망자의 세계는 균형을 이룬다. 무덤 앞의 노제를 통해 산 자와 죽은 자의 소통이 이루어진 결과이다.

이러한 소통은 『수이전』의 〈쌍녀분기(최치원)〉[16]에서도 나타난다. 최치원과 쌍녀분의 여혼들이 만나 그 원사를 푸는 과정은 전형적인 노제 형식을 띤다. 산 자와 죽은 자의 소통이 이루어지는 제의 공간은 초현관 앞 언덕에 있는 무덤이다. 무덤이란 노상은 원사를 푸는 노제 현장으로 가장 극적인 장소이다. 산 자와 죽은 자의 경계가 정서적으로 물리적으로 극명한 현장이다. 그런 까닭에 그곳에서 출현하는 넋은 으레 현실 세계에 대한 미련을 드러내기 마련이다. 산 자와의 접경 지역이기 때문에 그만큼 애착이 강렬하다. 팔낭과 구낭이 접경 지역에 머물 수밖에 없었던 애착의 근원, 그것을 산 자인 최치

15) 『삼국유사』1, 134-135면.

16) 이검국·최환, 『신라수이전집교와 역주』, 영남대학교 출판부, 1998.

원과의 소통에서 모색하는 길이 바로 노제였다.

〈이생규장전〉[17] 역시 홍건적의 칼날에 흉사한 최랑의 원사를 푸는 노제에서 산 자와 죽은 자의 소통이 이루어진다. 〈이생규장전〉은 두 번의 노제를 문학적으로 치른다. 한 번은 이생과 최랑이 펼치는 양가 부모의 노제이고, 한 번은 이생이 펼치는 최랑의 노제이다. 이때 등장인물들은 주검의 뼈를 수습해 제사를 지내는 백골장을 치르는데, 시신에서 살이 다 삭아지고 뼈만 남았을 때 치르는 재래의 상장례 풍속[18]을 습용한 노제이다. 공통점은 노제의 대상이 모두 전란의 희생자로 노상에서 액을 당한 존재들이라는 것이다. 그만큼 원사의 강도가 높으며 산 자와의 소통을 필연적으로 소원할 수밖에 없는 개연성을 갖는다. 이러한 까닭에 노제는 최랑의 원사를 푸는 중요한 역할을 한다.

〈안락국전〉의 노제도 〈이생규장전〉의 노제 형태와 유사하다. 원앙부인이 장자에게 죽임을 당해 대숲에 묻히자 안락국이 모후의 뼈를 수습하는 백골장을 치른다. 안락국은 서천 서역국의 부왕이 준 세 가지 꽃으로 모후를 소생시키는데, 모후의 원사를 푸는 것과 아울러 극락왕생의 길도 모색한다. 〈안락국전〉의 노제는 현세로의 진입이 아니라 서천 서역국으로 상징된 내세로의 이입을 꾀한다. 그런 까닭에 안락국이 치른 백골장은 극락왕생을 함의한 노제의 성격을 띤다. 이 작품은 전편이 이미 하나의 노제 형태로 구성된 서사[19]를 갖추고

17) 이재호 역, 『금오신화』, 솔, 1998.

18) 김열규, 『죽음의 사색』, 서당, 1989, 98면.

19) 사재동은, 선망조상의 명복을 빌고 왕생극락을 희원하는 천도재의적 법석에서 이 「안락국전」이 법화로 인용되었을 것으로 보았다.(사재동, 『불교계 국문소설의 연구』, 중앙문화사, 1994, 268면)

있다.

3) 죽음의 타자화

고전소설의 죽음은 신비하기도 하고 비극적이기도 하다. 일군의 작품들 속에서는 그 죽음이 매우 독특하게 처리되고 있는데, 막연한 단절과 분절, 비통과 절망의 사유에서 벗어난 사례를 보여준다. 이계로의 상승과 교섭이 가능하고, 영육의 분리가 자유자재하고, 정신적 오도의 사유가 가능한 경지로 죽음을 이해하는 것이다. 이것은 죽음을 떠나보내는 시각이 아니라 죽음을 경험하는 당사자의 시각이다. 즉 고전소설의 등장인물은 자신의 죽음을 철저히 타자화 하는 가운데 영육이 분리되고 순정한 의식으로 전환하는 것을 목도한다. 노제는 이러한 일련의 탈 죽음 과정을 입체화하는 역할을 한다.

박혁거세는 하늘로 올라간 지 7일 후 유체가 땅으로 흩어져 떨어지는 산락을 보여 준다.[20] 말 그대로 천상계로 복귀하는 신화적 존재의 주검다운 발상이다. 박혁거세는 산락을 통해 자신의 죽음을 철저히 타자화 하고 있다. 그의 신성은 육신에 갇혀 있는 것이 아니라 그것을 벗어난 본질에 있다는 것을 함의한 죽음 방식이다. 이러한 타자화된 죽음은 진표 율사의 라장(裸葬)[21]에서도 발견된다. 율사는 절 동쪽 큰 바위 위에서 입적하는데, 해골이 흩어져 떨어질 즈음에야 제자들이 흙으로 덮어 묻고 무덤을 만든다.[22] 그도 생사에 걸림 없는

20) 『삼국유사』1, 113면.

21) 라장은 신체가 생명의 힘, 곧 자연으로 저항 없이 섞이는 장례를 뜻하며, 그 유례를 장자가 독수리와 까마귀 등의 밥으로 자신의 시신을 내 준 장자에게서 찾고 있다.(이인복, 『한국문학에 나타난 죽음의식의 사적연구』, 열화당, 1979, 21면)

22) 『삼국유사』2, 285면.

자재한 본질을 찾아 자신의 죽음을 타자화 한 것이다. 양 자의 죽음은 노상에서 벌어지고 그곳이 제의 현장이 된다는 점에서 노제의 전형을 보여준다.

〈숙향전〉의 도선적 취향은 이선과 숙향, 매향이 공중으로 몸을 띄워 승천하는 죽음 방식에서 절정을 이룬다. 허장(虛葬)을 치르는 결말은 우화등선을 목표로 했던 도선적 세계의 노제를 보여준다. 삼부처(三夫妻)의 선계 귀환은 예정되어 있는 수순이다. 중요한 것은 그들이 그토록 초연하게 부귀영화를 뒤로 하고 죽음을 타자화 하는 방식이다. 현실에 집착하고 연연한 끝에 원사로 남아 넋이 되고 떠도는 것이 아니라 초연히 죽음을 벗는 그 방식이다. 노제는 이처럼 그들이 의연히 타자화 한 죽음을 전달하며 선계에 대한 동경과 희원을 고조시킨다.

〈장생전〉[23]의 장생도 노제를 통해 자신의 죽음을 철저히 타자화 한 인물이다. 그가 술 취해 길을 가로막고 춤을 추며 노래 부르기를 그치지 않는 모습에서 무애가를 부르며 세간을 돌던 원효의 잔상이 보인다. 원효가 무애무로써 대중 포교를 한 것처럼 장생 역시도 도선적 선풍을 무애한 행위로 설하고 다닌 것이다. 양 자의 무애 행위는 산 자의 삶을 제도한다는 점에서 노제의 또 다른 형태로 이해해 볼 수 있다. 그러나 장생이 보여 준 극적인 노제는 그 스스로 치른 죽음 방식에서 선명하게 드러난다. 길에서 죽은 지 오래 되어 시체가 모두 썩어 사라지고 옷과 버선만 남았는데, 다른 장소에서 조령을 넘어가는 모습을 누군가 목격하게 된다. 영육의 분리를 자유자재한 경지에서 보여 준 사례이다. 자신의 죽음을 의연히 타자화 하는 노제를 치르며 생사와 시공, 영육에 걸림 없는 존재의 본질을 보여준다.

---

23) 신해진 역, 『조선조 전계소설』, 월인, 2003.

앞서 살펴본 작품들이 결말에 이르러 죽음을 타자화 하는 노제를 치른다면 〈만복사저포기〉[24]와 〈하생기우전〉[25]은 서사 전반에 걸쳐 그것을 치른다. 양생과 하생이 무덤 속에서 여귀와 애정을 나누는 행위 자체가 이미 원사를 푸는 노제의 양상이다. 남주인공들은 제물의 상징인 은잔과 금척을 여귀에게 받아 이승으로 옮기는 역할을 한다. 여귀가 이승의 가족과 접촉하고 재회하는 몫은 오로지 남주인공의 행위에 달려 있다. 그들이 무덤 속 신물을 강탈한 몰염치한 인물로 몰리는 상황에서도 여귀는 등장하지 않는다. 자신들의 죽음을 멀찌감치 두고 산 자들이 사건의 진상을 맞추어가는 모습을 지켜본다. 이러한 타자화 한 죽음은 이승과 저승의 유명이 다르다고 믿었던 당대인의 의식에서 기인한다. 이런 의식이 깃든 노제이기 때문에 여귀들이 이승에 해악을 끼치는 원령으로 등장하지 않는다.

3. 노제의 문예적 기능

1) 원형(原形)적 세계의 복원

고전소설의 등장인물은 불가항력의 현상과 마주치면 다음 생을 기약해서라도 온전한 삶이 존재하던 이전의 세계로 회귀하려는 속성을 보인다. 곧 자신의 삶을 파탄으로 이끈 본질적인 문제와 대면함으로써 죽음 이전의 삶을 복원하고자 하는 원형적 사유를 보여준다. 그것이 애정이든 부귀공명이든 초월적 세계를 향한 구도이든 원형적 세

---

24) 이재호 역, 『금오신화』, 솔, 1998.

25) 박헌순 역, 『기재기이』, 범우사, 1990.

계로의 안착에 관심을 둔다. 원형적 세계의 복원을 이룬 연후에 비로소 천상이나 내생의 삶을 향한 노정에 든다. 그래서 고전소설의 죽음은 새로운 삶의 시작이다. 삶의 시작은 또한 불가항력의 현상으로 깨지기 이전의 삶을 향한 노정이다. 노제는 바로 이러한 원형적 세계의 복원을 담당하는 문학적 장치이다.

〈쌍녀분기(최치원)〉의 최치원이 쌍녀분 돌문에 지었던 시문은 여혼들을 불러내는 노제문의 성격을 띤다. 여혼들이 최치원의 노제에 감응한 것은 요절하며 단절되었던 원형적 세계를 복원하고픈 발원 때문이다. 그녀들의 요절은 단순히 소금장수, 차장수와의 강제 혼인 때문이 아니라, 현묘한 이치를 논할 수 있는 수재를 만나고자 하였던 이상[26]이 깨진 데서 오는 울분 때문이었다. 최치원이 비록 해도의 보잘 것 없는 서생이라고 자처하나 여혼들의 선골 시풍과 격이 닿는 수재이다. 그런 최치원의 문학적 노제를 통해 여혼들은 자신들의 원형적 세계를 복원한다. 그런 뒤 산 자와의 경계에서 물러나 명계로 떠나는데, 이를 축원하는 최치원의 노제문이 작품 말미에 장문의 시문으로 나타난다. 당대의 일관된 관습과 가치로부터 벗어나고자 했던 개아의 순정한 의지가 문학적 노제를 통해 발현된다.

〈만복사저포기〉의 양생은 절간에서 귀녀의 제사를 올리기 전 그녀가 묻혀 있던 개령동 옛 무덤을 찾아가 지전을 불사르며 노제를 치른다. 그곳은 귀녀가 왜구의 난리 때 흉사한 공간으로, 천생배필을 만나 평온한 삶을 살고자 하였던 한 여인으로서의 원형적 세계가 단절된 곳이다. 무덤에서의 노제는 작품의 정조를 더욱 비감에 젖게 한다. 양생의 노제는 비명에 간 귀녀의 꽃다운 청춘을 복원하고, 삼생

---

26) 往來者皆是鄙夫 今幸遇秀才 氣秀鼇山 可與話玄玄之理, 이검국·최환, 『신라수이전 집교와 역주』, 15면.

의 인연을 만나 부부지정을 나누고자 하였던 그녀의 원형적 세계를 복원한다. 아울러 절간 방에 의탁한 채 고독하게 살던 양생의 일신도 새로운 삶의 가치를 경험하게 된다. 노제는 애정과 욕망이라는 인간의 본질적인 문제를 드러내며 당대인의 존재 가치를 확인하는 장치이다.

〈이생규장전〉의 이생은 홍건적의 칼날에 무참히 도륙된 최랑의 뼈를 들판에서 수습하는 노제를 지낸다. 이생과 최랑의 경험이 담긴 시간을 복원한다는 점에서, 〈만복사저포기〉의 귀녀가 절명하기 전 양가 규수로서 막연히 소망하던 삶을 복원하는 노제와 다소 다른 성격이다. 〈만복사저포기〉가 개아적 삶의 복원을 지향한다면, 〈이생규장전〉은 '나를 둘러싼 세계'의 복원에 치중한다. 최랑의 노제에 앞서 양가 부모의 노제를 먼저 치르는 것도 한 가문의 자식이자 며느리로서 온전했던 세계를 복원하고자 하는 의식 때문이다. 그런 뒤에야 들판에 버려진 최랑의 노제가 펼쳐진다. 개아의 비극적 상황은 '나를 둘러싼 세계'의 파탄에 있으며, 그것이 치유된 뒤에야 '나'의 삶도 복원된다는 당대인의 세계관이 엿보인다. 이 작품의 노제는 개아보다는 규범과 제도의 건재를 우위에 두었던 사유 체계를 함의하고 있다.

〈안락국전〉은 작품 전체가 하나의 노제 형태를 띤다. 자비와 선심으로 무상도를 구하면 생사고해를 넘어서 극락정토, 안락국에 이르게 된다는 불교적 이상[27]이 서사의 주축이다. 이러한 기저 사상이 안락국이 치르는 원앙부인에 대한 노제로 축소되어 구현된다. 대밭 속에 버려진 원앙부인을 안락국이 세 가지 꽃으로 재생시키는 노제를 펼친다. 이런 가운데 원앙부인의 원형적 세계, 자비와 선심어린

27) 사재동, 앞의 책, 258면.

구도적 삶을 살고자 하였던 시간을 복원한다. 인간의 삶이란 결국 서천 서역국으로 상징된 죽음을 향한 노정임을 작품 전반에 걸쳐 복원한다. 모후의 노제는 그 노정 가운데 설치한 입체적 무대이다. 그 속에서 현상에 걸리지 않는 본질에 대해 불가적 탐문을 하고 있다.

고전소설의 등장인물은 죽음을 모색해서라도 원형으로 간직하고 있던 삶으로 회귀하고자 하는 특성을 보인다. 이것은 이승의 한을 풀지 않고서는 저승으로 떠나지 못한다는 풍속적 넋의 원관념 때문일 것이다. 유한한 인간이 간직하는 무한한 꿈(소원)이 곧 한이라는[28] 풍속적 정서야말로 고전소설의 등장인물이 그토록 복원하고자 하는 원형적 세계의 단서이다. 그 무한한 꿈(소원)을 이루었을 때 그들은 비로소 홀가분하게 내세로 떠난다. 그들에게 이승과 저승은 단절된 곳이 아니라 서로의 존재 의미를 부여해 주는 곳이다. 노제는 현실과 사후 세계의 연장된 삶을 살고자 하였던 당대인의 의식을 담고 있다.

2) 현실세계의 해체와 재편

고전소설은 현실 세계의 가치와 질서에 순응할 수 없는 상황과 마주설 때 그 현상을 그대로 전달함으로써 비애와 우수를 담는다. 한편에서는 오히려 그 현상을 해체하고 재편함으로써 기존의 관습과 가치로부터 일탈하고자 하는 의지를 담는다. 당대의 삶과 사회가 빚어내는 문제들을 해체해서 드러내고 본래 지향하던 세계의 모습으로 재편해 놓는 것이다. 노제는 이러한 탈 관습의 새로운 가치를 모색하고자 하였던 의식을 담는 문예 장치로 기능한다.

〈하생기우전〉의 노제는 하생이 도성 밖 산속 무덤 공간에서 귀녀

---

28) 천이두, 『한의 구조 연구』, 문학과 지성사, 1993, 69면.

와 연정을 나누는 순간부터 시작된다. 제물인 금척을 들고 길가에서 그녀의 가족을 찾는 과정 또한 노제의 연속이다. 그 속에서 〈하생기우전〉은 당대의 현실을 재편한다. 〈만복사저포기〉가 불가항력의 전란 속에서 죽은 귀녀의 개아적 삶을 치유한다면, 〈하생기우전〉은 부친의 원한에 얽힌 정사(政事)로 귀녀와 다섯 형제가 요절한 사실을 바탕으로 당시 요직을 차지하고 전횡하던 관료 세계를 투영한다. 그녀의 재생 또한 부친이 올바른 옥사 심리를 하여 수십 인을 살려 준 대가로 이루어진다는 점에서 공명정대한 정치 현실을 모색하였던 작가 의식을 볼 수 있다. 노제를 통해 내적으로는 어그러진 당대의 현실을 해체하고 외적으로는 정명(正明)한 세계의 재편을 하고 있다.

〈종옥전〉[29]의 종옥은 학업을 핑계로 결혼을 미루다 숙부와 기생 향란의 계략에 빠져 여색을 탐하게 된다. 유자로서의 도덕성과 군자지모를 체통으로 세웠던 종옥의 세계관이 허울을 벗는 순간은 향란의 무덤 앞에서 노제를 치르는 때이다. 종옥을 속이기 위한 향란의 위장무덤[30]은 경직된 관념 체계의 허위성을 폭로하고 풍자[31]하는 가운데 여색에 초연하다고 장담하는 어린 선비를 내세워 내면에 숨겨진 성에 대한 본능을 들추어내고 가식적인 외면의 허울을 벗겨내는[32] 구심점 역할을 한다. 노제를 통해 유자의 이중 심리가 낱낱이 해체되어 드러나고, 이어 벌어지는 향란과의 귀신놀음을 통해서는

29) 신해진 역, 『역주 조선후기 세태소설선』, 월인, 1999.

30) 위장무덤은 生者의 거짓무덤이라는 공간적 특징을 지닌다. 이 유형에 속하는 무덤의 주체는 대부분 주인공의 위치에 있는 인물들이며, 이로 인해 이 무덤은 사건전개에서 없어서는 안 되는 주요공간으로 작용하게 된다.(경일남, 「고전소설의 무덤 활용양상과 문학적 기능」, 『어문연구』58, 2008, 175면)

31) 이상택, 「조선후기 소설사 개관」, 『한국서사문학사의 연구』, 중앙문화사, 1995, 161면.

32) 장철식, 「종옥전 연구」, 영남대 교육대학원 석사학위논문, 1998.

양반의 위선에 찬 현실을 비웃는 세계관의 재편이 일어난다. 인간 본연의 솔직한 욕망에 대한 인식의 재편이 가능했던 것도 노제를 통해 주인공의 의식이 확장될 수 있었기 때문이다.

〈김인향전〉[33]은 여느 작품보다 노제의 기능이 강조된다. 유한림은 인향이 빠져 죽은 심천동에서 세 차례에 걸쳐 노제를 펼친다. 첫 번째는 인향 자매가 물에 빠져 죽었다는 소식을 듣고 지낸 노제이다. 두 번째는 인향이 꿈에 나타나 재생케 해 달란 청을 하자 법사를 심천동으로 불러 법력의 힘으로 그녀의 재생을 축수하는 노제이다. 세 번째는 무덤을 헐고 회생수로 인향을 살려내는 노제이다. 이와 같은 거듭된 노제는 단절된 '정절의 순결성'과 '정혼자와 백년 기약'[34]을 이루고자 하였던 인향의 전생을 재편하기 위함이다. 또한 노제를 통해 드러나는 유한림의 지고지순한 연정은 '낭만적인 집단의식의 표출'[35]이자, 가부장제의 부조리한 현실에 처해 있던 여성의 삶을 해체해 놓는 문학적 고백이다. 노제는 극명한 문제로 대두되었던 가정윤리의 향방과 재편을 꾀하는 문예 장치이다.

비록 허구의 노상에서 치러지는 제의이지만 당대인의 삶과 죽음을 포착하고 있다는 점에서 고전소설의 노제는 작품의 주제와도 밀접한 관련을 맺는다. 특히 환상적 인과율의 세계에서 벗어나 현실적 인과율의 법칙을 따를 때 노제의 현장성은 더욱 생생해진다. 천상에서 강림하는 천인의 탄강을 축원하거나 지상의 과업을 마친 신인의 신비

---

33) 김기동 · 진규태 편, 『사씨남정기 · 용문진 · 김인향전』, 서문당, 1984.

34) 원귀가 된 인향의 한은 두 가지로, '정절의 순결성'을 공인받는 것과 '정혼자와 백년 기약'을 이루는 것이라고 보았다.(이금희, 『김인향전 연구』, 푸른사상, 2005, 57면)

35) 이금희는, 「김인향전」에서 효와 정절 등이 강조된 것은 보수적인 집단의식 발로요, 자매들이 죽은 후 신원하여 행복한 삶을 영위하게 되는 것은 낭만적인 집단의식의 표출이라고 보았다.(이금희, 위의 책, 91-92면)

한 선계 귀환을 축원하는 제의 현장에 비해 갈등과 고난, 위선과 체통으로 점철된 현실세계의 문제를 직시하고 그것이 지향할 바를 선명히 제시하기 때문이다. 이러한 해체와 재편이 가능했기에 노제는 고전소설 안으로 거듭 수용된 것으로 이해된다.

3) 숭고미의 구현

작가이든 독자이든 문학의 전승자는 본질적으로 최상의 가치를 추구한다. 아무리 비속하고 범속한 인물과 사건이 개입하는 이야기라도 작품의 결말(주제)에 대한 기대가 큰 것은 문학이 본래 추구하던 최상의 가치 때문이다. 고전소설은 최상의 가치 가운데 하나로 숭고미를 구현하는데, 정신적 이향을 향한 구도나 보편적 선의의 가치를 표출한다. 오도나 초탈, 효나 사랑, 절의 같은 당대의 상위 가치가 극명한 위기에 봉착했을 때 이를 지키기 위한 등장인물의 결단은 숭고미를 획득한다. 노제는 이러한 최상의 가치를 부각시키기 위한 장치로 기능한다.

〈주생전〉[36]의 주생은 배도가 죽자 그녀의 소원대로 호수와 산을 낀 큰길가에 장사 지낸다. 노제문을 통해 그녀와 맺은 사랑의 언약이 자신의 배신으로 파국 나고, 결국 그녀의 주검 앞에서 회한에 젖는 마음을 드러낸다.[37] 이때의 노제는 귀녀의 등장을 희구한다거나 내세에서의 재회를 갈망하는 성격이 아니다. 주생을 향한 배도의 헌신적인 사랑을 추모하는 성격이다. 주생의 노제문이 공감을 얻는 것은

36) 이상구 역주, 『17세기 애정전기소설』, 월인, 1999.

37) 某也, 蕩志風中之絮 孤蹤水上之萍 言采沫鄉之唐 不負東門之揚 贈之以相好 副之以不忘…… 豈期時移事往 樂極生哀 翡翠之衾未煊 鴛鴦之夢先回 雲消歡意 雨散恩情…… 玉態花貌 宛在目傍 天長地久 此恨茫茫, 이상구 역주, 위의 책, 253면.

죽음 직전 배도가 보여 준 모습 때문이다. 배도는, 자신을 배신한 주생을 원망하지 않고 오히려 선화를 배필로 맞아들이라고 유언한다. 배도의 죽음과 사랑이 비극적으로만 치닫지 않고 숭고미를 얻는 것은 노제의 추모 의식에 따른 영향이다.

〈주생전〉과 달리 〈위경천전〉[38]에서는 남녀 주인공의 노제가 치러진다. 변방에서 상사병으로 객사한 위생의 주검은 소낭자의 고향으로 향한다. 죽어서도 소낭자에 대한 사랑을 열망하는 위생의 노제가 물길로 이어진다. 상여 행렬이 소낭자의 고향 나루에 닿자 그녀 역시 비단 수건으로 목을 매고 죽는다. 두 사람은 구의산 아래 함께 묻히는데, 이때 위생과 소낭자의 노제가 타자에 의해 치러진다. 남녀 주인공 중 한 사람이 상대의 노제를 치러주는 작품과 변별되는 점이다. 위생과 소낭자의 사랑이 인구에 회자될 만큼 숭고하다는 것을 강조하기 위한 장치일 것이다. 양 작품은 어찌할 수 없는 운명에 이끌려 파국으로 치닫는 애정 관계에 천착하면서도 노제를 통해 오히려 그 사랑의 숭고미를 역설하는 효과를 꾀한다.

위의 작품들이 작품 전편을 관통하는 노제를 통해 숭고미를 발현한다면 다음의 작품들은 삽화적 차원의 노제 형태를 띤다. 예컨대 〈적성의전〉의 성의가 서역 청룡사에서 일령주를 구해 오다 항의에게 몰살당한 인물들을 위해 지내는 노제 같은 경우이다. 〈남윤전〉에서도 월중선이 선계로 복귀하기 위해 물로 투신하자 남윤이 물가에서 치르는 노제가 나온다. 〈장생전〉의 장생은 술을 마시고 길에서 춤추고 노래 부르다 다리 위에서 고꾸라져 죽는다. 시체가 하룻밤 동안 썩어 없어지고 옷과 버선만 남는다. 무인 홍세희가 왜적을 방어하다

38) 이상구 역주, 앞의 책 참조.

조령에 이르렀을 때 짚신을 신고 지팡이를 끌고 가는 장생을 본다. 이는 장생 스스로 영육에서 초연히 벗어나는 노제를 치른 경우이다.

세 편의 작품에 삽화처럼 가미된 노제는 주제를 관통하는 주요 서사는 아니다. 그러나 작품의 숭고미를 구현하는 역할은 놓치지 않는다. 〈적성의전〉의 격군을 위한 노제는 선과 악이 대립한 세계에서 선을 지향했던 자들에 대한 제의라는 점에서 숭고함을 더한다. 이들의 노제를 통해 성의의 효를 향한 고행담이 더욱 숭고해지며 최상의 가치로 상승한다. 〈남윤전〉[39]의 월중선을 위한 노제는 천정 인연법에 따른 죽음을 추모한다. 선계에서 타고난 명수대로 정확한 일시에 천상으로 회귀하는 월중선의 신비한 도선적 자취를 부각한다. 사랑의 숭고함보다는 애초의 선계 신분으로 귀향하는 월중선의 행적을 숭고하게 하는 노제이다. 〈장생전〉의 노제는 장생 자신이 치른 제의라는 점에서 기인다운 면모를 보인다. 삶과 죽음에 속박당하지 않고 홀가분한 경지에서 노니는 초인의 노제이기 때문에 숭고미를 더한다.

이처럼 작품의 숭고미를 가미하는 데 노제가 중요한 문학적 기능을 한다는 사실을 알 수 있다. 노제는 이미 그 자체로 숭고한 의식이라는 제의적 측면에서 숭고미를 함의한다. 노제는 제의 현장이 지니는 숭고함에만 머물지 않는다. 당대의 현실을 포섭해 개아와 세계의 본질을 추구하는 문학적 숭고미를 구현한다.

4. 노제를 통해 본 상생(相生)의 사생관

노제가 이루어지는 배경은 그 제의적 특성상 등장인물의 죽음과

39) 김기동 편, 『이조전기소설선』, 정음사, 1984.

관련될 수밖에 없다. 노제는 작품에 투과된 주제적 죽음과 소재적 죽음[40]을 두루 담으며 소설적 기능을 구현한다. 죽음이 작품에 있어 고난 또는 문제·갈등의 극한 상황으로서의 의미[41]가 있기 때문에, 등장인물과 소통하는 망자를 통해 당대인의 사생관을 유추할 수 있다. 망자가 이승에 남긴 문제를 풀어줌으로써 산 자와 망자 모두 이로운 방향으로 나가고자 하는 것이 고전소설이 지향하는 상생의 철학이다. 노제는 바로 그러한 상생의 사생관을 담은 문학적 장치이다.

산 자와 죽은 자의 접경을 소통시키고자 하였던 당대인의 상상력은 〈최치원〉의 두 여혼이 산 자의 문학적 노제에 적극적으로 개입하는 서사를 출현시킨다. 여혼이 이승의 세계와 교섭하는 것은 단순히 그녀들만의 원을 풀기 위한 것이 아니다. 한편으로는 산 자의 열망을 풀기 위한 배경에서 기인한 것이다. '웅재로서 먼 타국의 관리됨을 스스로 한하고(自恨雄才爲遠吏)' 있던 최치원의 고심이 여혼들에 의해 '현묘한 이치를 논할 수 있는 수재(今幸遇秀才 可與話玄玄之理)'로 치환된다. 열화와 같은 기상을 펼치지 못하는 처지에 대한 최치원의 고뇌가 이 노제 속에서 치유된다. 이러한 치환과 치유 과정은 여혼에게도 적용되어서, 이별의 정한을 통해 인간사의 회한에서 벗어나는 철리(哲理)를 터득하고 명계로 떠나게 된다.[42] 산 자와 망자 모두에게 이

40) 작품 내에서의 그 죽음의 현상이 주제를 나타내는 데 없어서는 아니 될 중요 인자가 된다면 그러한 죽음을 우리는 '주제적 죽음'이라고 부를 수 있다. 그러나 한 작품 내의 죽음이 그 작품의 주제를 결정하는 데 영향을 끼치지 못한다면 우리는 그 죽음을 '소재적 죽음'이라고 부를 수 있다.(이인복, 앞의 책, 18면)

41) 이태옥, 「고소설의 고난구조연구」, 건국대 박사학위논문, 1993, 97면.

42) 즐거움이 극에 달하면 슬픔이 오고, 이별은 길고 만남은 짧습니다. 이것은 인간 세상에서 귀천을 막론하고 똑같은 슬픔인데, 하물며 살고 죽는 길이 다르고 오르고 잠기는 길이 다른 곳에 있어서랴.(樂極悲來 離長會促 是人世貴賤同傷 況乃存沒異途 升沈殊路), 이검국·최환, 신라수이전 집교와 역주」, 15면.

로운 해법을 찾은 것이다.

산 자의 문제가 망자의 세계로 확장하고, 다시 망자의 문제가 산 자의 세계로 확장하는 것은 환상적 서사 전개를 근거로 하는 노제의 특징 때문이다. 어떤 사건이 발생할 근거는 신의 의지, 정해진 운명, 전생의 인과에 달려 있는 것이지 지금 이 시공간의 연장 속 어떤 사건으로부터 기인하는 것은 아니라는 생각이 고전소설의 허구 세계를 일관하고 있다. 이런 인과율의 차이로 고전소설의 허구세계는 시공간이 불합리하거나 착종되거나 결여된 모습으로 나타난다.[43] 노제의 대상이 되는 인물이나 시공간 배경이 명계(冥界)와 선계(仙界), 몽유계(夢遊界)를 넘나드는 것도 바로 이러한 삼세의 중첩된 사생관에 적용받기 때문이다. 최치원과 두 여혼의 상생적 해법은 그와 같은 사생관이 깃든 노제에서 비롯한 것이며, 존재의 본질에 천착한 인간 중심주의를 드러낸다.

〈인향전〉 역시 환상적 서사의 사생관이 깃든 노제를 구현한다. 인향의 '죽음'과 '환생'의 상징적 의미는 한 마디로 완전한 성인·완전한 인격체·완전한 부부의 가능성을 보여준다.[44] 그녀는 심천동에 투신함으로써 냉엄한 부권(父權)과 계모의 위해로부터 벗어난다. 그 죽음은 정절 훼손에 대한 징벌로 이루어지는데, 이때 인향은 누명을 벗기보다 구차한 생으로부터 벗어나기 위해 죽음을 선택한다. 이것은 새로운 선택을 위한 방편일 뿐 생을 단멸로 여긴 행위는 아니다.

43) 김성룡, 「환상적 텍스트의 미적 근거」, 『한국 고소설의 창작방법 연구』, 새문사, 2005, 109면.

44) 이는 「장화홍련전」의 내적 구조에서 투신을 통한 죽음이 중요한 의미를 지니는 것과 같다. 투신의 의미에는 본래적 자기, 영혼의 성숙한 자아를 찾아 회복하는 탐색 모티프가 포함되어 있다.(설성경·박태상, 「장화홍련전의 구조적 의미」, 『고소설의 구조와 의미』, 새문사, 1986, 251면)

인향의 새로운 선택은 유한림의 노제를 통해 재생하는 것이다. 그녀는 염라왕에게 명을 빌고 옥황상제에게 회생수를 얻어 이승으로 재생해 마침내 유한림과 부부 연을 맺는다. 인향은 노제를 통해 모해와 핍박을 저항 없이 받아들이던 순종적 삶에서 벗어나 삶의 의지를 관철시키는 한 인간으로 거듭난다.

노제를 통한 인향의 새로운 변신은 전처의 자식과 후처의 갈등을 불러일으킨 당대의 처첩제를 반성하는 창작 의식을 담고 있다. 인향의 재생이 가족이 아닌 타자, 유한림의 노제를 통해 이루어지는 사실은 사회적으로 만연해 있던 가정 문제를 보다 객관적 시선으로 보고자 하였던 의식에서 기인한다. 인향의 죽음이 단멸의 장치로 그치고, 노제의 역할이 단순히 그녀의 죽음을 애도하는 장치로 기능했다면 처첩제의 갈등은 미제의 문제로 남았을 것이다. 그러나 산 자와 망자의 교접을 통한 갈등 해소는 개아의 원을 푸는 동시에 유교적 세계관의 존립을 건재토록 하는 타당성을 부여한다. 노제를 통해 산 자와 망자 모두 이로운 지향점을 모색하는 상생의 사생관을 발현한 것이다.

〈심청전〉에서 인신공희 사건은 심청으로 하여금 비현실계인 수중계로 가게 함으로써 어린 시절의 불행한 현실을 재생 후의 행복한 현실로 순환시키는 역할[45]을 한다. 항해 안전을 비는 제의에서 수신(水神)에게 바쳐지는 제물이 되어 심청이 물에 빠져 죽는[46] 대목은 개아의 행복뿐만 아니라 그녀를 둘러싼 세계까지 환희를 얻는 결과로 나아간다. 심청이 제물이 되어 치러지는 노제는 당대 사회의 상위 가치로 숭앙되던 효의 실현을 이루어내는 것과 아울러 개아와 세계의

---

45) 최운식, 『심청전 연구』, 집문당, 1982, 177면.

46) 이태옥, 앞의 논문(1995), 318면.

공생(共生)에 대한 원력을 담고 있다. 재생과 개안이 이루어지면서 죽음마저 불사한 그녀의 용맹한 미덕은 세계를 지탱하는 최상의 가치로 부상한다. 개아와 세계의 상생을 희구하는 사생관을 보여준다는 점에서 독특하다. 이는 심청의 죽음을 미덕으로 치환시킨 노제라는 문예적 기능에 힘입은 바이다.

죽음은 현실과의 물리적 균열이 이루어지는 현상이란 사실을 부인할 수 없다. 고전소설은 생과 사의 균열보다는 원만한 타협과 공존을 추구한다. 그래서 망자의 노제를 치르는 가운데, 죽음을 비통하고 절망스러운 것이 아니라 초월적인 것, 자유자재한 것, 혹은 이 세계도 저 세계도 파국으로 치닫지 않는 중간의 것으로 승화시킨다. 이를 통해 존재의 본질이 죽음으로 변질되는 것이 아니라 오히려 새로운 가능성을 향해 나아간다는 것을 구현한다.

5. 결말

이 논문은 고전소설에 등장하는 노제가 단순히 형식적 차용이 아닌 문학적 의미를 담은 문예 기법으로 수용된 사실에 주목했다. 그에 따른 문학적 의미를 재조명하고, 고전소설의 창작 기법에 대한 새로운 모색을 타진하였다.

2장에서는 고전소설에 나타나는 노제가 축원과 벽사의 기법, 원사의 풀림 마당, 죽음의 타자화 기법으로 활용된 양상을 살폈다. ①의 경우, 노제의 원초적인 축원과 명복 기능, 그리고 벽사의 기능이 확대되어 제의 현장이 허구화 되고, 제문 역시 하늘과 산천 등을 향해 앙천축수하는 형태로 수용된다. 축약된 제의, 곧 노상 위에서 벌어지는 기도와 감응 형태의 노제가 〈숙향전〉과 〈안락국전〉, 〈적성의전〉 등에서 나타난다. ②의 경우, 억울한 사연을 가진 죽음과 비명횡사한 죽음을 풀어주는 마당으로 노제가 수용된다. 〈쌍녀분기〉와 〈이생규장전〉, 〈안락국전〉의 원사를 해원시키는 과정을 통해 산 자와 죽은 자 모두 상생으로 나아가는 문학적 구성 장치로 노제가 나타난다. ③의 경우, 고전소설의 등장인물이 자신의 죽음을 철저히 타자화 하는 노제를 치르는 가운데, 존재의 본질이 죽음으로 변질되는 것이 아니라 새로운 가능성을 향해 나아간다. 죽음을 의연히 타자화 하는 노제를 치르며 생사와 시공, 영육에 걸림 없는 존재의 본질을 보여준다.

3장에서는 고전소설에 나타난 노제가 원형적 세계의 복원을 희구하고, 현실세계의 해체와 재편을 꾀하고, 숭고미를 구현하는 기능으로 살아나는 문예적 기능을 살폈다. 아울러 그 속에 깃든 노제의 문학적 의미를 규명했다.

①의 경우, 등장인물이 자신의 삶을 파탄으로 이끈 본질적인 문제와 대면함으로써 죽음 이전의 삶을 복원하고자 하는 원형적 사유를 보인다. 〈쌍녀분기〉와 〈만복사저포기〉, 〈이생규장전〉과 〈안락국전〉의 등장인물들이 원형적 세계를 복원한 뒤 내세로 떠나는 노제 속에서 현실과 사후 세계를 연장된 삶으로 인식하였던 당대인의 의식을 읽었다.

②의 경우, 고전소설이 기존의 관습과 가치로부터 일탈해 현실 문제를 해체하고 재편하고자 하였던 점을 가늠해 보았다. 〈하생기우전〉과 〈종옥전〉, 〈김인향전〉의 노제를 통해 현실적인 고난과 갈등, 위선과 체통으로부터 일탈하고자 하였던 의식을 접했다.

③의 경우, 오도나 초탈, 효나 사랑, 절의 등 당대의 상위 가치를

강조하기 위한 방편으로 노제가 수용된 흔적을 살폈다. 〈주생전〉과 〈위경천전〉처럼 작품의 주제를 살리는 숭고미와 밀접한 노제가 있는 반면, 〈적성의전〉과 〈남윤전〉, 〈장생전〉처럼 노제가 삽화처럼 끼어들어 유교적 이념이나 신성한 행적을 부각하는 숭고미로 기능한 면도 짚어보았다.

4장에서는 망자가 이승에 남긴 문제를 풀어줌으로써 산 자와 망자 모두 이로운 방향으로 나가고자 하였던 고전소설의 상생(相生)의 철학을, 노제를 통해 밝혔다. 〈쌍녀분기〉의 노제는 산 자와 망자의 교섭을 통해 서로의 고뇌가 긍정적 세계관으로 치유되고 치환되는 가운데 존재의 본질에 천착한 인간 중심주의를 드러낸다. 〈인향전〉의 노제는 산 자와 망자의 교접을 통해 갈등을 해소하고, 개아의 원을 푸는 동시에 유교적 세계관의 존립을 건재케 하는 타당성을 부여한다. 〈심청전〉은 개아와 세계의 상생을 희구하는 사생관을 보여준다. 이는 심청의 죽음을 미덕으로 치환한 노제라는 문예적 기능에 힘입은 바이다.

노제의 문학적 접근은 당대인의 사생관을 유추하는 단서가 되므로 개별 작품을 통해 그 위상을 보다 면밀히 살피는 작업이 필요하다. 그와 아울러 당대의 주제론적, 소재론적, 배경론적 담론들과 연계해 살핀다면 선대의 문예 창작 기법에 대한 새로운 이해도 촉진되리라 기대한다. 논자의 자의적 해석에 그친 제례와 제의, 제의와 굿, 광의의 제의와 협의의 제의 등에 따른 정밀한 구별과 그에 따른 개별 작품의 섬세한 접근을 차후의 과제로 남긴다.

〈성산별곡〉 서사의 미적 요소와 문학적 의미

1. 서론

시가 작품은 시인이 바라본 세상에 대한 감정의 특수한 체험을 형상화해 낸 결과물이다. 따라서 시인이 체현한 삶의 궤적을 추적해 낼 수 있으며, 나아가 그를 비롯한 당대인이 지향했던 삶의 이상점을 유추해 내는 단서로 작용한다. 〈성산별곡〉은 이러한 삶의 체화, 시인이 일생을 두고 고심하며 치열하게 부딪쳤던 문제에 대한 혜안이 살아있는 작품이다. 그것이 인간이든 우주든 자연이든 수사적 은유와 상징에 머무는 것이 아니라 시인의 삶에 대한 오롯한 자기 고백 방식을 활용하고 있어 주목할 만한 작품이다. 단순히 작품 안의 화자가 성산의 아름다운 자연과 그곳에서 은거해 사는 산중 생활을 노래한 것이 아니라 신념이나 신의 같은 인간다운 본심, 세계의 온전한 질서에 대한 통찰, 자신의 실존에 대한 아픔 등을 풀어내고 있어 더더욱 눈에 띠는 작품이다 그런 까닭에 일찍부터 이 작품은 연구자들의 심도 깊은 논의의 대상이 되었고, 더불어 눈에 띨 만한 연구 성과를 냈다.

〈성산별곡〉은 우선 창작 시기와 작가에 대한 의문점과 작품 속 찬미의 대상이 누구인가에 대한 의문점 면에서 다의한 해석과 추론이 이루어졌다.[1] 〈성산별곡〉의 작가를 송강이 아닌 석천 임억령으로 보는 학설[2]에 대해 반론을 제기하는 논의[3]가 이루어진 예도 바로 위와 같은 대별된 평가에서 비롯한 것이다. 한편 현실적인 창작 배경 내지는 제작 동기가 작품의 심층적 이해를 방해한다는 논지[4] 아래 작품 자체의 문학성에 비중을 둔 논의도 활발히 진행되었다.[5] 이러한 연구 동향과 변화는 〈성산별곡〉의 내재적 혹은 외재적 문학성이 풍부하다는 것을 방증한다. 다시 말해 연구자의 고심을 짙게 할 만한 문학적 내수성을 갖춘 작품이란 뜻이다.

---

1) 최한선, 「성산별곡과 송강정철」, 『목원어문학』9, 목원대 국어교육과, 1990, 150쪽.
김선기, 「성산별곡의 세 가지 정점에 대하여」, 『고시가연구』5, 한국고시가문학회, 1998, 87쪽.
윤영옥, 「성산별곡 해석」, 『한민족어문학』42, 한민족어문학회, 2002.

2) 강전섭, 「성산별곡의 작자에 대한 존의」, 『한국고전문학연구』, 대왕사, 1982.

3) 정익섭, 「성산별곡의 작자고 - 석천 창작설에 대한 이의」, 『어문논총』9, 전남대 어문학연구회, 1986.

4) 이러한 연구 배경에는 우선 문학성에 있어 「성산별곡」이 정철의 여타 작품보다 월등한 그 무엇이 없다는 선입견이 크게 작용했을 수 있다. 김성원과의 돈운 교분상 성산을 찾아가 그를 위해 지었다는 다소 현실적인 창작배경 내지 제작 동기가 작품의 심층적 이해를 방해했으리라는 의미이다.(최규수, 「성산별곡의 작품 구조적 특성과 자연관의 문제」, 『이화어문논집』12, 이화여대 국어국문학연구소, 1992, 551면)

5) 김갑기, 『송강 정철 연구』, 이우출판사, 1985.
박준규, 「송강의 자연관 연구」, 『국문학 자료집 3』, 대제각, 1986.
조세형, 「송강가사의 대화전개방식 연구」, 서울대 석사학위논문, 1990.
정대림, 「성산별곡과 사대부의 삶」, 『한국고전시가작품론 2』, 집문당, 1992.
김명준, 「성산별곡 연구」, 『한국가사문학연구』, 상산정재호박사화갑기념논총, 태학사, 1995.
이승남, 「성산별곡」의 갈등 표출 양상, 『韓國文學硏究』20, 동국대학교, 1998.
김신중, 「문답체 문학의 성격과 성상별곡」, 『고시가연구』통권8, 한국고시가문학회, 2001.
최상은, 「고전시가의 이념과 현실, 그리고 공간과 장소 의식 탐색: 송강가사를 통한 가능성 모색」, 『한국시가연구』34, 한국시가연구학회, 2013.

이 논문은 이 같은 기존 연구를 바탕으로 서사적 특질에 주목하였다. 〈성산별곡〉이 창작될 즈음 송강의 삶을 짚어 보고, 그의 내적 갈등이 작품 안에서 현실과 이상 사이의 간극을 조율해 내는 방식을 통해 어떠한 이야기를 전달하고 어떠한 미적 질감을 형성하는지 살펴보는 데 주안점을 두었다. 이 작품의 작가가 주목한 서사는 지극히 개인적인 감수성을 다루면서도 누구나 한 번은 보았을 법한 보편적이면서도 이상적 세계를 판각해 낸 작업과도 같다. 숱한 영감 속에서 굳이 이 이야기를 선택해 몰입하고 있다는 것은 독자의 입장에서도 그 배경에 대한 의구심을 증폭시켜 다루어볼 만하다는 것을 뜻한다.

우선 2장에서는 서사의 미적 요소에 집중해 보고자 한다. 첫째, 사물의 동정(動靜) 대비와 조화라는 측면에서, 둘째, 공간의 의도적 거리감 조성이라는 측면에서 그 미적 요소를 다루고자 한다. 사물과 공간은 인간과 떨어트릴 수 없는 제재이며, 이것을 중점으로 노래한 시인의 인간다운 내면을 들여다볼 수 있다. 3장에서는 〈성산별곡〉 서사의 두 가지 미적 요소가 의도한 문학적 의미를 재구해 보기로 한다. 관료로서, 시인으로서, 세상을 품고자 하면서도 벗어나고 싶어했던 한 인간으로서의 송강이 추구한 문학적 진실에 다가서 보기로 한다. 이를 통해 〈성산별곡〉만의 새로운 미학과 문학적 가치를 탐색하는 데 일조할 수 있기를 기대한다.

2. 서사의 미적 요소

1) 사물의 동정(動靜) 대비와 조화

〈성산별곡〉의 온당한 이해를 위해서는 그것이 사대부 문학의 소산이라는 점을 먼저 인식해야 할 것이다. 사대부는 물아일체의 경지를 심미적 정서적 가치의 최고로 표방하였으며, 이는 곧 그들의 움직일 수 없는 시학이었다.[6] 사대부 시학인 물아일체의 시적 태도에서 살필 때 서하당과 식영정의 주인은 실제로 존재하는 객관적 대상이 아니라 시적 화자의 마음을 형상화한 문학적 진술임을 알 수 있다. 따라서 문학적 진술에서 서정적 자아의 은유인 형상물을 실제 객관적 대상의 존재로 이해하려 해서는 곤란하다.[7] 그래서 서하당이나 식영정 풍광 속으로 거침없이 수용된 경요굴이나 은세계 같은 환상적 세계 역시 거부감 없이 그 영역을 과시하며 나타날 수 있었다.

송강은 주관과 객관의 세계가 어우러진 사물의 동정(動靜) 대비를 통해 자신의 현실적 심회를 드러내는 데 활용한다. 가장 동적인 것과 가장 정적인 것의 대비, 그를 통한 물아일체의 경지를 조화롭게 표출한다. 비록 서정적 자아의 은유인 형상물이라 할지라도 동과 정의 대비로 작품에 활력을 넣고 현실적 감동을 더하면서 독자의 공감대를 형성하는 매개 역할을 한다. 이와 같은 동정 대비의 조화가 불러오는 환상적이고도 현실적 분위기의 이중성은 이 작품만의 매력이다.

> 엇던 디날손이 성산星山의 머믈며셔
> 서하당棲霞堂 식영정주인息影亭주인主人아 내 말 듯소.
> 인생세간人生世間의 됴흔 일 하건마는
> 엇디 흔 강산江山을 가디록 나이녀겨
> 적막산중寂寞山中의 들고 아니 나시는고
> 송근松根을 다시 쓸고 죽상竹床의 자리 보아

---

6) 김학성, 「가사의 장르 성격 재론」, 『국문학의 탐구』, 성균관대 출판부, 1987, 126면.
7) 최한선, 앞의 논문, 176면.

져근덧 올라 앉아 엇던고 다시 보니
천변川邊의 쩐는 구름 서석瑞石를 집을 사마
나는 둧 드는 양이 주인主人과 엇더혼고
창계滄溪 흰 믈결이 정자亭子 알퍼 둘러시니
천손운금天孫雲錦을 뉘라셔 버혀 내여
닛는 둧 펴티는 헌스토 헌스홀샤.

산중山中의 책력冊曆 업서 사시四時롤 모르더니
눈 아래 헤틴 경景이 철철이 절로 나니
듯거니 보거니 일마다 선간仙間이라.

성산을 지나는 나그네가 식영정과 서하당 주인의 진선 같은 삶을 칭송하자 주인장이 선간(仙間)의 삶을 자연스럽게 과시하는 부분이다. 나그네와 정자 주인이라, 정자 주인만을 통해서는 현장감이 살아나지 않는다. 속세에서 떨어져 삶을 사는 인물이기 때문이다. 그런데 그의 정적인 시간에 동적인 호흡을 불어넣는 인물이 등장한다. 성산을 '지나던' 나그네가 그 인물이다. 산림 정자에 '머물던' 주인장들의 정적인 시공 안으로 풍문처럼 들어선 나그네이다. 만학천봉에 둘러싸인 주인장의 사립문 바깥에서 '내 말 들어보소'라고 외치는 '지나가는' 나그네가 있어 작품 서두부터 활력을 띤다.

이곳은 분명 속세에서 동떨어진 공간임에도 '인간세상 좋은 일 많건만 어찌 여기서 인생을 즐기느냐'고 소리쳐 묻는 '지나가는' 나그네의 소리가 있어 동적인 분위기가 살아난다. 죽상 위로 성큼 뛰어올라 어디 당신이 사는 곳이 어떠한지 살펴보자는 나그네의 행위는, 하늘가를 맴도는 구름으로 바위 집을 삼아 사는 주인장의 정적인 시간과 대비된다. 그런 가운데 이 작품의 서사가 단순히 상징과 은유의 추상적 풍광 속으로 잠식하는 것을 막는다.

조선조 사대부에게 자연은 도학의 또 다른 표출이었다. 도학은 사악한 기운이 없는 인간의 순수한 심성을 탐구하는 학문이고, 순수한 심성을 그대로 지니고 있는 것은 오직 자연뿐이라고 생각했기 때문에, 그들의 풍류는 어떤 식으로든 자연을 매개로 이루어졌다.[8] 그래서 그들이 노래하는 사물은 도학적 인성을 노래하는 방편으로 활용되었던 바, 자칫 경직된 수사 기법에 함몰되어 현실을 도외시한 이상만을 노래하기 쉬웠다. 〈성산별곡〉은 서두부터 인생 세간을 외치는 인물과 적막 산중의 고요를 즐기는 은자의 삶을 대비하며 서사를 진행한다.

> 매창梅窓 아젹볏ᄒᆡ 향기香氣예 잠을 ᄭᆡ니
> 산옹山翁의 ᄒᆡ올 일이 곳 업도 아니ᄒᆞ다.
> 울밋 양지陽地편의 외씨ᄅᆞᆯ ᄲᅵ혀 두고
> ᄆᆡ거니 도도거니 빗김의 달화 내니
> 靑門故事ᄅᆞᆯ 뵈야 신고 죽장竹杖 훗더디니
> 도화桃花 핀 시내길히 방초주芳草洲의 니어셰라.
> 닷봇근 명경중明鏡中 절로 그린 석병풍 石屛風
> 그림재 벗을 삼고 새와로 ᄒᆞᆷᄭᅴ 가니
> 도원桃源은 여긔로다 무릉 武陵은 어ᄃᆡ메오.

이 대목의 미적 요소 역시 동정의 대비를 통해 조화를 이루는 것에서 찾을 수 있다. 산중의 봄철 풍경을 그림 보듯 그려낼 법도 하건만, 굳이 매화창 너머로 비치는 아침 햇살, 매화 향기에 '잠을 깨는' 일상

8) 김진욱, 「정철 문학에 드러난 자연관 연구」, 『고시가연구』통권13, 한국고시가문학회, 2004, 127면.

으로 시작한다. 이 얼마나 부드럽고 신선한 움직임들인가. 사물의 동정 대비는 여기에서 한 걸음 나아가 오이씨를 뿌리고 매는 일로 넘어간다. 짚신을 신고 지팡이를 짚고 나선다. 그 앞에 물에 비친 붉은 복사꽃이 천연덕스레 나타난다. 봄철 일상의 동선을 한눈에 보여주는 동적 사물들의 등장이다.

울밑 양지, 복숭아꽃 화사한 시냇물, 물에 비친 석병풍이 주인장의 발걸음을 사로잡으니 그의 일상이 정적인 고요와 폐쇄적 고립감을 띤 양상으로 다가오지 않는다. 주인장의 걸음은 끊임없이 어딘가로 향하고 있다. 그에 따라 이 작품에서는 시제가 모두 현재 시제이다. 그래서 모든 표현이 현재의 행위를 묘사하거나 형용한 것처럼 읽힌다. 즉 서로 다른 시간의 체험들을 하나의 시간에 맞춘 것이다. 현재 시제로 통일한 것은 현실감의 효과를 겨냥한 수사적 표현 방법[9]이다.

南風남풍이 건 듯 부러 녹음綠陰을 혜텨내니
절節 아ᄂᆞᆫ 괴ᄭᅩ리ᄂᆞᆫ 어ᄃᆡ로셔 오돗던고.
羲皇희황 벼개 우희 픗ᄌᆞᆷ을 얼픗 ᄭᆡ니
공중空中 저즌 난간欄干 믈우희 ᄯᅥ 잇고야.
마의麻衣ᄅᆞᆯ 니믜ᄎᆞ고 갈건葛巾을 기우 쓰고
구브락 비기락 보ᄂᆞᆫ 거시 고기로다.
ᄒᆞᄅᆞ밤 비ᄭᅴ운의 홍백련紅白蓮이 섯거 픠니
ᄇᆞ람ᄭᅴ 업시셔만산萬山이 향긔로다.
염계濂溪ᄅᆞᆯ 마조 보와 태극太極을 뭇ᄌᆞᆸᄂᆞᆫ ᄃᆞᆺ
태을진인太乙眞人이 옥자玉字를 혜혓ᄂᆞᆫ ᄃᆞᆺ
노자암 ᄇᆞ라보며 자미탄紫薇灘 겨ᄐᆡ 두고

---

9) 양희찬, 「청산별곡의 읽기맥(脈)과 성격」, 『고시가연구』25, 한국고시가문학회, 2010, 203면-204면.

장송長松을 차일遮日 사마 석경 石逕의 안자ᄒᆞ니
인간人間 유월六月이 여긔ᄂᆞᆫ 삼추三秋로다.
청강淸江의 ᄯᅥᆺᄂᆞᆫ 올히 백사白沙의 올마 안자
백구白鷗를 벗을 삼고 좀ᄭᆡᆯ 줄 모ᄅᆞᄂᆞ니
무심無心코 한가閑暇ᄒᆞ미 주인主人과 엇더ᄒᆞᆫ고

여름철의 일상을 시간별로 소개하며 한가하고 여유로운 삶을 표현한 대목이다. 남풍과 꾀꼬리의 동적인 모습은 희황의 베개 위에 기대었던 낮잠, 유자로서의 이상향을 꿈꾸던 정적인 모습과 대비된다. 갈건을 기울게 쓰고 물고기를 굽어보니, 공중으로 솟은 난간이 물속에 비친다. 하룻밤 새 섞어 핀 홍백련화는 주인장의 여름 일상을 호화롭게 한다. 이러한 동적인 사물은, 염계의 태극설도 심중에 달고 살고, 태을진인의 옥자도 품고 살며, 노자암과 자미탄도 곁에 두고 인간의 유월 같지 않은 유월을 살고 있다는 주인장의 정적인 표현과 어우러져 서사적 균형을 맞춘다.

그런데 이중으로 분화되어 있던 주인장의 자아 속으로 불쑥 나그네의 목소리가 들어온다. '백구를 벗을 삼아 잠 깰 줄 모르는 백사위의 오리가 혹여 한가한 삶을 사는 주인장의 삶과 비교해 어떠하신가?' 하는 물음이다. 주인장이 동경하고 궁극적으로 추구하는 것은 맑은 세상에서 사대부의 직분인 이상 세계를 현실에서 구현하는 것이다. 그의 심리적 갈등은 자연에 완벽하게 동화하지 못했거나 그것을 지향하면서도 세속에 대한 욕망을 끊지 못했기 때문에 초래된 것이 아니다. 주인장의 심리적 갈등은 부조리한 현실을 인간 세상의 보편적인 속성의 하나로 받아들이지 못한 데서 발생한 것[10]이 아니냐

10) 박연호, 「식영정 원림의 공간 특성과 성산별곡」, 『한국문학논총』40, 한국문학회,

는 물음이기도 하다.

〈성산별곡〉은 경관 요소의 이미지와 의미를 통해 촉발하는 내면의 정서를 표출하는 데 초점을 맞추고 있다. 즉 원림이 지향하는 '공간의 성격 설정 - 개별 경관 요소의 선별 - 경관 요소의 의미 부여 및 이름 붙이기 - 공간의 구현'이라는 일련의 고정이 완료된 후 이미 구현된 공간을 총체적으로 경험하면서 그 과정에서 촉발된 내면의 정서를 작품화한 것[11]이다. 그렇기 때문에 정적인 면이 우세하게 표출될 수 있기 마련인데 화자인 주인장의 분리된 자아가 보여주는 동정의 대비, 나아가 잠시 모습을 숨겼다가 불쑥 등장한 나그네의 목소리까지 더해져 이중 삼중의 동정 대비를 모색한다. 이러한 구조적 생동감으로 〈성산별곡〉의 여름 서사는 생기발랄한 분위기를 자아낸다.

오동梧桐 서리돌이 사경四更의 도다오니
천암千巖 만학萬壑이 낫인돌 그러홀가.
호주湖洲 수정궁을 뉘라셔 옴겨 온고.
銀河롤 건너쒸여 광한전廣寒殿 올랏는 돗
짝마즌 늘근솔란 조대釣臺에 셰여 두고
그아래 비롤 씌워 갈대로 더져 두니
홍료화紅蓼花 백빈주 어느스이 디나관디
환벽당環碧堂 용龍의 소히 빅앏핌 다핫느니
청강淸江 녹초변綠草邊의 쇼머기는 아해들이
어위롤 계워 단적短笛을 빗기 부니
믈아래 좀긴 용龍이 좀씨야 니러날 돗

2005, 48면.

11) 박연호, 「문화코드 읽기와 문학교육 : 면앙정가와 성산별곡을 대상으로」, 『문학교육학』22, 역락, 82면.

ᄂᆡᄭᅴ예 나온 학鶴이 제 기ᄉᆞᆯ ᄇᆞ리고
반공半空의 소소 ᄠᅳᆯ 듯
소선蘇仙 적벽赤壁은 추칠월秋七月이 됴타 호ᄃᆡ
팔월八月 십오야十五夜ᄅᆞᆯ 모다 엇디 과ᄒᆞᄂᆞᆫ고.
섬운纖雲이 사권四券ᄒᆞ고 믈결이 채 잔 적의
하ᄂᆞᆯ이 도ᄃᆞᆫ ᄃᆞᆯ이 솔 우희 올라시니
잡다가 ᄲᅡ딘 줄이 적선謫仙이 헌ᄉᆞ홀샤.

〈성산별곡〉은 서경 가사의 성격을 지닌다고 보았을 때, 가장 많은 서경을 노래한 부분이 추사이다. 사시 풍경 중 가을이 가장 매력적이었다는 것을 의미하며 그만큼 찬탄하고 싶은 대상이 많다는 것을 상징한다.[12] 가을 서리달이 떠오르는 사이 온 세상이 수정궁을 옮겨온 듯 변화하는 모습이란. 이대로라면 광한전에라도 신선처럼 올라갈 법한 밤기운이다. 이 고요하고도 신비로운 정적인 세계가 깨어난다. 여유롭게 물살을 헤치고 나가는 뱃소리, 녹초변에서 소에게 풀을 먹이던 아이들이 부는 피리 소리. 이태백이 달을 잡으려고 뛰어들었다는 물가가 여기라고 해도 믿을 만한 풍경 때문이다.

떠오르는 달과 광한전, 물 위를 떠가는 배와 용궁 세계, 소 먹이는 아이들의 피리 소리와 소선의 추칠월. 자박자박 흐르는 물소리와 이태백이 잡으려던 물속의 달. 이러한 동정의 대비는 나그네와 누정 주인장의 의식에 숨어 있는 삶에 대한 문제의식을 암시한다. 어떠한 이유에서건 그들은 속세를 떠나온 인물들이다. 원림은 사림의 문화가 창조된 중심 공간이었고, 사림이 서로 결집한 현장이기도 하였다.

12) 김진욱, 「성산별곡의 표현 특성 연구」, 『고시가연구』통권7, 한국고시가문학회, 2000, 115-116면.

사림은 독자적으로 자신의 원림을 소유하면서 사제 관계나 벗의 자격으로 혹은 친인척의 교분으로 상대방의 원림을 빈번하게 내왕하며 원림의 미를 향유[13]하였다.

송강 역시 그러한 교분의 자격으로 찾아온 누정이건만 거듭해서 자신을 이편에(나그네) 세워 두고 주인장(서하당과 식영정 주인)에게 정녕 그대들이 원하는 삶인지 묻고 있다. 우리가 살아가는 현실은 엄연히 광한전이니 용궁이니 경요굴 따위와 동떨어진 곳이다. 허공 같은 이곳에 상상의 시공을 풀어 놓고 살아갈 만하냐고 묻는 것이다. 그래서 소선도 물어보고 이태백도 물어보는 것이다. 사대부의 이상이 과연 현실 속에서 실현될 수 있는가에 대한 회의적 자세로도 보이는 것은[14] 이 때문이다. 나그네와 누정의 주인이 떠나온 속세에 대한 성찰을 암암리에 서로 묻는 것이다. 그것이 사물의 동정 대비로 나타나고 있다.

> 공산空山의 싸힌 닙흘 삭풍朔風이 거두 부러
> 뻬구름 거ᄂᆞ리고 눈조차 모라 오니
> 천공天公이 호ᄉᆞ로와 옥玉으로 곳촐 지어
> 만수萬樹 천림千林을 ᄭᅮ몀 낼세이고.
> 압 여흘 ᄀᆞ리어러 독목교獨木橋 빗겻는듸
> 막대 멘 늘근 즁이 어ᄂᆡ 뎔로 간닷말고.
> 산옹山翁의 이 부귀富貴롤 ᄂᆞᆷᄃᆞ려 헌ᄉᆞ마오.
> 경요굴 은세계롤 ᄎᆞᄌᆞᆯ 이 이실셰라.

13) 김창원, 「당쟁시대의 전개와 16세기 강호시가의 변모: 성산별곡을 대상으로」, 『어문논집』36, 고려대학교 국어국문학연구회, 1997, 26면.

14) 김창원, 앞의 논문, 29면.

〈성산별곡〉 가운데 가장 생동감 넘치는 부분이다. 삭풍이 몰아치고 눈보라가 매섭게 흩날리는 때이다. 이러한 사물의 동적인 모습이 마치 천공에서 옥으로 빚은 작품처럼 보인다는 정적인 표현과 대비된다. 그저 자연의 순리만 작용하는 그 사이로 인기척이 들어선다. 막대를 메고 홀로 눈보라 속을 걷는 늙은 중의 모습이 그것이다. 삭발머리를 감싼 모자가 날아가지 않도록 한손으로 정수리를 누른 채 구부정한 자세로 눈보라 속을 걸어가는 늙은 중. 그런 중에게 부탁한다는 것이 산중의 삶을 사는 산옹의 부귀를 소문 내지 말아 달라는 것이다.

지금껏 자신이 누려온 산중의 부귀가 차마 이 늙은 중의 삶에 비할 바가 못 된다는 것일까. 늙은 중의 누추하고도 앙상한 모습에서 오히려 가장 인간다운 삶의 모습을 깨달은 것일까. 학문이라는 이름으로 유자로서의 소임을 다하지 않고 산중 생활에 의탁한 채 허명만 쌓고 살아가는 것은 아닌가. 명리를 추구하던 속세에서 떠나 온 나그네와 누정의 주인에게 이 늙은 중의 출현은 고심어린 장면이다. 삭풍에 온몸을 내보인 채 자신의 길을 묵묵히 가는 늙은 중의 모습에서 경계에 선 위태로운 자신들의 모습을 투영해 본 것이다. 그런 면에서 늙은 중이 보여주는 동적인 세계와 그를 관조하는 이들의 정적인 세계는 당대의 정치 현실과 마주선 유자의 이중적 내면세계를 보여준다.

산중山中의 벗이 없어 황권黃卷을 빠하 두고
만고인물萬古人物을 거ᄉᆞ리 혜여ᄒᆞ니
성현聖賢은 ᄏᆞ니와 호걸豪傑도 하도 할샤
하ᄂᆞᆯ 삼기실 제 곳 무심無心ᄒᆞᆯ가마ᄂᆞᆫ
엇디ᄒᆞᆫ 시운時運이 일락 배락 ᄒᆞ얏ᄂᆞᆫ고

모롤 일도 하거니와 애돌옴도 그지업다.
기산箕山의 늘근 고불 귀는 엇디 싯돗던고.
일표一瓢롤 뎔틴 후後의 조장이 더옥 놉다.
인심人心이 낫 ᄀᆞᆺᄐᆞ야 보도록 새롭거늘
세사世事는 구롬이라 머흐도 머흘시고
엊그제 비즌 술이 어도록 니건ᄂᆞ니
잡거니 밀거니 슬ᄏᆞ장 거후로니
ᄆᆞᄋᆞᆷ의 ᄆᆡ친 시롬 져그나 ᄒᆞ리ᄂᆞ다.
거문고 시욹 언저 풍입송風入松 이야고야
손인동 주인主人인동 다 니저 ᄇᆞ려셰라.
장공長空의 쎳는 학鶴이 이 골의 진선眞仙이라
요대瑤臺 月下의 힝혀 아니 만나산가.

나그네와 누정의 주인장은 잠시 말을 잊는다. 이 정적의 시간. 불현듯 주인장의 뇌리에 엊그제 빚은 술이 떠오른다. 알맞게 익은 그 술을 잡거니 밀거니 실컷 기울이며 마신다. 그런 가운데 나그네로서 살아가는 인생이나 산중의 은자를 핑계 삼아 살아가는 인생이나 매한가지라는 생각에 시름을 푼다. 누가 손이고 누가 주인인지 생각할 것 없이 허리를 휘어가며 술잔을 들이킨다. 한바탕 왁자하게 들이키는 이 주당들의 세계와 장공에 뜬 학의 정적인 세계가 절묘한 그림을 형성한다. 거문고로 울리는 소리는 풍입송이더냐? 알 것도 없다. 요대(瑤臺)는 저 세상의 것이 아니고 바로 이 술맛이로다.

손이셔
주인主人ᄃᆞ려 닐오ᄃᆡ 그ᄃᆡ 권가 ᄒᆞ노라.

강호가사의 주류적 정서인 흥취는 작가가 처한 현실과 이념으로 인한 갈등을 표출하여, 이를 조화롭게 해소하고자 하는 작가의 의식과 관련되어 있다. 이때 자연 흥취는 작품상에서 이념적 사고와 관련하여 이와 교합함으로써 작가의 내면적 갈등을 표출하는 구조를 띠게 된다.[15] 송강의 내면은 어떤 진실을 내보였을까. 작품의 표면상으로는 주인장의 한가로운 삶을 찬양하고 있지만, 그의 속내에 자리잡고 있던 현실적 갈등과 고심에 대한 해답은 찾았을까.

이제 나그네와 누정의 주인장 사이에는 흥취가 오를 대로 올랐다. 애초 속세를 저버리고 적막강산에 사는 이유가 대체 무엇이더냐고, 그 즐거움이 무엇이더냐고 호기롭게 물었던 나그네의 그 호방함도 흥취에 젖었다. 은자의 삶이 얼마나 고상하고 고결한지 사시의 풍광과 매시 즐거운 한때를 들어 그 유유자적함을 과시했던 주인장의 큰 소리도 흥취에 젖었다. 그런 끝에 나그네가 말한다. '그대가 진선인가 하오.'

진선은 나그네와 누정의 주인이 찾는 삶의 이상향 혹은 이상점이 될 것이다. 공통점은 이들 모두 그것을 찾아 속세를 벗어났다는 것이고, 차이점은 누정의 주인이 외면상으로는 그 이상점을 향해 나아가고 있는 듯 보인다는 것이다. 누정의 주인에게 진선임을 선언한 나그네의 말은 진심이었을까. 그가 정녕 진선이라면 나그네의 눈에 띄지 않았어야 했다. 서적 안에 살아있는 명현들처럼 이 세계 너머에 존재해 있어야 한다. 아니다. 그는 정녕 진선임이 틀림없다. 현실과 분리되지 않으면서도 이상적 삶을 구가하고 있으니 그는 정녕 진선임이 틀림없다. 나그네는 말하고, 누정의 주인장은 듣고 있다. 이 또한 동

15) 이승남, 「성산별곡의 갈등 표출 양상」, 『한국문학연구』20, 동국대 한국문학연구소, 1998, 285면.

과 정의 대비를 통한 사유의 조화를 꾀하는 대목이다.

2) 공간의 의도적 거리감 조성

송강이 창평 은거 때 지은 것으로 추정되는 시, 〈歸來〉를 보면 현실을 벗어나 자연과 마주선 흥취를 노래하고 있다. '세상과 등지자고 돌아온 게 아니라 / 우연히 도연명처럼 어제 잘못 깨침이어니 / 국화꽃 술을 빚어 튀토록 마시면서 /갈 건 기우쓰고 남귀하는 기러기를 소리 높여 읊노라(歸來不必世上違, 偶仳陶淵明昨非, 采采黃花聊取醉, 倒巾高詠雁南歸)' 그는 취흥에 젖어 갈건마저 기우뚱 쓰고 남귀하는 기러기를 부른다. 송강은 차마 은자로서의 삶에 안주할 수는 없었던 모양이다. 자신의 발부리에 '세상과 등지자고 돌아온 게 아니라'는 명제를 단단히 걸어놓고 있기 때문이다. 이 말은 언제고 자신이 돌아갈 곳은 현실적 삶이라는 의중을 싣고 있으며, '우연히 도연명처럼' 깨달은 탈속세적 삶은 '남귀하는 기러기'처럼 점점 자신으로부터 멀어지는 이상인 것이다. 결코 등질 수 없는 현실과 기러기가 남귀하는 땅 사이에 의도적 거리감을 형성시켜 놓았다.

송강은 서하당과 식영정의 주인을 통해 이상적 삶을 투영하고 있다. '손'과 '주인'의 동일시, 즉 '손'으로서의 실제적 자신과, '주인'이 되고자 하는 자신의 이중성을 허구적 인물의 설정으로 보여준 것이라는 견해[16]는 그와 같은 이상적 삶을 투영한 해석이다. 석천은 송강이 시를 배우고 선취를 빼어 닮은 스승이었고, 서하는 송강이 자신의 평생우(平生友)라고 지칭했을 만큼 절친한 지음으로서, 그가 정치적 부침으로 성산을 찾을 때마다 반겨준 인물이었다. 중요한 것은 송

16) 최상은, 「조선전기 사대부가사의 미의식」, 성균관대 박사학위논문, 1992, 112면.

강이, 석천 혹은 서하를 '주인'의 입장에 두고, 자신을 '손'의 입장에 두었다는 점이다.

『詩의 세 가지 목소리』[17]에 의하면, 詩 속에는 제1의 목소리인 시인 자신의 목소리, 한 청중에게 말하는 제2의 목소리[18], 그리고 시인이 만들어낸 극중 인물로 말하는 제3의 목소리가 들어 있다. 〈성산별곡〉의 목소리는 제3의 목소리에 해당한다. 송강이 만들어낸 '손'이라는 목소리를 통해 내용이 전개되고 있기 때문이다. 그러나 엄밀한 의미에서 '손'의 목소리는 곧 송강 자신의 목소리이다. 송강이 어째서 '나'와 '손'이라는 이질적 거리감을 배치해 놓았는지 유추해 보아야 한다.

서사 부분은 은거를 위해 창평에 내려온 현실적 상황을 담고 있다. 그러나 주인의 선계는 송강의 것이 될 수 없었다. 그 선계는 송강에게 있어 정치적 역경이 있을 때마다 찾아오는 우거의 땅이었다. 송강은 네 차례에 걸쳐 창평으로 낙향하는데, 매번 정치적 실의와 좌절로 인한 귀향이었다. 이런 송강에게 성산은 선계적 삶을 영위하는 처소가 아닌, 갈등과 번민으로 가득한 현실적 고뇌의 장소였다. 송강이 굳이 '손'이라는 제3의 목소리를 택한 이유도 지나가는 나그네, 언젠가는 돌아가야 하는 '손'의 모습이 자신의 현실임을 알고 있었기 때문이다.

본사 부분은 성산의 춘하추동을 읊고 있다. 송강은 도화 핀 물속에

17) T.S. Eliot, 《Let's Have Some Pcetry》(이경식 역), 서문당, 1978, 78-101면.

18) 이때의 청자는, 사회적 목적을 가진 시 - 오락이나 교훈을 주려는 시, 풍자시, 도덕을 설교하는 시 - 를 듣는 청자라는 데 특징이 있다. 즉, 제2의 목소리는 시대와 사회를 선도 내지는 비판하는 목소리인 것이다.(박철희, 『문학개론』, 형설출판사, 1985, 122면 참조.)

비친 석병풍의 절묘함을 보며, '도원은 어드매오 / 무릉이 여긔로다' 라고 함으로써 현실에서 이상세계로 벗어난다. 그러나 그 사이에는 이미 무한히 확장된 거리가 있다. 어디까지나 현실은 현실이기 때문이다. 송강이 이처럼 의도적으로 조성해 놓는 거리감은, '人間 六月 / 여긔는 三秋' 같은 夏景의 자미탄 풍경, '銀河를 뛰여 건너 / 廣寒殿의 올랏는 둧'한 秋景의 뱃놀이 풍경, '瓊搖窟 / 隱世界' 같은 冬景에서도 발견된다. 현실적 성산 풍경은 송강의 사유 속에서 현실과 이상 사이의 거리감을 시공간적으로 극대화하고 있다. 이는 '세상과 등지자고 돌아온 게 아니라'는 '손'의 입장에서 볼 때, 그 간극은 더 커 보일 수밖에 없다.

결사 부분에 이르러 송강은 내면의 우수를 거침없이 토로한다. 송강의 시름은, 하늘이 사람을 태어나게 하였을 때에는 우연히 짓지 않았다, 반드시 무슨 목적이 있었을 것인데 그 흥하고 망함에 '애둘옴도 그지업다'고 시름을 쏟아내는 부분에서 읽을 수 있다. 시름 끝에 송강은 '주인'을 '진선(眞仙)'으로 선화(仙化)시켜 놓는다. 그를 '진선'이라 선화시킴으로써, '손'인 자신과의 관계를 더욱 벌려 놓는다. 이것은 마치 〈歸來〉에서 송강이, 이미 자신이 남귀(南歸)해 있는 땅에서 더욱 먼 땅으로 기러기를 '남귀'시키는 효과와 같다.

〈성산별곡〉은 '의도적 거리감'을 조성함으로써 작가의 현실지향적 의지를 강하게 표출한다. 이는 곧 삶을 인식하는 방식이라고 이해되며, 자신의 풍류를 주인의 풍류에 편승하여 자랑하고, 자신의 풍류세계를 소극적인 역설의 방법으로 자랑하는 태도[19]와는 사뭇 다른 적극적인 삶의 의지로 다가설 수 있다.

---

19) 이승남, 앞의 논문, 290면.

3. 미적 요소의 문학적 의미

송강은 세상으로부터 광객(狂客), 취객(醉客)으로 불릴 만큼 평생 술을 가까이 했다. 그로 인해 '술을 즐겨 실의(失儀)가 있다'거나 '술 취한 후 기둥을 치며 슬프게 부른 노래가 강개하였다'는 비난을 받았다. 그렇다면 송강이 유자로서의 체통이나 위신을 벗어두고 폭음을 빌어 말하고자 하였던 바는 무엇이었을까. 작가의 의식 속에는 어떤 대상을 향해 말하고자 하는 심리가 자리하고 있다. 그런데 그 말하고자 하는 바가 곱상한 취흥의 방식이 아니다. '잡거니 밀거니 / 슬ㅋ장 거후로'는 '대취'의 방식이다. '잡거니 / 밀거니'라는 표현은 이미 만취한 상황이다. '주거니 / 받거니' 하는 절제된 감정이 아니라 격앙된 분위기이다. 실컷 술잔이 기울어질수록 그 분위기는 고조된다.

〈성산별곡〉을 지을 당시 송강은 정계에서 밀려나 그가 처세하던 조정과는 거리를 두고 있었다. 세상과 자신 사이에 벌어진 거리감이 못내 괴로웠을 법하다. 송강은 그 거리감을 채우는 방편으로 '대취'를 내세웠고, 또 자신의 우수를 드러내는 문학적 장치로 삼은 것이다. 〈성산별곡〉의 '대취'는 세사(世事)에 대한 강렬하고도 직설적인 대응을 보여준다. 울적하고 괴로운 내면이 순화되지 않고 거칠게 드러난다. 가장 인간적인 모습으로 가장 현실적인 것을 드러내고자 하는 송강의 의중을 담은 것이다.

송강은 40세 창평 은거 전에 부모상을 당하는데, 두 차례의 여묘 생활을 하며 효를 다하였다. 철저하게 유가적 삶을 이어오던 송강이 자발적으로 정계를 떠나 창평으로 향한 것은 1575(선조8년) 때였다. 동서의 붕당이 처음 나타난 때도 바로 이 때이다. 김효원과 심의겸의 대립으로 신·구의 선비가 갈리게 되었는데, 주로 젊은 신진사류가 동인에 가세하고, 당시 집권층이던 구인물들이 서인에 가입했다. 송강은 서인에 가세해 정치적 역량을 쌓아가던 중 조정에 환멸을 느껴 스스로 낙향하게 된다.

이런 배경 하에서 지은 〈성산별곡〉이기에 송강의 '대취' 속에는 조정을 향한 진실이 담겨 있을 수밖에 없다. 조정에 환멸을 느껴 떠나온 송강이지만, 그가 유자로서의 삶을 절연한 것은 아니다. 참을 수 없는 강개함으로 인한 잠깐의 외유인 셈이다. 2년여 후 다시 조정에 나아갈 때까지 송강은 자연 속에서 은일하지만 내심 다시 출사할 날을 고대하고 있었다. 성산은 그에게 있어 '도화 핀 시냇물에 절로 그린 석병풍' 같은 무릉도원의 공간이자, '희황 벼개 위에 픗잠'을 들 만큼 무위의 공간이다. 또한 '물 아래 잠긴 용이 잠 깨어 일어날 듯' 한 기대와 고심의 공간이자, '인심人心은 내 맘 같지 않고, 세사는 구름' 같은 울적하고 고뇌에 찬 공간이기도 하다. 선계의 삶을 곁에 두고 있으면서도 속세의 삶으로 귀환하고 싶은 의중이 충분히 드러난다. 다시 돌아가기 위해서는 명분이 필요하다.

〈성산별곡〉은 곧 송강 자신을 조정으로 불러 줄 것을 주청하는 뜻을 내포하고 있다. 자의로 벗어난 조정으로 돌아가자면 대의명분이 있어야 한다. 그래서 송강은 '대취'를 방편으로 삼은 것이다. 그 '대취' 속에서 송강은 자신이 조정과 현실을 위해 얼마나 고심하고 있는지 말한다. 곧, 〈성산별곡〉의 '대취' 속에는 '역설적(逆說的) 주청'이라는 진실이 담겨 있는 것이다.

역설적 주청을 합리화하기 위한 문학적 수사, 임금의 마음을 되돌릴 만한 심성의 교화, 준걸로서의 사명감 등을 말하고자, 그는 〈성산별곡〉의 서사마다 개성적이고도 독창적 미학을 심었다. 그것이 바로 사물의 동정 대비와 조화이다. 동과 정의 경지를 모두 체험한 시간이었으므로 자신을 불러 등용해도 좋을 때라는 것을 암시한다. 또 하나는 공간의 의도적 거리감 조성이다. 임금의 처소 쪽으로는 일체 고개를 돌리지 않고 사는 듯하면서도 사실은 그 벌어진 거리만큼 돌아가고 싶은 마음이 크고도 간절하다는 것을 역설적으로 전달한다. 이를 통해 송강은 가장 현실적인 안목의, 그러면서도 가장 이상적인 안목의 작품을 구현해 냈다.

4. 결론

이 논문은 〈성산별곡〉 서사의 미적 요소에 집중해 그 문학적 의미를 재구해 보는 데 의의를 두었다.

첫째, 사물의 동정 대비와 조화라는 측면이다. 성산을 '지나던' 나그네가 산림 정자에 '머물던' 주인장의 정적인 시공 안으로 들어서서 '내 말 들어보소'라고 외치는 장면으로 시작한다. 그래서 이 시는 작품 서두부터 활력을 띤다. 죽상 위로 성큼 뛰어올라 어디 당신들이 사는 곳이 어떠한지 살펴보자는 나그네의 행위는, 하늘가를 맴도는 구름으로 바위 집을 삼아 사는 주인장들의 정적인 시간과 대비된다. 그런 가운데 이 작품의 서사가 단순히 상징과 은유의 추상적 풍광 속으로 잠식하는 것을 막아준다. 봄철부터 겨울철까지의 서사 안에서는 주인장의 자아가 양분되며 동정의 대비를 드러내고 조화시키는 기능을 한다는 점에서 이채롭다.

둘째, 공간의 의도적 거리감 조성이라는 측면이다. 송강은 일생을 광객 혹은 취객으로 불리며 살았다. 술은 그의 정신적 안주처로 작용했다. 그래서 그는 작품 안에 대취의 흥취를 담아 낼 수 있었고, 나그네와 누정의 주인장 사이에 술을 매개로 진심을 담아내는 데 주력했다. '그대가 진선인가 하오.' 진선은 나그네와 누정의 주인이 찾는 삶의 이상향 혹은 이상점이 될 것이다. 공통점은 이들 모두 그것을 찾아 속세를 벗어났다는 것이고, 차이점은 누정의 주인이 외면상으로는 그 이상점을 향해 나아가고 있는 듯 보인다는 것이다.

이러한 대취 속에서 자신을 속세로부터 더욱 떨어트려 놓는 것 같지만 사실은 그 안에는 역설적 주청이 담겨 있다. 자의로 떠나온 조정이 아니었다. 창평은 그의 고향과도 같았지만 정치적 소신과 염원이 여전히 강렬했던 송강이었다. 조정으로 돌아가기 위해서는 대의명분이 필요했다. 그래서 노래한 것이 신선계와 현실계의 경계에서 대취에 빠진 인간이다.

표면상으로는 주인의 선계를 부러워하며 자신도 진선이 되기를 희망한다. 그러나 주인의 선계는 송강의 것이 될 수 없었다. 그 선계는 송강에게 있어 정치적 역경이 있을 때마다 찾아오는 우거의 땅이었다. 본사 부분은 성산의 춘하추동을 읊고 있다. 집주인을, 선옹으로 비유하는 것으로써 결사 부분에 이르러 송강은 내면의 우수를 거침없이 토로한다. 공간의 의도적 거리감 조성도 송강이 현실적 인간으로서 살겠다는 의지를 역설한 것이다.

〈성산별곡〉은 사물의 동정 대비와 조화, 공간의 의도적 거리감 조성이라는 서사의 미적 요소를 살려 현실 정치에 여전히 준걸로 살고 싶었던 송강의 심회를 드러낸다. 송강의 정치 참여 열망을 담은 서사의 미적 요소에서 이 작품만의 개성적 창작 의식을 읽을 수 있다.

제2부

공간의 상상력과 고전문학

제2부에서는 '공간의 상상력'이 고전문학 안에서 어떻게 펼쳐지는지 논의할 것이다. 공간은 인간이 태어난 순간부터 생명을 소진하는 순간까지 가장 밀접하게 붙어 있는 삶의 처소이다. 민족이나 사회 집단의 처소인 동시에 한 개인의 삶이 올곧이 담겨 있는 처소이기도 하다. 그러다 보니 고전문학 초기부터 공간에 대한 관심은 지대했으며, 당대인이 상상할 수 있는 무한한 영역을 제공했다. 33천의 별세계, 천상계와 지상계, 동굴과 지하세계, 용궁과 수중세계, 정치적 사색의 공간, 도깨비와 귀신, 호랑이와 여우가 둔갑해 등장하는 이계 등 숱한 상상의 공간이 등장했다. 공간에 대한 상상력이 방대하고 섬세해질수록 고전문학의 미학적 깊이는 더해졌고, 다양한 역할의 등장인물이 출현하였다. 공간은 당대의 현실을 투사하는 데 가장 유효하고도 적절한 창작 기법이었다. 고전소설 〈홍계월전〉과 〈최척전〉의 공간에 대한 상상력이 고전시가 〈장진주사〉에서는 어떠한 상상력으로 이어지고 있는지 연계해 보기로 한다.

〈홍계월전〉의 여성영웅 공간 양상과 문학적 의미

1. 서론

조선 후기에 영웅의 일대기를 담은 소설들이 대거 출현하는데, 남성 인물의 영웅상 구현에 초점을 맞춘 작품들이었다. 이에 반하여 여성 인물의 영웅적 활약을 담은 작품들이 출현하여 독자층을 매료시키는데, 이를 여성영웅소설[1]이라 일컫는다. 여성영웅소설의 가장 큰 특징은 여성의 위업을 전면에 내세워 당대의 현실적 문제들을 극복하고자 하였다는 데 있다. 여성의 위업이라 함은 남성의 입신양명과 동궤에 서는 사회적 입지를 굳히는 것으로, 과거 급제를 통해 사회적 명성과 지위를 획득함은 물론 전란에서 가정과 국가를 구원해

1) 이 명칭은 민찬에 의해 사용된 것으로, 학계에서 일반적으로 쓰는 용어가 되었다. (민찬, 「여성영웅소설의 출현과 후대적 변모」, 서울대 석사학위논문, 1980) 여성 영웅의 호칭에 대한 명칭은 다양한 각도에서 조명되었다. '여걸소설'(성현경, 「여걸소설과 설인귀전」, 『국어국문학』62·63 합병호, 국어국문학회, 1973), '여호걸계소설'(정명기, 「여호걸계소설의 형성 과정 연구」, 연세대 석사학위논문, 1982), '여장군소설'(여세주, 「여장군 등장의 고소설연구」, 영남대 석사학위논문, 1981), '여장군형 소설'(손연자, 「조선조 여장군형소설 연구」, 이화여대 석사학위논문), '여성계영웅소설'(전용문, 「여성계영웅소설의 형성동인」, 『목원어문학』4, 목원대학교 국어국문학과, 1983)

내는 대내외적 위업을 뜻한다. 이는 일반 여성소설 속의 여주인공들이 구가하고자 하는 삶의 형태와 사뭇 대비되는 점이다. 여성의 자발적 의식의 발현과 동시에 사회적 역할 수행의 가능성을 타진하였다는 점에서 문학적 출현 의미가 크다.

여성 영웅의 문학적 출현과 사회적 수용에 대해 깊이 있는 논의에 천착해 볼 수 있는 작품이 바로 〈홍계월전〉이다. 여성영웅소설이 모색되던 17세기 말부터 나름의 장르 관습이 확립되던 18세기 말까지를 초기 여성영웅소설 시대로 규정하고, 이것이 필사본, 방각본, 활자본으로 활발하게 유통되던 19세기 초반부터 1910년대까지를 본격 여성영웅소설 시대로 규정한다면[2] 〈박씨전〉을 통해 여성의 존재론적 사유 체계와 실존 양태를 모색하던 여성영웅소설이 1819년 필사본 기록이 남아 있는 〈홍계월전〉에 이르러 그 서사 구조의 미학적 기반을 완성했으리라는 가능성이 농후하다. 이러한 문학사적 내지 문학적 의미론에 부합하는 작품 고유의 특성 때문에 그간 〈홍계월전〉에 대한 논의는 적지 않은 연구 성과를 냈다.

그간의 연구 동향은 여성 영웅의 출현 동인을 여성 의식(여성성)의 사회적 확대와 변화, 여기에 여성 독자층의 수요를 함께 논의하거나[3], 장르 관습에 있어 남성영웅소설에 맞추어 파생한 연속물[4], 혹

2) 정준식, 「초기 여성영웅소설의 서사적 기반과 정착 과정」, 『한국문학논총』61, 한국문학회, 2012, 48-52면 참조.

3) 박명희, 「고소설의 여성중심적 시각 연구」, 이화여대 박사학위논문, 년도
전용문, 『한국여성영웅소설의 연구』, 목원대학교 출판부, 1996.
김연숙, 「고소설의 여성주의적 시각 연구」, 서강대 박사학위논문, 1995.
정병헌·이유경, 『한국의 여성여웅소설』, 태학사, 2000.
정규식, 「홍계월전에 나타난 여성우위의식」, 『동남어문논집』13, 동남어문학회, 2001.
최재호, 「보급 형태로 본 여성영웅소설의 향유층 문제 시론」, 『퇴계학과 한국문화』

은 대중적인 방각본 소설의 성행에 따른 결과물[5], 중국 소설의 영향[6], 작품의 이본 재고와 통찰[7] 등 여성영웅소설의 작품 외적 출현 동인에 주로 주목했다. 나아가 작품 내적으로도 주목한 연구들이 있어 눈에 띤다. 〈홍계월전〉의 인물과 인물 관계[8], 그리고 그들이 빚어내는 갈등 양상에 따라 새로운 주제 의식을 파악하고자 했던 논의[9]가 그것이다.

살펴보았듯이 〈홍계월전〉의 연구는 내적 형성 요인보다는 외적 형성 요인에 그 논의를 맞추어 왔기 때문에 문학적 의미를 재구하는 의론이 필요해 보인다. 변화와 격동의 시기에 출현한 여성 영웅 홍계월의 문학적 해석을 다시 면밀하게 살펴 볼 필요가 있다는 의미이다. 문학적 인간은 영겁의 삶을 추구하는 우주적 존재이자 찰나의 순간

통권45, 경북대 퇴계연구소, 2009.

정언미, 「홍계월전의 여성의식 연구」, 경남대 교육대학원 석사학위논문, 2011.

4) 정명기, 「여호걸계소설의 형성과정 연구」, 연세대 석사학위논문, 1980.

심진경, 「여장군계 군담소설 홍계월전 연구」, 『한국여성문학비평론』, 개문사, 1995.

류준경, 「영웅소설 장르관습과 여성영웅소설」, 『고소설연구』12, 한국고소설학회, 2001.

5) 임성래, 『조선후기 대중소설』, 보고사, 2008.

6) 성현경, 앞의 논문 참조 ; 여세주, 앞의 논문 참조.

7) 정준식, 「홍계월전 이본 재론」, 『어문학』101, 한국어문학회, 2008.

정준식, 「홍계월전의 구성원리와 미학적 기반: 단국대 103장본 계열을 중심으로」, 『한국문학논총』51, 한국문학회, 2009.

8) 이연남, 「사상의학에서 본 홍계월전의 인물유형 연구」, 성균관대 교육대학원 석사학위논문, 2005

김정녀, 「타자와의 관계을 통해 본 여성영웅 홍계월」, 『고소설연구』35, 한국고소설학회, 2013.

9) 이인경, 「홍계월전 연구: 갈등양상을 중심으로」, 『관악어문연구』17, 서울대 국어국문학과, 1992.

부가영, 「여성영웅소설의 갈등양상 연구: 옥주호연, 홍계월전, 방한림전을 중심으로」, 조선대 교육대학원 석사학위논문, 2009.

을 갈망하는 현실적 존재이다. 홍계월은 이러한 양면성을 갖춘 인물이라는 점에서 새롭게 이해해 볼 가치가 충분하다. 이 여성 영웅의 탄생이 가능했던 당대의 터전, 곧 초월계적 삶과 현실적 삶을 표상하는 존재로 부상할 수밖에 없었던 단서를 추적한다면, 이 작품의 미학적 기반을 한 층 더 탄탄하게 하는 데 일조할 수 있을 것이다.

세대를 초월한 이 강인한 여성 영웅의 탄생이 가능했던 토대를, 그녀가 종횡으로 누볐던 '공간'의 양상에서 찾아보고자 하는 것이 이 논문의 시발점이다. 아쉽게도 그간의 논의들에서는 이러한 부분을 중량감 있게 다루지 않은 것으로 보아, 홍계월만의 공간 양상에 주목해 보고자 한다. 공간은 등장인물이 추구했던 삶의 목표가 강렬하게 드러나는 은유적이고도 상징적인 자리이다. 공간이 입체적으로 드러나지 못한 채 인물의 연속적 행위와 사건만으로 진행되던 서사가 조선 후기 소설로 넘어오면서 색다른 구성을 꾀한다. 즉 공간이 인물의 사고와 행위에 일정한 제약과 약동의 기능을 하며 서사적 골격을 이루는 구조적 기능을 하기 시작한 것이다. 공간의 입체화는 미학적 측면에서 각 작품만의 매력적 요소로 살아난다.

이 논문은 이러한 논지를 바탕으로 우선 2장에서는 〈홍계월전〉 여성 영웅 공간의 양상을 살펴보고자 한다. 홍계월의 삶 가운데 가장 독창적 공간이라고 할 수 있는 곳을 지정해 이 작품이 추구하고자 하는 주제에 접근할 것이다. 첫째, 유리(遊離)공간의 구조적 독립성, 둘째, 이적(異蹟) 공간의 표피적 낭만성, 셋째, 공훈(功勳) 공간의 배타적 잔혹성이라는 측면에서 〈홍계월전〉만의 공간 양상을 유추해 본다. 3에서는 그 공간들의 양상이 말하고자 하는 문학적 의미를 구성해 볼 것이다. 여성 영웅에게 그와 같은 공간들이 필요했던 이유와 선대 작품과의 유기적 혹은 독립적 관계를 찾아 문학적 의미를 탐색해 보고자 한다. 이를 통해 여성 의식의 성장과 선대의 장르 관습 이행 작품이라는 논의에서 벗어나, 이 작품만의 미학적 기질을 선별해내는 연구로 거듭나기를 기대한다.[10)]

2. 여성영웅 공간의 양상

1) 유리(遊離) 공간의 독립적 구성

여성영웅소설은 그 형성의 기반을 영웅소설과 관련지어 접근했고, 항상 영웅의 일생과 관련된 신화적 성격의 서사라는 측면에서 논의[11)]했던 바, 그 구조의 유형적 독창성에 대한 주장만큼은 한 걸음 유보할 수밖에 없는 것이 사실이다. 여기서 구조의 유형적 독창성이란 애정담이면 애정담, 군담이면 군담 등의 일정한 삽화적 틀을 이야기하는 것인데, 여성영웅소설만의 특정한 이야기 틀이 이 논문에서 주목한 공간의 특질과 맞물리고 있어 눈에 띈다. 바로 '유소년기'의 고행담으로 구조화된 유리 공간이 그것이다. 아무래도 유소년기 고행담의 시발점은(여성 영웅을 다루는 측면에서 많이 거론되는) 바리데기라고 할 것이다. 바리데기는 오로지 딸로 태어났다는 이유 하나만으로 궁 후원에 유기되어 날짐승의 보호를 받으며 연명하다가 옥함에 담긴 채 황천강과 유사강 사이의 피바다에 내던져진다. 석가세존이 돌배를 타고 사해를 돌다가 그 옥함을 발견해 비리공덕 할아비, 비리할미에게 이끈다. 아이가 팔구세가 되니 저절로 글이 터져 천문과 병

10) 「홍계월전」(장시광 옮김), 『여성영웅소설, 홍계월전』(한국중앙연구원 소장 국한문 혼용 45장본), 이담북스, 2011.

11) 정병현·이유경, 앞의 책, 266면.

법에 두루 능통해진다.

물론 바리데기의 유리담 안에 바리데기만의 능동적 행위가 적극적으로 살아있는 것은 아니지만, 후대 여성영웅소설에 일정하게 나타나는 유소년기 유리 공간의 구조적 틀을 제공한다는 점에서 중요하다. 여성 영웅이 성장해 나가는 구조적 장치로써의 유리 공간이 중요한 몫을 하기 때문이다. 물론 본격적 여성영웅소설의 초기작이라고 할 수 있는 〈박씨부인전〉에서는 이 구조적 틀에서 벗어나 있기는 하다. 그녀의 유소년기 고행담이나 유리담은 출현하지 않은 채 바로 성인의 모습으로 등장하고 있기 때문이다. 문학적으로나 사회적 측면에서 여성 영웅의 전면적 등장이 낯선 장치였기 때문이란 단서를 붙여 볼 수 있다. 그 뒤에 등장하는 거개의 여성영웅소설에서는 마치 약속이라도 한 듯 이러한 유리 공간이 한 편의 극화처럼 독립적으로 수용되어 있는데, 이는 앞서 말한 대로 문학적으로나 사회적으로 작가와 독자의 측면에서 여성 영웅의 등장이 더 이상 낯설지 않게 된 결과 때문이라고 할 것이다.

예컨대 〈옥주호연〉의 자주와 벽주, 명주 세 자매는 열 살이 되도록 여공(女工)을 배우지 않고 오로지 활 쏘기와 칼 쓰기, 말 타기를 즐기니 그 부친이 딸들을 죽여 없애겠다고 하는 가운데 유리 공간이 형성된다. 세 자매는 금의환향하겠다는 유서를 써 놓고 집을 떠나 광련산에 은거하는 진원도사를 찾아간다. 이런 경우는 여성영웅으로서의 자질과 역량을 쌓기 위해 부모와 유리된 공간을 스스로 자청한 결과이다. 〈이현경전〉의 유리 공간 역시 10세 때 부모가 구몰하자 여주인공 현경이 옥천산 금동의 청허도인을 찾아가 수학하고, 〈장국진전〉의 계향은 아버지가 간신의 모함에 걸려 옥사하고 어머니마저 자결하자 고아가 된 채 시비 초운과 고향 강주에서 선녀에게 팔광검과 병서를 익히고 검술을 배우며 영웅으로서의 기초를 닦는다. 〈정수정전〉의 정옥은 부친이 유배지에서 한 많은 세상을 뜨고 모친마저 죽자 졸지에 고아가 되어 유모와 함께 원수 갚을 계획을 세운다. 부친이 관찰사로 있던 성주 땅으로 가 이름을 고치고 여러 가지 학문과 무술을 연마하며 영웅으로서의 출현을 준비한다. 〈방한림전〉의 관주 역시 8세에 부모를 모두 잃고 나자 삼년상을 치른 뒤 스스로 가사를 총집하고 학업에 몰두하여 12세에 과거 길에 오르며 여성 영웅의 길로 나아간다. 이렇듯 여성영웅의 유소년기에 등장하는 유리 공간은 가정과 바깥 세계(주로 조력자인 도인이 사는)의 경계를 넘어서는 것에서 비롯하며, 그녀들의 내면에 품고 있던 영웅상을 보여주는 인물로 거듭나는 구조로 작용한다.

〈홍계월전〉 역시 유리 공간 면에서 두드러진 독립적 구성을 갖춘 작품이다. 홍계월은 5살이 되자 북방 절도사 장사랑과 양주 목사가 모의해 일으킨 병란 속에서 부모와 헤어진다. 그 유리 과정이 앞서의 작품보다 확장된 구조적 독립성을 띠고 있다. 계월은 시비 등에 업혀 모친과 강을 따라 남쪽으로 피신하는데, 도적이 20십리에 걸쳐 추격을 하므로 긴장감이 더한다. 계월 일행은 갈대밭 속에서 피신해 있다가 수적 장맹길에게 붙잡힌다. 이때 장맹길은 계월을 자리에 싸서 강물에 던진다. 계월은 자리에 싸여 강물에 떠내려가다가 서촉 땅으로 가던 무릉촌 여공에게 가까스로 구조된다. 여공은 계월의 비범한 얼굴을 보고 동갑인 자신의 아들과 잘 길러서 미래에 영화를 보리라 다짐한다.

계월이 부모와 유리되는 이 대목이 서사의 골격을 탄탄하게 하는 구조적 독립성을 유지하는 것은 그 강과 갈대밭이 인간의 추악한, 혹은 본능적 욕망과 결부되어 있는 공간이기 때문이다. 수적 장맹길은 부인의 아름다움을 보고 자신이 취하고자 계월을 강물에 던졌고, 여공은 계월의 비범함을 알아보고 앞날의 영화를 취하고자 양자로 들인다. 전자는 자신의 욕정을 채우기 위해서, 후자는 자신의 공명을 위해서 계월의 유리 공간에 출현한 인물들이다. 이처럼 계월의 유리 공간은 등장인물의 내면을 투영하며 현실적으로 경험할 수 있는 서사를 선사한다는 점에서 공감을 불러일으킨다.

그런데 이 즈음해서 유리 공간이 왜 여성영웅소설마다 특정한 구성물로 자리 잡아야 했는지 의구심을 품어볼 만하다. 영웅은 사회적 구성원이자 그 사회를 대표하는 정점의 기능을 수행하는 인물이기 때문에 그에 맞는 공간이 따르는 것은 너무도 당연한 일이다. 유리 공간은 그와 같은 공간 가운데 하나이다. 영웅의 공적이고도 지도적 역할을 수행할 수 있는 자질[12]을 부각시키기 위해서는 그와 같은 유리 공간이 필요할 수밖에 없었다. 더군다나 여성 영웅의 공적이고도 지도적 출현이라니, 그녀들이 필연적으로 가정에서의 탈출을 요구[13]하는 기법으로 유소년기의 유리 공간은 절대적일 수밖에 없다. 여성 영웅은 천부적 역량과 자질을 갖고 태어났지만 어떻게든 가정 밖으로 자신을 돌출시켜야 했고, 당대의 제도권 안에서는 그것을 현실화할 수 있는 방법이 없었기 때문에, 유소년기의 유리 공간을 통해 가정에서 바깥으로 경계를 넘어서야 했던 것이다.

그렇다면 어떠한 방법을 통해 그 유리 공간을 현실감 있게 구성하여 독립시킬 수 있었는지에 대해서도 시선을 돌려보아야 한다. 부모의 구몰만으로 거기에 탄력을 받아 여성이 바깥 세계로 그처럼 당당

---

12) 정병헌·이유경, 앞의 책, 267면.

13) 서대석, 『군담소설의 구조와 배경』, 이화여대 출판부, 1985, 1면.

하게 나아갈 수 있는 시대가 아니었다. 자신을 보호하고 위장할 만한, 당대의 제도권을 주도하고 살아가고 있던 남성과 대등하게 자신을 노출할 수 있는 방법을 찾아야 했다. 바로 남복 개착[14]이었다. 홍계월은 부모의 나이 40에 어렵게 얻은 자식인데, 부친이 계월의 단명을 우려해 곽 도사를 찾아가 관상을 본다. 곽 도사는 계월의 운명이 부모와 이별했다가 재회하며 입신양명하여 높은 벼슬을 하며 녹봉을 받을 것이라고 예언한다. 부친은 그날부터 계월에게 남자 옷을 입혀 초당에서 글을 가르친다. 이 남복은 계월이 남성의 영역에서 영웅으로 성장하며 변화해 갈 수 있는 동기를 부여해 준다. 아울러 이 남복 개착이 잠시 일어나는 것이 아니라 지속적으로 이루어지도록[15] 외연을 확장해 주는 것이 유리 공간이다.

홍계월이 역적과 수적에게 쫓기다 고아로 전락한 그 강과 갈대밭이라는 유리 공간이 구성되어 있었기 때문에 양부인 여공을 만나 남성 세계로 진입할 수 있었다. 홍계월이 남복 개착을 포기하지 않은

14) 조은희는, 여주인공이 남복을 하는 이유가 첫째 위기 모면이나 부모의 원수를 갚기 위해서(「이대봉전」, 「양주봉전」, 「이봉빈전」, 「정수정전」 등), 둘째, 남성의 기질을 타고나 입신양명하여 남성의 일을 하며 살기 위해서(「옥주호연」, 「방한림전」, 「이학사전」 등), 셋째 부모의 의사에 따라서(「홍계월전」 등), 넷째 남편을 돕기 위해서(「위봉월전」, 「장국진전」 등)라고 밝혔다.(조은희, 「홍계월전에 나타난 여성의식」, 『우리말글』22, 우리말글학회, 2001, 205면) 박혜숙 역시 남장을 하는 계기를, 겁탈이나 늑혼의 모면, 다가올 환란 대비, 입신양명 등의 목적성을 바탕으로, 「음양옥지환」, 「김희경전」, 「석태룡전」, 「홍계월전」, 「방한림전」 등의 작품을 나누어 본 바 있다. (박혜숙, 「여성영웅소설과 평등 차이 정체성의 문제」, 『민족문학사연구』31, 민족문학사학회 민족문학연구소, 2006, 165면)

15) 류준경은, 여성영웅소설의 특징적인 면모가 남복개착이 잠시 일어나는 것이 아니라 지속된다는 점에 착안했다. 남복 개착 화소는 여성영웅을 등장시켜 서사의 흥미를 유도하기 위해서 반드시 결행되어야 한다는 것이다. 영웅소설에서 남복 개착은 늑혼 화소와의 결합을 통해 드러나는 것이 일반적이라고 보았다.(류준경, 「영웅소설의 장르관습과 여성영웅소설」, 『고소설연구』12, 한국고소설학회, 2001, 24-26면)

이유는 부모에 대한 원한을 갚기 위한 것이었으므로 양친과의 유리 공간은 자연스럽게 그녀의 입신양명에 관여하는 작용을 한다. 장장 13년에 걸친 계월의 수난과 극복 과정은 철저히 곽 도사의 예언에 따라 전개되고 있으므로 이 '예언 구도'가 이 작품의 전체 서사를 지배하는 핵심구조로 작용[16]하지만, 공간의 분할 면에서 초반부의 이 유리 공간이야말로 여주인공의 영웅성 내지는 공명심을 자극하는 계기로 작용하는 핵심 구조라는 사실에 주목해야 한다. 그 공간을 계기로 조력자를 만나고 남성의 세계로 진출하는 학문과 무예를 연마하기 때문이다.

이처럼 〈홍계월전〉은 여성영웅소설의 서사적 구조면에서 유리 공간의 독립성을 다른 작품보다 정교하게 구성하였다는 점에서 이채롭다. 특히 부수적 등장인물의 욕망이 교차하며 살아나고, 그런 가운데 여주인공이 영웅성을 획득해 가는 공간을 선보인 점이 독창적이다. 〈박씨부인전〉이나 〈장국진전〉에 등장하는 여성 영웅들처럼 남성의 후면에서 음조 형태의 영웅성을 드러내는 인물들과는 사뭇 대조적이다. 당대인의 욕망과 갈등이 삶의 양태로 현시되는 것이 공간이라고 할 때, 〈홍계월전〉의 유리 공간은 여성 영웅의 영웅성을 공고히 다지는 개성적 기능을 다한다. 아울러 여성영웅소설만의 양상을 두드러지게 하는 창작 기법의 한 면모로도 다가온다.

2) 이적(異蹟) 공간의 표면적 낭만성

문학 작품 안에서 당대인이 이적을 희구할 때는 그 시대의 총체적

---

16) 정준식, 「홍계월전의 구성원리와 미학적 기반: 단국대 103장본 계열을 중심으로」, 『한국문학논총』51, 한국문학회, 2009, 54면.

난국 상황을 역설적으로 드러낼 때이다. 말 그대로 기이한 행적을 요구한다는 것은 정도(正道)로 돌아가지 않는 세상이나 인물에 대한 역심을 그 힘이라도 빌어 바르게 잡고 싶은 바람이 크기 때문이다. 그것이 정치적인 것이든 도덕적인 것이든 이적이 일어나는 공간은 사람들의 이목을 집중시키고, 은닉되어 있던 문제를 드러내는 것이 일반적이다. 서사문학에 등장하는 두 개의 태양과 관련한 불길한 이적 공간('혜성가')이나 잣나무 아래서 맺었던 신의를 저버리자 그 나무가 누렇게 시들어 버리는 이적 공간('원') 등이 그 사례이다. 고전소설은 이와 같은 서사문학의 풍부한 낭만적 이적 현상을 수용했는데 시대의 흐름과 독자의 의식 성장에 따라 그 강도를 조절하였다.

특히 전기소설과 영웅소설의 경우 그 장르의 성격상 '낭만적 이적'에 상당 부분 서사적 음조를 받았다. 생과 사의 경계를 뛰어넘는 인간과 귀신의 애정을 다룬다든지('금오신화'나 '기재기이' 등), 전쟁을 승리로 이끌기 위해 조력자로부터 전수 받은 신이한 군담 이야기에서, 현실에서 일어날 수 없는 기이한 행적이 두드러진 역할을 하며 흥미를 자아낸다. 이 낭만적 환상이야말로 여성이 영웅으로 급부상하는데 일조했다. 문학작품이 인간의 삶을 올곧이 담아내는 그릇 역할을 한다고 해서, 여성이 남성 세계로 나아가 학문과 무공 면에서 남성과 대등하거나 우월한 이력을 쌓는 일이 당대인의 사유 체계 안에서 무조건 수용 가능한 것이 아니었다. 그 사유 체계를 무난하게 허물어트린 것이 바로 이 '낭만적 이적'의 공로이다.

〈김희경전〉의 여주인공 설빙이 부친의 시신을 거두고 강물에 뛰어들어 명을 끊고자 할 때 이영이란 사람이 이미 죽은 그녀를 환혼주(還魂珠)로 소생시키는 이적이라든지, 〈방한림전〉에서 방한림이 어느 가을 날 경치 좋은 곳을 찾아가 시를 읊으니 갑자기 벼락이 치며

별이 떨어져 내렸고, 그곳에 '낙성'이란 글자를 가슴에 새긴 어린아이가 있어 양아들로 삼았다든지, 〈장국진전〉에서 유부인과 이부인이 하늘의 별 상태를 보고 자객이 올 것을 미리 알고 기다린다거나, 이부인이 팔광검을 들고 천리 비룡마에 앉아 푸른 무지개로 몸을 가리고 남편을 구하러 간다든지 하는 이적이 그것이다. 이적 현상은 여성 영웅의 기개와 능력을 한층 두드러지게 하며 독자의 입장에서도 현실인지 꿈인지 분간할 수 없는 환상적 분위기를 자아내 작품을 더욱 흥미롭게 한다. 한편으로는 영웅소설이 18세기 중기 이후 여성으로서 능력을 펼칠 공간이 제한되어 있던 현실을 반증[17]한다는 주장에도 주목해 볼 만하다. 남성의 공간에서 대등한 삶을 영위할 수 없었던 여성이 낭만적 환상에 힘입어 등장한 것이 여성 영웅의 공간이기 때문이다.

〈홍계월전〉 역시 이러한 낭만적 이적 공간에 여주인공의 영웅성을 의탁하고는 있으나 상당 부분 현실적 서사로 이끌어 나가고자 한 흔적이 도처에서 돋보인다.[18] 계월과 모친이 20여 리에 걸쳐 도적들의 추격을 당한 끝에 큰 강에 이르렀는데, 선녀가 조각배를 타고 나타나 구해주는 이적이 일어난다. 선녀의 조각배에 의지한 채 도적의 추격을 피해 다른 곳으로 안전하게 이동했다면 이 부분은 현실성을 얻기 힘들다. 그런데 부인 일행은 선녀의 도움에서 벗어난 뒤에도 도적의 추격을 당한다. 결국 갈대밭 속으로 들어가 피신하게 되었고, 그곳

17) 최혜진, 「여성영웅소설의 성립 기반과 규훈 문학」, 『우리말글』34, 우리말글학회, 2005, 262면.

18) 물론 이 작품만이 낭만성을 거세해 나가거나 희석시켜 나간 작품으로 보는 것에는 무리가 따른다. 이 글에서는 이 작품의 낭만성에만 집중하기로 한 만큼 선후대 작품 사이의 대별을 통한 낭만성의 퇴보는 다음 논문을 기약한다.

에서 칡뿌리를 캐 먹고 버들개지를 훑어먹으며 연명하는 서사로 넘어가며 현실적 인과성을 갖춘다. 그 뒤에는 수적 장맹길에게 부인이 잡혀 가고 계월은 강물로 던져진다. 이계의 신비로운 힘과 조력으로 환난을 극복하는 서사에서 탈피하기 위한 서사이다.[19)]

이러한 구도의 사실적 환난 극복[20)]은 계월의 모친이 꿈에 육환장을 짚은 중이 나타나 벽파도에서 남편과 재회할 것을 알려주는 대목에서도 나타난다. 벽파도에 가니 과연 남편이 있는데, 의복이 남루하고 온몸에 털이 돋은 채 강변을 돌며 고기를 주워 먹고 있었다. 그 전에 벽파도에 의지한 시랑의 현실이 먼저 제시되는데, 그 표현이 매우 사실적이다. 밤낮으로 굶주림과 목마름을 견디지 못해 물가에 다니며 죽은 고기와 바위 위에 붙은 굴을 주워 먹으며 세월을 보냈는데, 의복이 남루하고 온몸에 털이 나 짐승의 모습 같았다는 서술이 먼저 나온다. 낭만적 이적의 환상성을 거세해 나가는 장면이 이처럼 사실적 표현으로 나타난 것이다.

한 가지 더 낭만성의 거세에 대한 단서를 찾자면 홍계월이 철통골과의 싸움에서 계략에 빠져 불구덩이에 휩싸였을 때 곽 도사가 준 봉서를 날리고 용(龍)을 세 번 부르자 서풍이 불고 검은 구름이 일시에 일어나 뇌성벽력이 진동하더니 소나기가 내려 타오르던 불길이 일시

19) 류준경은, 영웅소설 주인공은 세속적 조력자를 통해 능동적인 인물형으로 변화하고, 신이한 조력자로부터 영웅적 능력을 획득한 뒤에 적극적인 의지로 모든 문제를 해결해 나간다고 보았다.(류준경, 「방각본 영웅소설의 문화적 기반과 그 미학적 특질」, 서울대 석사학위논문, 1997, 42-46면)

20) 여성영웅들은 자신이 여성적 현실에 머무는 한 주체가 되지 못하고 타자로서 살아갈 수밖에 없는 현실을 인식하고 자신의 특별한 능력을 발휘하기 위해 주체가 되고자 하는 욕망을 간직한다. 이 경우 주체가 되고자 하는 욕망의 근원은 그들의 타고난 능력에 기반한다.(이지하, 「주체와 타자의 시각에서 바라본 여성영웅소설」, 『국문학연구』16, 국문학연구학회, 2007, 41면)

에 스러진 경우이다. 이 공간에서의 서사만으로 승패를 마쳤다면 말 그대로 낭만적 이적의 힘이 그대로 살아 있는 작품으로 남았을 것이다. 그런데 철통골이 벽파도로 달아나면서 그곳의 양친과 재회하는 서사로 넘어가며 환상과 현실이 적절하게 균형을 잡는다.

이처럼 갈대밭 공간과 벽파도, 전장 공간[21]은 여주인공 홍계월의 영웅성을 낭만적 이적으로 담보하면서도 현실적 개연성으로 이끄는 공간들이다. 이 공간들에서의 투쟁으로 그녀는 천자의 신임을 얻게 되고, 자신이 부리던 보국과 혼인도 치르게 된다. 물론 그 혼례 이후에도 홍계월의 영웅성은 남편인 보국을 압도하는데[22], 이 역시도 남성 세계 위에 군림하는 여성의 실존 가능성에 대한 의문을 남기는 지점이기는 하지만, 그것을 소설화하였다는 데 의의를 두어야 할 것이다. 당대인의 안목에서 충분히 수용 가능한 내용이었다는 것을 의미한다.

살펴본 것처럼 〈홍계월전〉은 여느 여성영웅소설에 비해 현실적이고도 객관적 사유 체계 안에서 전대의 창작 관습, 곧 환상적 낭만성을 극복하기 위해 자구책을 쓰고 있다는 사실을 감지할 수 있다. 환상과 현실이 교차하는 지점을 명확하게 지목하고 있으며, 사실적 표현을 통해 의도한 만큼 낭만성을 탈피해 내고 있다. 이는 〈홍계월전〉이 근대적 사실 기법에 주목하기 시작했다는 방증으로도 볼 수 있다.

---

21) 조은희는, 계월이 사회로부터 영웅으로 인정받은 결정적 계기는 전쟁에서의 승리 때문이라고 보았다. 영웅의 이야기에서 전쟁의 의미는 매우 큰 의의를 띤다면서, 전쟁의 승패가 영웅의 자질을 테스트하는 요소로 작용한다고 하였다. 아울러 계월이 전쟁에 승리할 수 있었던 요인으로 개인적이면서도 초월적인 능력을 거론했다.(조은희, 앞의 논문, 207면)

22) 이 작품은 일단 '영웅의 일생' 구도가 일차적으로 완성된 이후에 다시 남녀주인공 사이의 대립이라는 서사 전개를 보이고 있다는 점에서 특이하다.(이인경, 앞의 논문, 231면)

다시 말해 여성 영웅의 현실적 존재성에 대해 반목할 만한 시선을 차단하겠다는 작가와 독자의 공감어린 합의로도 다가온다. 반면에 여전히 남아 있는 낭만적 이적을 통해 여성 영웅의 자질을 드높이고자 하는 부분에서는 전통적이고도 관습적인 영웅상의 구현에 부합하고자 하는 의도[23]도 읽을 수 있다.

3) 공훈(功勳) 공간의 배타적 잔혹성

여성의 남장과 군담 행위는 주인공의 영웅화에 대한 욕구와 의지, 즉 그의 성격에서 비롯한 것[24]이다. 이 영웅화의 의지와 성격이 극적으로 표출되는 곳이 바로 여성 영웅의 공훈 공간이다. 공훈 공간은 군담 공간과 긴밀한 관계를 맺는다. 이 군담 공간은 수직적이고 엄격한 규율이 지배하는 공간으로, 여성 영웅의 출현과 존재 가치를 증명하는 배경이다. 여성이 남성을 통제하고 억압할 수 있는 공간으로, 현실 속에서 불가능한 남성에 대한 배타적 징치, 나아가 같은 여성에 대한 혹독한 징벌을 가하기도 하는 배경이기도 하다. 이는 여성영웅소설의 여주인공이 지니는 이중성[25]을 드러내는 것이기도 하다. 물

23) 그래서, "여성영웅은 영웅소설의 장르관습 속에서 수용된 것이기에 철저히 남성영웅적인 삶을 살 수밖에 없다. 따라서 홍계월은 자발적인 의지가 아닌 아버지가 부여해 준 남성성에 따라 남성영웅적인 삶을 철저히 영위한다.(류준경, 앞의 논문(2001), 30면)"는 주장에 주목해 보아야 할 것이다.

24) 전용문은, 영웅화에 대한 욕구와 의지 경도에 따라 음조여성영웅형, 일시남장형, 남장영웅유형으로 유별하였다. 「장국진전」의 계양은 일시남장영웅형, 「이대봉전」의 애봉은 남장영웅형, 「홍계월전」의 계월과 「여장군전」의 정수정, 「이학사전」의 현경은 남장영웅형을 넘어 남성까지 지배 통솔하는 모습을 보임으로써 저들보다 발전한 남성지배여성영웅형 성격으로 나누었다.(전용문, 「홍계월전의 소설사적 위상」, 『어문집』32, 목원대학교, 1997, 131면)

25) 「홍계월전」의 여주인공이 남성적 행위를 하는 내용이 서술될 경우에는 '평국'이란 이름으로, 홍시랑 부부나 여공, 그리고 보국과 함께 지내는 가정 내에서는 '계월'이란

론 홍계월이 여성 영웅으로서 활약하며 그 존재 의의를 부각시켜 나갈 수 있었던 데에는 영웅적 능력 등이 있었기에 가능한 것이었겠지만, 그 영웅성을 인정하고 여성 영웅의 존재를 지지한 타자들의 협력도 간과해서는 안 된다[26]는 견해 역시 시선을 둘 만하다. 그런데 홍계월의 타자를 향한 시선에는 철저한 배타성이 자리하고 있다는 사실을 간과할 수 없다.

타자에 대한 철저한 배타성, 그것은 곧 남성에 대한 배타성이자 같은 여성에 대한 배타성이기도 하다. 여성 영웅의 공간을 확보해 고전소설 안으로 대물림해 준 서사문학의 사례를 보자. 바리데기 공주는 남성인 부왕의 혹독한 내침으로 세상에 던져졌고, 암묵적으로 어떠한 힘도 보태지 못한 모후 역시 자신을 유기한 인물에 그치지 않는다. 그런 부모를 위해 영약을 찾아 길을 나섰고, 험로 3천 리를 건너 만난 무상신선이란 인물은 약수 값 대신 물을 삼 년간 길어 주고, 불을 삼 년간 때 주고, 나무를 삼 년간 베 달라고 요구한다. 9년 뒤에는 일곱 아들까지 낳아 달라고 한다. 바리데기는 부모를 봉양할 수 있다면 그렇게 하겠다고 한다. 무상신선에게 얻은 약수로 부모를 구하고, 바리데기는 만신(萬神)의 인위왕(人爲王), 곧 무조신(巫祖神)이 되어 떠난다. 그녀는 왜 세상의 부귀영화를 누릴 수 있는 자리와 목숨 같은 자식을 두고 지하의 세계로 떠났을까. 3천 리 노정 끝에 그녀는 자신의 내면에 억눌려 있던 타자에 대한 배타성, 충과 효로 위장된, 그 이중적 사유 안의 영웅성을 발견해 낸 것은 아닐까. 그저 여성으

이름으로 지칭되는 곳에서도 이 소설의 주인공이 갖는 이중성을 살필 수 있다.(이인경, 앞의 논문, 234면)

26) 김정녀, 「타자와의 관계를 통해 본 여성영웅 홍계월」, 『고소설연구』35, 한국고소설학회, 2013, 131면.

로 태어났다는 이유 하나만으로 험난한 노정에 들어야 했던 운명에 대해 자성하고 불현듯 모든 인간을 뛰어넘는 영웅성에 도전한 것이 아닐까.

〈홍계월전〉의 계월은 바로 이러한 영웅성의 성장과 변화 과정을 잘 보여주는 단적인 인물이다. 그녀 역시 비범한 기상을 갖고 태어났지만, 여성으로 태어났다는 이유 하나만으로 부친의 선택에 따라 남장을 하고 자란다. 자신을 위대한 남성의 영역에 서게 하고 싶었던 부친의 영향 속에서 여성성을 제거하기도, 그렇다고 완전한 남성성을 갖출 수도 없었던 홍계월의 내면에 어느덧 이들 모두에 대한 강렬한 배타성이 자리 잡는다. 자신이 안주하지 못한 남성성과 여성성에 대한 배타성은 잔혹한 일면으로 나타나는데, 그 공간이 바로 공훈 공간이다. 앞서 살펴본 것처럼 공훈을 세운 공간만이 여성인 홍계월이 남성을 능가하는 지위와 능력 발휘를 할 수 있는 곳이기 때문이다.

그런데 〈홍계월전〉의 공훈 공간은 성격에 따라 두 가지 유형으로 나누어 볼 수 있다. 첫 번째는 사적 공훈 공간이다. 주로 남편인 보국과 양친, 천자와 대신 등 주변 인물과 얽힌 공간인데, 유독 남편을 향한 배타적 성향을 강하게 표출하고 있어 주목된다. 그것은 남자로 태어나지 못한 한스러움과 남복을 개착한 채 살아도 끝내 넘어설 수 없는 여성성에 대한 애증어린 심리 때문이다. 그러다보니 사적(私的) 공훈 공간에서의 계월은 천자부터 양친, 시비와 노자까지 모두가 두려워하는 광포한 기질을 보이고 있으며, 이러한 성향으로 살아갈 수밖에 없는 자신에 대해 눈물을 흘리기도 한다.

두 번째는 계월이 적군을 맞아 싸우는 군담을 다룬 공적(公的) 공훈 공간이다. 적군에 대한 지략과 용맹함으로 자신의 영웅성을 과시하는 공간이다. 자신이 여성이라는 사실을 알면서도 모든 직첩을 그대로 유지해 준 천자에 대한 은공과 그에 맞는 영웅성을 확보하고자 그녀는 전투가 일어나는 공간에서 누구보다 용맹한 위력을 과시한다. 용맹하다 못해 섬뜩할 만한 행위를 과시함으로써 여성인 자신이 대원수의 지위로 그 자리에 서 있는 사실을 누구도 부인하지 못하도록 한다. 이러한 심리가 지나쳐 잔혹함마저 주는 것은 계월의 영웅성이 그만큼 당대의 제도와 관습을 넘기 어려운 것이라는 사실을 방증하는 측면이기도 하다.

첫 번째, 사적 공훈 공간의 배타성부터 살펴보기로 하자. 서관과 서달의 난 때 천자는 평국을 도원수로 삼고 보국을 대사마 중군 대장에 봉한다. 보국이 먼저 전투에 나가 공을 세우고자 출격하나 적병에 둘러싸여 죽게 될 형편에 이른다. 이때 계월이 준총마를 몰고 나와 보국을 구한 뒤 적장 오십여 명을 한 칼로 베고 종횡무진하며 공훈을 세운다. 계월은 보국을 꿇리고 대국에 수치심을 안겼으니 국법으로 죽이겠다고 대노한다. 이에 장수들의 만류로 보국은 간신히 목숨을 구한다. 남편인 보국을 배려하는 모습은 일면도 보이지 않는 배타성이 그대로 드러난다.

난리를 평정한 계월의 위상은 천자와 백관들이 수레도 마다하고 친히 걸어서 그녀를 마중 나가는 공간에서 극대화된다. 그러나 곧 계월은 위중한 병이 들어 천자가 보낸 어의를 통해 여자라는 사실이 들통 나자 "자신이 남자 못 된 것을 한스러워" 눈물을 흘린다. 그간의 공훈을 인정받아 천자는 남성으로 살아온 계월의 죄를 묻지 않는다. 오히려 천자는 계월과 보국, 두 사람의 혼인을 중매한다. 계월은 마음에도 없는 혼인을 하게 되자 또 다시 남자로 태어나지 못한 원망을 하는데, 이 역시 남성성과 여성성, 양성에 대한 배타성의 표출이다. 혼례 전날 마지막 군례를 핑계로 남편인 보국을 대령토록 한다. 보국은 즉시 군례에 응하지 않고 태만한 태도로 자신의 아내가 될 계월에 대한 수직적 관계를 인식시키려 한다. 화가 난 계월은 군사들에게 일러 보국을 장대 앞에 꿇리는 것으로 욕보인다.

계월의 내면에 억압되어 있던 타자에 대한 배타성은 여기에서 그치지 않는다. 같은 여성인 영춘, 보국의 애첩을 향해서도 그대로 관철된다. 자신의 명성에 굴하지 않은 채 남편의 힘만 믿고 예를 갖추지 않는 영춘을 교만하고 요망하다 하여 무사를 호령해 단칼에 베도록 명한다. 군졸과 시비 등이 겁을 내어 바로 보지 못할 만큼 단호한 명이다. 작품 전면에 영춘의 영악함이나 간교함이 작용해 계월의 심경을 불편하게 한 것도 아니요, 남편 보국이 영춘을 목숨처럼 사랑한 것도 아니었다. 그저 자신의 영웅성에 도전한 것으로 인식한 배타성에서 비롯한 잔혹한 처사였다. 천자가 계월에게 보국을 속여 재주를 시험하기로 한 사적 공훈 공간에서는 남편의 수치심이 더하다. 계월은 곽 도사에게 배운 술법으로 큰 바람을 일으켜 보국이 정신이 혼미한 사이 달려들어 창검을 빼앗고 산멱통을 잡아 천자가 있는 곳으로 온다. 보국은 계월의 손에 끌려오며 살려달라고 외친다. 후에 보국은 이 사건의 내막을 알고는 수치심에 몸을 떤다. 그러나 그녀의 영웅성에 반기를 들지 못하고 속으로 못내 치를 떤다.

두 번째, 공적 공훈 공간에서의 배타성에 대해 알아보자. 계월의 남성성에 대한 배타적 행위는 전투를 치르는 공적 공훈 공간에 이르면 더욱 강렬하게 드러난다. "적장의 머리가 말 아래로 떨어지자 칼끝에 꿰어 들고서 칼춤을 추며 본진으로 돌아온다"든지, "적장 맹길의 두 팔을 내리치고 적졸을 죽이니 피가 흘러 내를 이룬다"거나, 자신을 강물에 던진 도적의 "상투를 잡고 모가지를 동여 배나무에 매어단 뒤 칼을 들어 점점이 도려 놓고 배를 갈라 간을 꺼내 놓고 하늘에

네 번 절을 했다"라는 공간에서는 잔혹성이 그대로 전달된다. 감히 범접할 수 없는 두려움을 천하에 공포하는 것과도 같은 행위이다. 계월의 이러한 배타적 잔혹성[27] 안에는 여성성을 강하게 부인하고자 하는 심리가 작용한 한편, 아무리 뛰어넘으려고 해도 넘을 수 없는 현실적 제약과 억압에 대한 과잉적 대응이 표출된 것이다.

이처럼 〈홍계월전〉은 공훈 공간을 활용해 여성 영웅의 내면적 갈등 심리를 표출한다. 이성과 동성을 향한 배타성은 오히려 홍계월의 영웅성을 도모하는 데 효과적인 연출로 작용하였고, 아울러 당대인의 독서층 내면에도 이와 같은 고심이 전달되었을 법하다. 그것이 주체성이든 정체성이든 여성 영웅 홍계월은 자신이 타고난 성품을 세상에 써 보고자 맹활약한 인물이라는 점에서 눈에 띈다. 세상에 '나'를 위대하게 활용해 본 인물이라는 점에서, 그녀의 배타적 잔혹성이 주는 이중성은 그녀의 또 다른 삶의 목적이었다고 할 것이다. 신념이든 신의든 '본성을 향한 애정'에서 비롯한 것임을 주지해 볼 필요가 있다.

---

27) 여성영웅들은 국내의 역적뿐만이 아니라 운남과 같은 변방의 소수민족이나 흉노, 교지국, 남만 등 변방의 이민족을 적으로 대한다. 여성영웅소설이 애초 중국을 무대로 한 남성영웅소설을 모방한 데서 유래한 한계이기도 하지만, 여성영웅소설에서는 중국이라는 중심의 관점에서 이민족을 오랑캐로 간주하고, 그들을 타자화하며 가차없이 섬멸해야 할 대상으로 간주한다. 자신이 모방하는 대상에 대한 주체적 비판적 성찰이 결여된 무조건적인 모방의 결과인데, 폭력의 문제 또한 마찬가지이다. 홍계월이 적장의 배를 갈라 간을 끄집어내는 장면 등은 남성의 부정적 가치에 대한 성찰의 결여에서 비롯한 것이다.(박혜숙, 앞의 논문, 175면)

3. 여성영웅 공간의 문학적 의미

영웅의 사전적 풀이는 '재지(才智)와 담력과 무용(武勇)이 특별히 뛰어난 인물'이다. 곧 영웅이란 육체적·정신적으로 평범한 인간들의 한계를 넘어서는 초월적인 경지의 능력을 지닌 인물이다. 영웅은 고정된 환경에 얽매이지 않고 외부 세계로 나아가 개인이나 사회, 나아가 국가적 고난과 역경까지 극복해 내는 능력으로 변신한다. 그럼으로써 자아와 세계와의 일치된 정점을 향해 나아가는 유동적인 존재이다. 이처럼 탁월한 능력의 영웅이 고전소설을 통해 출현한 가장 큰 이유는 바로 현실적 고난과 역경을 극복하는 대리자로서의 역할을 하기 때문이다. 독자는 현실에서 빚어지는 온갖 고난과 갈등을 영웅소설 속의 주인공에게 투영시켜 헤쳐나감으로써 대리 만족을 구가하였다. 남성 영웅의 뒤를 이어 여성 영웅이 등장한 문학적 출현 동인도 이러한 맥락에서 이해할 수 있다.

당시의 여성은 가부장제의 엄격한 통제 아래 사회와 분리된 가치만을 실현할 수 있었다. 여성의 주요한 활동은 가정에만 국한되어 있었고, 남성의 사회적 입신출세의 조력자로서, 가문의 후손을 잇는 자녀를 낳고 양육하는 일로서 존재 의의를 찾았다. 여성 독자들은 현실적으로 가정이나 사회의 억압 속에 있었지만, 문학 작품 속의 여성 영웅을 통해 제약되어 있던 욕구를 발산할 수 있었다.[28] 한글 보급에 따른 여성 독자층의 확대와 방각본 소설의 대량 유통 등의 요인들이 여성영웅소설의 대중화에 긴밀한 작용을 하였음은 익히 알려진 사실이다. 과거의 운명론적 사고에서 벗어나 현실을 직시하며 운명

28) 임성래, 『조선후기의 대중소설』, 보고사, 2008, 190면.

을 개척하고자 하는 여성 독자의 근대적 사고가 여성 영웅의 출현 동인에 있어 큰 비중을 차지한다. 이는 상당히 유교적 세계관으로부터 초탈한 것처럼 이해된다.

그런데 그 이면에는 여성 영웅의 출현을 촉발시킨 근원적인 동인이 따로 존재한다는 사실을 부인할 수 없다. 남성의 이상적 지향점이었던 영웅상이 여성의 잠재된 능력을 일깨우는 장치로 문학 속에서 구가되었다고 해서 유교적 세계관을 벗어났다고는 할 수 없다. '여성의 사회적 참여의 긍정적 타진'은 당시의 사상적 테두리를 벗어난 것이 아니라 오리려 그와 부합하기 위한 일면의 노력들을 보여 주고 있기 때문이다. 여성 영웅은 작품 안에서 유교의 가장 본질적인 가치를 실현하는 인물로 부각되어 있다. 본질적인 가치란 다름 아닌 천품(天稟)의 발견과 운용이다.

그렇다면 이 본질적인 가치, 천품을 발견하고 운용할 공간이 필요하다는 것은 너무도 당연한 사실이다. 고정적이고 폐쇄적인 삶을 살았던 여성을 통해 유교는 그 사상적 본질을 투영시킴으로써 새로운 시대에 적응하는 길을 모색한다. 즉, 사회 저변에 관류하고 있던 유교 사상이 양란 후의 어지러운 시대상을 극복하기 위해 문학 속에서 새로운 모색을 하던 중 출현시킨 것이 여성 영웅과 그 공간인 셈이다. 입신양명하여 가문의 명망을 세우고 또 사회와 국가의 존립과 안위를 수호하는 것이 삼강오륜의 덕목인 충효이다. 입신출세하면 자연 부귀와 권세를 누릴 수 있고, 또한 자신의 경륜을 펼 수 있는 기회도 얻게 된다. 고전소설에서 주인공이 장원 급제하여 출장입상(出將入相) 하는 사건의 전개 과정이 그 전형성으로 나타난다. 이것은 당시 사회의 풍조요 이상이었다.[29] 홍계월 같은 여성 영웅은 이러한 이상을 바탕으로 여성의 위치를 넘어 한 인간으로서의 천품(天稟)을 발견하고, 또 그것을 운용하여 유교적 덕목을 성취해 낸 영웅이다.

홍계월에게 있어 천품의 발현은 영웅 심리의 표출이다. 세상의 명리에 대해 남성의 조력자로서만 지내던 여성이 공명(功名)의 욕구를 표출하고 있다. 인간이라면 누구나 가질 수 있는 진솔한 욕구가 있음을 알리고, 또 그것을 성취하고자 세상으로 나가 자신을 운용할 줄 아는 모습을 보여 준다. 홍계월이 남장을 하고 기존의 남성 중심의 질서 속으로 뛰어든 것은, 인간으로서 타고난 천품을 세상에 발현하고 또 그로써 세상을 변화시키고자 한 까닭에서이다. 〈홍계월전〉은 전통적 유교 가치의 반성에서 발아한 실리적 세계관이 홍계월을 통해 수용되고 있다.

홍계월에게 유리 공간이 절실하게 필요했던 것도, 이적 공간의 낭만성이 표피적으로나마 필요했던 것도, 공훈 공간의 배타적 잔혹성이 절실했던 것도 이러한 실리적 세계관, 오롯이 한 인간으로서의 타고난 천품을 말하기 위한 공간이 필요했기 때문이었다. 고단한 노정 공간 안에서 계월은 남복 개착의 중요성과 필요성을 깨달았고, 이적 공간의 낭만적 공간 안에서 조력자의 경이로운 음조를 덜어내고자 했으며, 공훈 공간의 배타적 공간에서는 자신을 향한 세상의 인식, 영웅성에 대한 인정을 시험하기 위해 잔혹함을 내세우는 가운데 천품을 갖고 태어난 인간이라는 사실을 스스로 목도해 본다. 그 결과 홍계월은 일정한 공로를 세운 뒤 가정 공간으로 복귀하는 작품들에서 한 걸음 나아가 여복 위에 조복을 걸치고 조정 일에 관여하는 인물로 남는 위업을 달성한다. 이러한 양성 평등의 공간은 여주인공인 홍계월이 치열하게 바깥세상과 투쟁해 형성한 중요한 배경이다.

29) 최삼룡, 「고소설의 사상」, 『한국고전소설론』, 새문사, 2002(초판 1990), 54면.

다시 말하자면 홍계월이 남장의 형태로 사회로 진출하여 영웅적 활약을 펼쳤다고 해서 이 작품이 온전한 유교적 이념으로부터의 탈피를 보여 준 것은 아니다. 오히려 홍계월은 등과하여 명성을 얻고 가문과 나라의 존립과 안위를 책임지는 전형적인 출장입상(出將入相)의 공간들을 보여 줌으로써 유교적 이념을 고수한 인물이다. 다만 가정에 귀속되어 여성성으로만 국한되어 있던 삶의 가치를, 개성을 가진 한 개체로서 자유 의지를 가지고 당당하게 살아갈 수 있다는 새로운 가치로 전환시켰다는 데서 여성 영웅으로서의 의의를 찾아야 한다. 홍계월은 한 인간으로서의 타고난 천품을 실현하는 운용적 측면에서 매우 적극적인 영웅 심리를 드러내고 있다.

홍계월의 경우 여성으로서의 삶보다 영웅적 삶을 실현하기 위해 남성 중심의 세계로 뛰어든 인물이다. 이 여성 영웅은 애초 여성이 지니지 못했던 본성을 새롭게 쟁취하는 입장이 아니라 이미 하늘로부터 받은 것이요, 원래 가지고 있던 것을 되찾는다는 의미의 천품을 발현한다. 여성 영웅은 여전히 유교적 영향권 아래 있었으며, 그것이 규범으로 제도화된 현실을 살지 않으면 안 되는 상황이었다. 그 안에서 여성 영웅은 자신을 혁신하는 대안으로 오히려 유교적 본질의 실천을 꾀했다. 여성영웅소설의 최종 지향점이 유교적 세계관의 탈피나 거세에 있는 것이 아님을 알 수 있다.

이러한 견지에서 볼 때 여성영웅소설은 여성 영웅을 통해 천품의 실현이라는 유교의 기저 사상을 구현하고 있으며, 더욱 견고한 유교적 세계관의 건설을 지향하고 있음이 드러난다. 여성 영웅이 천품을 실현하는 방법으로 운용한 명분과 실리는 유교 사상의 유동적이고 탄력적인 면을 시험해 본 문학적 수용이자 사회적 수용이기도 하다. 비록 제도적 결함을 노출시키고는 있으나, 유교 사상의 본질은 여전히 와해되지 않고 세계를 구축하는 중심축임을 암시하고 있다. 그 역할을 사회의 소외 계층이었던 여성을 통해 반증함으로써 유교적 세계의 타당성을 유도한 것이다.

4. 결론

이 논문의 목적은 〈홍계원전〉 여성 영웅 공간의 문학적 양상과 의미에 새로운 해석을 더해 보는 데 있다. 세대를 초월한 강인한 여성 영웅의 탄생이 가능했던 토대, 그녀가 종횡으로 누볐던 '공간'의 양상에서 문학적 의미를 찾아보았다.

2장에서는 여성 영웅 공간의 양상을 살펴보았다. 첫째, 유리(遊離) 공간의 독립적 구성이라는 양상이다. '유소년기'의 고행담으로 구조화된 유리 공간이 그것이다. 부모와 유리되는 공간, 즉 강과 갈대밭은 인간의 추악한, 혹은 본능적 욕망과 결부되어 있다. 이 유리 공간은 등장인물의 내면을 투영하며 현실적으로 경험할 수 있는 서사를 선사한다. 유리 공간이 여성영웅소설마다 특정한 구조로 자리 잡은 이유는 여성 인물이 어떻게든 가정 밖으로 자신을 나가야 했고, 당대의 제도권 안에서는 그것을 현실화할 수 있는 방법이 없었기 때문이다. 유소년기의 유리 공간을 통해 가정 바깥으로 넘어선 것이다.

둘째, 이적 공간의 표면적 낭만성이란 양상이다. 전기소설과 영웅소설의 경우 그 장르의 성격상 '낭만적 이적'에 상당 부분 서사적 음조를 받았다. 〈홍계월전〉 역시 낭만적 이적 공간에 여주인공의 영웅성을 의탁하고는 있으나 상당 부분 현실적 서사로 이끌어 나가고자 한 흔적이 도처에서 돋보인다. 갈대밭 공간과 벽파도, 전장 공간은 여주인공 홍계월의 영웅성을 낭만적 이적으로 답보하면서도 현실적 개연성으로 이끄는 공간들이다. 이는 〈홍계월전〉이 근대적 사실 기법에 주목하기 시작했다는 방증이다.

셋째, 공훈 공간의 배타적 잔혹성이란 양상이다. 여성의 영웅화 의지와 성격이 극적으로 표출되는 곳이 바로 공훈 공간이다. 공훈 공간은 여성이 남성을 통제하고 억압할 수 있는 공간으로, 현실 속에서 불가능한 남성에 대한 배타적 징치, 나아가 같은 여성에 대한 혹독한 징벌을 가하기도 하는 배경이다. 자신이 안주하지 못한 남성성과 여성성에 대한 배타성은 잔혹한 일면으로 나타나는데, 그 공간이 바로 공훈 공간이다.

〈홍계월전〉의 공훈 공간은 성격에 따라 두 가지 유형으로 나누어 볼 수 있다. 첫 번째는 사적 공훈 공간이다. 주로 남편인 보국과 양친, 천자와 대신 등 주변인물과 얽힌 공간인데, 유독 남편을 향한 배타적 성향을 강하게 표출하고 있어 주목된다. 두 번째는 계월이 적군을 맞아 싸우는 군담을 다룬 공적 공훈 공간이다. 적군에 대한 지략과 용맹함으로 자신의 영웅성을 과시하는 공간이다. 이러한 심리가 지나쳐 잔혹함마저 주는 것은 계월의 영웅성이 그만큼 당대의 제도와 관습을 넘기 어려운 것이라는 사실을 방증한다.

3장에서는 여성 영웅 공간의 문학적 의미를 탐색해 보았다. 남성의 이상적 지향점이었던 영웅상이 여성의 잠재된 능력을 일깨우는 장치로 문학 속에서 구가되었다고 해서 유교적 세계관을 벗어났다고는 할 수 없다. '여성의 사회적 참여의 긍정적 타진'은 당시의 사상적 테두리를 벗어난 것이 아니라 오리려 그와 부합되기 위한 일면의 노력들을 보여 주고 있기 때문이다. 여성 영웅은 작품 안에서 유교의 가장 본질적인 가치를 실현하는 인물로 부각되어 있다. 본질적인 가치란 다름 아닌 천품(天稟)의 발견과 운용이다.

그렇다면 이 본질적인 가치, 천품을 발견하고 운용할 공간이 필요하다는 것은 너무도 당연한 사실이다. 고정적이고 폐쇄적인 삶을 살던 여성을 통해 유교는 그 사상적 본질을 투영시킴으로써 새로운 시대에 적응하는 길을 모색한다. 즉, 사회 저변에 관류하고 있던 유교사상이 양란 후의 어지러운 시대상을 극복하기 위해 문학 속에서 새로운 모색을 하던 중 출현시킨 것이 여성 영웅 공간인 셈이다.

계월의 영웅 심리는 다름 아닌 한 인간으로서 타고난 존재 가치를 대변한 표상이며, 그 천품을 실리적으로 운용한 결과이다. 이러한 견지에서 볼 때 여성영웅소설은 여성 영웅을 통해 천품의 실현이라는 유교의 기저 사상을 구현하고 있으며, 더욱 견고한 유교적 세계관의 건설을 지향하고 있음이 드러난다. 여성 영웅이 천품을 실현하는 방법으로 운용한 명분과 실리는 유교 사상의 유동적이고 탄력적인 면을 시험해 본 문학적 수용이자 사회적 수용이기도 하다. 비록 제도적 결함을 노출시키고는 있으나, 유교 사상의 본질은 여전히 와해되지 않고 세계를 구축하는 중심축임을 암시하고 있다. 그 역할을 사회의 소외 계층이었던 여성을 통해 반증함으로써 유교적 세계의 타당성을 유도한 것이다.

이 논문은 〈홍계월전〉 한 작품에 유의하여 그 여성 영웅 공간을 살핀 글이다. 그러므로 이 작품을 중심으로 한 선후대 작품 사이의 대별을 통해 보다 독창적 여성 영웅 공간 특질에 대한 연구는 다음 논문을 후약하기로 한다.

〈최척전〉의 노정 공간 연구

1. 서론

고전소설이 끊임없이 추구하고 있는 것은 삶의 노정이다. 삶의 이편과 저편, 곧 생사의 지평 가운데 일어나는 갈등과 번민, 꿈과 욕망의 대서사시를 관조하는 것이다. 삶은 행복하고 아름다운 것, 밝고 긍정적인 발판 위에서만 이루어지는 것이 아니라, 불행하고 추한 것, 어둡고 부정정적인 세계에서도 지속되고 있다. 그와 같은 삶의 이면을 '노정'이라는 형식을 빌려 문학적 예술성을 향유하는 고전소설이 있어 주목된다. 이 글의 논의 대상인 〈최척전〉도 그와 같은 노정형 서사를 축으로 당대인의 창작 기법과 주제 의식을 표출하는 작품이다.

노정형 서사란 노정담 모티프를 주조로 한다. 주인공이 경험하는 여행의 경로가 살아 있는 서사를 의미한다. 고전소설은 대개 "환상적 허구를 통한 우회적 방법으로 현실을 환기시킨다. 천상적 질서와 지상적 질서를 병치시켜 놓았기 때문에 현실 공간을 읽을 때도 실제로 살고 있는 현실세계가 직선적으로 환기되지는 않는다."[1] 이러한

---

1) 송성욱, 「한국 고전소설의 모티프, 그 환상적 성격」, 『한국 고전소설의 세계』, 돌베개, 2005, 148면.

모호한 경계를 '여행'이라는 친밀한 정서로 허무는 것이 노정형 서사이다. 인간은 여행에 대한 향수를 갖기 마련이고, 삶이란 자체가 여정과 같다는 인식을 보편적으로 하고 있다. 허구적 인물의 허구적 여정이라는 점이 다를 뿐 그 안에 깃든 삶의 철리는 진실 그 자체이다.

〈최척전〉은 이와 같은 삶의 궁극적 진리를 노정이라는 서사에 담아 보다 입체적이고 역동적으로 거듭난다. 그간 〈최척전〉에 대한 연구는 작자와 작품이 학계에 소개된 이래,[2] 주로 전란 상황의 남녀 애정과 가족애를 다루는 측면에서 이루어졌다.[3] 전란이라는 외압 속에서 가장 먼저 파국을 맞는 것이 개인적 애정사와 공동체적 가족사에 얽힌 비극이기 때문이다. 등장인물을 에워싼 불교적 세계관에 바탕을 둔 논의는[4] '세계'의 와해(瓦解)가 곧 '나'의 와해이며, '나'의 건재함이 곧 '세계'의 건재함이라는 운명론적 사유 방식에 접근해 있다. '전란·피로 소설'[5] '사실계 소설'[6] '포로 소설'[7] 등으로 접근한

---

2) 이명선, 『조선문학사』, 범우문고 89, 1992, 169면

3) 민영대, 「최척전에 나타난 작자의 애정관」, 『국어국문학』제98호, 국어국문학회, 1989.
민영대, 『조위한과 최척전』, 아세아문화사, 1993, 343면.
박희병, 「최척전-16,7세기 동아시아의 전란과 가족이산」, 『한국고전소설작품론』, 집문당, 1990.
박일용, 「애정소설의 사적 전개 과정」, 『한국서사문학사의 전개』Ⅳ(사재동 편), 중앙문화사, 1995.
박일용, 『조선시대의 애정소설』, 집문당, 1993, 165-166면.
정환국, 「16-7세기 동아시아 전란과 애정전기」, 『민족문학사연구』15집, 민족문학사학회, 1994, 44-45면.
이상구, 『17세기 애정전기소설』, 월인, 1999.

4) 김기동, 「최척전 소고」, 『불교학보』11, 동국대 출판부, 1974, 177-190면.

5) 소재영, 「기우록과 피로문학」, 『임병양난과 문학의식』, 한국연구원, 1980, 276면.
소재영, 「임진왜란과 소설문학」, 『임진왜란과 한국문학』, 민음사, 1992, 241-242면.
박태상, 「최척전에 나타난 애정담과 전쟁담 연구」, 『조선조 애정소설 연구』, 태학

논의는 이 작품의 본질을 역사 소설[8]의 성격에서 찾고 있다. 전란 공간, 즉 등장인물의 피로지와 망명지, 유랑지에 대한 해석과 접근을 시도해 〈최척전〉의 주제 의식을 면밀하게 읽어 낸 논의들도 주목된다.[9]

〈최척전〉의 가치는 '사실성'에 비중을 두었다는 점에 있다. 〈최척전〉의 출현 이전까지는 우리나라 소설문학사에서 전쟁 등의 참상으로 희생되는 민중들의 삶이 파멸하는 현상에 눈을 돌리는 작가가 없었다. 전쟁이 가져다주는 가족의 이산과 아픔과 동북아 정세를 거시적으로 조망해 볼 수 있는 서사화는 〈최척전〉에서 최초로 시도된다. 이 작품은 다른 어떤 작품이 다루지 못한 소재의 특이성과 사실성을 갖추고 있다.[10] 자의든 타의든 험난한 노정에 들어야 했던 등장인물의 행로가 중요한 소설적 장치로 살아나고 있다. 단순히 공간적 나열에 머물지 않는, 서사의 집약을 도모하는 구조적 미학 장치로 살아나는 노정이다.

사, 1997, 304면.

6) 민영대, 『조위한과 최척전』, 아세아문화사, 1993, 2면.

7) 김진규, 『조선조 포로소설 연구』, 보고사, 2006, 10면.

8) 김장동, 『조선조 역사소설 연구』, 이우출판사, 1986.
권혁래, 『조선후기 역사소설의 성격』, 박이정, 2000.
권혁래, 『조선후기 역사소설의 연구』, 월인, 2001.

9) 강동엽, 「최척전에 나타난 임진왜란과 동아시아」, 『어문론총』41호, 한국문학언어학회, 2004, 99-134면.
신태수, 「최척전에 나타난 공간의 형상」, 『한민족어문학』51호, 한민족어문학회, 2007, 395-428면.
권혁래, 「최척전에 그려진 '유랑'의 의미」, 『국어국문학』150호, 국어국문학회, 2008, 207-235면.
권혁래, 「최척전의 문학지리학적 해석과 소설교육」, 『새국어교육』81호, 한국국어교육학회, 2009, 24-44면.

10) 박태상, 앞의 책(1997), 304-311면 축약.

이 논문은 〈최척전〉의 노정형 서사 구조에 나타난 노정 공간의 문예적 특질을 살피는 데 목적이 있다. 이를 위해 2장에서는 전통적으로 계승되던 노정 공간의 양상을 짚어 보고, 그것이 〈최척전〉의 창작 과정에 영향을 끼친 사실에 주목한다. 3장에서는 〈최척전〉의 노정형 서사가 방랑과 정착의 반복 구조, 경험적 의지와 선험적 선택의 갈등 구조 측면에서 외연과 내포의 이중 노정 구조라는 점을 분석한다. 이를 통해 4장에서는 노정 공간의 독립적 무대화 지향, 공의적(公義的) 방랑자형 실현, 서사의 지성적(知性的) 장편화 추구라는 측면에서 〈최척전〉만의 노정 공간 특질을 살핀다. 이를 통해 〈최척전〉의 문예미에 대한 새로운 접근을 시도한다. 이 논문에서 활용할 자료는 이상구의 역주본 〈최척전〉이다.[11]

2. 고전 서사의 노정 공간 양상

문학 작품 안의 여정은 한시적일 수밖에 없다. 한 편의 이야기 안에서 그 노정을 종결지어야 하기 때문이다. 노정형 서사에서는 노정이 단순한 소재 차원의 것이 아니다. 서사 구조적 장치로 작용하며 중심 갈등과 문제 해결에 영향을 끼친다. 극적 전환점이 되어 서사의 확장을 도모하고 주제 의식을 표출한다. 그런 까닭에 노정형 서사에 있어 노정 공간을 살피는 일은 매우 중요하다.

고전 서사는 애초부터 노정형 서사로 시작했다고 해도 과언이 아니다. 한국 고전소설의 연원으로 일컬어지는 〈최치원〉이나 〈조신〉

---

11) 이상구 역주, 『17세기 애정전기소설』, 월인, 2003(수정판).

만 하더라도 노정형 서사의 틀을 간직하고 있다. 당나라 관료로 지내던 최치원은 늘 현(縣)의 남쪽 경계에 있는 초현관 앞 쌍녀분으로 나가 노닐었는데, 그곳에서 강제 혼인 때문에 요절한 여귀들을 만나 정의를 나눈다. 조신은 어떠한가. 연모하던 태수의 딸을 아내로 삼고 이후 사십여 년을 기아와 병고 속에서 사방을 떠돈다. 타향에서의 고독하고 불우한 심사를 의탁하기 위한 길이었건, 수행자의 속가의 삶에 대한 인간적 고뇌를 담기 위한 길이었건, 서사의 중심 행위와 사고가 노정 공간에서 이루어진다는 점에서 노정형 서사의 전형이라고 접근할 수 있다.

최치원이 길을 떠나 만난 여주인공들이 무덤 속 여귀라는 사실, 조신이 고락을 나누며 살았던 처자식이 꿈속의 존재들이었다는 사실은 이들의 노정이 현실적 문제를 우회시킨 '관념적 노정'이란 점을 암시한다. 곧 〈최치원〉의 무덤은 당대의 일관된 관습과 가치로부터 벗어나고자 하였던 개아의 순정한 의지가 발현한 노정 공간이다. 〈조신〉의 몽중 공간은 신분적 제약과 경제적 궁핍이라는 현실 갈등이 낭만적으로 처리[12]된 노정 공간이다. 이와 같은 관념적 노정 공간이 필요했던 까닭은 직설적 화법으로 드러내기 어려웠던 현실적 난제를 표출하는 우회 장치로 적절했기 때문이다.

'삶은 곧 탐구'라는 논리를 암시 받아 그 논리를 자기 구조로 소화한 것이 소설이다. 그리하여 주인공이 자아와 세계의 본질을 파악하기 위해 모험의 도정에 들어선다는 구조가 보편화되기에 이르렀으며, 그것이 여행의 플롯, 방황의 플롯 등으로 구체화되었다. 주인공이 보다 크고 넓은 세계로 나아가려는 구조는 형이상학적인 색채를

---

12) 정학성, 「전기소설의 문제」, 『한국문학연구입문』, 지식산업사, 1982, 254면.

더욱 짙게 했다.[13] 〈용궁부연록〉과 〈최생우진기〉는 바로 이러한 형이상학적 색채의 노정형 서사를 보여 주는 작품이다. 노정 공간이 인간 세계와 동떨어진 용궁이라는 곳으로 확장되고, 그곳에서의 연회를 통해 우주적 철리의 고결함에 대한 사유가 펼쳐진다. 〈용궁부연록〉의 한생과 〈최생우진기〉의 최생이 현실로 복귀하지 않고 이상향을 찾아 부지소종 하는 노정에서 그들의 형이상학적 세계관을 엿볼 수 있다. 수중계 모티프 소설의 주제가 우주와 인생의 도리와 현실 논리와의 관계를 주된 관심사[14]로 삼았던 만큼 그들의 노정과 노정 공간은 관념적일 수밖에 없다.

〈만복사저포기〉 와 〈하생기우전〉 같은 작품에 이르면 관념적 노정 공간에서 벗어나고자 하는 문예적 욕망이 일어난다. 〈만복사저포기〉는 〈최치원〉의 틀을 계승하면서도 전란이라는 환경을 세계의 횡포로 등장시켰다. 이후 전란은 애정류 전기 소설의 주요한 요소로 자리 잡았는데, 자아와 환경 세계의 갈등이 구체적인 현실 맥락에서 전개되고 있음을 보여주는 지표이다.[15] 바꾸어 말하면 노정형 서사 안으로 현실적 상황이 녹아들기 시작했다는 의미이다. 그런 가운데 가정적·사회적 불행으로 짐 지워진 비극적 운명으로 인해 빚어진 절대적인 고독과 고립을 극복[16]해 내는 노정 공간을 선보인다. 〈만복사저포기〉의 중심 서사 공간인 무덤은 '자아와 환경 세계의 갈등'이 물리적으로 현장감을 띠는 노정 공간이며, 서사의 결미 공간인 보현사

13) 조남현, 『소설원론』, 고려원, 1982, 258면, '프라이의 소설론' 축약.

14) 신태수, 『한국 고소설의 창작방법연구』, 푸른사상, 2006, 218면.

15) 김종철, 「전기소설의 전개 양상과 그 특성」, 『민족문화연구』28, 고려대 민족문화연구소, 1995, 40면.

16) 경일남, 「만복사저포기의 이합 구조와 의미」, 『한국 고전소설의 구조와 의미』, 역락, 2002, 82-83면.

는 '가정적·사회적 불행으로 짐 지워진 비극적인 운명'을 극복해 내는 노정 공간이라는 데서 우주적 철리를 논하던 관념적 노정 공간의 성격을 희석시킨다.

한편 〈하생기우전〉에 이르면 관념적 노정 공간을 현실적 노정 공간으로 탈바꿈하고자 하는 흔적이 더욱 강렬해진다. 하생이 점쟁이에게 가인을 얻을 것이라는 운수를 얻고 성문 밖으로 떠나는 노정은 가시적이다. 여귀나 용왕, 꿈속의 이인 등이 아닌 점쟁이라는 현실적 인물이 그의 노정 공간을 확장시키고 있다는 점이 두드러진다. 또한 등장인물이 상대와 분리되지 않고 행복한 결말을 맞는다는 점도 새롭다. 〈하생기우전〉이 현실적 삶에 무게를 둔 노정형 서사로 발전하고 있다는 것을 의미한다. 무덤 공간이 관념적 성격에서 벗어나 현실적 타당성을 획득할 수 있는 것도 바로 그 이유에서이다.

〈만복사저포기〉나 〈하생기우전〉에서 현실적 모색을 꾀하던 노정형 서사는 〈최척전〉에 이르러 당대인의 현안 문제를 그대로 직설한다. 이상향이나 인간 존재에 대한 탐문을 시도하던 관념적 노정이 아닌 목전의 시공간을 체험하는 노정으로 변모한다. 〈만복사저포기〉에 나타난 전란 모티프의 경우 여귀의 불행한 현실을 통해서만 경험된다. 그래서 여귀와 관계를 맺는 양생의 개인적 노정으로 체험될 뿐이다. 그런데 〈최척전〉의 전란 모티프는 그것이 사회 전반의 구성원에게 영향을 미친다. 정유재란으로 시작된 등장인물들의 노정이 조선, 일본, 명, 후금, 안남(베트남) 등 동아시아 각국의 공간을 잇는 20여 년에 걸친 서사로 확장되는 것이다. 한 사회, 나아가 전 세계의 구성원이 체험하는 노정 공간으로 살아난다.

옥영의 일본 낭고사 피로길 노정과 최척의 명나라 방랑길 노정 속에는 전란으로 인한 당시 민중의 이산 현실과 인간 존재의 파국 현상이 담겨 있다. 전란이라는 위력 앞에서 등장인물의 노정은 앞날을 예측할 수 없는 불안과 고통으로 차 있다. 전대의 소설 주인공들이 애정이면 애정, 이상향이면 이상향이란 하나의 목적을 가지고 노정에 들었던 것과 달리, 〈최척전〉의 인물들은 노정의 계기가 공간에 따라 다양하게 변화한다. 옥영의 경우, 애초의 노정은 피로자의 신분으로 시작하지만, 해로의 장삿길, 조선을 향한 귀향길 같은 새로운 노정과 거듭 마주선다. 최척의 경우도 애초의 중국 노정은 체념 속 유람으로 시작했으나 이후 명나라 곳곳을 방랑하거나 뱃길로 나서는 등 지속적으로 새로운 노정과 마주선다. 그에 따라 노정 공간 역시 다양한 성격으로 변모하는 것을 살필 수 있다. 즉 〈최척전〉의 노정 공간은 단순히 새로운 공간의 나열에 그치지 않고 서사의 장편화를 추구하는 동력으로 작동하며 등장인물의 행위와 사고에 당대의 현실을 투영하는 기반이 되고 있음을 확인할 수 있다.

노정형 서사의 특질은 바로 노정 위에서 삶의 갈등과 번민이 빚어지고 해소된다는 데 있다. 이는 끊임없이 세계 밖으로 '모험'을 떠났던 설화 시대의 정신에서 비롯한다. 그것이 소설의 맹아기를 거치며 관념적 노정이라는 서사로 다듬어졌고, 마침내 사실적 노정으로 나아가는 과정이 되었다. 그에 따라 관념적 노정 공간에서 형이상학적으로 이루어지던 인간 존재에 대한 탐문이 현실적 시공간을 배경으로 하는 노정 공간에서 구현된다는 것이 두드러진 특질이다. 이러한 노정 공간의 성격 변화에 따라 작가는 보다 세밀한 창작 동기를 발현하게 된 것이다.

3. 〈최척전〉의 노정형 서사 구조

〈최척전〉은 광해군 13년(1621년) 조위한이 지은 소설이다.[17] 정유재란을 기점으로, ①최척과 옥영이 혼사 장애를 딛고 혼인하는 내용, ②정유재란이 발발하며 부부가 일본과 중국으로 떠돌다 재회한 뒤 명나라에 임시 정착하는 내용, ③호족의 침입 후 다시 이산한 부부가 각기 육로와 해로를 통해 조선으로 귀향하는 내용을 담고 있다. ①②③의 사건들은 노정형 서사 안에서 유기적으로 구조화되어 있다. 곧 ①의 사건이 ②의 노정을 부르고, ②의 노정 가운데 일어난 사건이 ③의 노정으로 연결된다. 장장 19년에 걸친 노정형 서사가 나올 수 있었던 배경은 바로 이와 같은, 노정이 노정을 파생시키는 서사에 힘입었기 때문이다. 이러한 관점에서 〈최척전〉의 노정형 서사 구조를 분석해 보기로 한다.

1) 방랑과 정착의 반복 구조

〈최척전〉의 가장 큰 특징은 전란을 배경으로 한 방랑과 정착의 반복 노정이 외연 구조로 살아 있다는 점이다. 〈만복사저포기〉의 경우 방랑과 정착 구조는 일회에 머문다. 불우하고 고독한 양생이 개령동에서 떠도는 모습에서, 정절을 지키기 위해 자결한 여귀가 이승을 방황하는 모습에서 방랑자의 속성을 엿본다. 양생과 여귀는 개령동 무

---

17) 이 작품은 작가와 창작 연대가 밝혀진 몇 안 되는 작품 가운데 하나로, 민영대 교수가 서울대학교 소장 필사본 말미에 '天啓元年辛酉 閏二月日 素翁題 素翁趙緯韓號又號玄谷'이라고 적힌 기록에서 '현곡' '소옹'이란 호를 가졌던 조위한'의 실명과, '天啓'이란 기록에서 1621년이란 창작 시기(광해군 13년)를 밝혀냈다.(민영대, 『조위한과 최척전』, 아세아 문화사, 24면)

덤 속에서 사흘간 안착한다. 그리고 산 자와 죽은 자의 경계로 서로 헤어진다. 만복사에서 개령동, 다시 개령동에서 보현사로 이어지는 다소 단조로운 노정이다. 〈만복사저포기〉가 지향하는 생사의 무상함 내지는 생사의 초월 의식을 관조하는 데 잦은 방랑과 정착 구조는 오히려 방해가 된다. 작품 자체가 애초부터 역동성을 배제한 관념적 노정이기 때문이다.

〈최척전〉은 작품 초두부터 등장인물들의 방랑과 정착이 예고되고 있어 일찌감치 광대한 노정형 서사로 확장될 것을 암시한다. 최척이 부친의 엄명으로 과시 준비를 위해 성남 정상서 집으로 오른 때 이미 나라는 전시 상황이다.[18] 옥영은 서울 청파리가 고향이지만 강화도로 피난을 갔다가 나주 땅 회진을 거쳐 성남 정상서 집에 머무는 중이다.[19] 두 인물에게 닥칠 고단한 여정이 서두의 노정으로 이미 자리하고 있는 것이다. 최척과 옥영은 혼례를 치르고 남원 땅에 자리잡지만 일시적 정착이다. 곧 정묘재란의 직접적 피해자가 되어 지리산 연곡사에서 헤어진 뒤 기나긴 노정에 든다.

이때 주인공들의 이산 공간이 왜 하필 산과 절간에서 진행되는지 주목할 필요가 있다. 〈쌍녀분기〉나 〈조신〉, 〈만복사저포기〉나 〈용궁부연록〉, 그리고 〈최생우진기〉 등의 노정형 서사에서 주요 사건의 분기점이 산속이나 절간에서 진행되었던 것을 보면, 그리고 그곳에서 주인공들의 방랑과 정착이 이루어진 것을 떠올려 보면 〈최척전〉

18) 汝不學無賴 畢竟做何等人乎 況今國家興戎 州縣方徵武士 汝無以弓馬之事 以貽老父之憂 言孝耶, 이상구, 앞의 책, 314면.

19) 主家本在京城崇禮門外青坡里 主父景新早沒 寡母沈氏 獨女一女居焉 其處子名玉英 投詩要和者是耳 上年 避亂泛舟于江華 來泊于羅州地會津 至秋自會津轉到于此, 이상구, 위의 책, 315면.

의 노정지에 대한 이해가 풀린다. 이는 방랑과 정착의 구조에 기여했던 전통적 노정지를 추적해 볼 수 있다는 점에서 중요하다. 산과 절간이란 공간은 유가적 질서로 규정되는 당대의 현실 세계에서 이탈하여 방외인적인 삶을 살아가기를 꿈꾸던 방랑자들의 이상처로 작용한 곳이다. 그와 같은 노정지에서 대개는 관념적 노정을 끝내는데, 이 작품의 경우 새로운 사건을 전개시키는 방향으로 나아가는 공간으로 배정된다.

전통적 노정지의 관습을 벗어내는 데 일조하고 있는 것은 전란으로 인한 유랑자와 피로자의 등장이다. 척은 처자를 잃었다는 체념 속에서 명나라 장수 여유문을 따라 중국으로 흘러들어 일시 안착하고, 옥영은 왜병 돈우의 포로가 되어 일본 낭가사로 가 일시 안착한다. 척은 여유문이 죽은 뒤 속세에 회의를 느껴 중국을 두루 유랑하다 매매를 생업으로 하는 학천을 만나 차를 팔러 바닷길을 돈다. 옥영은 돈우와 함께 상선 길에 올라 바다를 돈다. 이들의 방랑과 정착 사이에 바다라는 중요한 노정지가 개입한다. 척과 옥영은 안남의 항구에서 재회하고 정착하는데 호족의 침범으로 척이 요양 우미새로 동원되어 가며 다시금 방랑이 시작된다. 후에 척은 아들 몽석과 육로로 귀향하는 노정에 오르고, 옥영은 둘째아들 부부와 함께 조선을 향한 노정에 오른다. 작가는 굳이 두 인물의 귀향 노정을 통일시키지 않는다. 육로와 해로 노정을 통한 보다 다양한 서사 공간을 확보한다. 그에 따라 사건이 흥미롭게 짜여 서사 구조에 생동함을 준다.

이처럼 〈최척전〉은 방랑과 정착이라는 얼개를 반복적으로 구조화하는 가운데 노정형 서사의 특질을 살리고 있다. 등장인물의 방랑과 정착은 단순히 그들의 노정 경로만을 나타내는 것이 아니라 그 안에 담긴 당대의 현실을 드러낸다는 점에서 중요하다. 작가가 방랑과 정착이라는 서사를 반복적으로 구조화한 것도 보다 다양한 시대상을 담고자 한 의도 때문이다.

2) 경험적 의지와 선험적 선택의 갈등 구조

소설에서 개개의 언어는 언제나 세계에 대한 고유한 시점을 가지며, 사회적 의의[20]를 지닌다. 소설 속 인물의 대화나 행위에 대한 지문은 시대적 가치관을 따른 것이며, 그에 따라 인물의 선택이 달라질 수 있다는 뜻이다. 고전소설의 인물들이 살았던 세계는 유가적 도리에 둘러싸인 곳이다. 충효열과 같은 사회적 공론(公論)에 부합하는 인물로 살아갈 것을 선험적으로 익힌 시대이다. 〈쌍녀분기〉의 두 여귀는 강혼을 거부하지 못한 채 요절했고, 〈만복사저포기〉의 여귀는 정절을 지키느라 자결했으며, 〈용궁부연록〉과 〈최생우진기〉의 주인공들은 자신이 처한 세상을 탓하는 불충을 저지르는 대신 이계로 들어가 의분을 씻는다. 이 이상향적 공간은 패도에 의해 왕도가 무너지기 이전의 시공을 상징적으로 형상화한 별세계[21]로 파악해해 볼 수 있다. 이들 작품 자체가 관념적 노정을 그린 서사였기에 그들의 선택 역시 선험적으로 수용한 가치에 따른 것이다.

〈최척전〉의 척과 옥영은 이러한 선험적 선택에 반기를 든다. 곧 '철저하게 경험 세계의 법칙과 역학에 따라 움직이는 현실적인 성격의 소유자'[22]로 살아난다. 그러나 척과 옥영의 내면에는 여전히 선

---

20) 황패강, 「소설 이해를 위한 문체론적 시각」, 『한국 고소설의 조명』, 아세아문화사, 1992, 296면.

21) 경일남, 「용궁부연록의 연회 양상과 의미」, 『한국 고전소설의 구조와 의미』, 역락, 2002, 111면.

22) 권혁래, 『조선후기 역사소설의 성격』, 박이정, 2000, 180면.

험적 선택에 대한 고심이 남아 있으며 이로 인해 경험적 의지를 세우기까지 갈등을 빚는다. 척은 지리산 연곡사에서 가족과 헤어진 후 자결을 시도한다.[23] 외압으로 와해된 시간을 죽음으로 보상받고 기존의 가치체계로 들어서고자 하는 사고는 전통적이고 선험적인 것이다. 옥영 역시 왜병 돈우에게 피로되어 가던 도중에 바다로 뛰어든다.[24] 척과 옥영은 선험적 선택의 좌절 끝에(생명을 보전한 끝에) 새로운 세계를 경험하며(중국과 일본에서의 삶을 살며) 생의 의지를 다진다. 두 인물이 동아시아 바닷길로 뛰어든 것은 새로운 세계 안에서 삶에 대한 의지를 일깨웠기 때문이다.

선험적 선택과 경험적 의지 사이에서 갈등하는 서사는 옥영을 통해 계속 엿볼 수 있다. 누르하치의 변란으로 인해 척이 징집되어 떠날 때, 항주에서 명나라 관군이 함몰했다는 소식을 들었을 때, 조선으로 귀항하던 중 해적들에게 배를 탈취당하고 섬에 버려졌을 때, 옥영은 죽음을 통해 단절된 세상과 인연을 극복하고자 하는 선험적 선택을 한다. 그러나 때마다 생을 이어야 하는 타당성을 깨닫고 새로운 의지를 세운다. 척도 마찬가지다. 만약 척과 옥영이 새로운 노정지를 거듭 경험하는 인물이 아니었다면 전대의 인물들처럼 사회적 공론에 부합하는 선험적 선택(자살)을 단행했을 것이다. 그러나 이국을 돌아 조선으로 귀환하는 숱한 노정 속에서 두 인물의 의지는 현실 지향적 성격으로 변모한다.

작가 조위한은 조선조에 창작된 수많은 군담소설과는 다른 각도에서 전쟁을 다루고 있다. 즉 중세적 군왕에 대한 충성심이나 왜적에

23) 無容獨全 欲自殺 而爲人所挽, 이상구, 앞의 책, 320면.

24) 玉英欲赴水而死 再三沒海 而爲人所救 未果焉, 이상구, 위의 책, 321면.

대한 적개심을 표명하면서 민족애 내지 조국애를 내세우는 방식을 취하지 않고,[25] 인간과 인간이 조화를 이룰 수 있는 최선의 방도를 구현하는 데 집중한다. 그것이 바로 옥영과 왜병 돈우의 관계이며, 척과 명나라 장수 여유문, 학천 같은 이들과의 관계이다. 이들과의 돈독한 관계로 나아가는 의지는 모두 경험적인 것들을 기반으로 한다. 옥영이 외국을 왕래하며 장삿길에 나선 것은 왜병 돈우와 살며 배를 익히고 바닷길을 익힌 경험 때문이다.[26] 척이 체념 끝에 중국인 여유문을 찾아가는 것은 그가 일전에 의병 출전 당시 중국 장수들을 대접하며 중국말을 익힌 경험 때문이다.[27] 새로운 세계의 경험을 배분해 주는 인물들을 통해 확인하는 삶에 대한 의지의 노정, 바로 이것이 〈최척전〉이 구현하는 내포적 서사 구조이다.

〈최척전〉은 선험적 선택 속에서 살았던 인물이 경험적 의지를 향해 나아가는 갈등을 노정에 담고 있다. 〈최척전〉의 등장인물이 보여주는 선험적 선택과 경험적 의지의 갈등은 당대의 보수적 가치관으로부터 이탈하고자 하는 개인주의적 발상으로 이해할 수 있다. 작가는 이 양자의 갈등을 노정형 서사로 안착시켜 보다 심리적인 창작 기법을 선보인다. 노정형 서사의 축이 단순한 노정 공간의 나열에 있지 않고 등장인물의 갈등이 드러나는 서사 공간으로 연속성을 갖는 이유는 바로 이와 같은 배경 때문이다.

---

25) 박태상, 앞의 책(1997), 343면.

26) 頓于尤憐之 名曰沙于 每乘艡行販 任以火場 置之舟中 來往於閩浙之間, 이상구, 앞의 책, 321면.

27) 陟在義陣時 與唐將應接酬酌之久 稍解華語 故因通其家全沒之事 且訴一身之無托 欲與同入天朝 以爲支保之計, 이상구, 위의 책, 321면.

4. 〈최척전〉의 노정 공간 문예미

1) 노정 공간의 독립적 무대화 지향

〈최척전〉이 노정형 서사의 전형을 갖출 수 있었던 요인은 숱한 노정지의 등장에 있다고 해도 무방하다. 노정지는 곧 주인공들이 체험한 공간들이다. 조선 남원에서 시작한 두 남녀의 노정 공간은 명나라와 일본, 안남(베트남)에 이르는 실로 방대한 배경을 주축으로 한다. 공간은 실증주의 지리학이 중시하는 개념이다. 그만큼 공간은 보편적이고 객관적인 장소를 의미한다. 개개인들에게 의미 있는 요소를 중요하게 다루기보다는 모든 사람들에게 제공되는 평균적인 의미를 찾고자 할 때 우리는 공간이라는 용어를 사용한다.[28] 척과 옥영이 선사하는 노정 공간은 비범하거나 비밀스러운 곳이 아니다. 17세기 동아시아인이라면 누구나 겪고 있던 전란의 참화와 새로운 가치 질서가 서기 시작한 보편적이고 개방된 곳이다. 그래서 이 작품의 노정 공간이 현장감을 주는 요소로 작용한다.

동시대의 〈주생전〉과 〈위경천전〉 역시 조선과 중국을 잇는 노정을 선사한다. 그러나 노정에서의 실질적인 사건 전개나 갈등이 일어나지 않는다는 점에서 〈최척전〉과는 대별된다. 두 작품의 주인공들이 해로를 따라 여주인공이 있는 공간으로 이동하는 소략한 노정은 남녀의 만남을 성사시키는 정서적 환기 정도에 불과하다. 또한 남자주인공들이 중국에서 원병으로 조선으로 향하는 노정 역시 공간 확대라는 점에서 본다면 새로운 시도를 꾀한 것이지만, 그 노정에서는 더

28) 박승규, 「개념에 담겨 있는 지리학의 사고방식」, 『인문지리학의 시선』, 논형, 2005, 37면.

이상 서사의 갈등 상황이나 실마리가 보이지 않는다.

반면에 〈최척전〉은 특정 공간을 독립적으로 무대화하며 현장감을 살린다. 즉 갈등과 긴장의 서사 장면을 노정 위에서 시청각적으로 독립시켜 무대화하고 있다는 의미이다. 척과 옥영이 생사를 모른 채 서로 이별하는 노정 공간인 지리산 연곡사와 섬진강가는 이 소설의 입체적 무대 가운데 하나이다. 척이 연곡사에 도착하자 시체가 절에 가득 쌓여 있고 피가 흘러 내를 이루었으며 온몸에 상처를 입은 노인 몇이 신음하고 있다.[29] 척이 통곡하며 섬진강으로 달려가니 어지럽게 널려진 시신들 속에서 신음소리가 들리고 온몸이 칼로 베이고 피가 얼굴에 낭자한 춘생이 쓰러져 있다.[30] 적병에 살상 당한 인민의 참상이 마치 물리적 무대 위에 펼쳐진 정황처럼 입체감을 전달한다. 그것은 시각적이고 청각적이다. 전란의 참상을 담기 위한 무대의 독립화에 따른 설정이라고 추측해 볼 수 있다.

중요한 것은 이전의 주요 노정 공간에 등장하던 사자의 역할이 사자졌다는 것이다. 이 소설의 사자는 사자일 뿐이다. 무력하게 전란의 소용돌이에 휩쓸려 간 주검으로 등장할 뿐이다. 서사 진행은 오로지 그 전란의 참상을 목도한 산 자의 노정으로 이어진다. 그래서 시청각적으로 입체화하고 있는 노정 공간의 현장성이 눈에 띌 수밖에 없다. 세계의 외압으로 절망적 이산을 하는 척과 옥영의 노정 공간이기에 더욱 현실감을 주는 무대이다.

---

29) 路梗不得進退者三日 僅俟賊退 入於鸞谷 則積屍滿寺 流血成川 林莽間 隱隱有呼吼之聲 陟就而訪之 則老弱數人 瘡疾遍身 見陟而哭曰 賊兵入山 三日奪掠財貨 斬刈人民 盡驅子女 昨才退次蟾江 欲覔家眷 問諸水濱, 이상구, 앞의 책, 219면.

30) 陟呼天痛哭 則走蟾江 行未數里 忽於亂屍中 有呻吟 惑斷惑續 若存若無 就以視之 則劒瘡遍身 流血被面 不知其爲何人 察其衣服 則似是春生之所着, 이상구, 위의 책, 319면.

섬진강에서 헤어진 두 인물이 마침내 조우하는 바다는 이 소설의 핵심 노정 공간이다. 이때의 바다는 그간의 산발적 방랑과 정착으로 점철되었던 인물들의 노정이 집약되어 독립적으로 살아나는 무대이다. 전란으로 인해 국제적 방랑자가 되어야 했던 당대 민중의 아픔이 바다라는 특정 무대 위에서 치유되는 순간이다. 안남의 항구라는 바다 위의 무대 역시 물리적 무대처럼 시청각적 입체감을 그대로 전달한다. 4월 봄밤의 정취 아래 이웃한 배에서 염불 소리가 울리자 척이 피리를 꺼내 불고 화답하듯 조선말로 칠언절구의 시가 울린다.[31] 과거의 어느 봄밤에 나누었던 시구와 피리가락임을 두 사람이 깨닫는 장면이다.

척과 옥영의 결합을 적극 도모하는 주변인으로 중국 상인들과 일본인이 등장한다는 데서 이 무대는 더욱 입체감을 형성한다. 단절되었던 남녀 주인공의 애정이 다시 연결되는 데 힘을 보태는 그들의 역할은 일견 무대 밖의 관객 역할과도 같다. 〈만복사저포기〉에서 양생과 귀녀의 애정을 탄탄하게 연결하는 여귀들의 역할이 산 자의 역할로 변모한 것으로 이해할 수 있다. 그만큼 〈최척전〉의 노정 공간은 현실성을 띠며 시대적 아픔을 치유하고 봉합하는 문학적 예술성을 확보한다.

바다의 독립적 무대화는 옥영이 조선으로 귀환하는 해로에서도 나타난다. 이때의 바다는 옥영이 거쳐 온 지난 시간을 파노라마처럼 엮어서 보여주는 예술적 공간이자 독립된 무대이다. 험난한 파도와 해적들, 중국인을 만나면 중국인 행세를, 일본인을 만나면 일본인 행

31) 因則四月之望 忽聞日本舢中 有念佛之聲 陟獨依篷窓 則抽裝中洞蕭 一吹數曲 以舒胸中之懷 少焉 日本舢中 以朝鮮音 詠七言絶句曰 王子吹簫月欲底 碧天如海露悽悽 陟聞詩大訝 默然而如有失措人狀, 이상구, 앞의 책, 322면.

세를 하며 바다를 건너는 삽화들에서 지난 세월 타국을 방랑하며 겪었던 고난들을 오버랩한다. 조위한이 옥영을 통해 굳이 귀로를 바다로 잡은 것도 이와 같은 의도에서이다. 이를 통해 민중의 파란만장한 삶을 돋을새김하며 한 편의 연극 무대 같은 노정 공간을 선보인다.

2) 공의적(公義的) 방랑자형 실현

17세기 이래의 조선 후기 전을 그 이전의 전들과 비교할 때 가장 뚜렷이 드러나는 변화 중의 하나는 입전인물에서 찾아진다. 고려시대와 조선전기의 입전대상은 주로 승려, 충신, 열사, 일사, 효자, 열녀들이었으며 신분은 대개 지배층에 속했다. 이와 달리 조선 후기에 이르면 신선자류, 이인, 유협, 거지, 농민, 예술가, 과학자, 상인, 의원, 기녀 그 밖에 여러 시정의 부류들이 새로운 입전대상으로 등장하는 변화를 보였다.[32] 새로운 유형의 인물 창조는 그들을 통해 그만큼 새롭고 다양한 이야기를 시도하겠다는 작가의 소신이다. 〈최척전〉 역시 전형적인 인물만으로는 급변하는 시대상을 충실히 담아낼 수 없었기 때문에 다양한 인물들을 선사한다.

〈최척전〉의 노정이 흥미로운 이유는 무엇보다 허구적 인물들의 등장에 따라 노정 공간의 성격이 달라진다는 것이다. 명나라 장수 여유문, 상인 학천, 조선인 망명자인 늙은 호병, 명나라 도망병 진위경 등은 작품의 리얼리티를 살리기 위해 생명력을 부여한 인물들이다. 이들로 인해 노정 공간은 중국과 안남이라는 동아시아로 확장한다. 왜병 돈우, 진위경의 딸 홍도 등은 옥영의 노정을 일본에서 중국으로, 안남에서 조선으로 이끄는 역할을 한다. 이들은 하나같이 당시

---

32) 박희병, 『조선후기 전의 소설적 향방 연구』, 성균관대 출판부, 1993, 85-86면 축약.

전란에 휩싸인 세계를 대변하는 민중의 처지 그 자체이며 소설적 개성을 갖춘 인물들이다.

그와 같은 개성 있는 인물들 속으로 뛰어든 척과 옥영의 노정 공간은 그만큼 현실성을 획득한다. 또한 전대의 어느 방랑자형 인물보다 역동적 형상으로 거듭난다. 짚어본 바와 같이 척과 옥영의 방랑은 이미 전대의 것을 답습한 것에 지나지 않는다. 척과 옥영이 수십 년 세월에 걸쳐 만남과 이별을 반복하며 서로를 향해 떠도는 이야기 틀이 그러하다. 전대의 인물들과 다른 점이 있다면 '관념 속의 방랑자'가 아닌 '생동하는 방랑자'란 사실이다. 전대의 방랑자는 세계의 외압 앞에서 자신의 역량이 좌절되거나 사랑이 끊어질 때, 혹은 사회적 공의에 부합하지 않는 상황과 마주할 때 기꺼이 관념적 이계로 떠나거나 죽음을 선택하는 결단을 내렸다. 이에 반해 척과 옥영은 새로운 갈등과 선택에 빠질 때마다 생의 의지를 다져 오히려 현실 속으로 걸어 나오는 역동성을 보여준다.

척은 부모와 처자식을 잃었다는 체념 하에 명나라 장수 여유문과 동행한다. 옥영은 왜병 돈우의 은혜를 수용하고 일본에서의 삶을 시작한다. 두 인물이 조선 땅에서 보여주는 노정은 전란의 참화로 얼룩진 비극적 시간으로 점철된다. 결코 세계와 화합할 수 없는 고통과 분노의 공간이다. 그런데 그들의 노정 공간이 중국으로, 일본으로 확장되면서 '공의적(公義的) 방랑자'로 부상한다. 곧 모두가 공평하고 의로운 세계로 나아가는 방랑자를 실현하는 것이다. 그간의 주인공들이 개인적 울분과 한탄을 품은 채 부지소종의 방랑자로 남았다면, 두 인물은 현실적 장애를 일으킨 세계의 대상들과 화합하며 다음 노정으로 향하는 방랑자로 거듭난다. 전쟁의 가해자와 피해자가 아닌 한 시대의 참화를 공유하는 인간으로 거듭난 방랑자로 되살아난다.

그래서 척은 중국 노정에서 의형제인 여유문이 죽자 수천 리에 달하는 유람 길에 나섰고, 학천을 만나 역동적으로 뱃길에 나설 수 있었다. 옥영 역시 일본 낭가사라는 낯선 땅으로 피로인 신세로 끌려가지만 상선 길에 올라 국제적 무대를 누비는 인물로 부상할 수 있었다. 전대의 인물상이라면 척은 이미 유람 길에 올라 부지소종의 방랑자로 남았어야 했다. 옥영 역시 이미 죽음으로써 사회적 공론에 부합하는 인물로 생을 마감했어야 할(자살로) 인물이다. 척과 옥영은 소진하지 않는 생의 의지를 거듭 확인하고 외압의 요소로 작용하는 대상들과 화합하며 공의적 방랑자로 거듭난다. 그 안에 노정 공간의 역동성이 자리하고 있기 때문이다.

척과 옥영에게 조선 안에서의 노정 공간은 혼사 장애와 전란으로 인한 가족 구성원의 이산이 주축을 이루는 곳이다. 여유문과 돈우 등의 인물들과 중국, 일본 등의 노정 공간으로 향하며 각각의 세계와 화합하며 나아가는 국제적 방랑자로서의 면모를 보여 준다. 이러한 공의적 방랑자를 실현하는 데서 이 소설의 노정 공간 미학이 두드러진다. 전란의 피해자로서, 희생자로서 남아 있기보다 그것을 세계 구성원의 아픔으로 이해하고 포용하고자 하는 의중이 담긴 노정 공간이다. 이처럼 〈최척전〉은 현실적 노정 공간을 만들어 냄으로써 전혀 새로운 방랑자형을 구현해 냈다는 데 의의가 있다.

3) 서사의 지성적(知性的) 장편화 추구

17세기 소설사에는 뚜렷한 장편화의 경향이 나타난다. 〈주생전〉 〈운영전〉 〈최척전〉 등과 같은 작품은 기존 전기소설의 전통에서 서사적 편폭을 확대한 한문소설이며, 〈구운몽〉 〈사씨남정기〉 〈창선감

의록〉 등은 등장인물의 수를 늘리거나 가정의 문제를 다룸으로써 서사적 편폭이 확대된 작품이다.[33] 〈최척전〉은 현실적 전란 상황을 노정형 서사로 수용하며 장편화를 꾀한 경우이다. 비범한 영웅담을 살린 전란이 아니라 민중의 상처와 아픔을 살린 현실적 서사라는 점에서, 그리고 그것을 노정이라는 서사 형태로 끈질기게 탐구하고 있다는 점에서 돋보인다.

〈최척전〉이 추구하는 장편화 과정은 철저히 지성적 짜임에 의거한다는 것이다. 소설 속의 한 사실과 다른 사실을 연결시키는 능력, 즉 '지성(知性)'과 이미 읽어버린 부분에 대한 '기억력'이 뒤따라야지만 그 포착이 가능해지는[34] 서사의 확장이 그것이다. '복선의 기능'으로 장편화를 꾀했다는 의미인데, 이때 노정 공간이 각각의 복선을 함의한 곳으로 배치되고 있어 주목할 만하다. 〈최척전〉의 서사 가운데 복선의 기능을 하는 사건 단락을 살펴보면 다음과 같다.

① 척의 아들 몽석이 등에 붉은 점을 갖고 태어나다
② 척은 명나라 장수 여유문을 따라 명나라로 향하다
③ 학천은 물건 매매를 생업으로 하는 사람이다
④ 왜병 돈우는 본래 장사를 업으로 하는 사람이다
⑤ 늙은 오랑캐는 조선 삭주인이다
⑥ 진위경은 명나라 도망병이다

①의 복선은 훗날 척과 몽석이 적진의 옥사에서 서로가 부자지간이란 사실을 확인시켜 주는 복선 기능이다. 몽석은 고향 남원 땅의

33) 류준경, 「한국 고전소설의 작품 구성 원리」, 『한국 고소설의 세계』, 돌베개, 2005, 188면.

34) 조남현, 앞의 책, 253면.

만복사 부처가 점지해 태어난 아들이다. 만복사 부처의 신비함으로 태어난 인물이므로 반드시 그 영험한 신력을 증명할 인물이기도 하다. 그런 까닭에 몽석이 태어난 만복사, 곧 남원 땅으로의 귀환은 당연한 귀결이다. 곧 ①의 공간은 등장인물들의 귀환을 함의한 복선 기능을 하고 있다.

②의 복선은 척이 옥영과 혼사 장애를 겪는 부분에 고리가 채워져 있다. 그때 척은 의병장 변사정의 휘하에서 명나라 장수들을 대접하며 중국말을 익힌다. 그래서 훗날 명나라 장수 여유문과 말이 통할 수도 있었고 그를 따라 중국행을 선택하는 근거가 된다. 척이 여유문과 동행하며 만나는 노정 공간은 전란으로 인한 개인적 고통이 세계와의 화합을 통해 치유되는 공간으로 살아나는 복선 기능을 한다.

③과 ④의 단락은 척과 옥영이 상선 길로 각각 나서고, 안남의 항구에서 재회하게 되는 결정적 복선이다. 그들의 주업이 뱃길에서 이루어지는 것이었기에 두 사람이 같은 공간으로 들어설 수 있었다. 또한 전쟁의 가해자와 피해자가 모두 한 자리에 모여 인간적 교유로 화합하는 직접적 노정 공간으로 살아나는 복선 기능을 한다. 바다라는 노정 공간은 개아와 세계의 화합을 꾀한 작가의 창작 의식이 가장 잘 반영된 곳이다.

⑤와 ⑥의 단락은 척과 옥영의 귀환을 돕는 복선 기능을 한다. ⑥의 늙은 호병이 수장으로 있는 노정 공간은 척과 몽석이 부자지간이란 사실을 모른 채 감금되어 있는 변방이다. 늙은 호병은 척과 몽석이 자신과 같은 조선인이란 사실을 알고 살 길을 내 주고 마침내 그들은 꿈에 그리던 조선으로 향한다. ⑥의 진위경은 홍도의 아버지이다. 그가 명나라 도망병으로서 조선에 남아 있었던 복선 기능은 바로 홍도와 그녀의 시어머니인 옥영을 조선으로 불러들이기 위한 것이

다. 홍도는 조선 원병으로 떠난 아버지의 주검이라도 수습해 모시는 것이 소원이다. 이 원 하나만으로 옥영의 아들 몽선과 결혼한다. 홍도의 조선 행 열망은 아버지 진위경 때문이며 마침내 옥영 일행의 마지막 노정 공간인 바닷길을 서사화하는 데 긴요한 역할을 한다는 점에서 중요한 복선이라고 할 만하다.

복선을 활용한 서사의 지성적 장편화는 〈최척전〉의 노정 공간을 더욱 짜임새 있게 하는 문예적 특질을 선사한다. 지성적 서사의 글쓰기는 창작자의 분명한 창작 의도를 드러내는 동시에 근대 소설적 인간을 드러내는 데 효과적이다. 근대 소설적 인간은 세계의 횡포에 집단적 처세로 대응하지 않는다. 개인적 의지를 발현하는 인물로 구현된다. 척과 옥영이 보여 준 동아시아 전역을 가로지르는 노정 공간은 바로 그러한 개인적 의지, 삶에 대한 적극적인 관심에서 비롯한 것이다. 더 이상 관념적 노정 공간에 의존하지 않는, 현실적 욕망과 꿈을 실현하는 노정 공간으로 나아가며 서사의 장편화를 지향한 결과이다.

5. 결론

〈최척전〉은 17세기 사실주의 소설을 대표하는 작품이다. 동시대의 작품들과 뚜렷하게 두드러진 특질은 노정형 서사를 근간으로 하는 소설이라는 점이다. 이 논문은 〈최척전〉의 노정형 서사 구조에 나타난 노정 공간의 문예적 특질을 살피는 데 목적이 있다.

2장에서는 전통적으로 계승되던 노정 공간의 양상을 짚어 보고 그것이 〈최척전〉에 끼친 영향을 살폈다. 노정형 서사의 연원은 〈쌍녀분기〉나 〈조신〉 같은 작품에서 이미 전형이 나타난다. ‘무덤’과 ‘몽중' 같은 관념적 노정 공간이 필요했던 까닭은 직설로 드러내기 어려웠던 현실적 문제를 우회해 드러내는 장치로 적절했기 때문이다. 〈용궁부연록〉과 〈최생우진기〉로 이어진 노정형 서사는 형이상학적 색채를 더욱 짙게 하며 관념적 노정 공간의 맥을 잇는다. 〈만복사저포기〉와 〈하생기우전〉에 이르면 관념적 노정 공간에서 벗어나고자 하는 문예적 욕망이 나타난다. 곧 현실적 전란 모티프라든지 점쟁이와 같은 현실적 인간을 작품 안으로 끌어들이며 사실성을 획득한다.

이러한 노력은 〈최척전〉에 이르러 정유재란이라는 목전의 현실을 소설화하는 사실주의 필법을 완성한다. 조선과 일본, 중국과 안남(베트남)에 이르는 동아시아 노정 공간은 당시 민중의 파란만장한 삶 그 자체로 살아난다. 관념적 노정 공간에서 형이상학적으로 이루어지던 우주적 철리에 대한 탐구가 현실적 시각을 담은 노정 공간을 통해 인간 그 자체의 삶을 구현하는 것으로 나아간다. 노정 공간의 성격 변화에 따라 작가의 창작 동기가 구체화된 것이다.

3장에서는 〈최척전〉의 노정형 서사를 다음의 두 가지 구조적 측면에서 분석했다. ①방랑과 정착의 반복이라는 외연 구조를 지닌다는 점이다. 〈만복사저포기〉 같은 작품의 관념적 노정에서 보이던 일회성 방랑과 정착 구조를 탈피한다. 등장인물의 방랑과 정착이 반복적으로 이루어지는 가운데 서사의 다양성을 확보한다. ②경험적 의지와 선험적 선택의 갈등이라는 내포 구조를 지닌다는 점이다. 〈최척전〉의 주인공은 사회적 공론에 부합하는 가치관을 따르는 전대의 인물들과 다르다. 전대의 인물들이 선험적 선택 속에서 살았다면 이들은 거듭되는 노정 속에서 새로운 경험적 의지를 내세워 나아간다. 당대의 보수적 가치관으로부터 벗어나고자 하는 개인주의적 발상을 본다.

4장에서는 〈최척전〉 노정 공간의 문예미를 다음의 세 가지 측면에서 살폈다. ①노정 공간의 독립적 무대화를 지향하는 문예미이다. 갈등과 긴장의 서사 장면을 시청각적으로 독립시켜 무대화하고 있다. 중심 노정 공간인 지리산 연곡사와 섬진강, 안남의 항구 같은 무대는 시청각적 입체감을 살린 독립적 장면이다. 이 소설의 노정 공간은 시대적 아픔을 치유하고 봉합하는 예술적 무대를 선사한다. ②공의적 방랑자형 실현 또한 문예미로 다가온다. 〈최척전〉의 인물들이 보여주는 생의 의지에 대한 열망은 전대와는 다른 방랑자형을 구현해 낸다. 현실적 장애를 일으킨 세계의 대상들과 화합하며 나아가는 방랑자형으로 거듭난다. 전쟁의 가해자와 피해자가 아닌 한 시대의 참화를 공유하는 인간적 면모를 보여 준다. 이것은 노정형 서사에 부합하는 생동하는 노정 공간에 힘입은 바이다. ③서사의 지성적 장편화 지향 역시 문예미를 발산한다. 복선을 활용한 지성미의 발견, 근대적 글쓰기의 역량이 〈최척전〉을 통해 엿보인다. 이처럼 복선을 활용한 지성적 서사의 장편화는 이 소설의 노정 공간을 더욱 짜임새 있게 한다.

〈최척전〉은 당대의 사실주의 소설을 대표하는 작품으로, 그 면모를 노정형 서사 안에서 구현하고 있다. 이 작품을 기점으로 하는 선후대 노정형 서사 작품의 통시적 고찰은 후일의 연구 과제로 남긴다.

〈장진주사〉의 공간 분할과 미학적 가치

1. 서론

시인이 노래하는 궁극적 목적은 삶에 대한 치장이나 자연에 대한 탄성이 아니다. 존재의 본질에 천착한 사유에 있다. 그 안에 깃든 순정한 이상과 가치를 탐색하는 것이 바로 시인의 노래이다. 이러한 까닭에 한 개인의 삶도, 세계의 질서도, 시인의 영감어린 구술(口述) 속에서 통섭되고 묘리가 되어 다가온다. 그런 가운데 인간의 현실적 고심은 치유되고 이상적 지향점은 불멸의 것으로 치환한다. 〈장진주사〉는 이와 같은 시인의 고심과 그것을 수승한 가치로 풀어낸 작품이다.

〈장진주사〉에 대한 담론은 주로 작가와 작품 사이에 농도 짙게 담겨 있는 '취흥', 혹은 '취생(醉生)'이란 화소와 접목되어 이루어졌다. 특히 이 노래가 발산하는 비장미, 곧 죽음에 대한 관조에 중점을 두었다. 송강과 '취생'의 화소는 작가 의식과도 면밀히 얽혀 있기 때문에 선행되어야 할 연구 과제로 거론되었다. 술과 흥취, 거기서 파생하는 무상감 내지는 비애감이야말로 송강과 그를 둘러싼 당대의 현실을 가늠할 수 있는 단서로 보았다. 그런 가운데 〈장진주사〉는 당대의 현실을 치유하고 원만히 포섭하는 취중 담론을 선보인 작품으로 이해되었다.

작품 전반에 짙게 드리운 단장의 비애에서 퇴폐적 분위기[1]를 언급한 논의는 이 노래의 출현 자체를 삶의 비감에서 찾고 있다. 그렇기 때문에 이 노래는 취중의 세계로 초대하는 권주가(勸酒歌)이며 삶과 죽음의 한계에서 오는 비극성을 담고 있다[2]고 논점을 모았다. 이와는 달리 죽음의 비극성과 허무 의식에 대한 반작용으로 삶에 대한 강한 긍정과 애착을 역설적으로 드러낸 달관의 노래[3]로 접근한 관점도 부각되었다. 비록 죽음과 허무를 노래하지만 무상감에 주저앉지 않고 풍류를 통한 호방함으로 나아가고 있다[4]는 논의 역시 집중력 있게 다루어졌다. 한편 〈장진주사〉의 장르 문제와 구조적 미학, 곧 문장과 어휘와 리듬의 구조미를 살펴 그 미적 요소를 밝힌 논의[5]도

---

1) 박요순, 「정철과 그의 시」, 『송강문학연구』, 국학자료원, 1993, 557면.

2) 최태호, 『송강문학논고』, 역락, 2000, 157면.
윤영옥, 『송강 고산 노계가 찾아든 산과 물 그리고 삶』, 새문사, 2005, 93면.
성범중, 「장진주 계열 작품의 시적 전승과 변용」, 『한국한시연구』11, 태학사, 2003, 403면.

3) 신경림, 「오늘의 시인이 읽은 송강의 시」, 『송강문학연구논총』, 국학자료원, 1993, 44면.
조규익, 『가곡창사의 국문학적 본질』, 집문당, 1994, 101면.
박영주, 『정철 평전』, 중앙M&B, 1999, 257면.
박영주, 「송강 시가의 정서적 특질」, 『한국시가연구』5, 한국시가학회, 1999, 241면.

4) 허남춘, 「송강 시조의 미의식」, 『반교어문연구』10, 반교어문학회, 1999, 73-94면.
최규수, 「송강 정철 시가의 미적 특질 연구」, 이화여대 박사학위논문, 1996, 84면.

5) 홍정자, 「장진주사 장르론」, 『태능어문』3, 서울여자대학 국어국문학회, 1986, 면수
이임수, 「송강 장진주사의 구조미학」, 『송강문학연구』, 국학자료원, 1993, 296-318면.
송재주, 「장진주사 평문 해석에 대하여」, 『국어교육』81·82호 합집, 한국국어교육연구회, 1986.
이완형, 「송강의 장진주사 연구: 장르 귀속에 대한 연구를 중심으로」, 『어문연구』26, 어문연구회, 1995, 343-357면.

주목되었다.

그런데 〈장진주사〉가 이룩한 무상감과 비애감 내지는 호방함의 정서 이면을 살피면, "사물과 사물을 연관지우고, 인간과 세계 사이에 매듭을 만듦으로써 통일된 세계를 구축한 시적 인식"[6]과 대면하게 된다. 즉 시인이 지향하는 세계관을 구축하기 위한 통일된 공간의 배열을 확인할 수 있다는 의미이다. 그 공간이 비록 물리적 경계로 구획되어 문면에 명확히 드러나 있지는 않지만, 인간과 사물, 인간과 자연을 연결하는 가운데 당대인이 처해 있던 상황이 연출된다는 데 주목해 볼 필요가 있다. 예컨대 주당끼리 마주앉은 술자리라든지 망자의 길을 배웅하는 자리라든지 하는 상황이 펼쳐진 가운데 자연스럽게 그와 관련된 공간이 유추되는 특이한 작품이다. 또한 이 심상공간이 단일하게 나타나는 것이 아니라 서사적 계기성(繼起性)에 따라 다양한 형태로 등장한다는 점도 두드러진다. 이와 같은 공간에 대한 접근을 통해 〈장진주사〉의 또 다른 문학적 의미를 도출해 낼 수 있다.

이 논문은 이러한 논지를 바탕으로 〈장진주사〉의 공간과 그 의미를 살피는 데 주력하고자 한다. 그런 가운데 송강이 의도한 창작 기법을 가늠하고 〈장진주사〉만의 독창적 시세계를 살피고자 한다. 2장에서는 시인의 고심과 갈등이 문답 구조의 언표로 드러나는 취중 공간에 대해 이해하기로 한다. 시인이, 익명의 숨은 청자를 향해 동병상련의 꿈을 꾸며 치유하고자 하였던 문제를 조망한다. 3장에서는 2장에서 짚어 본 취중 공간을 세 가지 층위로 나누어 접근한다. ①서

성범중, 「장진주 계열 작품의 시적 전승과 변용」, 『한국한시연구』11, 태학사, 2003.

6) 박철희, 『문학개론』, 형설출판사, 1985, 117면 참조.

사적 긴장 도모, ②심상 공간의 청각적 효과, ③원형적(圓形的) 세계관의 변증이라는 측면에서 그 공간에 담긴 의미를 파악한다. 4장에서는〈장진주사〉가 구축한 공간 분할의 미학적 가치를 재고해 본다. 독립적이고 동적인 공간 이미지를 활용해 경험 세계의 공간들을 구현해 내는 미학적 가치에 주목한다. 이를 통해 〈장진주사〉만의 독창적 창작 의식을 밝히는 계기로 삼고자 한다.

2. 〈장진주사〉의 취중 문답 공간

송강의 정치적 노정은 험난하고도 고단했다. 삶 전반에 걸친 낙향과 재출사의 부침 속에서 붕당 간 세파에 시달렸다. 반복되는 정치적 실의와 역경 속에서 현실과 이상의 균열된 세계상에 번민하였을 것이 자명하다. 이런 심회를 풀기 위한 방편이 바로 취흥이었다. 송강에게 술은 삶의 안식처와도 같았다. 취흥에서 비롯된 시와 시조가 송강 문학의 주류를 이룬다. 시조 중 10수 이상이 술을 주제로 하고 있으며, 한시 574수 중 술을 소재로 한 시어가 100여회에 이를 만큼[7] 송강은 주선(酒仙)의 삶을 살았다. 문제는 그 주선의 처소가 선계가 아닌 지상이라는 점이다.

〈장진주사〉는 지상에 발을 딛고 살아갈 수밖에 없는 송강의 현실을 담은 노래이다. 고상한 이상과 달리 그의 현실은 지상의 논리와 원칙에 묶여 있었다. 당쟁의 소용돌이 속에서 진퇴를 거듭하며 광증 같은 울화를 터트린다. 술에 취해 기둥을 치며 부르는 노래가 슬프고

7) 허남춘, 앞의 논문, 78면.

도 강개해서 비난을 얻기도 할 만큼 그는 흉중에 광증을 품고 산 인물이다. 그래서 스스로를 '광생(狂生)'이라 자처하기에 이른다. 송강이 밝힌 '술 마시는 이유'[8]에서도 그의 첫 번째 관심이 현실 문제에 닿아 있음을 알 수 있다. '세사에 대한 불평'이야말로 그가 주선으로 지상에 머물 수밖에 없는 근원적 단서를 보여준다.

그렇다면 송강이 그토록 늘어놓고자 했던 세사를 향한 불평, 그의 심중에 광증을 불러일으킨 그 배경이 무엇이었는지 살펴볼 필요가 있다. 논자들은 그의 유년시절에 일어난 을사사화를 통해 그가 광생으로 자처하며 살아갈 수밖에 없는 단서를 찾는다. 그의 맏형이 사화에 얽혀 매를 맞아 죽었고, 매부인 계림군은 머리를 깎고 도피했다가 잡혀 죽었으며, 송강 또한 아버지를 따라 유배지 생활을 전전한다. 암울한 가정사는 음주에서 벗어나지 못하도록 했고, 결국 동인 세력으로부터 탄핵을 당하게 하는 요인이 된다. 조헌은, 송강이 술에 의탁하는 이유가 술로써 난세를 잊고자 하였던 완적의 뜻에서 비롯한 것이라고 두둔[9]할 만큼 비통한 가정사의 질곡이야말로 지상의 주선(酒仙)으로 살 수밖에 없는 이유였다.

> ᄒᆞᆫ 盞잔 먹새 그려 또 ᄒᆞᆫ 盞잔 먹새 그려
> 곳 것거 算산 노코 無무盡진無무盡진 먹새 그려
> 이 몸 주근 後후면
> 지게 우희 거적 더퍼 주리혀 ᄆᆡ여 가나,
> 流뉴蘇소寶보帳댱의 萬만人인이 우러녜나

8) "나의 기주에는 네 가지 이유가 있는데 그 하나는 세사에 대한 불평이요, 둘은 흥을 만남이고, 셋은 손님을 접대하는 것이며, 넷은 권하는 술을 거절하지 못함이라.(某之嗜酒有四不平一也遇興二也待客三也難拒人勸四也)", 『국역 송강집』권7 별집.

9) 박영주, 『정철 평전』, 중앙M&B, 1999.

어욱새 속새 덥가나모 白백楊양 수페 가기곳 가면
누론 ᄒᆡ 흰 ᄃᆞᆯ ᄀᆞᄂᆞᆫ 비 굴근 눈 쇼쇼리 ᄇᆞ람불 제
뉘 ᄒᆞᆫ 盞잔 먹쟈ᄒᆞᆯ고
ᄒᆞ믈며 무덤 우ᄒᆡ 진납이 ᄑᆞ람 불 제
뉘우ᄎᆞᆫᄃᆞᆯ 엇디리10)

〈장진주사〉의 매력은 마주앉은 누군가를 향해 주절주절 말을 거는 시각적이고도 청각적인 표현에서 우러난다. 이 술자리가 독작(獨酌)이었다면 고독과 비애에 머물 수도 있다지만, 대작(對酌)의 형태로 나타나기에 비애가 차단된다.11) 이처럼 술잔을 잡거니 밀거니 취중에 빠진 대작의 모습은 〈성산별곡〉에서도 볼 수 있다.

人인心심이 ᄂᆞᆾᄀᆞᆺᄐᆞ야 보도록 새롭거ᄂᆞᆯ
世세事ᄉᆞ는 구롬이라 머흐도 머흘시고
엇그제 비즌 술이 어도록 니건ᄂᆞ니
잡거니 밀거니 슬ᄏᆞ장 거후로니
ᄆᆞᄋᆞᆷ의 ᄆᆡ친 시ᄅᆞᆷ 져그나 ᄒᆞ리ᄂᆞ다12)

화자는 마주앉은 대상과 술잔을 잡거니 밀거니 기울이며 엇그제 빚은 술을 탐닉한다. 무언가 주당끼리 통하는 동병상련의 시름이 엿보인다. 잡거니 밀거니 기울인 술잔만큼 몸도 마음도 한껏 취해 흔들리는 모양이 역력하다. 만취 분위기는 〈장진주사〉에서도 두드러지며 주흥(酒興)의 절정을 이룬다. 한 잔 먹고 또 먹고, 꽃가지 꺾어 셈

---

10) 정철, 「성산별곡」, 『(교주·해제)송강가사』, 문호사, 1959, 143면.
11) 허남춘, 앞의 논문, 83면.
12) 정철, 앞의 책, 139-140면.

까지 해 가며 무진장 먹자고 청하는 대상은 화자와 같은 주당이었을 것이다. 그들 사이에는 무진무진 마시기 위해 펴놓은 술잔과 무진무진 마실 술을 셈하기 위한 꽃가지뿐이다. 그리고 기갈 난 듯 술을 들이키는 주당들의 대화가 있다.

무진무진 술을 먹자 하던 주흥이 채 깨기도 전에 화자의 의식은 '이 몸 죽은 후'로 건너뛴다. 산 자의 주흥에서 갑자기 사자의 세계로 진입한다. 그러더니 지게 위에 거적 덮어 졸라매 지고 가는 사람이든, 화려한 상여를 타고 만인의 이별을 받으며 떠나는 고귀한 사람이든 죽기는 매한가지라는 담론을 펼친다. 이 즈음해서 화자의 언표에 드러난 미천한 자와 고귀한 자의 죽음에 대한 탐색이 필요하다. 주흥에 빠져 무진무진 술이나 마시자 하던 화자의 의식이 돌연 미천한 자와 고귀한 자의 죽음으로 돌아선 것은 다름 아닌 시인의 삶이 투영된 결과 때문이다.

왕실의 인척으로 권세를 누리며 살았던 가문의 후손이지만 피화 속에서 한미한 가문의 일원으로 쇠락한 시인이다. 무엇보다 시인의 유년 시절에 깊은 충격을 남긴 사건은 형제의 황망한 액사일 것이다. 그 속에서 고귀하게 영달하였던 자라도 미천한 자의 죽음과 다를 것이 없다는 사유를 거쳤을 법하다. 자신의 죽음도 매한가지라는 인식과 함께 뜬구름 같은 인생의 단면을 드러낸다. 실의와 역경의 정치적 삶을 사는 현재의 시간 역시 언제 어느 때 미천한 소산으로 전락할지 알 수 없다는 의식도 엿보인다.

이러한 의식은 억새, 속새, 떡갈나무, 백양나무, 우거진 수풀, 무덤에 누워 있는 삶의 마지막 모습을 떠올리는 곳에서 그 처연함이 강조된다. 누른 해와 흰 달이 번갈아 뜨고, 가는 비와 굵은 눈이 또 스치고, 스산한 바람이 부는 날에 이르러서는 부귀공명 따위야 아무런

쓸모도 없이 무덤 속에 누워 있는 주검일 뿐이다. 그런 자신에게 대작(對酌)을 권할 이가 있겠는가 하는 자문 속에서 유한한 존재의 비애를 드러낸다. 이러한 시인의 의중은 곧 바로 독자에게 전달되는 것이 아니라 그와 마주앉은 주당을 거쳐 전달된다는 데 신선함이 있다. 그와의 취중 담론이 있기에 무진무진 술이나 마시자 해놓고는 스산한 무덤 속 주검 이야기로 훌쩍 건너뛸 수 있는 것이다.

〈장진주사〉의 숨은 주당도 화자처럼 지상에서 주선으로 살 수밖에 없는 존재이며, 지상의 정치적 환난 속에서 잠시 벗어나 술독을 끼고 앉은 존재로 짐작된다. 그렇기에 화자의 의식이 저 미지의 사후로 훌쩍 건너뛰는 것을 용인한다. 그 중간, 술과 주검 사이에서 함축해버린 그 무엇을 누구보다 이해하는 상대일 것이다. 현실적인 질곡을 함께 했거나 혹은 화자의 고단한 인생살이 편력을 꿰뚫고 있을 법한 대상일 것이다. 그렇기에 부귀공명의 삶이야 언제 어느 때 미천한 소산으로 전락할지 알 수 없다는 화자의 담론이 걸림 없이 펼쳐진다.

송강이 허구적 화자와 청자를 빌어 시화한 사례는 〈성산별곡〉이나 〈속미인곡〉 같은 작품에서도 볼 수 있는데, 이때의 허구적 화자와 청자는 대조적 인물로써 지향하는 세계 역시 대조를 이루고 있다[13]는 점이 눈에 띈다. 이러한 문답체 문학의 징점은 극적 긴장감이나 주의를 환기시키며 주제를 보다 선명하게 전달할 수 있다는 이점[14]

13) 김진욱, 「정철 국문시가의 문예미 연구」, 『고시가연구』21, 한국고시가문학회, 2008, 147면.

14) 이 논문에서 견지하는 <장진주사>의 문답체적 성격은 김신중의 문답체적 문학에 대한 언급에서 영감을 얻은 바 크다. 김신중은, <성산별곡>의 문답체적 성격에 대해 깊이 있게 고구했으며, 문학의 가장 기본적인 구성을, ①문제의 내용을 암시하는 도입, ②문제에 대한 의문의 제기, ③답변을 통한 해명과 설득, ④의문의 해소와 종결로 설명했다. 그런 가운데 정철의 「속미인곡」 역시 이 문답체 문학의 전통 위에 서 있는 흔치 않은 가사 작품이라고 평했다. 또한 송강의 한시 <未斷酒>, <已斷酒>

이 있다. 〈장진주사〉 역시 시인의 분신인 화자와 청자를 개입시켜 문답구조를 보여 준다.[15] "흔 盞잔 먹새 그려 또 흔 盞잔 먹새 그려 / 곳 것거 算산 노코 無무盡진無무盡진 먹새 그려"라는 표현 속에서 독작(獨酌)하는 화자가 아닌 꽃을 꺾어 놓고 셈을 하며 대작(對酌)하는 화자를 발견한다.

이때 시인과 마주앉은 주당의 관계는 '드러난 화자와 숨은 청자'[16]라는 시적 언술의 원리를 보여 준다. 〈장진주사〉의 화자는 드러나 있되 청자는 숨어 있다는 의미이다. 이것은 앞서 언급한 작품들의 '드러난 화자와 드러난 청자'라는 관계에서 벗어난 언술[17]이다. 〈장진주사〉의 문답 구조가 이처럼 '드러난 화자와 숨은 청자'의 언술을 보이는 이유는 바로 화자와 청자가 동질적 입장을 보이기 때문이다.

역시 주객문답체의 형식을 띤다고 보았다.(김신중, 「문답체 문학의 성격과 성산별곡」, 『고시가연구』8, 한국고시가문학회, 2001, 59-62면 축약.) 이 논문은 이러한 논의의 연장선 위에서 <장진주사>의 문답체적 성격을 탐문한 것이다.

15) 시인이 혼잣말을 하는 목소리는 분명히 자신의 감정이나 사상을 진술하고 싶을 때, 또 글로 써서 감정이나 사상을 다른 사람에게도 나누어 각자를 바라고 있을 때 사용되는 것이다. 비록 한 사람에게만 호소한 것일지라도 그것은 언제나 다른 사람이 엿듣도록 되어 있는 것이다.(박철희, 앞의 책, 121면 참조) 이 글에서는 <장진주사>를 '드러난 화자와 숨은 청자' 사이의 '문답 구조'로 접근하고 있는데, 물론 시적 화자가 취중에 다수의 청자를 향한 삶의 유한성을 토로하고 있다 하더라도 청자의 답을 굳이 필요로 하지 않는 구조라는 지적도 가능하다. 그러나 시인의 생각이 발화된 순간 그 목소리는 제2의, 제3의 목소리로 분화되어 다양한 관점에서 수용되는 것을 기억하면 숨은 청자의 기능에도 주목해 볼 만하다.

16) 홍문표, 『시창작강의』, 양문각, 1997(개정판), 212면.

17) 예컨대 <성산별곡>의 화자와 청자는 주인과 길손이다. 주인과 길손은 시종 외형상으로 서로 상대적인 위치에 서 있다. 길손이 세간에서 산중을 지향하지만 실제적으로는 상당한 심리적 거리감을 유지한 인물이라면, 주인은 산중에서 세간을 멀리하면서도 그것에 대한 미련을 떨쳐 버리지 못한 인물이기 때문이다. 이것이 곧 현실과 자연 사이에서 갈등하며 방황하던 조선 중기 사대부로서 작자가 가졌던 고뇌의 일단이었을 것이다.(김신중, 앞의 논문, 71면.)

'나'라는 개아의 소멸이 본질적 존재의 소멸로 이어지겠는가 하는 철학적 의문에 대한 동질적 사유가 그것이다. 죽음이란 일반론적인 사유이며, 누구에게나 다가오는 것이기에 시인은 '너'라든지, '그대'와 같은 드러난 청자 대신 꽃 꺾어 셈하며 술잔을 기울이는 숨은 청자를 앉혀 놓은 것이다.

그렇다면 〈장진주사〉의 취중 문답 공간의 성격은 자명해진다. 어느 한 사람의 숨은 청자가 아닌 다수의 청자, 곧 이 노래를 접하는 독자를 향한 심상적 공간이란 사실이 드러난다. 꽃 꺾어 놓고 셈을 하며 술잔을 기울이는 '숨은 청자'는 곧 '삶의 유한성을 체험하는 모든 인간'을 가리킨다. 그래서 수풀 속의 무덤을 떠올리며 무진무진 술잔을 들이키는 화자의 취중 공간은 극단적 비애 속으로 빠지지 않는다. 모두가 공유하는 삶의 한 단면일 뿐이며 오히려 '낙천적 민족성을 지닌 우리 민족의 통서'[18]로 다가온다. 〈장진주사〉는 삶과 죽음이라는 심상적 공간 안에서 주흥 속의 문답 구조를 통해 당대인의 삶에 대한 의문을 노래한다.

3. 공간 분할의 의미

〈장진주사〉의 공간은 관념적 세계에서 벗어나 시인과 독자 바로 곁의 '있을 법한' 공간으로 거듭난다. 작품 안에서 시인이 말하고자 하는 것을 각기 다른 공간 안에서 발화하고 있는 것을 목격한다. 공간의 변화, 곧 공간의 구조적 분할은 독립적으로 떨어져 있으면서도

---

18) 김갑기, 『송강 정철의 시문학』, 동악어문학회, 1997, 90면.

유기적으로 연결된 어떠한 이야기의 실체를 의미한다. 다양하게 분할된 공간은 다시 말해 다층적 의미의 표출이자 그것이 상징하는 이야기라고 할 수 있다. 공간의 변화는 새로운 의미와 이야기에 대한 기대를 높여 준다.

1) 서사적 긴장 도모

〈장진주사〉는 그 동안 비감한 정조를 주조로 한 서정시 성격에 바탕을 두고 논의되었다. 주흥 속에서 바라보는 죽음에 대한 관조라는 측면에서 정서적 접근을 시도하였다. 그런데 송강의 작품들이 서정적 발화는 물론 하나의 유기적 이야기를 가진 서사성을 도모하고 있다는 사실에 집중해 볼 필요가 있다. 송강의 작품이 지닌 이러한 측면은 다음과 같은 시에서 잘 드러난다. "재너머 成셩勸권農롱집의 술닉닷말 어제듯고/누은쇼 발로박차 언차노하 자즐ᄐᆞ고/아ᄒᆡ야 네 勸권農롱겨시냐 鄭정座좌首슈 왓다ᄒᆞ여라." 짧은 이야기 구조 속에 해설과 묘사와 대사를 조화시킴으로써 시조의 표현 영역을 넓히고[19] 있는 작품이다. 어제와 오늘, 거기에 보태어 '지금', '막'이라는 현재의 순간에 이르기까지 벌어진 일을 유쾌하게 그린다. 잘 익은 술이 있다는 소리에 날이 밝기 무섭게 소를 몰아 벗의 집으로 달려가는 이야기가 구성지게 짜여 있다.

시간의 흐름에 따른 인과의 계기성(繼起性)에 충실한 서사적 성격이다. 이 작품의 서사적 성격은 공간 배경의 변화에서 나온다. 짧은 시편이지만 그 안에는 벌써 시자의 전언을 통해 친구 집의 술이 잘 익었다는 소식을 듣는 '화자의 공간'이 나타나고, 급한 마음에 소를

19) 김진욱, 앞의 논문, 144면.

재촉해 친구 집으로 향하는 '행길 공간'이 나오며, 목적지에 도착해 시자를 부르는 '대문간'이란 공간이 나온다. 이러한 공간의 분할과 변화에 힘입어 역동적인 서사로 거듭난다.

다른 정서일 뿐 〈장진주사〉 역시 이러한 서사적 공간의 분할이 나타나는 작품이다. 〈장진주사〉가 보여주는 서사적 공간은 실로 만화경 같은 짜임을 갖춘 공간들이다. 구조적으로 삶의 이편에서 사후의 저편을 조망하는 공간 구조이다. 서사는 인생을, 줄거리를 가진 하나의 완결된 형태로 보고 이를 형상화[20]한다. 〈장진주사〉는 주흥 속의 현재와 비감 어린 사후의 시간, 다시 현재의 시간이 담긴 공간 안에서 삶과 주검, 인간과 자연, 저잣거리와 사자의 영역(무덤 공간)을 함께 다룬다. 아울러 등장인물과 대사, 심리 묘사를 공간에 따라 달리 표현하며 서사적 성격을 도모한다. 물론 〈장진주사〉의 노랫말이 이백이나 두보의 시상을 차용한 재생적 상상[21]이란 측면도 있지만, 그것을 자신만의 공간 셈법으로 담금질해 낸 시인의 역량을 볼 수 있다.

송강이 분할한 첫 번째 공간은 주흥이 절정으로 치달은 자리이다. 그곳은 시인의 처소인 사랑방일 법도 하지만 꽃가지 늘어진 산림 속

---

20) 홍문표, 앞의 책, 448면.

21) 재생적 상상이란 지난날에 겪었던 이미지가 변화 없이 그대로 다시 나타나는 경우를 말한다.(홍문표, 앞의 책, 55면) 일찍부터 <장진주사>가 이백과 이하의 <장진주>, 두보의 <遺興五首>를 본떠 시상을 새로이 전개하였다는 언급이 있었다. 어느 샌가 늙음이 찾아왔기에 복사꽃이 비가 되어 내리는 날에 종일토록 취하길 권하며, 유영과 같이 술을 즐긴 高士도 죽으면 술을 권할 이가 없다고 하였고(이하), 아침에 젊던 머리가 저녁이 되어 눈처럼 희어지고, 옛날의 성현이 모두 적막하니 집안의 값진 것을 내다가 술로 바꾸고 근심을 녹여보자고 하였고(이백), 부자집의 喪事를 보니 휘황하고 친척이 많고 상복을 입은 이가 수백이지만 그 호화로움을 부러워할 것이 못 되니 묶여서 무덤에 가기는 마찬가지라 하였고(두보), 만인의 장송을 받으며 북망산에 돌아가는 것은 누덕누덕 남루한 옷을 입고 홀로 앉아 아침 햇빛을 쬐며 사는 것만 못하다고 하였다(소식).(허남춘, 앞의 논문, 81-82면)

의 정자일 법도 하다. 거기 둘러선 꽃가지를 꺾어다 놓고 셈을 하며 한 잔 먹자, 더불어 또 한 잔 먹자, 무진무진 먹어 보자고 흥취 속에 빠진다. 이 공간이 항아가 술을 따라 주는 달세계였다면 숨은 청자를 비롯한 독자는 화자의 흥취에 그만큼 동조하기 어려울 것이다. 아울러 그가 두 번째 공간에서 토로하는 심회에도 거리감을 느꼈을 법하다. 아무리 고귀하고 이상적인 이야기라 하더라도 현실을 바탕으로 하지 않는다면 리얼리티를 담보하기 어렵다.

이 노래의 공간을 형성하는 시어들, 예컨대 꽃이라든지, 달이라든지, 술이라든지 하는 어휘들은 송강의 시상 속에서 자주 일상을 토대로 한 노래로 타나난다. "南山 뫼 어ᄃᆞ메만 高學士 草堂지어/곳 두고 바회 두고 믈 둔ᄂᆞ이/술조차 둔ᄂᆞᆫ 양ᄒᆞ야 날을 오라 ᄒᆞ거니" 같은 시를 보면, 벗이 청한 술자리에 설레는 기쁨을 감추지 못하는 시인의 마음을 담고 있다. 시인의 마음은 이상 세계의 꽃과 달과 물, 그리고 술에 도취된 것이 아니다. 벗이 있고, 그 벗이 청한 술자리가 있는 현실 그 자체의 기쁨을 노래한다. 이와 같은 취흥의 경험이 이미 시인의 일상 경험으로 자리하고 있기 때문에, 꽃 꺾어 놓고 셈 하며 술을 마시자는 〈장진주사〉의 술자리가 그저 무상감을 잊기 위한 자리만으로 그치지 않는다는 것을 짐작할 수 있다.

화자는 사랑방이거나 산림의 정자에서 몸이 기울어지도록 술을 마시다 뜬금없이, "이 몸이 죽은 후면"이란 화두를 던진다. 주흥과 꽃가지와 죽음. 화자의 의식은 삶과 죽음을 병렬시켜 놓고 무연히 바라보기 시작한다. 그런 가운데 자연스러운 공간의 변화를 불러일으킨다. 그 공간은 사자가 지나가는 노상이다. 행인이 지나다니는 그 길로 거적에 둘러싸여 가는 사자와 호화로운 상여를 타고 가는 사자가 나타난다. 이 공간은 아직 노상이니 주흥의 공간에서 그리 먼 길은 아니다. 삶과 죽음이 사랑방 담장 너머, 혹은 정자 아래로 스쳐가듯 가까운 존재라는 것을 표상한 공간이다.

〈장진주사〉의 세 번째 공간은 두 망자들이 완전한 주검이 되어 자리하는 곳이다. 억새와 속새, 떡갈나무와 백양나무 숲의 무덤 공간이 그곳이다. 그 머리맡으로 뜬 누른 해와 흰 달, 가는 비와 굵은 비, 쓸쓸한 바람이 치닫는 공간이다. 삶에서 멀찍이 떨어진 주검만의 세계를 그린 곳이다. 그렇다면 주흥의 공간은 완전히 단절된 상황인가. 그 흥취 역시 그대로 끝나고 마는가. "뉘 한 잔 먹쟈할고."에서 보이듯 화자는 여전히 취중 담론을 펼치는 중이다. 망자만의 그 공간 위로 "뉘 한 잔 먹쟈할고." 하는 현재 주흥 공간의 화자 목소리를 오버랩시킴으로써 중첩된 공간을 보여준다. 중첩된 공간의 축조에 힘입어 "무덤 우희 잔납이 ᄑᆞ람" 부는 사후의 세계에서, 뉘우침 없이 오늘에 충실하고자 하는 현실 공간으로 자연스럽게 전환할 수 있다.

> 부부가 애를 업고 저 불며 노래하며
> 남의 문을 두들기다 나무램을 당하누나
> 소(牛) 묻던 일 생각나서 묻지는 않지마는
> 길손이 견디다 못해 눈물을 흘리노라[22]

걸인 부부가 피리를 불며 떠도는 공간, 밥을 빌다 나무람을 듣는 공간, 한나라 정승 병길의 어리석음이 들어 있는 고사 속의 행로(行路) 공간, 그 고사 속의 인물 같음을 한탄해 어딘가 숨어서 걸인 부부를 보며 눈물을 훔치는 화자의 공간이 절묘하게 분할되어 있는 시이

22) 夫篴婦歌兒在背 叩人門戶被人瞋 昔有問牛今不問 不堪行路一沾巾, 「道逢丐者」, 『국역 송강집』원집 권1, 72면.

다. 걸인 부부가 피리를 불며 떠도는 공간과, 밥을 빌다 욕을 듣는 남의 집 대문간 공간, 그것을 지근에서 훔쳐보는 화자의 공간 위로 오버랩되는 것이 바로 한나라 정승 병길의 고사를 읊는 화자의 자조적 목소리이다. 화자가 나서서 그 나무람을 듣는 걸인을 위로해 준들 그들의 삶에 변화가 있겠는가, 천인으로 태어나 떠도는 그들의 인생이 달라질 것이 없기에 괴로운 탄식과 안쓰러운 시선이 교차하는 서사로 거듭난다. 시인이 적절히 분할해 놓은 공간이 있기 때문에 더욱 심회를 자극하는 작품으로 거듭난다.

〈장진주사〉 역시 서사적 공간을 분할함으로써 독자가 시를 통해서 맛볼 수 있는 긴장[23] 상태를 유지한다. 가장 극적인 것끼리의 긴장 상태, 곧 삶과 죽음, 저잣거리와 무덤이라는 극단적인 것들을 상충시키는 서사적 공간의 분할은 물론 죽음 너머의 오늘을 보고자 하는 존재론적 사유를 중첩시킨다. 바로 이것이 〈장진주사〉의 주제이며 서사적 공간을 분할했던 의도이다.

2) 심상 공간의 청각적 효과

송강의 시가 한 폭의 그림처럼 눈앞에서 화자와 청자가 대화를 나누고 있는 것 같은 생동감을 주는 이유는 현장성을 획득[24]하고 있다는 점 때문이다. 현장성은 곧 리얼리티이다. 리얼리티는 인간의 삶을 얼마나 진지하게 사실처럼 그려내느냐 하는 문제이다. 송강은 단순히 일대 일의 관계인 대화만을 이용한 리얼리티가 아니라 작품에 드러난 청각음을 적극 활용하는 기법을 선보임으로써 주제를 부각시

23) 긴장이란 텐션이다. 텐션이란 서로 역이 되는 것, 대립적인 것 사이의 충동이나 마찰에서 일어나는 긴장을 의미한다.(이기철, 『시학』, 일지사, 1993, 14-15면)

24) 김진욱, 앞의 논문, 132-133면 축약.

킨다. 즉, 다양한 청각적 효과를 전면에 내세우는 가운데 입체적인 시를 구현한다.

우수수 떨어지는 나뭇잎 소리
성글은 빗방울로 그릇 알고서
중을 불러 문밖을 내다보라니
시냇가 남녘 숲에 달 걸렸다나[25]

이 시에는 우선 두 인물의 소리가 있다. 중을 부르는 화자의 소리와 "시냇가 남녘 숲에 달이 걸렸다"고 답하는 중의 소리가 그것이다. 그뿐만이 아니다. 화자가 머물고 있는 산중 절간 방문 너머에서 지는 나뭇잎 소리, 아마도 바람에 굴러다니는 소리였거나 누군가의 발에 밟혀 으깨지는 소리가 살아나 있다. 그것이 성근 빗방울 소리로 잘못 들렸던 것이다. 중을 부르기 위해 방문 미는 소리, 화자가 부르는 소리에 마당을 건너오는 중의 발자국 소리, 중이 대문을 미는 소리, 시냇가 곁이라니 그 물소리까지, 시인이 심어 놓은 청각적 효과가 생생하다.

다양한 소리를 부각시키더니 결국 던지는 말이, 시냇가 남녘 숲에 걸린 달의 모습이란다. 이 말도 중의 소리를 빌어 한 말이다. 가능하면 시인의 소리를 절제하고 묘사하는 대상의 소리들로써 자연 풍광에 노니는 유유자적한 일상 공간을 드러낸다. 다양한 소리들은 곧 그와 같은 다양한 공간들을 독자에게 환기시키는 역할을 한다. 산중의 절간 공간은 이때부터 분할된다. 나뭇잎이 떨어지는 절간 앞마당이

25) 蕭蕭落木聲 錯認爲踈雨 呼僧出門看 月掛溪南樹, 「山寺夜吟」, 『국역 송강집』속집 권1, 199면.

거나 뒷마당, 빗방울 떨어지는 처마 아래거나 댓돌이거나, 중이 기거하는 공간이거나, 그 중이 내다보는 절간 문 밖이거나, 혹은 시냇가 남쪽 숲 등이 환기된다.

〈장진주사〉 역시 여러 대상의 소리를 환기시킴으로써 시적 공간을 분할한다.[26] 앞서 언급한 공간 분할에 따라 그 묘사한 대상들의 소리가 모두 존재하며, 또한 성격을 달리 한다. 먼저 주흥이 펼쳐지는 공간을 보자. 거기에는 산 자들의 소리가 있다. 대취와 만흥의 음성으로 채워진 공간이다. 주거니 밀거니 술잔을 기울이는 주당들의 소리, 술잔을 부딪치거나 탁자에 내려놓는 소리, 서로의 꽃가지가 얼마나 남았는지 확인하며 화통하게 한 번쯤 웃어젖혔을 법한 소리 등이 상기되며 이 공간만의 개성을 드러낸다. 좀 더 상상력을 발휘해 보자면 시자를 불러 부족한 술과 안주를 더 가져 오라고 외치는 소리나 혹은 그 앞에 앉은 또 다른 주당의 목소리까지도 들릴 법한 공간이다.

다음 장면은 장례 행렬이 있는 행길 공간에서 나는 소리이다. 여기에는 상반된 두 가지의 소리가 상상된다. 하나는 거적에 둘러싸여 가는 주검 곁에서 나는 소리이다. 망자의 가난한 가족이거나 이웃이 둘러매고 가며 훌쩍이는 소리가 연상된다. 반면에 화려한 상여를 타고 가는 주검이 내는 소리는 왁자하다. 망자가 가진 부는 장지로 이동하는 부산한 행렬의 소리들을 포착하도록 한다. 그를 위해 곡을 하는 소리가 행길을 메우고도 남을 터이다. 상여를 맨 상여꾼의 발자국 소리도 높을 터이다. 그 망자를 위해 울리는 상여소리와 방울소리야 번화한 시전에 나온 듯 높았을 법하다.

---

26) 이 장에서 다루고자 하는 청각적 효과는 심상 공간의 정경이 전달하는 소리 측면이다. 심상 공간의 변화에 따라 그것이 매우 다양하게 분화된다는 점에서 눈에 띈다.

그러나 그 주검들이 다다른 곳은 하나의 소리로 통일된 공간이다. 어욱새, 속새, 떡갈나무, 백양나무가 바람에 흔들리는 소리만이 존재하는 공간이다. 누른 해와 흰 달 위로 빗소리가 나고, 눈발 쓸리는 소리가 나고, 쓸쓸한 바람 소리도 나고, 원숭이 휘파람 부는 소리도 난다. 망자의 세계에 도달하면 누구나 동일한 세상에 처한다는 것을, 시인은 그와 같은 청각적 효과를 통해 보여 준다. 삶이란 누구에게나 공평하게 존재한다는 것을 밝히기 위해 자연적인 소리를 환기시킴으로써 시를 완성하고 있다. 이와 같은 화자의 정서[27]에 따른 공간 분할은 〈장진주사〉만의 청각적 효과에 바탕을 두고 있다.

삶은 누구에게나 공평하다는 화자의 의식은 사후의 세계에 머물러 있지 않고, 그가 처해 있는 현재 공간에 머물러 있다. 그가 한껏 주흥에 젖어 생의 건너편 공간으로 자신의 의식을 확장했던 것도 현재 상황에 처한 자신을 보다 명징하게 보기 위해서였다. 결국 삶은 돌고 돈다는 것, 가장 현실적인 모습에서 가장 '나'다운 본질을 찾는다는 사실, 그것이 주선(酒仙)으로 지상에서 살아갈 수밖에 없었던 작가의 심회를 푸는 길이었으며, 〈장진주사〉안에 다양한 청각적 효과를 담은 이유이다.

3) 원형적 세계관의 변증

〈장진주사〉의 주요 담론은 죽음이다. 죽음이라는 추상적 이미지에

27) 김상진은, 송강이 각기 다른 화자의 모습에 따라 시조를 창작했다고 보았는데, 효용적 가치를 담은 일련의 작품과 함께 삶 속에서 느끼는 다양한 정서를 담아내는 화자를 출현시켰다고 했다. 구체적으로 목민관으로서의 정서와 신하로서의 정서, 그리고 이런 정치적 신분에 얽매이지 않은 순수한 자연인으로서의 정서가 바로 그것이다. (김상진, 「송강 시조에 나타난 화자의 모습과 차별 양상」, 『온지논총』8, 온지학회, 2002, 77면 축약)

대해 가난하게 죽은 이의 무상을, 부귀하게 죽은 이의 무상을, 자연 속에 묻혀 있는 죽음의 무상함을, 묻히고 난 뒤 자연의 무상함을 반복함으로써 점층적인 효과[28)]를 내는 것도 그것이 이 작품이 지향하는 중심 담론이기 때문이다.

> 꽃이 이울었네 붉은 작약이
> 사람도 늙었다오 이 정돈령(鄭敦寧)
> 꽃을 대하고도 또 술을 대하니
> 취해야지 깨서는 아니 어울려[29)]

꽃의 시듦을 통해 영화로웠던 인간의 늙음을 대비한 노래이다. 이운 꽃을 마주한다는 것은 자신의 생과 마주서서 통찰의 시간을 갖는다는 의미이다. 그 순간에도 화자는 술잔을 들고 있다. 아니 이미 취한 상태이다. 화자가 희구하는 원형적 세계관[30)]을 변증하기 위한 방편이다. "취해야지 깨면야 아니 어울린다"고 말하는 가운데 늙고 병들고 죽음은 어느덧 삶의 일부로 치환된다. 술과 꽃과 죽음을 병렬해 놓고 삶이 단멸로 끝나지 않는, 돌고 돈다는 사유의 원형적 세계관을 변증하는 공간으로 살아난다.

이 세 가지 시어로 형성되는 원형적 세계관의 변증 공간은 다음의 시편에서도 반복된다. "병든 뒤 죽다 남아 뼈만 앙상한데/봄이 와 매

---

28) 이임수, 앞의 논문, 303면.

29) 花殘紅芍藥 人老鄭敦寧 對花兼對酒 宜醉不宜醒, 「對花漫吟」, 『국역 송강집』속집 권1, 203면.

30) 여기서의 원형이란 말 그대로 둥근 모양을 뜻하는 것으로, 시작과 끝이 맞물려 단절도 소멸도 없는 삶을 상징하는 것이다. 그러므로 원형적 세계란 육체적 유한성과 물리적 단절을 극복한 또 다른 삶의 형태, 곧 죽음으로 사라지지 않는 생명력에 대한 상징이자 그 힘으로 돌아가는 세계를 뜻한다.

화는 반가지만 피었구나/초췌하기는 저나 나나 같은 것/황혼에 만났으니 술 둬 잔 들자꾸나(病後尙餘垂死骨/春來還有半邊梅/氣味一味悴憔心/黃昏相植兩三杯)" 몰골 앙상한 매화에서 새 잎이 돋는 뜰이거나 화단 공간, 병든 몸으로 그것을 내다보는 안방이거나 서재 공간, 혹독한 시간을 견디어 낸 매화와 늙고 병든 시간 앞에 선 화자가 공유하는(이미 죽음의 세계를 경험했거나 앞으로 경험하게 될 공간으로서의) 주흥 공간이 분할되고 있다. 이 주흥 공간이 있기에 인간과 꽃이란 존재의 유한성은 극복되고, 단멸하지 않는 생명력에 대한 예찬으로 나아간다.

〈장진주사〉 역시 연속적 삶의 사유체계, 삶이란 것이 육신에 걸려 단절하지 않는다는 원형적 세계관을 변증하는 공간을 선사한다. 화자 의식이 이승 건너편 사후 공간까지 확장되면서도 거기에 머물지 않고 다시 현실 세계의 시선으로 돌아오는 것은 바로 이와 같은 원형적 세계관 때문이다. 취중의 화자가 여기 서서 그 공간을 관조하고서는 이쪽 공간으로 시선을 돌리는 것이다. 주흥과 꽃과 죽음! 만취한 흥과 비감에 찬 죽음의 세계, 약동과 파국이 일어나는 이질적인 공간들이 이어진다. 〈장진주사〉의 화자 의식이 사후 세계로 팽창되어 죽음에 관한 사유를 펼친 것은 곧 존재의 본질을 탐색하고자 하는 열망에서 기인한다. 그런 까닭에 〈장진주사〉는 흥취 담긴 권주가로 간단히 재단할 수 없다.

> 져근덧 가디마오 이 술 ᄒᆞᆫ 잔 머거 보오
> 北북斗두星셩 기우려 滄창海히水슈 부어 내여
> 저 먹고 날 머겨늘 서너 잔 거후로니
> 和화風풍이 習습習습ᄒᆞ야 兩냥腋익을 추혀 드니
> 九구萬만里리 長댱空공애 져기면 놀리로다

이 술 가져다가 四사海힉예 고로 논화
億억萬만蒼창生싱을 다 취케 밍근 後후의
그제야 고텨 맛나 또 한 잔 ᄒᆞ쟛고야[31]

북두성을 기울여 창해수를 담아서는 마주앉은 주당과 흥취해서 술잔을 기울인다는 대목은 〈장진주사〉가 관조한 그 경계와 다르지 않다. 꽃가지까지 꺾어다 놓고 무진무진 마시며 홀연히 건너다본 삶과 죽음의 경계, 거기서 또 홀연히 자연의 이법 속으로 날아오르는 송강의 관조가 엿보인다. 창해수를 가져다 억만창생을 다 취케 만들겠다는 〈관동별곡〉의 호방한 기운은 삶과 죽음의 경계에서 벗어나 달관의 경지로 나아간 〈장진주사〉의 호한함과 다르지 않다. 이러한 호한함이 있기에 〈장진주사〉의 극단적 허무감은 차단된다.

한시의 오랜 전통 속에서 죽음을 설명하는 시어로 '나그네', '저녁노을', '구름' 등이 심성 형성에 불가결한 단어로 굳어 오늘날까지 동일한 사상 체계와 의식 구조에 바탕을 두고 있다. 거의 무의식적으로 이 시어들은 한국인에게 있어서 죽음과 결속된 표현으로 자리 잡았다.[32] 송강은 죽음과 연관된 시어를 적극적으로 환기시키고 있다. '지게 위의 주검과 화려한 상여의 주검'은 '나그네'처럼 왔다가는 인간의 삶을 표상하고 있다. 대비되는 주검을 관조하는 화자 역시 언젠가는 나그네처럼 원숭이 휘파람 부는 무덤으로 떠나야 하는 존재이다. 그렇기에 자신의 상황과 같은 주당과 마주앉아 술잔을 기울이는 이 시간이 더없이 소중하다고 노래한다.

〈장진주사〉는 유한한 존재의 무상함을 꿰뚫어보고, 인간의 본질이

31) 김사엽, 「관동별곡」, 『(교주 · 해제)송강가사』, 문호사, 1959, 67면.

32) 이인복, 『한국문학에 나타난 죽음의식의 사적 연구』, 열화당, 1971, 118-127면 축약.

현상에 머물지 않고 여전히 약동하는 존재라는 사실을 관조한다. 대취의 흥겨움 속에서 만나게 된 인간의 유한성, 거기서 치환되는 인간 존재의 영원성에 대한 탐색이 주조를 이룬다. 육체적 소멸이나 물리적 부재를 건너뛰어 영원히 존재하는 삶의 또 다른 양태를 돌고 도는 원형적 세계관으로 표출한다. 주흥의 난분분한 분위기가 펼쳐지는 공간, 꽃그림자의 아스라함이 묻어나는 공간, 그리고 죽음이라는 명제가 던져진 공간 속에서 〈장진주사〉의 원형적 세계관은 거듭 변증된다.

4. 공간 분할의 미학적 가치

〈장진주사〉에 나타나는 공간은 분명 화자의 심상 공간이다. 그렇기에 잔나비 휘파람 부는 무덤 공간이며 거적에 둘러싸여 가는 주검 공간이 등장한다. 중요한 것은 이러한 심상 공간들이 단순히 비애감 넘치는 정서를 환기시키는 데 그치는 것이 아니라 경험적 공간들을 파생시키며 역동성을 선사한다는 점이다. 인간은 창작세계를 향유하게 된 순간부터 자신을 에워싼 자연 경물에 관심을 표현해 왔다.[33] 시대에 따라 주된 관심의 대상이 되었던 환경에 대한 표현은 자연 시가 문학의 공간 창출에 공헌했다. 문제는 이러한 공간 창출이 당대의 이념이나 가치에 묻히거나 경도되어 그 진가를 발휘하지 못하고 관

33) 전일환은, 자연 경물이나 내면의 감정과 정서를 상세하게 서술하면서 서사성과 서정성을 아우르는 조선 가사문학의 장르적 특질이 중국의 사부문학 성격과 동질적이라고 보았다. 또한 토속적 어휘를 많이 사용하여 사실감을 한층 고조시키는 것도 사부문학과 동질성을 함께 한다고 언급했다.(전일환, 「송강 정철 국문시가의 수사기교」, 『한국언어문학』45, 한국언어문학회, 2000, 256면 축약)

념적으로 표상되었다는 점이다.

송강에 이르러 관념적 공간이 경험적 공간으로 탈바꿈해 나타나는 사실에 학계의 논의가 집중되고 있는 점은 현실적 세계의 공간화에 대한 관심이 그만큼 크기 때문이다. 〈장진주사〉는 오감을 자극하는 이미지를 통해 세월의 무상함과 인생의 유한함을 실감나게 형상화[34)] 해 냈다. 오감을 자극하는 이미지를 활용해 구체적 사물들이 화자의 경험적 세계를 공간화 한다는 점에서 주목할 만하다. 경험적 세계의 공간화는 거듭 되풀이 되는 행위와 환경이 병렬되며 이루어진다.

한 잔 먹자. 또 한 잔 먹자. 거듭 놓이는 술잔들이 연상된다. 꽃 꺾어 놓고 셈까지 하며 무진무진 마시자고 하니, 거기 어디 술자리가 펼쳐진 공간에 쌓이듯 늘어선 술잔들이 자연 연상된다. 드러난 화자와 숨은 청자가 마시는 술잔이라야 두 개면 족하겠지만, 〈장진주사〉의 술잔은 무진무진 마시는 행위에 따라 백 개고 천 개고 병렬되는 인상을 주며 주흥 공간의 입체화에 성공한다.

가난한 자의 주검과 부유한 자의 주검이 그려진 공간 역시 그러하다. 적막하고 쓸쓸한 배웅을 받는 망자의 길이든, 왁자하고 화려한 배웅을 받는 망자의 길이든 저기 무덤 너머에 펼쳐진 사후 세계로 가는 것은 매한가지다. 생의 이편에서 병렬된 사후 세계는 그래서 관념적이거나 추상적이지 않다. 거적에 싸여 가는 공간과 화려한 상여에 실려 가는 공간이 병렬되며 입체적으로 살아난다.

평등한 주검의 세계를 뒷받침하듯 그들이 거쳐 가는 공간의 사물들이 균등하게 병렬되는 것을 보게 된다. 어욱새, 속새, 덥가나모, 백양나무가 모여선 숲을 보자. 각각의 사물들이 기울어짐 없이 하나

34) 박영주, 앞의 논문, 241면.

의 공간씩을 환기시키며 파생한다. 뿐인가. 허공중으로 시선을 옮겨서도 그 공간의 배열은 균등하게 병렬되고 있다. 누런 해, 흰 달, 가랑비, 굵은 눈, 소소리바람 등이 제 각각의 공간을 환기시키며 살아난다. 누런 해가 타는 낮의 공간, 흰 달이 비치는 밤의 공간, 가랑비 젖는 밤이거나 낮인 공간, 굵은 눈 스치는 겨울 공간, 소소리바람 부는 공간들은 화자를 넘어 독자들이 경험한 세계의 공간들이다. 경험적 세계의 공간 병렬에 따라 〈장진주사〉는 사실성을 획득한다. 무덤 위에서 잔나비가 휘파람을 부는 관념 공간으로 넘어가고 있어도, 그 이전에 형성한 현장감 넘치는 공간성으로 이 노래의 역동성은 유지된다.

〈장진주사〉는 이처럼 독립적이고 동적인 공간 이미지를 활용해 경험 세계를 구체화한다는 점에서 그 미학적 특징이 있다. 공간 이미지는 때로 청각음으로, 때로 가시적 행위로 전달되며 화자와 숨은 청자, 혹은 독자가 경험했던 공간들을 환기시킨다. 기억의 연상 작용 속에서 형성되는 공간들이지만 손에 닿을 듯한 입체감을 선사하는 독창성을 보여준다. 그런 가운데 삶에 대한 낙천적 성격[35]을 전달한다. 삶에 대한 무상함과 비애감만으로 〈장진주사〉를 추단할 수 없는 것은 바로 이러한 독자적 공간들의 병렬에서 빚어지는 역동적 생명력 때문이다.

---

35) 정재호는, 송강 시조 어휘를 품사별로 조사한 기존의 연구(정병욱, 『한국고전시가론』, 신구문화사, 1979, 173면 ; 박태남, 「송강·노계의 시조 어휘 고찰」, 『순천향대의대 논문집』 제2권 제1호, 순천향대, 1979, 68면)를 바탕으로, 정철의 시조에서 동사 활용의 빈도수가 높은 이유를 정적인 것보다 동적인 것을 좋아한 작자의 활동적 성격 때문이라고 밝혔다. 또한 긍정적 어휘가 부정적 어휘보다 많다는 사실에 주목해 송강의 낙천적 성격이 나타난 결과를 살폈다.(정재호, 「송강 가사의 언어미」, 『고시가연구』9, 한국고시가문학회, 2002, 108-112면 축약)

5. 결론

이 논문은 〈장진주사〉에 나타난 공간과 그 의미를 살피는 데 집중하였다. 그런 가운데 송강이 의도한 창작 의식을 가늠하고〈장진주사〉만의 독창적 시세계를 살폈다.

우선 2장에서는 시인의 고심과 갈등이 문답 구조 형태의 언표로 드러나는 취중 공간에 대해 이해하였다. 〈장진주사〉는 '너'라든지 '그대'와 같은 드러난 청자 대신 꽃 꺾어 셈하며 술잔을 기울이는 숨은 청자를 앉혀 놓았다. 그런 가운데 삶과 죽음이라는 심상적 공간 안에서 주흥 속의 문답 구조를 통해 당대인의 삶에 대한 의문을 노래했다.

3장에서는 2장의 취중 공간을 세 가지 층위로 나누어 살폈다. ①서사적 긴장 도모, ②심상 공간의 청각적 효과, ③원형적(圓形的) 세계관의 변증이라는 측면에서 그 문학적 의미를 읽었다. 우선, ①서사적 긴장 도모를 위해서 공간을 분할한 것에 주목했다. 삶과 죽음에 얽힌 유기적인 이야기를 전달하기 위해 시인은 모두 네 가지 형태의 공간, 즉 산 자들의 주흥 공간, 빈자와 부자의 주검이 지나가는 노상 공간, 빈자도 부자도 공평한 환경에 놓이는 온전한 망자의 공간, 다시 현실 공간 등 네 곳을 살펴 긴장미 넘치는 서사 기법을 펼쳤다.

또한 시인은 ②심상 공간의 청각적 효과를 통해서도 공간을 분할했다. 묘사하는 대상들의 소리를 환기시킴으로써 시적 묘미를 배가하는 한편 다양한 공간들을 출현시킨 사실에 주목했다. 대취와 만흥의 소리, 가난한 주검을 따르는 울음소리와 부유한 주검을 따르는 왁자한 울음소리, 망자의 무덤 위에서 부는 바람과 원숭이 휘파람소리 등을 살폈다. 자연 속의 다양한 소리를 통한 청각적 효과로 시적 공간을 완성하였다.

③원형적(圓形的) 세계관의 변증이라는 측면에서는 시인이 죽음이라는 주된 담론을 설파하기 위해 화자의 의식이 사후의 세계로 팽창되었다가 다시 현실로 돌아온 사실에 주목했다. 곧 존재의 본질은 단멸하지 않고 영속적으로 이어진다는 원형성에 대한 탐문이었다. 주홍의 난분분한 분위기가 펼쳐지는 공간, 꽃 그림자의 아스라함이 묻어나는 공간, 상여가 지나가는 죽음어린 공간 속에서 원형적 세계의 사유를 거듭 변증하고 있다.

4장에서는 〈장진주사〉공간의 미학적 가치에 주목해 보았다. 〈장진주사〉는 독립적이고 동적인 공간 이미지를 활용해 경험 세계의 공간들을 구체화하는 미학적 특징을 선사한다. 독자적 공간들이 병렬되는 가운데 빚어지는 역동적 생명력이 살아 있기 때문에 이 노래의 미학적 가치가 두드러진다.

〈장진주사〉는 국문 시가의 독창적 창작 의식을 가늠해 볼 수 있는 역작이다. 이 작품의 공간성에 대한 보다 면밀한 탐구는 송강의 시가문학 전반에 걸친 공간성 연구를 통해 한 번 더 개진해 볼 수 있기를 기대한다.

제3부

주제의 형상화와 고전문학

제3부에서는 '주제의 형상화'가 고전문학 안에서 어떻게 구현되는지 논의할 것이다. 주제는 하나의 작품이 지향하는 중심 사상이다. 그 작품이 추구하는 정수이다. 그런데 추상적이고 관념적이라는 것이 문제다. 고전문학의 이상적 가치들, 효나 충, 신념이나 신의, 애정 같은 정의에 대해 어떻게 하면 목전의 가시물로 구현해 내느냐 하는 것이 주안점이 될 것이다. 이를 위해 고전문학은 당대의 사유 체계를 상징하는 인물들에 대해 더욱 고심하게 되었으며, 그들의 지성적 활약과 고뇌어린 행위에 힘입어 추상적이고도 관념적 성격의 주제를 형상화해 내는 데 성공한다. 고전소설 〈최생우진기〉의 경우 불교적 사유 체계와 고전시가 〈원가〉의 유교적 사유 체계, 설화 〈맹강녀〉와 〈사산비명〉의 행적부 서사에 펼쳐진 다층적 사유 체계의 발현은 바로 그와 같은 창작 기법의 고심에서 출현한 주제이다.

〈최생우진기〉의 선소설적(禪小說的) 미학*

1. 서론

기재 신광한의 한문소설집 『기재기이』에 전하는 〈최생우진기〉는 그간 용궁 체험에 바탕을 둔 역시간적 기법의 몽유 구조면에서 논의되거나,[1] 도선적 세계관의 주제 면에서 중점적으로 논의되었다.[2]

---

* 이 논문은 졸고, 「기재기이의 불교문학적 연구」(충남대 석사학위논문, 2006)에서 『벽암록』의 <문수전삼삼(文殊前三三)> 화두를 바탕으로 선소설적 가치를 타진해 본 글의 연장선에 있는 논의이다. 그래서 기재 신광한의 불교적 사유를 유추해 내는 과정은 유사할 수밖에 없으며, 선소설적 외연을 넓히는 데 과연 다른 선화들도 적용될 수 있는가에 대한 가능성을 타진해 보기 위해 용궁의 화두적 공간성에 대한 논지를 심층적으로 다루었다는 사실을 밝힌다. 아울러 <문수전삼삼> 외에 『벽암록』의 76칙 <근리심처>, 74칙 <금우의 밥통>, 34칙 <앙산의 오로봉>, 25칙 <연화주장> 등의 선화를 대입해 <최생우진기>의 선소설적 주제 의식을 재고해 보는 데 의의를 둔다.

1) 소재영, 『기재기이 연구』(부록: 고려대 만송문고본과 한글 필사본 <안빙몽유록> 수록), 고려대 민족문화연구소, 1990.
유기옥, 「신광한의 기재기이 연구」, 전북대 박사학위논문, 1990.
소인호, 『한국전기문학연구』, 국학자료원, 1998.
이경규, 「기재기이 연구」, 한남대 석사학위논문, 1999.
문범두, 「최생우진기의 구조와 의미」, 『어문학』72, 2001.

2) 소재영은, 도선적 은일사상이 이 작품의 핵심 사상이라고 보았고(위의 책, 66면), 유기옥은, 무위자연의 도 속에서 천지자연의 이법을 추구하였다고 보았다(위의 논

이러한 논의는 전기소설사의 한 축을 잇는 한문소설집이라는 사실에 경도되어 『기재기이』 전체를 조망하는 가운데 이루어진 것이고, 〈최생우진기〉에 대한 개별적이고 미시적인 연구는 부진한 상황이다.

용궁과 같은 이계 체험이 〈용궁부연록〉에서는 꿈으로, 〈최생우진기〉에서는 현실이란 엄연히 다른 상황에서 기술되는 마당에 엄밀한 의미의 몽유 모티프로써 이들 작품의 공통 유형을 설정하기는 곤란하므로 '이계 여행'이란 테마를 상정하자는 지적이 있었다.[3] 〈최생우진기〉만이 갖는 일상적 공간의 서사적 확대 의미에 초점을 두거나,[4] 동해시에 위치한 두타산을 배경으로 한 유일한 작품으로서의 희소가치에 역점을 두고, 현실 정치의 불만을 달래는 공간으로 용궁세계를 파악하기도 하였다.[5] 또한 공자(孔子)의 이미지를 차용한 최생을 통해 부조리한 현실 비판을 한 것으로 접근하기도 하고,[6] 선(禪)적 사유체계로써 작품의 불교문학적 특질과 주제를 밝히기도 하였다.[7]

이 같은 연구 성과 위에서도 여전히 〈최생우진기〉에 대한 독립적

문, 33면). 최삼룡은, 『어우야담』에 수록된 기재와 전우치의 교우를 예로 들며, 이를 통해 수용된 작가의 도선적 사유가 「최생우진기」에 담겼다고 보았고(최삼룡, 「조선전기 소설의 도교사상」, 『한국서사문학사의 연구』, 중앙문화사, 1995, 1216-1217면), 유정일은, 도교의 궁극적 가치인 불로장생의 구현을 발화한 작품으로 보았다(「최생우진기 연구: 전기적 인물의 특징과 작가의식을 중심으로」, 『어문학』83. 한국어문학회, 2004).

3) 신재홍, 「초기 한문소설집의 전기성에 관한 반성적 고찰」, 『한국고소설의 창작방법 연구』, 새문사, 2005, 423면.

4) 유정일, 『기재기이 연구』, 경인문화사, 2005, 168-169면.

5) 권석순, 「기재 신광한의 최생우진기에 관한 일고: 동해 두타산을 중심으로 한 문학적 가치와 의미」, 『강원민속학』20, 강원도 민속학회, 2006, 541-558면.

6) 엄기영, 「기재기이의 창작방법 연구」, 고려대 박사학위논문, 2007, 124면.

7) 졸고, 「기재기이의 불교문학적 연구」, 충남대 석사학위논문, 2006, 80-95면.

인 논의가 아쉬운 시점이다. 이 논문은 〈최생우진기〉의 선적 구도(求道) 구현을 살핀 논의에서 일보 나아가 선소설로서의 가치를 타진해 보고자 한다. 고전 서사물의 선사상적 접근은 이미 『삼국유사』의 구도 이야기 속에서 접근된 바,[8] 이 논문의 취지도 그로부터 연장된 논의이다. 또한 선서(禪書)인 『벽암록』에 보이는 고대의 구도를 통한 존재론적 깨우침 역시 후래의 고전소설로 이어져 만개했으며, 〈최생우진기〉는 그 일련의 작품들 가운데 하나라는 사실을 밝히고자 한다.

이 작품은 은혈(隱穴) 속 용궁 탐색 하에 사제 간 선문답과 기연(機緣)을 통한 깨우침이라는 화두 참구적 사유를 내포하고 있다. 이때의 용궁은 문면상 도가의 신선경인 동시에 선가(禪家)의 선정 공간으로, 오도의 상징인 진인(眞人)의 거처이다.[9] 이 작품의 선사상적 접근은 바로 이 용궁을 선가의 화두적 공간으로 이해하는 것에서 출발하며, 그 속에서 이루어지는 선화(禪話)적 서사에서 비롯된다. 이를 바탕으로 구법의 경지를 펼친 〈최생우진기〉의 미학에 주목하고자 한다.

이 작품의 선가적 성향에 대한 심층적 논의를 위해서는 기재와 불가의 사상적 교유를 살피는 일이 중요할 것이다. 유기옥은 기재가 불사(佛寺)의 청정함에 관심을 기울인 것과는 달리 불도에 심취된 구도적인 자세는 엿볼 수 없다[10]고 하였다. 이경규는, '증공'의 무능력을

---

8) 황패강, 『신라불교설화연구』, 일지사, 1975.
조동일, 「삼국유사불교설화와 숭고하고 비속한 삶」, 『한국설화와 민중의식』, 1985.
허원기, 「삼국유사 구도 설화의 의미-특히 중편조동오위와 관련하여」, 한국정신문화연구원 석사논문, 1996.
송효섭, 「삼국유사의 환상적 이야기에 대한 기호학적 연구」, 명지대 박사학위논문, 1999.
서경희, 「삼국유사에 나타난 화엄선의 문학적 형상화」, 성균관대 박사학위논문, 2003.

9) 졸고, 앞의 논문, 41면.

통해 작가의 배불의식을 드러냈고 하였다.11) 임채명은 기재의 한시를 통해 그가 불승(佛僧)과의 개인적 정회, 산사의 탈속적 경계, 무단(無端)한 도선(逃禪) 등을 구현했을 뿐 불교의 이론적 층위의 수용은 취하지 않았다고 하였다.12)

그러나 그것이 개인적 정회로 끝나는 것이든, 산사의 탈속적 경계만을 취한 것이든, 기재의 불가적 성향을 드러내는 것만은 분명한 사실이다. 그는 유생상사(儒生上寺)13)를 통해 다른 유생들처럼 불서(佛書)를 접했을 것이고, 또한 승려들과의 좌담이나 독대를 통해 속승을 넘나드는 정신세계를 교유했을 것으로 짐작된다. 특히 당대의 뛰어난 선승이었던 보원과 일정 같은 선사들과 교유를 한 것으로 보아 선가적 사상의 수용은 자연스럽게 이루어졌으리라 이해된다.14)

이를 기반으로 장에서는 기재의 내심이 담긴 용궁의 화두적 공간 형상화를 살피고자 한다. 그런 가운데 용궁이 기재의 현실적 고심을 푸는 선적 공간으로 발전해 갔음을 읽는다. 3장에서는, 2장에서 살펴 본 화두처의 구도 행태가 경험적 선속에서, 유산(遊山) 속에서, 그리고 부지소종의 만행 속에서 발화되는 과정이 『벽암록』의 선화(禪話)와 긴밀한 구조라는 사실을 살핀다. 외유내불을 표방하던 전형적인 유자(儒者)이면서도 선의 세계에 관심을 기울였던 기재의 의식을

10) 유기옥, 앞의 논문, 237면.

11) 이경규, 앞의 논문, 65면.

12) 임채명, 앞의 논문, 48면.

13) 사재동은 유생상사(儒生上寺)를 통해 儒釋間의 秀才·文士들이 조화되어 이단·잡서(佛書 외에 老壯이나 百家書, 중국의 稗史·傳奇小說類)를 통독·음미하는 가운데 창조의욕이 발동하고 문장력이 발휘되어, 불교계 서사문학-소설작품이 형성·유통되었을 가능성을 타진하였다.(사재동, 『불교계 국문소설의 연구』, 중앙문화사, 1994, 187-192면)

14) 졸고, 앞의 논문, 11-15면.

짚어 봄으로써 〈최생우진기〉의 선소설적 특질에 주목한다.

본 논문에서 활용할 자료는 고려대 만송문고본『기재기이』와 민족문화추진회 영인본『기재집』이다.[15)]

2. 용궁의 화두적 공간 형상화

〈최생우진기〉의 선소설적 접근은 이 작품의 몽유 액자 속에 담긴 용궁의 성격이 선적 경지와 닿아 있다는 사실에서 기인한다. 그 용궁은 기재가 추구하던 도가의 영역이자 선가(禪家)의 화두적 공간을 형상화한 선계(禪界)이다.[16)] 〈최생우진기〉의 서사 전개를 살펴보면 다음과 같다.

① 진주부 서쪽 두타산에 있는 용추동은 세상에 진경(眞境)이라 알려져 오지만, 그곳을 찾은 이는 없다.
② 임영(강릉)에 사는 최생은 속세의 영화를 멀리하고 산수 유람하기 좋아하여, 두타산 무주암에서 선(禪)을 배우는 증공선사와 우거하다.
③ 최생은 증공선사로부터 용추동의 신비와 진인(眞人)의 이야기를 듣고 선계 체험을 할 의지로 용추동 반석으로 오르다.
④ 용추동 반석이 뒤집혀 최생은 동굴로 추락하고, 증공은 절로 돌아와

15) 현재 확인된『기재집』은 서울대 규장각본과 고려대 만송문고본, 그리고 이를 종합한 민족문화추진회본(한국문집총간 22, 1988)이 있다.

16) 공을 핵심에 둔 선불교에 미친 노자의 영향은 광범위한데, 그 중에 '무위(無爲)의 영향은 보조선(普照禪)을 통해서도 확인할 수 있다. 보조는 바로 돈오(頓悟) 후의 점수(漸修)를, 손지우손(損之又損) 이지무위(以至無爲)라고 설명하고 있는데 이는『노자』48장에 나오는 구절인 만큼 선가(禪家)적 해석도 타당성을 얻는다.(김호성,『대승경전과 선』, 민족사, 2002, 92면)

혐의를 막기 위해 최생이 창기를 따라 환속했다고 거짓으로 알리다.

⑤ 70일이 지난 어느 겨울 달밤에 최생이 현학(玄鶴)을 타고 무주암으로 돌아와 증공에게 용궁 선계 체험을 말하다.

⑥ 최생은 용추동굴을 통해 용궁의 만화문으로 들어가 용왕 뵙기를 자청하고, 조원전 청령각으로 인도되다.

⑦ 신선(洞仙), 도사(島仙), 山仙(승)이 초대되어 있는 자리에 최생도 함께 자리하여 연회를 즐기다.

⑧ 검은 옷을 입은 사람들(玄夫)의 문명가와 갑옷 입은 군사(介士)의 무성무에 어울려 즐거움을 누리며 기연(奇緣)을 나누다.

⑨ 용왕의 청으로 최생이 용궁회진시 30운을 짓자, 용광과 삼선(三仙)이 칭탄하다. 이에 신선(洞仙)이 30운 율시를 짓고, 도사(島仙)와 승려(山仙)도 화답시를 짓자, 용왕도 이들과의 기연을 시로써 기리다.

⑩ 잔치가 파하고 작별할 때 도사(洞仙)가 최생에게 연명의 선약(仙藥)을 주며 10년 후 봉래에서의 재회를 기약하다.

⑪ 용궁 선계에서의 일을 비밀에 부칠 것을 약속하고, 최생은 현학을 타고 다시 무주암으로 돌아오다. 용궁선계에서 하루를 지낸 사이 인세의 시간은 70일이 흘러 있음을 깨닫고, 증공에게 겪은 일을 말해 주다.

⑫ 최생은 속세를 뒤로 하고 입산하여 약초를 캐며 살았는데, 그 마친 바를 아무도 모르다.

⑬ 증공은 무주암에 오래도록 거하며 최생의 일을 자주 이야기하다.

우선 최생이 찾아가게 될 용궁이 위치한 두타산의 배경 설명 부분을 보자.

> 진주부 서쪽에 산이 있으니 두타라 한다. 산의 형세가 북으로 금강산을 끌어당기고 남으로 태백산을 눌렀다. 그 광대한 궁륭과 중활한 천구가 고개의 동서에 경계가 되었다. 산의 높이가 얼마나 되는지 알

수 없고, 그 사이에 동굴이 있고, 동굴엔 연못이 있는데 얼마나 깊은지 알 수 없다. 못 위에 현학의 둥우리가 있는데 그 유래가 몇 년이나 되었는지 알 수 없다. 어떤 이는 학소동이라 부르고 어떤 이는 용추동이라 부른다. 세상 사람들이 진경이라 지목하는데 그 근원을 찾아본 자 없었다.[17]

이 장황한 묘사의 요지는 이 세 가지이다. ①산상(山上)의 동굴(隱穴), ②산상의 못(池), ③산상의 진경. 진경의 실체는 용궁이다. 기재는 바다가 아닌 산상의 동굴 속에 용궁을 배치했다. 『삼국유사』〈탑상편〉에 보면 경덕왕이 공장(工匠)에게 명하여 석가산(石假山)을 만들게 하고 만불산이라고 했다는 기록이 있다.[18] 그 가산(假山)의 산상에 숨겨진 동굴 묘사가 최생이 경험하는 용궁 묘사와 흡사하다.

최생이 성문을 거쳐 만화문을 지나 다섯 중문 너머 조종전에 이르는데 황금 기둥을 푸른 벽옥 주춧돌이 받치고, 그 동쪽 청령각은 아홉 가지 유리로 장식되었는데 수정처럼 깨끗한 사람들이 그 안에 있었다. 왕과 세 선인들의 등장은 이처럼 장엄한 공간 배열 뒤에 나타나는데, 1만 불(佛)과 1백 보 되는 건축물들과 성인(비구)들이 배열된 가산의 형국과 닮았다.

산상의 은혈 이야기는 〈피은편〉 '포산의 두 성사'의 기록[19]에서도 나타난다. 산상의 은혈에서 구도하는 승(僧)을 직접 묘사한 경우인

---

17) 眞珠府之西有山 曰頭陀 山之勢北控金剛 南挹太白 其磅礴穹窿 中豁天衢者 界爲嶺東西 山之高不知其幾仞也 其間有洞 洞有湫焉 不知其深幾丈也 湫之上有玄鶴巢焉 不知其來幾年也 或名鶴巢名洞 或龍名湫洞 世指以爲眞境 莫有尋其源者. 만송문고본『기재기이』, 고려대 민족문화연구소, 1990.

18) 『삼국유사』2, 이재호 역, 솔, 1997, 49쪽.(이하 『삼국유사』 자료는 이 책에 전거하며 면수만 옮기기로 한다.)

19) 『삼국유사』2, 395면.

데, 바위에서 몸을 빼내어 온몸을 하늘에 날리며 떠나는 도성의 모습에서, 진경을 찾아 반석 위에서 몸을 던지는 최생의 모습이 중첩된다. 〈탑상편〉 '사불산의 신비한 사방사불'[20]에 이르면 산상의 은혈 속에 불세계가 자리하게 된 단서가 잡힌다. 사면불의 출현으로 산상은 불세계로 화하고, 대승사라는 불가의 공간이 생겼으며, 승(僧) 법화경을 통해 구도 행을 펼치는 곳으로 화한다. 〈최생우진기〉의 두타산 역시 무주암이란 사찰 공간과 화두적 공간인 용궁을 바탕으로 불세계가 펼쳐진다.

그런데 〈탑상편〉 '낙산의 관음보살'[21], 〈의해편〉 '보양스님이 용을 만나 불법을 일으키다',[22] 〈신주편〉 '명랑법사가 금광사를 세우다'[23] 등에 나타난 용궁의 위치는 산상이 아니다. 해안 절벽 속이거나 해저에 있는 공간이다. 다만 이 세 인물이 수부의 초대를 받고 다녀온 뒤 동일하게 사찰을 창건하였다는 데서 용궁과 불가(佛家)의 긴밀한 관계를 살필 수 있을 뿐이다. 요컨대 〈최생우진기〉에 이르러 산상에 용궁을 장치하는 문학적 변용이 일어난 것이라 짐작된다.

〈최생우진기〉의 용궁은 무주암이란 사찰 공간과 긴밀한 관계에 있다. 용궁 탐색의 시작과 끝이 이 사찰 공간에서 일어나기 때문이다. 증공이란 불가적 승려 외에 용왕과 삼선 등 도가적 인물들이 등장하는 것은 고전소설의 특이한 일면 때문이다. 정토적 장엄상을 보여 주는 고전소설 속의 사찰 공간은 한편으로는 선경적 별세계의 모습을 드러내기도 하는 것이다. 이처럼 고전소설의 사찰 공간이 불교적 공

20) 『삼국유사』2, 49면.
21) 『삼국유사』2, 115면.
22) 『삼국유사』2, 209면.
23) 『삼국유사』2, 321면.

간성과 도교적 공간성을 동시에 지니고 있는 것은 도불습합적 신앙 전통에서 기인하는 결과라 하겠다.[24)]

기재는 이와 같은 선경적 별세계를 내세우는 화법으로 불가적 세계관을 은밀히 발화한 것으로 이해된다. 당시는 중종의 억불 신념과 성균관을 중심으로 한 훼불 운동이 극렬하던 시기였다. 기재는 조광조와 더불어 도학정치를 내세운 인물이었기에 평소 친분을 두고 있었다고 하더라도 불가에 대한 개방적인 언로는 쉽지 않았을 것이다. 게다가 당시 세간을 떠들썩하게 했던 채수(1449-1515)의 필화사건[25)]은 기재에게 시사하는 바가 컸으리라 짐작된다.

기재는 채수의 〈설공찬전〉[26)]이 발본되어 소각되고 극형까지 운운되다가 겨우 파직 상황으로 모면하는 과정을 지켜보며 심사숙고할 수밖에 없었다. 더군다나 채수는 기재의 이모부인 김안노의 장인이었다. 『기재기이』 창작시기를 중종 15년(1520)년부터 잡는다면, 채수가 죽은 지 5년 뒤의 시간이므로 〈설공찬전〉의 여파가 완전히 가라앉았다고 하기엔 이른 때였다. 기재는 바로 전 해에(1519) 기묘사화의 참화를 겨우 모면한 상황이었다. 그러니 더더욱 채수처럼 불교적 주제를 전면에 내세울 수 없었다.

---

24) 경일남, 「고전소설에 나타난 사찰공간의 실상과 활용 양상」, 『고전소설의 창작 기법 연구』, 아세아문화사, 2007, 169면.

25) 사헌부가 민중을 미혹시키는 요망한 논설로 「설공찬전」을 탄핵한 것은 중종 6년의 일이다. 탄핵이 일어나고 사흘 뒤 「설공찬전」을 모아 소각하고, 숨기고 내어 놓지 않는 자는 요서(妖書) 은장률(隱葬律)로 치죄할 것을 명했다. 그로부터 일 년 뒤 채수는 파직이 되고 5년 간 낙향해 살다 졸하였다.(『중종실록』, 6년 9월 기유조, 임자조, 을축조, 10년 11월 경인조 참조)

26) 내용이 모두 화복이 윤회한다는 논설로 매우 요망한 것인데 중외가 현혹되어 믿고서 문자로 옮기거나 언어로 번역하여 전파함으로써 민중을 현혹시킨다는 이유에서였다.(其事皆輪回 禍福之說 甚爲妖妄 中外惑信 或飜以文字 或譯以諺語 傳播惑衆)

그렇다고 해서 개인적·시대적 상황을 도외시할 수도 없었던 기재였다. 기묘사화라는 정치적 실화 사건을 어떻게든 구상하고 싶었던 기재는 결국 선경적 별세계를 문면에 세우고, 그 이면에 자신의 고심을 푸는 선가(禪家)의 사유체계를 진설하기에 이른 것이다. 이는 전대(前代) 김시습의 문학적 역량을 습용한 흔적으로도 읽힌다. 패도에 의해 왕도가 무너지기 이전의 시공을 상징적으로 형상화한 별세계[27]에 의탁해 기재 역시 이미 과거가 되어 버린 왕도정치에 대한 회한을 말하고자 하였던 것이다.

기재의 분신인 최생은 용궁에서 용왕과 세 선인을 만나 정신적 교감을 이룬다. 이때의 정신적 교감은 다름 아닌 선가의 화두적 경지인데, 선의 최종지인 일여(一如)의 자리를 의미한다. 일여라는 단어에서 一은 '늘' 또는 '한 가지'라는 뜻이며, '여'는 '그러하다'는 뜻으로 일여란 '늘 한결같다' '끊어짐이 없이 늘 같은 상태를 유지한다'는 뜻이다.[28] 최생과 용왕, 그리고 삼선은 그 일여의 자리를 서로 나눈다.

최생은 용궁회진시(龍宮會眞詩) 삼십 운에서, "태극은 움직임과 고요함을 머금고, 음과 양은 서로 나뉘어 널리 퍼지는구나. 양에 근거하여 고요함을 낳으니 고요함 속에 양이 있도다" 하여 진경의 세계를 드러내고, "아, 나는 어이석은 바탕으로 멀리 진흙탕에 가로막혀 우러르도다"하여 구법(求法)의 과정에 허상이 있었음을 탄식한다. 그러나 곧 "진경을 우연히 엿보다가 천길 언덕에서 날아 내렸도다. 어찌 구덩이에 진경이 있을 줄 알았으랴?(眞源偶一窺 飛下千仞岡 那知坎有孚)"하여, '진경'과 '구덩이'를 일여(일체)로 보는 깨달음의 경지를 보

27) 경일남, 「용궁부연록의 연회 양상과 의미」, 『한국 고전소설의 구조와 의미』, 역락, 2002, 111면.

28) 불학연구소, 『간화선』, 조계종출판사, 2005, 326면.

여 준다.[29)]

마침내 용왕에 이르러, "만고를 지나침이여! 하루와 같도다(歷萬古兮如一日)"하는 선적 경지에 이르는데, 삼라만상의 발현처인 '만고(萬古)'와 '하루(一日)'를 합일시키는 용왕의 경지는 구덩이와 진경을 一體의 것으로 달관한 최생의 경지와 같은 맥락의 것이다. 그리고 이 경지는 곧 〈최생우진기〉가 구현하고자 하는 일여한 진(眞)의 자리 그 자체이다.[30)]

〈최생우진기〉 안에 이처럼 일여의 자리를 체득하는 화두적 공간을 형상화한 작가의 내심을 살펴볼 차례이다. 작가는 기묘사화의 파란 속에서 동류였던 조광조의 정치적 몰락을 지켜보며 유가적 세계의 분열과 해체를 경험하게 되었다. 법전인 『경국대전』에도 없는 죄명으로 조광조가 사사되자 더 이상 유가적 덕목만으로 이 세상이 조율될 수 없음을 깨달았다.

중종은 훈구세력을 견제하는 측면에서 또 왕도정치의 실현을 주창하는 사람파에 경도되어서 조광조와 그 명류들을 적극 영입하고 신임을 아끼지 않았다. 그러나 기묘사화에 이르러 조광조와 그 명류들로부터 가장 먼저 등을 돌린 인물은 중종이었다. 기묘사화의 발단은 사림파가 밀어 붙인 위훈 삭제로 위기를 느낀 훈구세력의 조직적인 도모에서 비롯되었다. 이때 조광조에게 내린 죄목이 간당죄(奸黨罪)란 것이었다.

영상 정광필이 그 우두머리를 누구로 하느냔 질문에 중종은 직접 조광조를 우두머리로 하라고 이를 만큼 변심해 있었다. 간당죄는 말

---

29) 졸고, 앞의 논문, 42-43면.

30) 최생과 용왕뿐만 아니라 삼선 역시 이러한 일여한 진(眞)의 자리를 보여 준다.(이에 관한 보다 상세한 기술은, 졸고 88-90면 참조)

그대로 "그 죄를 이름 붙여 말하기 우려우니 짐작해서" 내린 편법적 조치였다. 기재가 꿈꾼 유가적 세계의 분열과 해체가 자명하게 벌어진 자리였다. 일찍이 기재는 법에 대해 분명한 소신을 세우고 있던 인물이었다.

> 임금이 법 하나를 세우려면 반드시 인정과 사리에 맞게 하기를 힘써야 하며, 사형에 이르러서는 더욱 더 신중하게 하여야 하는 것인데 어찌 한때의 통탄과 미움만으로 경솔하게 큰 법을 의논할 수 있으리까.[31]

이러한 신념이 무너진 순간 기재는 자연스럽게 평소 친연성을 두고 있던 불가의 사유 체계로 눈을 돌린 듯하다. 그 속에서 현실적 고심을 해소하는 길을 모색한 게 아닌가 싶다. 군왕마저 절의를 저버린 세상을 정법(正法)으로 회귀시키고자 〈최생우진기〉 안에 모든 법과 사상, 개아와 세계가 합일하는 화두적 공간을 진설하기에 이르렀다.

최생의 화두적 공간인 진경은 곧 기재가 꿈꾸는 진경이다. 그것은 분별의 세계를 초월한 진인의 세계이자 이 세상이 선적 사상, 곧 일여의 사상으로 운영되어 더 이상 상실과 비애가 없는 세계로 변모해 주길 고대하는 기재의 소망처이기도 하다. 이 안에서는 동과 정, 음과 양, 인간과 귀, 정도와 비도, 우주와 티끌이 합일되는 경지를 이룬다. 一念을 최상의 깨달음으로 삼은 선의 화두적 참구와 동질의 것임을 알 수 있다.[32]

기재는 〈최생우진기〉의 선적 구도(求道) 구현을 통해 만민이 순정

---

31) 王者立一法 必務求情理 至於死刑 尤加重愼 豈可以一時憤疾 輕議大法乎. 『중종실록』14집, 7년 10월 계묘조.

32) 용궁에서 이루어지는 화두 참구식 선문답과 선시에 관한 기술은 졸고 참조.

해지길 고대하였다. 기재의 생존 당시에 『기재기이』를 목판본으로 발간한 것만 보아도 생전에 문학 작품을 통해서나마 회한의 정치적 현실을 갈무리하고, 정법으로 바로 선 세상을 희구하였던 듯싶다. 그래서 용궁이라는 화두적 공간을 설정하여 분열과 해체가 없는 세계를 구현하였던 것이다.

3. 〈최생우진기〉의 선화적(禪話적) 특질

불타가 연꽃을 들어 보이자 가섭 존자가 미소를 지었다는 '염화미소'로부터 시작한 선은 그 뒤로도 스승과 제자 사이에 끊임없이 계승되어 숱한 선화(禪話)를 남기게 되었으니, 그것이 곧 천칠백 공안의 화두이다. 기재의 생존 당시에도 세간에 널리 알려져 있던 화두집인 『벽암록』[33]을 통해 〈최생우진기〉의 선화적 특질을 타진해 보고자 한다.[34]

---

33) 선종의 종조 달마대사와 양나라 무제의 문답 이래 선가의 조사들이 남긴 선문답을 모아 편찬한 공안집이다. 도를 깨닫게 된 기연과 그 오도의 경지를 정리해 선의 전범이 된 이 책은 예로부터 전해 오는 선가의 1700가지 공안 가운데 대표적인 100가지를 선별해 싣고 있다. 송대의 선승 설두중현(980-1052)이 백 개의 선화를 추려서 본칙으로 소개하고 그에 대한 송을 붙여 『송고백칙』을 찬술하였다. 그 뒤 원오극근이 수시와 평창, 착어를 붙여 『벽암록』을 완성했다.

34) 『벽암록』은 기재가 교유했던 선가의 선승들 사이에서 가장 중요하게 읽히는 선서였다. 그래서 그 핵심적인 선화들을 선승을 통해 수용했거나, "어릴 때부터 山家의 고요함을 늘 좋아하여 절간 서창(書窓)에 자주 머물며 옛 경서를 읽었다(少年常愛山靜 多在禪窓古經)"고 하였으니 직접 선서를 숙독하고 체득했을 가능성도 크다.

1) 경험적 선(禪)의 추구

이전의 전기소설이라면 초월적인 세계로 진입한 최생의 전기적 경험을 서술하는 데만 의미를 두었을 것이다. 하지만 〈최생우진기〉에서는 증공이란 인물의 행동도 서술함으로써 결과적으로는 최생이 자신의 전기적 경험을 스스로 술회하고, 나아가 일상적인 세계에 대한 서술을 확장시키고 있다.[35] 일상적 세계에 대한 서술이란 곧 경험적 서술을 의미한다. 〈최생우진기〉의 선은 바로 이러한 경험적 서술을 불교계 가전의 구성상 특질인 선문답 형태의 산문과 선시적 성격의 운문 구성[36]을 통해 발화한다.

최생이 두타산 동굴 속 용궁을 여행하고 70여 일 만에 무주암으로 돌아왔을 때 증공과 묻고 답하는 대화는 매우 일상적이다. 서로 뻔히 알고 있는 내용을 묻고 답하는 부분이지만 그것이 진경, 곧 진인이 사는 용궁을 염두에 두고 나누는 대화라는 사실을 상기해야 한다.

> 증공이 최생에게 물었다.
> “그 골짜기에서 돌아왔습니까?”
> “골짜기에서 왔습니다.”
> 하였다. 묻기를,
> “다쳤지요?”
> “다치지 않았습니다.”
> 하였다. 묻기를,
> “배가 고팠지요?”

---

35) 유정일, 앞의 책, 176면.

36) 경일남, 「불교계 가전의 시가 수용양상과 특징」, 『고전소설과 삽입문예양식』, 역락, 2002, 2-5면.

"배고프지 않았습니다."
하였다.[37)]

증공은 왜 두 사람이 모두 알고 있는 목적지를 묻고, 버젓이 살아 돌아온 최생에게 다친 곳은 없는지 물었는가. 거기다 마지막엔 뜬금없이 배가 고팠는지까지 묻고 있다. 이처럼 일상적이고도 경험적인 문답이 『벽암록』의 76칙과 매우 유사한 구조임이 드러난다.

단하스님이 어떤 스님에게 물었다.
"어느 곳에서 왔느냐?"
"산 밑에서 왔습니다."
"밥은 먹었느냐?"
"먹었습니다."
"너에게 밥을 먹여 준 사람은 안목을 갖추었느냐?"
스님은 말이 없었다.(이하 생략)[38)]

선화 속 사제 간 문답을 보면, '근리심처(近離甚處)', 곧 최근 어디에서 떠나서 여기까지 왔느냐는 물음으로 시작하는 경우가 많다. 이 76칙의 선화도 다짜고짜 제자의 출발지를 물으며 시작한다. 거개의 제자들은 76칙의 제자처럼 자신이 떠나온 물리적인 공간을 말하거나, 익히 들어 알고 있는 선객의 시늉을 내느라 몸짓으로 그 출발지를 기호화한다. 이때 선사들은 호통을 치거나 방망이로 치면서 제자

---

37) 空問生曰 "返自洞乎" 曰 "自洞" "傷乎" 曰 "不傷" "然則飢乎" 曰 "不飢" 『기재기이』, 171면.

38) 擧. 丹霞問僧 甚處來. 僧云 山下來. 霞云. 喫飯了也未. 僧云 喫飯了. 霞云 將飯來與汝喫底人 還具眼麽. 僧無語. 『벽암록』下, 선림고경총서 37, 장경각, 1993, 257면.

를 깨우친다. 애초 선사가 물었던 출발지는 부처가 왔던 진리 본연의 세계를 이르는 것인데도 물리적인 공간을 말한다거나 거짓 시늉을 내는 제자들이 많았던 것이다.

〈최생우진기〉의 증공이 최생에게 대뜸 골짜기에서 왔느냐고 묻는 것도 이와 같은 맥락에서 이해된다. 최생이 찾아갔던 골짜기는 그가 선적 경지를 경험한 용궁이 숨겨진 곳이었다. 그러니 선적 경지에 들었었는지에 대해 묻는 뜻이 될 것이다. 증공의 다음 질문은 굶주렸느냐는 것이다. 단하 스님이 제자에게 밥을 먹었느냐고 묻는 것과 상통한다. 이때의 밥 역시 현상적인 밥이 아니라는 사실을 직감할 수 있다. 부처를 초월하고 조사를 초월하는 진리라 할지라도 그것은 모두 생명의 근원에서 출발한다. 나를 살려주는 것 일체가 밥이다.[39] 그러니 밥을 먹었느냔 소리는 오도 즉, 깨달음을 보았느냔 말과도 같다.

선은 삶을 살아있는 활동 가운데서 포착하려 한다. 삶의 흐름을 멈추게 하거나 그것을 관조하는 것은 선적인 태도가 아니기 때문[40]이다. 살아 있는 활동 가운데 밥을 먹는 노릇만한 것이 없다. 74칙 '금우의 밥통'에서도 금우화상이 밥 때만 되면 밥통을 들고 나와 춤을 추고 한바탕 웃고 나서는 보살들에게 어서 와서 밥을 먹으라고 말한다. 진짜 밥을 먹으란 소리다. 최생과 증공이 나눈 밥 문답도 결국 생사의 경계에 걸리지 않는 진짜 밥, 진리의 체득을 의미하는 것이다.

증공이 최생에게 다시 묻기를 다치지 않았느냐고 묻는다. 깨달음에 어떤 방해도 받지 않고 삼매의 경지에 들 수 있었는지에 대해 묻는 소리이다. 단하가 제자에게 밥을 먹여 준 사람의 안목에 대해 묻

---

39) 김홍호, 『벽암록 풀이, 푸른 바위 위에 새긴 글』, 솔, 1999, 359면.
40) 『아홉 마당으로 풀어 쓴 禪』, 가마쿠라, 심재룡 역, 한국학술정보(주), 2001, 170면.

는 것과 같은 이치이다. 삼매 경지에서 오롯하게 드러나는 실체, 선이 목적하는 그 본성을 제대로 보았는가 하는 의미이다. 다쳤느냐고 묻는 증공의 물음은 그 본성을 찾는 중에 번뇌와 망상으로 인한 장애가 없었는지 묻는 것이다.

〈최생우진기〉는 가장 일상적인 경험 속에서 선문답을 구가하는『벽암록』의 선화적 특질을 수용해 그 선소설적 가치를 획득하였다.

2) 유산(遊山) 속 오도(悟道)의 구조

두타산은 최생 뿐만 아니라 증공에게도 깨달음을 향한 화두적 공간이다. 증공 역시 일찍이 진경을 찾아 두타산의 바위 구멍과 벼랑 틈, 절벽을 이 잡듯이 탐색했으며, 마침내 진경으로 들어가는 반석 위에 선다. 그러나 차마 진입을 시도하지 못하고 돌아선다. 두타산은 최생과 증공 모두에게 구도의 공간이지만, 최생만 용궁으로 진입한다. 최생이 용궁에서 용왕과 세 선인들을 만나 교유하고 희락한 시간을 경험하는 것은 오도의 문학적 형상화이다. 이러한 유산 속 오도라는 구조 역시『벽암록』의 선화와 관계가 깊다.

35칙인 '문수전삼삼' 화두는 무착(821-900)이 오대산에 갔다가 꿈속에서 문수보살을 만나 나눈 대화이다. 최생이 두타산 진경을 찾아가 용왕과 세 선인을 만나 오도하는 사건 전개와 무착이 오대산 불도량을 찾아가 진인의 경계인 문수보살을 만나고 활연대오 하는 사건 전개가 매우 흡사하다. 몽유 구조를 통한 구성 방식도 긴밀한 관계를 보여 주고, 용궁 설화의 흔적도 동일하다. 뿐만 아니라 문면에서 그 몽유담을 세간에 전하는 인물들이 승려라는 점도 동일하다. 최생과 무착의 오도는 오대산과 두타산 안의 유산 속에서 이루어진다.[41]

『벽암록』34칙 '앙산의 오로봉'에서도 이와 같은 유산 속 오도의 구조를 확인할 수 있다.

> 앙산스님이 어떤 스님에게 물었다.
> "요즈음 어디에 있다 왔느냐?"
> "여산에서 왔습니다."
> "오로봉을 가봤느냐?"
> "아직 가지 못했습니다."
> "화상아, 아직도 산놀이를 못했구나."(이하 생략)[42]

34칙에서 앙산 스님이 물었던 '여산의 오로봉'은 물리적인 오로봉이 아니다. 선의 최종 목적지, 즉 오도의 순간에 만나는 본성의 자리이다. 그것을 보았느냐는 물음인데 젊은 승려는 물리적인 오로봉에 갇혀 그곳에 오르지 못했다고 대답한다. 사람마다 갖추고 있는 진여본성(眞如本性)의 봉우리를 아직도 답파하지 못한[43] 것이다. 그저 여산 오로봉이라는 외물에 마음을 빼앗겨 동문서답을 하였다.

〈최생우진기〉는 위의 화두처럼 두타산을 유산하는 가운데 최생이 용궁의 진인들을 만나 오도하는 이야기이다. "내 그대에게 숨김없이 말할 터이니, 그대는 누설하지 않을 수 있겠습니까?" 최생이 진인과의 만남을 경험하고 돌아와 증공에게 말한다. 그러나 곧, "선사와 더불어 함께 무지개 구름 마차를 타고 십주 삼도 사이를 노닐지 못한 것이 한스럽다"고 한다. 아무리 말로 해도 그 진경을 함께 노니는 것

41) 졸고, 앞의 논문, 83면.

42) 擧. 仰山問僧 近離甚處. 僧云 廬山. 山云 曾遊五老峰麽. 僧云 不曾到. 山云 闍黎不曾遊山. 『벽암록』中, 40면.

43) 조오현, 『벽암록』, 불교시대사, 1999, 129면.

만은 못하다는 의미로, 도(道)를 말하였으나 말은 말일 뿐 이미 그 도가 아니라는 뜻이다.

유산하는 과정, 즉 산꼭대기를 오르고 난 뒤 깨달음을 얻게 되는 구조는 선가의 선화 속에서 자주 발견되는 장치이다. 옛날부터 사람들은 다 알았다든가, 진리를 깨달았다든가, 도에 통했다고 할 때에는 언제나 산꼭대기에 비유한다. 산이란 진리의 산이요, 유(遊)란 유희삼매(遊戱三昧)를 말한다. 유희삼매란 일체가 놀이[44]란 의미로 도에 통한 사람은 언제나 자유자재하게 걸림이 없다는 것을 의미한다. 〈최생우진기〉는 그 유산 속 오도의 구조를 따르며 그 선화적 특질을 드러낸다.

3) 만행(萬行) 지향적 구도(求道)

최생은 진경에서 진인과 합일된 경지를 체험하고 속세로 돌아온다. 그러나 그는 곧 입산하여 약초를 캐며 살다가 종적이 묘연해진다. 이러한 결말은 진경을 엿본 뒤의 삶에 대한 무상함이나 도피적인 성격이 아니라 연속된 구도의 의지로 다가서야 한다. 선은 깨달음을 지향하고, 그 같은 깨달음의 세계에 안주하는 자리(自利)만을 추구하지 않는다.[45] 〈최생우진기〉는 부지소종의 결말을 통해 만행이라는 끊임없는 구도의 상징성을 획득해 낸 것이다.

『벽암록』25칙의 '연화주장(蓮華柱杖)'에서 만행 지향적 구도(求道)의 형태를 볼 수 있다.

---

44) 김홍호, 앞의 책, 129면.

45) 김호성, 『대승경전과 선』, 민족사, 2002, 325면.

> 연화봉 암주가 (입적하던 날에) 주장자를 들고 대중에게 설법하였다.
> "옛 사람들은 어째서 여기에 머물려고 하지 않았는가?"
> 대중들이 아무런 대답이 없자, 그들을 대신해 말했다.
> "그들이 수행의 도상에서 별 도움을 얻지 못했기 때문이다."
> 다시 이어 말하였다.
> "그러면 궁극적으로 어떻게 되는가?"
> 또 스스로 대신해 말하였다.
> "주장자를 비껴든 채 옆 눈 팔지 않고 첩첩이 쌓인 산봉우리 속으로 곧장 들어가노라."46)

연화봉 암주가 지팡이를 짚고 묻는 '여기(이 자리)'는 단지 물리적인 '이곳'이 아니다. 그곳은 비상한 자리, 진여의 자리이다. 그런데 굳이 그곳을 별 도움이 안 되는 곳이라 여겨 첩첩이 쌓인 산봉우리 속으로 들어가는 연화봉 암주의 모습에서 〈최생우진기〉의 결말에 이르러 최생이 입산하게 되는 의도를 파악해 낼 수가 있다.

선승(禪僧)은 안거가 끝나면 만행을 떠난다. 만행을 떠나는 까닭은 안거 기간 동안 참선 정진으로 일구어낸 경지를 구체적인 삶의 현장에서 펼쳐 보는 데 있다. 그리고 눈 밝은 스승을 찾아가 자신의 깨달음이나 수행 상태를 점검받기도 한다. 또한 만행은 여러 가지 삶의 경계에서 화두를 여일하게 드는 또 하나의 구도 과정이기도 하다.47) 이런 견지에서 최생의 부지소종은 진경인 용궁에서 체득한 오도의 경지를 만행하며 추구하는 것으로 보인다. 이러한 단서는 최생이 용

46) 擧. 蓮華峰庵主 拈拄杖示衆云 古人到這裏 爲十麼不肯住. 衆無語. 自代云 爲他途路不得力. 復云 畢竟如何. 又自代云 楖標橫擔不顧人 直入千峰萬峰去. 『벽암록』 上, 225면.

47) 불학연구소 편저, 『간화선』, 조계종 출판사, 2005, 47면.

궁에서 동선과 나눈 대화에서 유추해 볼 수 있다.

> 하루살이 같은 하찮은 자질을 가진 속세의 어리석은 이 몸이 삼생의 기원이 이루어져 이런 기이한 만남을 가졌으니, 비록 말몰이나 신발들 러리라도 사양치 아니하겠습니다. 돌아가기를 원치 않습니다.[48]

이미 한 번 크게 깨달은 바의 영역에 들었으니 다시는 선정에서 멀어지지 않겠다는 상징으로 보이는 말이다. 동선이 최생에게 10년을 연명하는 약을 주며 말하는 대목에서 최생의 만행적 부지소종이 예견된다.

> 10년 뒤에 우리들과 봉래섬에서 만납시다. 그대는 인간 세상으로 돌아가 노력하여 몸을 잘 간수하고 삼가 가벼이 퍼트리지 않도록 하시오.[49]

최생의 부지소종은 곧 10년 뒤 봉도에서 이루어질 진인들과의 재회이자 진경으로의 재입성을 위한 연속적 구도(求道)라는 사실이 드러난다. 비록 한 번의 오도를 경험했다고는 하나 최생은 언제고 선적 경지에서 멀어질 수 있는 속세의 인간이었다. 이를 경계하고자 떠나는 선승들의 만행과 부지소종의 소설적 화법으로 나타난 최생의 만행은 같은 것이라 하겠다. 〈최생우진기〉는 이러한 만행 지향적 구도(求道) 속에서 보다 진지한 당대인의 삶에 대해 성찰하고 있으며, 선소설로서의 가능성을 구현한다.

〈최생우진기〉는 『벽암록』의 선화적 특질을 장편화한 작품이다. 그

48) 蜉蝣杳質 塵土寓性 三生結願 一成奇遇 誰執鞭守履亦所不辭 不願歸也.

49) 過十年後 富與吾輩會于蓬島 爾歸人世努力自愛 愼勿輕播.

선화적 특질은 〈최생우진기〉의 전기소설적 특성과 함께 선소설이라는 새로운 가치를 규명하는 데 길을 열어 주었다.

4. 결론

이 논문은 그간 〈최생우진기〉에 대한 연구가 몽유 구조와 도선 사상에 편중된 논의에 회의적 시각을 가지고 출발하였다. 이 작품이 지니는 선소설적 미학에 집중해 새로운 가치를 탐문하였다. 고대의 구도(求道)를 통한 존재론적 깨우침은 〈최생우진기〉로 이어져 만개한 바, 『삼국유사』의 구도이야기와 선가의 『벽암록』 선화들과 그 성격이 닿아 있다는 사실에 주목했다. 즉, 〈최생우진기〉는 선의 세계를 보다 극적으로 장편 서사화 한 작품이라고 할 수 있다.

이를 밝히기 위해 기재의 선적 사유체계의 가능성을 짚어 보고, 〈최생우진기〉가 선소설 작품으로 창작된 배경을 살폈다. 그는 선승들과 교유하고 있었고, 그와 관련한 선시도 남기고 있어 이 작품의 선적 접근은 충분히 가능하다고 타진된다. 2장에서는 용궁이 화두적 공간으로 발현될 수 있었던 전조와 그것을 이어 받은 〈최생우진기〉의 진면목을 살폈다.

용궁이 화두적 공간으로 화할 수 있었던 전조로, 『삼국유사』에 수록된 몇 가지 공간 구조를 예로 들었다. ①山上의 은혈과 ②산상의 불세계, ③산상의 못에 관련한 예를 들어 그것이 〈최생우진기〉의 화두적 공간인 용궁으로 화현할 수 있었던 가능성을 논했다. 이를 바탕으로 이 작품의 용궁에 내포된 기재의 선적 사유 체계를 읽었다.

3장에서는 선적 기반 아래 〈최생우진기〉의 선화적 특질을 살폈다.

이 작품에 추구된 선은 『벽암록』에서 구현한 선이 그 모태가 되었다는 사실을 밝히고 선화적 서사에 치중했다. 그 결과 살아 있는 선을 표방했던 『벽암록』의 일상적이고 경험적인 선이 이 작품에도 흐르고 있다는 것을 규명하였다. 또한 유산(遊山) 가운데 일어나는 오도의 구조를 취하는 점 역시 『벽암록』과 연계되어 있다는 사실도 밝혔다. 최생의 부지소종은 안거를 끝내고 떠나는 선승들의 만행과 다를 바 없어 이 작품이 선의 종지를 좇는 소설로 거듭났다는 지점도 주목했다.

〈최생우진기〉는 선에 기반을 둔 창작 배경을 갖고 있는 선소설로서의 가치를 지닌다. 이를 검증할 수 있는 또 다른 작품, 예컨대 〈용궁부연록〉이나 〈구운몽〉 등의 소설과 연계해 선소설적 성격을 보다 명징하게 밝히는 연구는 차후의 과제로 남긴다. 이 작품의 전기소설성을 극복해야 하는 문제 역시 중요한 과제로 남아 있다.

〈원가〉의 언로(言路) 방식과 군자지도(君子之道) 세계관

1. 서론

향가는 유전하는 자료의 희소 가치성으로 그 존재 자체의 매력이 배가되는 장르이다. 그 보존 가치성뿐만 아니라 역사와 문화, 사회적 해석의 접근이 가능하기에 가치가 높다. 무엇보다 당대인의 예술적 영감과 문기(文氣)를 엿볼 수 있다는 점에서 문학적 위상이 돋보인다. 그 안에서 당대인의 존재론적 사유, 곧 '개아'와 '세계'의 정신적·물리적 충돌을 완만하게 조율하는 문정(文情)을 선사한다.

〈원가〉는 이러한 향가 문학의 속성을 선사하는 작품 가운데 하나이다. 특히 현실적이고도 구체적인 역사 사건을 다룬 창작 배경 속에서 삶의 양상과 처세 논리를 수렴할 수 있어 주목되는 작품이다. 이계의 인물과 사건을 다룬 〈처용가〉나 피안의 세계를 지향한 〈제망매가〉 등의 작품과 달리 목전(目前)의 궁정 사건을 다루고 있다는 점이 특기하다. 물론 〈처용가〉나 〈제망매가〉를 비롯한 여타의 작품도 그 이면에 현실 문제를 포섭하고 있지만, 〈원가〉만큼 산문으로나 운문으로나 그 문면에 실재 궁정 사건을 드러내지는 않는다.

〈원가〉는 연구 초기부터 어석과 문체,[1] 노래의 창작 배경을 밝히는 논의가 활발히 진행되었다. 〈신충괘관〉조와 〈원가〉의 배경 설화 연구[2]가 그것이다. 형식을 고구하는 문제에 있어서는 특히 〈원가〉의 '後句亡'이 상태가 극히 불량한 전거의 기록에서 기인한 것으로 본 견해[3]가 이채롭다. 이에 대해 일연이 애초부터 전거로 삼은 책에는 후구가 없었고, '亡'의 의미가 '無'로 쓰이는 용례를 들어 이 노래의 원형이 8구체 형식이었음을 주장한 견해도 새롭다.[4] 後二句, 즉 '아야'와 터져 나올 발화 주체와 그 내용을 상상해 본 논의[5]도 있어 진기하다.

무엇보다 중점을 두고 논의가 이루어진 부분은 노래의 성격 측면

---

1) 양주동, 『증정 고가연구』, 일조각, 1997, 608-637면.
김완진, 『향가해독법연구』, 서울대학교출판부, 1980, 137-144면.
김동욱, 『삼국유사의 문예적 연구』, 새문사, 1982, 118-139면.
양희철, 『삼국유사 향가연구』, 태학사, 1997, 506-549면.
황패강, 『향가문학의 이론과 실제』, 일지사, 2001, 405-427면.
박재민, 「향가의 재해독과 문학적 해석」, 『민족문화』34, 한국고전번역원, 2010, 221-272면.
신영명, 「향가 수사법과 원가의 통사론적 이해-특히 생략법과 도치법을 중심으로」, 『우리문학연구』44, 경인문화사, 2011, 201-219면.

2) 송희준, 「단속사의 창건 이후 역사와 폐사과정」, 『남명학 연구』9, 경상대학교 남명학연구소, 1999, 399-425면.
이종문, 「삼국유사 신충괘관조의 전심국사에 대하여」, 『 한국고대사연구』14, 서경문화사, 1998, 447-466면.
이승남, 「삼국유사 신충괘관조에 나타난 일연의 서사적 시각」, 『한국사상과 문화』40, 2007, 45-68면.
황선엽, 「향가와 배경 설화의 관련성-원가를 중심으로」, 『서강인문논총』43, 서강대 인문과학연구소, 2015, 41-88면.

3) 이영태, 『한국고전시가의 재조명』, 국학자료원, 1998, 43면.

4) 김진욱, 『향가문학론』, 역락, 2005, 210-230면.

5) 성무경, 『신라가요의 기반과 작품의 이해』, 보고사, 1998, 493-540면.

이다. 〈원가〉와 관련한 설화의 핵심이 『삼국유사』 편목인 '피은'에 있다고 보고, 그 주제 역시 승려의 피은이라고 다가선 연구[6]는 신충의 정치적 생애보다 종교적 삶에 주안점을 둔 논의이다. 여기서 한 발 나아가 진언종의 교리와 종교적 원력으로 이 작품을 분석하였는데,[7] 이는 불교적 일심(一心)과 삼매라는 사상적 측면을 부각시킨 접근이다. 〈원가〉의 '잣나무' 사건이 등용으로 잘 갈무리된 것에 대해 신충의 마음이 평정을 회복한 것으로 본 해석[8]도 눈에 띤다. 심리적 접근을 통해 화자의 의식을 보다 명징하게 읽어낸 연구이다.

〈원가〉를 다룬 연구 중에서도 다음의 네 가지 관점은 그 주류를 형성하고 있을 만큼 다기하게 논의되었다. 화자와 군왕, 잣나무의 구도를 통해 구현된 주제 의식이 과연 주술적인 가요로 승화하고 있는지,[9] 아니면 순수 서정 가요로 승화하고 있는지,[10] 그것이 문학사적으로 연군류의 노래로 시발하는지,[11] 혹은 관료의 노래로 판단할 수

---

6) 김상억, 『향가』, 한국자유교육협회, 1974, 435-436면.

7) 김운학, 『신라불교문학연구』, 현암사, 1976, 242면.

8) 정상균, 『한국고대시문학사연구』, 한신문화사, 1984, 88면.

9) 김열규, 「원가의 수목(栢) 상징」, 『국어국문학』18, 국어국문학회, 1957, 110면.
김동욱, 「신라향가의 불교문학적 고찰」, 『불교학논문집』(백성욱박사송수기념), 동국대학교, 1959, 242면.
김학성, 『한국고전시가의 연구』, 원광대학교출판부, 1980, 244-245면.
임기중, 『신라가요와 기술물의 연구』, 반도출판사, 1981, 291면.
황패강, 『향가문학이 이론과 실제』, 일지사, 2001, 417-419면.

10) 이재선, 『향가의 어문학적 연구』, 서강대학교출판부, 1972, 149면.
김성기, 『한국고전시가작품론 1』, 집문당, 1992, 121면.
김승찬, 「효성왕대의 시대상과 원가」, 『어문연구』26, 어문연구학회, 1995, 243-254면.
박노준, 『옛사람 옛노래 향가와 속요』, 태학사, 2003, 128면.

11) 김종우, 『향가문학연구』, 이우출판사, 1980, 172-174면.
장덕순, 『국문학통론』, 신구문화사, 1973, 94면.
최철, 『향가의 본질과 시적 상상력』, 새문사, 1983, 275면.

있는지[12]에 대한 논의가 그것이다. 그 결과 작품의 배경이 제의적 주술 공간, 감상적 자연 공간, 정치적 궁정 공간 등으로 해석되며 당대인의 의식과 처세를 밝히는 단서로 작용했다.

다각도의 연구가 이루어졌지만 〈원가〉를 둘러싼 미진한 잔상은 여전히 남아 있다. 과연 〈원가〉의 화자가 연군 의식과 관작에 대한 열망만으로 이 노래를 불렀겠는가 하는 점이다. 기존의 논의는 '怨而作歌'라는 말에 경도되어 원망과 자탄, 체념과 회상이란 측면에 중점을 두었다. 간과할 수 없는 사실은 산문 기록에 나타난 신충의 원망이 어째서 〈원가〉에서는 초탈한 정서로 형상화되고 있는가 하는 점이다. 이는 원망의 대상인 효성왕도 알고 화자도 아는 어떤 정제된 의식이 있기에 가능한 일이 아니겠는가. 그 의식을 밝힌다면 〈원가〉가 단순히 등용만을 촉구하는 노래가 아니라는 사실을 밝힐 수 있다.

이 논문은 〈원가〉가 유가적 세계관, 곧 군자지도(君子之道)의 세계관을 지향한 현사의 노래라는 사실에 주목하고자 한다. 이를 밝히기 위해 2장에서는 〈신충괘관〉조에 녹아 있는 군자상달 의식이 진퇴(進退)의 언로 방식을 통해 고양되는 과정을 읽고, 그것의 지향점이 〈원가〉라는 사실을 짚어 본다. 3장에서는 〈원가〉의 군자지도 세계관 구현이 유가적 시학(詩學)을 기반으로 한 초자아적 도(道), 나아가 삼라만상 관통의 도(道)로 구현되는 과정을 읽는다. 이로써 유가의 순정한 군자지도 세계관 속에서 당대의 어지러운 현실을 바로세우고자 하였던 창작 의식을 살피고자 한다.

양희철, 앞의 책, 545면.

12) 조동일, 『한국문학통사 1』, 지식산업사, 1982, 143면.
이명선, 『조선문학사』, 범우사, 1990, 81면.

2. 〈신충괘관〉조의 군자상달(君子上達) 언로 방식

〈신충괘관〉조는 삼국유사 피은편[13]에 실려 있다. 이 자료는 효성왕과 경덕왕에 걸친 신충의 기록을 다섯 단락으로 나누어 기술하고 있다. 신충의 현사 시절과 관료 시절의 단락(1), 퇴조 후 승려로서의 삶을 다룬 단락(2), 그리고 별전하는 〈삼화상전〉의 신충봉성사 단락(3)과 〈고승전〉의 이순 단락(4), 마지막으로 찬시 단락(5)으로 짜여 있다. 〈원가〉의 해석 자료로 단락(1)과 (2)가 주로 제시되는데 (3)과 (4), 그리고 (5)의 단락 역시 〈원가〉의 세계관을 살피는데 중요한 자료이다. 고증과 객관성을 내세운 일연이 정교하게 배치한 기록이기 때문이다.

다섯 단락의 문맥을 어떻게 해석하느냐에 따라 주술적 시각과 서정적 시각으로 나뉘는데, 잣나무의 황췌(黃悴) 사건이 주력에 의한 것이냐 자연 발흥에 의한 것이냐 하는 데 중점이 있다. 곧 원심(怨心)의 주력으로 황췌를 일으켰다고 보는 견해(김열규, 김동욱)와 자연적 현상에 군신 간의 균열을 이입시킨 것이라고 보는 견해(박노준, 양희철)가 그것이다. 주술적 주력이든 자연적 현상이든 황췌는 〈신충괘관〉조를 이해하는 데 중요한 단서이다. 신충과 효성왕을 연결하는 마디이기 때문이다.

황췌는 신충이 처한 세계의 변질을 의미한다. 곧 그가 처한 세계의 꼭짓점인 효성왕의 변심을 의미한다. 신충은 신의가 무너진 세계의 복원을 강력히 희구하며 군자의 덕성을 표방한다. '나'는 물론 나를 둘러싼 세계의 상징인 '왕'까지 그 덕성을 갖추게 하여 이상적 질서

13) 이재호 역, 『삼국유사』2, 솔 출판사, 1997.(이하 『삼국유사』 자료 인용은 이 책에 의거하며 면수만 명기하기로 한다)

를 꾀하고자 한다. 자신은 물론 최상위자인 군왕에게도 군자의 덕성을 요구하는 관점은 유교의 군자상달(君子上達) 의식과 맞닿아 있다. 〈신충괘관〉조 다섯 단락의 기술은 이 의식과 조응하는데, 진퇴(進退)의 언로 방식을 통해 군자상달 의식을 고양한다.

신충의 현사 시절과 관료 시절을 다룬 단락(1)의 내용은 다음과 같다.

> ① 효성왕이 왕위에 오르기 전 궁궐 잣나무 아래에서 어진 선비 신충과 바둑을 두며 말하다. "훗날 경을 잊을 것 같으면 잣나무와 같아지리라." 신충은 일어나 절을 하다.
> ② 수개월이 지나 왕은 즉위하였고, 공신들마다 상을 주었는데 신충을 잊고 발탁하지 않다. 신충은 원망하여 노래를 지어 잣나무에 붙였다. 잣나무가 문득 노랗게 시들다.
> ③ 왕이 괴이하게 여겨 사람을 시켜 살펴보게 하니 그 노래를 찾아 왕에게 올리다. 노래를 본 왕은 크게 놀라 말하다. "정무에 바쁜 탓으로 그만 각궁을 잊었구려." 곧 그를 불러 벼슬을 주니 잣나무가 되살아나다.
> ④ (노래 생략) 이리하여 신충은 두 왕대(효성, 경덕)에 걸쳐 총애를 얻다.[14]

효성왕이 잠저 시절에 약속하였던 등용을 잊자 신충이 향가를 지어 잣나무를 시들게 하였다는 내용이다. 눈여겨 볼 점은 그 안에 깃든 언로의 형태이다. 신충이 효성왕과 바둑을 두는 ①의 기술에서는

15) 孝成王潛邸時 與賢士信忠 圍碁於宮庭栢樹下 嘗謂曰 他日若忘卿 有如栢樹 信忠興拜 隔數月 王卽位 賞功臣 忘忠而不第지 忠怨而作歌 帖於栢樹 樹忽黃悴 王怪使審之 得歌獻之 大驚曰 萬機鞅掌幾忘乎角弓 乃召之賜爵祿 栢樹乃蘇 (歌省略) 由是寵現於兩朝, 『삼국유사』2, 392면.

직접적 언로 형태가, 그리고 ②의 황췌 사건을 통해서는 간접적 언로 형태가 나타난다. 신충은 궁궐 내에서 효성왕과 바둑을 둘 정도로 가까운 사이였으니 자연스레 정치적 소신을 밝혔을 것이고,[15] 이와 같은 단도직입적인 언로는 곧 조정에 나아가 간하는 것과 같은 진(進)의 방식이다. 반면 황췌는 효성왕의 신의를 일깨우기 위한 간접적 언로이다. 면전의 언로가 아니라 '상록수의 변이'라는 방편을 통해 발언한 것이다. 공신 서열에 들지 못한 것은 조정 밖의 상황이니 이는 퇴(退)의 언로 방식이다.

진퇴의 언로 방식 안에는 유가의 절묘한 정치 사상이 녹아 있다. 전술한 바와 같이 황췌는 신충이 처한 세계의 변질을 의미한다. 신충은 과연 잣나무의 황췌를 어떻게 치유하겠는가 하는 고심을 왕에게 던진 것이다. 그에 대한 답은 ③에 나타난 황췌 이후의 정황에서 엿볼 수 있다. ③은 변질된 세계의 정립, 신충의 의중이 고스란히 왕에게 전달되어 무너진 신의가 바로잡히는 결말을 보여준다. 여기에는, "정치는 바로잡는 것이니 그대가 바른 것으로써 솔선하면 누가 감히 바르지 않겠는가?"[16] 라는 유가의 정치 철학이 담겨 있다. 효성왕은 충분히 그 의중을 헤아렸고, 신충을 등용함으로써 잣나무가 회생한다. 신충과 효성왕 사이의 정치 철학이 상통한 결과이다.

신충은 자신의 정치 철학을 설파하면서 그 어떤 파당이나 득세한

15) 황패강은 위기(圍碁)에 대해 궁정이라는 세계중심적인 제의적 성역에서 왕의 권위를 회복하는 제의를 치른 것으로 이해하였다.(앞의 책, 418-419면) 이에 대해 양희철은 정당한 왕위 계승자인 태자가 굳이 제의적 밀사를 치른 것으로 보기는 어렵다고 지적하며, 위기는 평면 그대로 왕위 계승을 둘러싼 어려움을 극복하기 위한 책략과 준비의 상징이라고 보았다.(앞의 책, 511-512면)

16) 政者 正也 子帥以正 孰敢不正, 청유경전연구회 역(이종락 강설), 『논어집주』下, 문경출판사, 2005, 593면.(이하 『논어』 자료 인용은 이 책에 의거하며 면수만 명기하기로 한다)

인물의 도움을 받지 않고 오로지 자신의 의중 하나만으로 효성왕과 상통한다. 이처럼 인위적 힘을 빌지 않고 직접 임금과 상통하는 데서, "군자는 위로 통달하고 소인은 아래로 통달한다."[17]는 군자상달 의식을 엿볼 수 있다. 이종락은 "소인의 벼슬은 암암리에 임금에게 벼슬 구하는 뜻을 통하여 얻으므로 하달(下達)이라 하고, 군자의 벼슬은 좌우의 측근으로 말미암지 않고 직접 임금에게 통하여 그 일이 분명히 드러나므로 상달(上達)이라 한다."고 강설한다.(같은 책, 701쪽) 신충이 황췌만으로 임금과 상통한 것은 바로 이 군자상달 의식에서 기인하며, 그를 바탕으로 두 왕대에 걸친 신료의 삶을 누린다.

신충의 군자상달 의식이 단순히 등용에 대한 열망이나 관작 추구가 아니었다는 사실은 퇴조 후 승려로서의 삶을 다룬 단락(2)의 행보로도 알 수 있다.

① 경덕왕(왕은 효성왕의 아우이다) 22년 계묘에 신충은 두 벗과 서로 약속하여 벼슬을 버리고 남악으로 들어갔는데, 두 번이나 불러도 나오지 않고 머리를 깎고 중이 되다.
② 그는 왕을 위해 단속사를 세우고 거기에 살면서 평생 대왕의 복을 빌기를 원하므로 왕이 이를 허락하다. 임금의 진영을 모셔두었는데 금당의 뒷벽에 있는 것이 그것이다.
③ 남쪽에 속휴라는 촌이 있는데, 지금은 와전되어 소화리라고 하다.[18]

17) 君子上達 小人下達, 『논어집주』下, 700면.

18) 景德王(王卽孝成之弟也)二十二年癸卯 忠與二友相約掛冠入南岳 再徵不就 落髮爲沙門 爲王創斷俗寺居焉 願終身立壑 以奉福大王 王許之 留眞在金堂後壁是也 南有村名俗休 今訛云小花里, 『삼국유사』2, 392면.

물론 문면으로 보아서는 세속의 허망한 권력 놀음에서 벗어나고자 한 깨달음의 노래로 다가온다. 신충이 승려의 삶을 살며 단속사를 지어 왕의 복을 비는 것에서 세속의 인연은 끊었으나 군신 간의 윤리는 지키고자 하였던 것[19]으로 보인다. 군왕이 있는 자리는 곧 조정이요, 정치 철학의 간난신고가 있는 곳이다. 그곳에 대한 염증으로 떠나온 인물이라면 아예 그쪽의 기억을 덮어야 한다. 그럼에도 산중에 이르러서도 대왕의 복락을 빈다는 것은 신충의 속내에 여전히 조정을 향한 의식이 자리하고 있다는 사실을 방증한다.

신충은 ①에서 조정을 완전히 떠난 것 같지만, ②를 보면 경덕왕과의 중층적 언로를 열어두고 여전히 조정에 시선을 두고 있다. 승려로 살면서 죽을 때까지 대왕의 복을 빌겠다고 간청한 것은, 퇴조하였지만 조정에 대해 언로를 개방하고 있겠다는 의지이다. '금당 뒷벽에 남아 있는 (대왕의) 화상'은 신충과 경덕왕 사이의 언로가 여전히 건재한다는 사실을 상징한다. 대왕의 복을 빌고 화상을 걸어둔다는 것은 충신으로서의 초연함으로도 다가오지만, 역으로 그만큼 심리적으로 가깝게 결속되어 있다는 것을 의미한다.

이러한 언로 방식 안에는 신충의 군자상달 의식이 깊이 개입해 있다. 현실 정치를 꾀했던 신충이 속세 밖으로 나아가 청유한 것은 소진한 정치적 역량 때문이 아니다. 경덕왕이 두 번에 걸쳐 그를 불러들였다는 사실만으로도 그의 정치적 역량은 뛰어났던 것으로 보인다. 그럼에도 신충은 조정으로 나아가지 않고 구도자의 삶을 산다. 이것은 그동안 관료로 살아온 삶을 한바탕 꿈으로 본 이유 때문이 아닌가 한다. 오히려 상대등까지 올랐던 관직을 뒤로 하고 초연히 피은

19) 김영수, 『향가 연구』, 태학사, 1998, 363면.

하는 모습에서 명리에 얽매이지 않는 군자의 상이 중첩된다. 곧 신충은 세속의 명리에 부대끼지 않는 군자의 상을 왕에게 상달한 셈이다.

별전하는 〈삼화상전〉의 '신충봉성사' 단락(3) 역시 진퇴의 언로 방식 안에서 군자상달 의식을 펼친다.

> ① 신문왕이 등창이 나서 혜통에게 치료해 주기를 청하므로 혜통이 와서 주문을 외우니 즉시 낫다.
> ② 혜통이 말하였다. "폐하께서는 전생에 재상의 몸으로 양민 신충을 그릇 판결하여 종으로 삼았으므로 신충에게는 원망이 있어 윤회 환생할 때마다 보복하게 됩니다. 지금 이 등창도 또한 신충의 탈입니다. 마땅히 신충을 위해 절을 세워 명복을 빌어 원한을 풀게 해야 합니다." 왕이 그 말을 옳게 여겨 절을 세우고 신충봉성사라 하다.
> ③ 절이 낙성되자 하늘에서 외치다. "왕께서 절을 세워 주셨으므로 괴로움에서 벗어나 하늘에 태어났으니 원망은 이미 풀렸습니다."[20]

일연은 자신의 문학관을 구현하는 데 적합한 소재를 역사에서 찾아 꾸미기와 믿게 하기의 글쓰기 방식을 절묘하게 구사하여 향가 기술문을 찬술[21]하는 문예미를 선사했다. 신충이라는 동명이인의 기술도 이와 같은 의도에서 택정한 것이 아닌가 한다. 전대(前代)의 '신충봉성사' 소재를 끌어다 당대의 '신충단속사' 기록에 결합해 놓은

---

20) 初神文王發疽背 請候於通 通至 呪之立活 乃曰 陛下曩昔爲宰官身 誤決藏人信忠爲隷 信忠有怨 生生作報 今玆惡疽 亦信忠所祟 宜爲忠創伽藍 奉冥祐以解之 王深然之 創寺號信忠奉聖寺成 空中唱云 因王創寺 脫苦生天 怨已解矣, 『삼국유사』2, 320면.

21) 김선기, 「삼국유사 향가기술문의 시화적 조명」, 『어문연구』54, 어문연구학회, 2007, 101면.

것이다. 원(怨)과 창사(創寺)의 이야기라는 점에서 공통점을 지니고 있어[22] 일연이 의도적으로 두 자료를 취합해 놓았다는 사실을 유추해 볼 수 있다. 두 자료 모두 원망의 촉발과 해소에 중점을 두고 있으며, 사찰 창건 배경에 군왕이 개입하고 있다.

①에서 혜통이 신문왕의 등창을 낫게 한 것은 군신 간에 소통하던 언로의 존재를 상징한다. 육체적 등창은 정치적 간난신고의 비유로 이해된다. 그것의 해결책을, 신문왕과 혜통이 서로 묻고 답한 언로로 이해해 볼 수 있다. ②는 혜통이 등창의 원인을 전생의 과보로 간언하고, 왕이 그것을 주의 깊게 듣는 대목이다. 이는 신문왕이 자신의 실정에 관한 간언을 듣는 것의 비유이다. 등창이 군왕의 실정을 질책하는 방편이라는 점은 앞서 살펴 본 단락(1)에서 황췌가 군왕의 실정을 질책하는 방편으로 삼은 것과 같은 맥락이다. 신문왕의 실정은 양민을 종으로 삼은 것이고, 효성왕의 실정은 정치적 우인을 신료의 반열에 올리지 않은 것이다. 이러한 실정은 ③에서 왕의 현정(賢征)으로 원망하는 마음을 푸는 것으로 해소된다.

일연은 승려인 혜통과 군왕인 신문왕, 그리고 귀신인 신충과 인간인 신문왕을 연결해 과거와 현재의 문제를 일시에 해소한다. 신문왕과 원귀인 신충 사이의 원한은 정치적으로 얽힌 현실 상황의 재현이다. 현실 세계뿐만 아니라 원귀의 세계에 맺힌 문제까지 바른 도리로 다스릴 줄 알아야 하는 존재가 바로 군왕이며, 그러한 역량이야말로 군자의 덕성이란 사실을 강조한다. 굳이 이 '신충봉성사' 기록을 부연한 이유도 군왕의 역량이 무릇 경계에 걸리지 않아야 한다는 군자 상달 의식 때문이다.

22) 이승남, 앞의 논문, 53면.

〈고승전〉의 이순 단락(4) 역시 진퇴의 언로 방식을 취하며 군자상달 의식을 표방한다.

① 경덕왕 대에 직장 이준(고승전에는 이순으로 되어 있다)이 일찍이 소원을 빌어 나이 50이 되면 출가해 절을 짓겠다고 하다.
② 천보 7년 무자년(748)에 나이 50이 되자 조연에 있던 작은 절을 큰 사찰로 고치고 이름을 단속사라 하다.
③ 자신도 머리를 깎고 절에 20년 동안 머물다가 죽다.[23)]

단락(3)이 신충이란 동명이인의 기록을 부연한 것이라면, 단락(4)는 단속사라는 동명의 사찰 창건에 관련한 기록을 부연한 것이다. ①에서 보듯 이순은 직장 벼슬의 관료이다. 그런 그가 퇴조 후 ②의 단속사를 짓고, ③의 승려로 거듭난다. 신충이 퇴조 후 승려로 거듭난 단락(1)의 구조와 흡사하다. 다만 다른 점이 있다면 신충은 대왕의 진영을 걸어 놓고 복을 빌었고, 이순은 20년간 절에 머물다 생을 마감하였다는 것뿐이다. 단속사라는 동명의 사찰은 이순과 신충의 삶을 동궤의 것으로 엮어볼 수 있는 단서이다.

일연은 이순이 단속사를 창건했다는 『삼국사기』의 기록을 신충의 것으로 바꾸어(김선기, 102쪽) 기술했는데, 왜 이런 방안이 필요했는지 눈여겨보아야 한다. 표면적으로는 불사 창건을 다룬 이야기지만 이순이 관계(官界)에서 퇴조한 인물이라는 데서 그 의도가 나타난다. 신충의 단속사 창건과 그 이면에 놓여 있던 군왕과의 언로를, 이순이

23) 景德王代 有直長李俊(高僧傳作李純) 早會發願 年至知命 須出家創佛寺 天寶七年戊子 年登五十矣 改創槽淵小寺爲大刹 名斷俗寺 身亦削髮 法名孔宏長老 佳寺二十年乃卒 與前三國史所載不同 兩存之闕疑, 『삼국사기』2, 392면.

라는 관료 출신의 불사 창건을 곁들여 한 번 더 환기시키고자 하였던 것이다. 이러한 작위적 글쓰기는 충담사의 〈안민가〉 기술문까지 이어지고 있다. 이순이 임금에게 치리(治理)를 이야기한 내용이 충담사의 그것으로 변주되어 나타나고 있는 것처럼(김선기, 103쪽) 〈원가〉에서도 이순의 말을 통해 신충이 군왕의 선정을 요구하는 것으로 나타난다.

이순은 나이 50이 되면 출가해 절을 짓겠다는 스스로의 약속대로 단속사를 창건하고 승려로서의 삶을 마친다. 타인과의 약속이 아님에도 자신의 말을 이행하였다. 이런 실행은 역으로 군왕의 약속이야 더욱 신의 있게 지켜져야 한다는 것을 부각한다. 그러며 자연스럽게 단락(1) 신충과 효성왕의 등용을 둘러싼 갈등과 그것의 해결점을 환기시킨다. 곧 황췌의 해결은 효성왕의 신의(信義) 회복과 바른 정사에 있다. 이순의 기록 역시 군신 간 신의를 군자상달 의식으로 구성하고 있다.

마지막으로 단락(5)는 일연의 찬시로 이루어진다.

> 공명을 이루기도 전에 귀밑머리가 먼저 세었고
> 임금의 총애가 많아도 한평생 황망하구나
> 언덕 저편 산이 자주 꿈속에 들어오니
> 그곳에 가서 향불 피워 우리 임금 복을 빌리라[24)]

일연이 신충의 내면을 지극한 경지로 들여다본 시이다. 이 안에도

---

24) 讚曰 功名未已鬢先霜 君寵雖多百歲忙 隔岸有山頻入夢 逝將香火祝吾皇, 『삼국유사』2, 392면.

두 개의 언로 형태가 자리한다. '공명'으로 상징되는 조정과, '언덕 저편 산'으로 상징되는 불가의 공간이 그것이다. 거처가 조정에서 불가의 공간으로 바뀔 뿐 군왕을 향한 그의 마음은 여일하다. 자주 꿈속에 보일 만큼 그리운 불가의 삶으로 가면서도 군왕에 대한 연을 놓지 못하고 있다. 단락(1)·(2)·(3)·(4)에서 추구하던 군왕을 향한 끈끈한 결속이 여기서도 그대로 묻어난다. 비록 퇴조해 산중으로 가지만 군왕을 향한 언로는 여전히 열어 둔 상태이다. 그런 가운데 평생의 공명에 연연하지 않고 산중으로 떠나는 군자다운 초연함을 상달하고 있다.

〈신충괘관〉조는 진퇴의 언로 방식 안에서 군자의 덕성을 상달한다. 이 설화의 중점은 관작의 나아가고 물러남에 있는 것이 아니라, 가장 군왕다운 군왕, 가장 신하다운 신하의 도리를 간언하는 데 있다. 그것이 곧 신하의 뜻이 올곧이 군왕에게 전해져 바른 정치로 나아가도록 하는 군자상달 의식이다.

3. 〈원가〉의 군자지도 형상화

〈원가〉는 효성왕이 등용 약속을 파기하자 신충이 지은 노래이다. 그런 까닭에 기존의 논의에서 쟁점이 되었던 부분도 관작을 얻지 못한 원망의 노래냐 아니냐 하는 것이었다. 논점에 따라 원망의 대상으로 왕이나 왕을 둘러싼 기득권 세력을 지목하기도 하고, 화자를 비탄과 체념에 빠트린 세상으로 지목하기도 하였다. 문예적 관점을 부각해 작품의 서정성에 주목한 논의[25] 역시 그 범주에서 벗어나지는 못한 듯하다. 과연 이 작품을 '원망'의 정서로만 다가서야 하는지 의문이 남는다. 관련 설화를 보면 원망의 소지가 충분히 있지만, 문학의 진실은 외피보다는 내면에 있기 마련이다. 비록 문맥에 원망의 소지가 있다 하더라도 그 지향점은 한 차원 승화된 주제로 다가서야 한다.

〈원가〉는 바로 이러한 중층적 주제 구현을 하고 있는 작품으로, 군자의 도로써 화자가 처한 세계의 질서를 바로잡고자 한다. 〈신충괘관〉조는 군신 간 절대적 덕목인 신의를 최상위에 두고, 그것을 군왕에게 상달하는 의식을 담고 있다. 〈원가〉는 그 군자상달 의식이 빚어낸 군자지도 세계관의 정수를 담고 있는 노래이다. 신의를 바탕으로 한 군자지도는 〈원가〉 안에서 유가적 시학을 기반으로 한 초자아적 도, 그리고 삼라만상을 관통하는 도의 실현을 통해 형상화, 전개된다.

1) 시학(詩學)의 초자아적 도

신충의 〈원가〉를 소개하면 다음과 같다.

［향가 의역］
質좋은 잣이
가을에 말라 떨어지지 아니하매
너를 重히 여겨 가겠다 하신 것과는 달리
낯이 변해 버리신 겨울에여.

---

25) 이형대, 「원가와 정과정의 시적 인식과 정서」, 『한성어문학』18, 한성대 국어국문학과, 1999, 99-118면.
서철원, 「신라 중대 향가에서 서정성과 정치성의 문제-성덕왕대 헌화가·원가를 중심으로」, 『어문논집』53, 민족어문학회, 2006, 31-55면.
신재홍, 「향가의 기억과 서정성」, 『한국시가문학연구』37, 한국시가문화학회, 2016, 159-186면.

달이 그림자 내린 연못 갓
지나가는 물결에 대한 모래로다.
모습이야 바라보지만
세상 모든 것 여희여 버린 處地여.[26]

신충이 〈원가〉를 지은 이유는 등용을 파기한 왕의 처사 때문이다. 장문의 형태를 이용한 원망의 글로 그 마음을 드러낼 수도 있었을 텐데 시문의 형태로 대신한 점에 대해 숙고해 볼 필요가 있다. 물론 그 우의적이고도 상징적인 의미야 장문의 글보다 함축적이고 심오할 수 있지만, 목전의 정치 상황을 직설하지 않고 굳이 단형의 시문을 선택해 전언한 점은 또 다른 가능성을 의미한다. 곧 신충이 추구한 군자의 덕성 가운데 하나가 바로 시작(詩作)이었으며, 그것을 통해 군자지도를 구현한 것으로 이해된다. 신충은 나아가고 물러나는 데 걸림이 없던 군자적 삶을 지향한 인물이었기 때문이다.

부연하자면 〈원가〉는, "시는 흥기할 수도 있으며, 득실을 관찰할 수도 있으며, 무리와 어울릴 수도 있으며, 원망할 수도 있으며, 가까이는 어버이를 섬기며 멀리는 임금을 섬기고, 조수와 초목의 이름도 많이 알 수 있다."[27]는 유가적 시학(詩學)을 기조로 창작된 것으로 접근해 볼 수 있다. 신충이 희구하였던 도의적(道義的) 세계관이 유가적 시론과 일맥상통하고 있어, 당연히 시문을 통해 자신의 의중을 말하

---

26) 物叱 好支 栢史 秋察尸 不冬 爾屋支 墮米 汝於多支 行齊 教因隱 仰頓隱 面矣 改衣賜乎隱 冬矣也 月羅理 影支 古理因 淵之叱 行尸 浪尸阿叱 沙矣 以支如支 皃史沙叱 望阿乃 世理都 外之叱 逸烏隱第也(後句亡), 김완진, 앞의 책, 137-144면.

27) 詩可以興 感發志意 可以觀 考見得失 可以羣 和而不流 可以怨 怨而不怒 邇之事父 遠之事君 人倫之道 詩無不備 二者擧重而言 多識於鳥獸草木之名, 其緖餘 又足以資多識, 『논어집주』下, 852-853면.

고자 하였을 법도 하다. 신충은, 효성왕이 잠저 시절부터 자질을 알아보고 훗날 등용을 약속할 만큼 학문에 통달한 현사였다. 시학을 통해 군자지도를 전언하고자 하였을 가능성은 농후하다.

신충은 위의 시학을 기반으로 우선 향가에 자신의 뜻을 담아 효성왕의 감정을 흥기토록 하였다. 두 사람만이 아는 잣나무 아래에서의 맹서를 노래한 〈원가〉를 보며 효성왕이 지난날의 기억과 그 후속 조치를 떠올릴 것이란 사실을 간파한 것이다. 자신을 등용시킴으로써 얻는 이로움을 전달하였고, 조정으로 나아가 관료 집단과 어울릴 수 있는 기회를 타진하였으며, 황췌 사건을 담아 군왕이 신의를 저버린 사실을 원망할 수도 있었다. 뿐만 아니라 관료로서 임금을 섬기는 길을 모색하였으며, 자연물 가운데 잣나무를 시상으로 끌어들여 군왕의 신의를 빗대어 간언할 수 있었다.

〈원가〉는 유가적 시학을 통해 개아적인 문제를 두루 해소하는 초자아적 도를 구가한다. 그 초자아는 소극적 관작 영달이나 명리 추구에서 벗어나 군왕과 마주선 군자이다. 화자의 신분은 현사(賢士)이다. 현사는 '인지병유재덕자(人之秉有才德者)'인데, 사(士)는 대부와 다르게 사민지수(四民之首)로 벼슬에 나가지 않은 자이다. 이로 보면, 신충은 효성왕과 바둑을 두던 당시까지는 벼슬에 나간 자가 아니라는[28] 사실에 도달한다. 그럼에도 군왕이 "質좋은 잣"을 보며 "너를 重히 여겨 가겠다" 한 것에서 이미 그의 군자적 자행(自行)이 높았다는 사실을 알 수 있다. 신재홍은, 두 사람의 대화가 비유와 직설로 2행씩 교대로 엮여진 것이 이 향가의 특징이라고 지목[29]한 바 있다.

---

28) 양희철, 앞의 책, 510면.

29) 신재홍, 「향가와 의사소통」, 『국어교육』125, 한국어교육학회, 2008, 59면.

시적 화자의 의중이 그만큼 정교한 언로 형태를 띠고 있다는 것을 의미한다.

그러나 화자의 군자적 자행은 세상에 드러나 쓰이지 못한다. "낯이 변해 버리신 겨울" 때문이다. 낯은 신충의 등용을 약속했던 효성왕이자 그의 언약이다. 효성왕은 어찌된 영문인지 그 약조를 잊고 지내다 〈원가〉로 인해 잣나무가 시들자 부랴부랴 신충을 등용한다. '정사가 복잡하고 바빴기 때문'이라는 것은 변명일 뿐 신충을 의도적으로 회피했던 것으로 생각된다. 〈신충괘관〉조의 신충은 끊임없이 군자의 덕성으로 신의를 내세우며 상달한다. 그런 인물이었기 때문에 군왕의 정치 철학에 허점이 보이면 냉철한 비판을 가하였을 것이다. 효성왕은 문득 신충의 그런 꼿꼿한 성격이 거북했을 법도 하다. 그래서 애써 그를 외면한 것이 "겨울"로 나타난 것은 아닌지 유추해 본다.

군왕의 처사가 그렇다 하더라도 화자의 내면은 크게 동요하지 않는다. 그래서 지독한 원망이나 푸념을 말하지 않는다. 군왕의 약속과 변심을 "모습이야 바라보지만(모습으로 바라본다고 한들)" 여기서 달리 어떤 방책이 있겠는가. 다만 "세상 모든 것 여희여 버린 처지"로 달관하면 그뿐인 것이라고 시상을 전개한다. 이런 물 흐르는 듯한 유연한 사유는 외부 세계의 의혹과 부당한 외압에 흔들리지 않는 군자적 덕성을 더욱 돋보이게 하면서, 역으로 군왕 스스로 자신의 실정을 깨닫게 하는 요소로 작용한다.

〈원가〉의 화자는 초자아적 경지에서 군자의 도를 구현한다. 수승한 경지의 노래가 의미하는 것을 알아듣는다면 그도 군자의 경지에 오른 것이다. 효성왕은 신충의 의중을 깨닫고 그를 궁중으로 불러들인다. 신충의 개아적 문제가 해결됨과 동시에 군왕도 '군자의 덕성'을 깨우쳐 정치 철학을 바로 세우게 된다. 〈원가〉는 이처럼 유가적 시학을 기반으로 군자지도를 구현한 작품이다.

2) 삼라만상 관통의 도

〈원가〉는 자연(自然) – 인사(人事)를 반복으로 제시하면서 과거 – 현재를 대비시키는 의미 구조[30]를 보여준다. 즉 자연과 인사의 대비, 그리고 조화를 통해 군자지도를 형상화한다. 그 도의 실현 공간이 삼라만상에 두루 열려 있다는 데 특징이 있다. 인사(人事)가 인사로 끝나는 것이 아니라 자연의 이법으로 연결되어 개아적 깨달음은 물론이고 우주적 깨달음으로 확장한다. 화자 자신의 도이자 군왕의 도, 더 나아가 세계를 지탱하는 도로 확장한다. 〈원가〉의 군자지도는 삼라만상을 관통하며 그물망처럼 짜여 있다.

質좋은 잣이
가을에 말라 떨어지지 아니하매

①②행의 중점은 잣나무, 곧 백수이다. 백수(栢樹)는 '가을에 아니 이울어지는' 상록성으로 말미암아 성스러운 왕국이 흔들림 없는 질서와 권위를 상징하는 것이기는 하나, 이것은 제의적으로 부단히 개정, 강화되어야 하는 것[31]이다. 잣나무로서의 상록성은 영원성을 띠지만, 한 나무로서의 생명력은 시간의 흐름에 따라 소진되는 것이므로 문학적 제의가 필요하다. 효성왕이 신충을 향해 발언한 등용 약속 안에서 이미 그 문학적 제의가 펼쳐진다. 효성왕이 잣나무에 자신의

30) 김성기, 앞의 논문, 121면.
31) 황패강, 앞의 책, 418면.

약속을 이행하겠다는 주술을 건 것이다. 이로써 잣나무의 단속적인 생명력은 영원성으로 소급하고 그 나무가 서 있는 궁궐 공간은 인간과 자연이 교섭한 신성한 공간으로 변화한다.

이 노래는 순수 서정이다. 이 노래가 좋은 서정 노래가 될 수 있었던 것은 잣나무를 비롯한 자연 소재들이 시적 표현의 극대화에 적절히 기여[32]한 데서 찾을 수 있다. 인사의 현실적 문제는 자연 소재로 환치되어 그 상황을 보다 절실하게 표현한다. 서정적 정서의 노래가 아니었다면 원망의 정서로만 일관된 작품이었을 가능성이 크다. 관련 설화 자체가 원망을 주조로 하는 자료이기 때문이다. 〈원가〉에서는 서정적 소재의 배합으로 원망 자체에 중점을 두지 않고 오히려 그런 감정을 초탈한 경지의 세계를 구현한다.

> 너를 중히 여겨 가겠다 하신 것과는 달리
> 낯이 변해 버리신 겨울에여

③행의 "너를 중히 여겨 가겠다" 약속한 시간은 과거요, ④행의 "낯이 변해 버리신" 시간은 현재다. 전자는 믿음으로 충만한 궁궐 공간이요, 후자는 배신을 일깨우는 궁궐 공간이다. '너'로 지칭된 잣나무는 시간과 공간을 지탱하는 세계수적 기능[33]을 한다. 세계를 지탱하는 신목에 걸었던 신의를 저버린 셈이니 군왕은 개인뿐만 아니라 나라 전체를 향해 잘못을 행한 것이다. 언약의 파기는 변심이자 배신

---

32) 조규익, 『고전시가의 변이와 지속』, 학고방, 2006, 106면.

33) 세계수는 세계를 떠받드는 기둥이다. 하늘이 내려앉지 않게 버티고 있는 나무, 땅이 가라앉지 않게 지탱해 주고 있는 나무, 이 나무가 있었기에 하늘과 땅, 세계와 우주는 잘 짜인 조직체로서 의식된 것이다. 김열규, 『한국인의 신화-저 너머, 저 속, 저 심연으로』, 일조각, 2005(개정판), 72면.

이다. 그것을 차디찬 "겨울"로 환치하는 대목은 인사와 자연을 아우르는 삼라만상적 사유이다.

> 달이 그림자 내린 연못 갓
> 지나가는 물결에 대한 모래로다

⑤⑥행 안에는 무수한 삼라만상이 중첩해 드러난다. 달과 달그림자를 통해 실체와 허상의 순간이 드러나고, 달과 연못을 통해 천상과 지상 공간이 분할되고, 연못 중심과 자장자리의 비교로 과거와 현재의 시간이 중첩되고, 물결과 모래를 통해 동적인 시간과 정적인 시간이 대비된다. ⑤⑥행만 두고 보면 온전히 자연물을 대상으로 전개되고 있어 현실과 관련한 이야기는 함구하고 있는 듯하다. 그러나 이 모든 조건은 화자가 처한 현실적 문제점을 함의하고 또 해결점을 지향하는 제재로 작동한다.

달은 군왕의 상징이다. 못에 비친 달그림자의 심상에서 달빛이 국왕의 은총을 상징34)하는 것으로도 이해할 수 있지만, 달그림자가 왕의 허상35)이라는 측면이 타당하다. 공간적으로 연못 가장자리에 내린 것이 그림자요, 여전히 천상에 밝게 떠 있는 달이 실체이기 때문이다. 그러나 그 둘은 다르면서 같다. 거짓이면서 진실이다. 연못물에 비치기는 매한가지로 비치기 때문이다. 군왕과 등용을 약속한 군왕의 말까지 부정할 수 없는 실체이기 때문에 〈원가〉를 듣는 군왕은 반드시 그것을 사실화하여야 한다는 명제가 따른다.

연못은 화자를 둘러싼 세계이다. 달빛이든 달그림자든 달의 영향

---

34) 신재홍, 『향가의 미학』, 집문당, 2007, 256면.

35) 황패강, 앞의 책, 424면.

이 미치는 세계이다. 그 세계에서도 가장자리에 화자가 서 있다. 수직으로 내리꽂히던 달빛이 시각적으로 굴절되어야 닿는 자리이다. 혹은 달그림자마저 닿지 않는 외진 곳이다. 그 곳에서 화자는 자신이 말하고자 하는 현실, 바로 '지나가는 물결'과 '모래'에 대해 관조한다. 물결은 세력권(김성기, 119쪽)이나 조각난 왕의 허상(황패강, 424쪽), 명분(양희철, 541쪽) 등으로 해석되는데, 그 유동성으로 인한 끊임없는 움직임 때문에 세력을 잡고 있는 지배 계층으로 이해된 것이다. 그 동적인 움직임(세력) 가장자리에 모래로 상징화된 화자가 있다.

> 모습이야 바라보지만
> 세상 모든 것 여희여 버린 처지여

⑦행은 여기에서 바라다보는 거기, 궁중의 군왕 모습이며, ⑧행은 세계로 확장된 화자의 감정과 시각이다. 전자는 현실적 시선이요, 후자는 과거를 회상하는 시선이다. 군왕의 거처와 나의 처소는 현실과 과거가 혼재하는 시공간이다. 군왕의 약속과 변심을 바라본다고 한들 지금으로서는 이 노래를 전달할 수 있는 길뿐이니 다만 "세상 모든 것 여희여 버린 처지"로 달관하는 정조를 그린다. 체념이나 푸념이 아닌 나아가고 물러남에 구애받지 않는 군자의 도를 체득하고 있는 것이다.

〈원가〉는 인간과 자연, 과거와 현재, 천상과 지상, 단속성과 영원성, 중심과 가장자리, 실체와 그림자, 동과 정을 관통하는 삼라만상의 도를 편재해 놓았다. 그 속에서 화자는 물론 그와 마주한 군왕도 군자의 도를 이루고, 나아가 그들을 둘러싼 세계도 군자의 도로 돌아가는 원융한 주제의식을 구현한다.

4. 결론

이 논문은 〈원가〉가 원망의 노래라는 성격으로 규정되는 것에 대한 재고의 관점을 목적으로 한다. 기존의 논의는 '怨而作歌'라는 말에 경도되어 원망과 자탄, 체념과 회상이란 측면에 중점을 두었다. 그런데 산문 기록에 나타난 신충의 원망이 어째서 〈원가〉 안에서는 초탈한 정서로 형상화되고 있는가 하는 점에 방점을 찍어야 한다. 이는 원망의 대상인 효성왕도 알고 화자인 신충도 아는 어떤 정제된 의식이 있기에 가능하다. 바로 군자상달의 정치 철학 속에 깃든 군자지도 세계관이 그것이다.

2장에서는 〈원가〉의 창작 배경인 〈신충괘관〉조를 다섯 단락으로 나누어 진퇴의 언로 방식을 살폈다. 나아가고 물러남의 언로 방식 속에서 '개아'는 물론 세계의 상징인 '왕'까지 군자의 덕성을 갖추게 하여 이상적 질서를 꾀한 의도를 읽었다. 화자는 물론 군왕에게도 군자의 덕성을 요구하는 관점이 유교의 군자상달 의식과 맞닿아 있음을 살폈다.

신충의 현사 시절과 관료 시절을 다룬 단락(1)에서는 신충이 어떤 파당이나 득세한 인물의 도움을 받지 않고 오로지 황췌만으로 임금과 상통한 군자상달 의식을 살폈다. 퇴조 후 승려로서의 삶을 다룬 단락(2)에서는 외면상 불가로 피은한 것처럼 보이지만 여전히 조정의 군왕을 향해 언로의 길을 개방하고 있었던 신충의 의중을 살폈다. 별전하는 〈삼화상전〉의 '신충봉성사'를 다룬 단락(3)에서는 현실 세계뿐만 아니라 원귀 세계까지 바른 도리를 펼쳐야 하는 군왕의 역량과 덕성에 대해 이해하였다. 〈고승전〉의 이순을 다룬 단락(4) 역시 퇴조한 관료의 사찰 창건이란 점이 신충의 단속사 창건과 맞물리며 조정의 정치 철학에 관여하고자 하였던 신충의 언로가 드러나고 있다는 사실을 밝혔다. 마지막 찬시 단락은 단락(1)·(2)·(3)·(4)에서 추구하던 군왕을 향한 결속과, 아울러 공명에 연연하지 않고 산중으로 떠나는 초연한 군자 상을 상달하는 의식을 보았다.

3장에서는 〈원가〉가 군자상달 의식이 빚어낸 군자지도 세계관의 정수가 담긴 노래라는 것을 살폈다. 신의를 바탕으로 한 군자지도는 〈원가〉 안에서 유가적 시학(詩學)을 기반으로 한 초자아적 도, 삼라만상을 관통하는 도로 형상화, 전개되었다. 시학을 기반으로 개아적인 문제부터 국사까지 두루 관철하는 초자아적 도를 구가하였다. 전자는 초자아적 경지에서 구현된 수승한 도를 군왕도 이해함으로써 군자의 반열에 함께 오르는 것을 보여 준다. 후자는 자연과 인사의 대비, 조화를 통해 군자지도를 형상화했다. 인사를 자연의 이법으로 연결해 개아적 깨달음은 물론 세계를 지탱하는 우주적 도로써 확장하는 군자지도의 세계관 속에서, 인간과 자연, 과거와 현재, 천상과 지상, 단속성과 영원성, 중심과 가장자리, 실체와 그림자, 동과 정 등 삼라만상의 도를 편재해 두었다.

〈원가〉의 매력은 화자와 군왕이 밀고 당기며 빚어내는 이상적 정치 철학과 우주적 자아의 실현에 있다. 원망이라는 개아적 감정에서 초탈해 유가의 군자지도 세계관으로 접근한 본 논의가 〈원가〉의 새로운 문학적 가치에 깊이를 더할 수 있기를 기대한다.

〈맹강녀(孟姜女)〉 설화의 서사문학적 가치 재구

1. 서론

설화는 인간의 생로병사와 우주 자연의 섭리, 개아와 세계의 갈등과 희원을 담아내며 그 문학적 존재성을 입증해 왔다. 이른바 인간이 추구하는 가치 있는 삶의 척도를 제시하며 문학의 한 영역을 지탱해 온 것이다. 비극적이기도 하고 숭고하기도 하고, 때로 어수룩하고 희화적이기까지 한 설화 속 군상을 통해 인간은 보다 가치 있는 삶에 다가서고자 하였다. 그만큼 설화가 삶의 다원성을 다루며 유희적 기능뿐만 아니라 교시적 기능까지도 구현한 문학물이기 때문이다.

맹강녀 설화는 그러한 바탕 위에서 2000여 년에 걸쳐 세인들의 이목을 집중시켰던 작품이다. 〈맹강녀〉 설화는 〈우렁 각시〉와 〈양산백과 축영대〉, 〈백사전〉과 아울러 중국 4대 전설 가운데 하나이다. 민(民)의 문학 속에서는 통속적이고 유희적인 속성으로, 관(官)의 문학 속에서는 이념적이고 교시적 속성으로 넘나들며 유전하였다. 〈맹강녀〉 설화는 위정자들의 정치 이념을 강화하기 위한 방편으로 거듭 재구성되기도 하였고, 그 비극적이고도 숭고한, 게다가 낭만적이기까지 한 서사와 캐릭터의 영향으로 연희, 창사 등 민중이 애호하는 속문화로서도 거듭 재구성되었다. 이것이 맹강녀 설화가 시대와 지역에 따라 그 서사적 변이와 교섭을 자연스럽게 호환하며 오랜 세월 유전할 수 있었던 이유였다.

국내 〈맹강녀〉 설화 연구에 있어 거개의 논자들은 이에 대한 포괄적인 논의를 시도한 고힐강(顧頡剛)[1]의 연구를 선편으로 삼았다. 역사적 인물인 기량(杞梁) 처와 전설적 인물인 맹강녀의 상호 대비를 통해 설화의 발전 단계에서 보이는 소재의 증감과 내용의 변천을 살핀 논의[2]는 설화 향유층의 세계관과 민간 문학의 위치를 중점적으로 밝혔다는 데 의의가 있다. 〈맹강녀〉 설화를 강창문학의 한 양식인 보권(寶卷)의 속성과 연결한 논의는 충효와 정절을 중시하던 봉건주의 분위기를 중점적으로 다루었고,[3] 기량 처의 미화된 죽음을 통해 고대 중국 여인의 열녀상을 정립함으로써 열녀라는 미명 하에 순절해야만 했던 왜곡된 시대상을 살핀 논의는[4] 당대의 여성상을 남성적 이데올로기 안에서 고심해 보았다는 데 의미 있다.

〈맹강녀〉 설화와 국내 작품 간 비교 연구는 그 원형을 소급시켜 이루어졌다.[5] 〈맹강녀〉 설화의 원형인 기량 처 이야기와 후대 작품과

---

1) 고힐강, 「맹강녀 이야기의 변천(孟姜女故事的轉變)」, 『맹강녀고사연구집(孟姜女故事硏究集)』, 上海:上海古籍出版社, 1984.

2) 양윤정, 「맹강녀설화 연구」, 숙명여대 중어중문과, 석사학위논문, 1989.

3) 김우석, 「보권에 대한 연구: 소극적 대안으로서의 이단과 미신, 도피적 위안과 마취적 오락의 문학」, 『중국문학』32, 한국중국어문학회, 1999.
허윤정, 「맹강녀보권연구(孟姜女寶卷硏究)」, 서울대 중어중문학과, 석사논문, 2001.(허윤정은, 현재 맹강녀 설화는 티벳과 대만을 제외하고 약 1500여 종의 관련 텍스트가 수집되었는데, 그 가운데 이야기가 800종이고, 민간 가요와 창사가 약 700여 종이라고 했다. 나아가 맹강녀 설화가 공연 지향형의 강창문학을 만나 민간으로 보다 활발하게 전파된 측면을 부각했다.)

4) 조숙자, 「고대 여인의 죽음과 그 그림자-기량의 아내 이야기를 중심으로」, 『중국어문학지』9, 중국어문학회, 2002.

의 비교 연구를 진행한 논의였다. 기량 처 이야기는 일찍이 《좌전》과 《예기》에서부터 시작되는데, 이것이 전한 말기의 대학자였던 유향의 《열녀전》 〈정순전〉에 '제기량처(齊杞梁妻)'로 입전되면서 정절과 순절을 상징하는 인물로 정형화되었다. 이 책은 한대 이후부터 청말에 이르는 장구한 유교적 여성관의 연원이 되어 한국과 일본 등지에서의 여성 교육에도 다대한 영향을 미친 바,[6] 우리 서사문학과의 긴밀한 관계를 유추해 볼 수 있다.

한국의 열부에 관한 최초 기록으로, 《삼국사기》 〈열전〉에 수록된 〈도미전(都彌傳)〉이 중요하게 거론된다. 도미 처에 관한 열녀 전승적 성격 때문이다. 도미 처의 열행에 중점을 둔 논의는 고전 서사물에 등장하는 여성 인물의 규범적 성격을 창조하는 데 집중했다.[7] 그래서 도미 처 이야기는 자주 기량 처 이야기와 비견되어 언급되었지만 이후 상세한 연구 상황은 미흡한 실정이다. 이런 가운데 〈공무도하가〉의 배경 설화를, 기량 처의 배경 설화와 대비, 그 등장인물 간의 특질을 살핀 논의는[8] 이 설화의 변이와 교섭 양상을 살피는 단서를

5) 맹강녀 설화와 중국 고전 서사물과의 비교 연구는 양윤정의 논문에서 심도 있게 논의되었다. 주나라 『좌전』 기록에서 시작된 기량 처 이야기가 맹강녀 설화로 변천한 뒤 청나라 말기까지 전기·변문·희곡 등의 번성에 활력을 주었음을 파악하였다.

6) 정재서, 『동아시아 여성의 기원-《열녀전》에 대한 여성학적 탐구』, 이화여자대학교 출판부, 2009.

7) 장덕순, 「도미설화와 아랑의 정조」, 『한국설화문학연구』, 서울대 출판부, 1970.
최래옥, 「관탈민녀형 설화의 연구」, 『한국고전산문연구』(장덕순선생회갑기념논문집), 동화문화사, 1981.
정상박, 「도미부부 설화 전승고」, 『어국문학』8, 동아대학교 국어국문학과, 1988.
강진옥, 「삼국 열녀전승의 성격과 그 서사문학적 의의」, 『한국서사문학사의 연구II』, 중앙문화사, 1995.
최운식, 「도미설화의 전승 양상」, 『고문화』49, 한국대학박물관협회, 1992, 151-170면.
손정인, 「도미전의 인물형상과 서술방법」, 『어문학』80호, 한국어문학회, 2003, 353-380면.

제공해 준다.

지금까지 살펴 본 논의는 기량 처 이야기에서 맹강녀 이야기로 발전하는 과정에 일어난 소재나 내용의 변천에 관한 연구였거나, 혹은 기량 처 이야기만을 가지고 타 작품과 연결지어 언급한 연구였다. 그런데 〈맹강녀〉 설화의 전통적 속성, 곧 구비 전승을 통한 서사의 변이와 개작, 그를 통한 여타의 문학 작품 간의 교섭 양상은 살피지 못한 듯하다. 〈맹강녀〉 설화는 2000여 년 동안 각 지역별로 유전하며 독특한 관점으로 구비 전승되었다. 문헌 기록에서는 보이지 않는 다양한 허구적 사건의 개입은 물론, 한층 유기적으로 짜인 서사 구조가 나타난 것이다. 〈맹강녀〉 설화는 이러한 변이 속에서 후대 문학 작품과 상통하는 서사문학적 위치를 획득한다. 여기서 한 걸음 나아가 조선조 연행록 안에 실린 맹강녀 설화 기록 양상을 살핀 논의[9]는 논자의 이해처럼 동아시아문화의 상호 교류와 이해, 전파와 수용, 새로운 가치의 생성이라는 측면에서 주목할 만한 연구이다.

이 논문은 위에서 살핀 선행 연구를 기반으로 〈맹강녀〉 설화의 서사문학적 가치에 대해 재구성해 보고자 한다. 우선 2장에서는 〈맹강

---

8) 이영태, 「공무도하가의 배경설화에 나타난 광부 처의 행동」, 『민족문학사연구』33, 민족문학사학회 민족문학사연구소, 2007, 110-128면.

9) 김철, 「'연행록' 중의 맹강녀 전설 기록 양상 소고」, 『민족문화연구』63, 고려대학교 민족문화연구원, 2014, 159-161면 참조.(논자는 700년에 달하는 한중 교류사를 필기체로 담아 놓은 연행록 속에 나타난 맹강녀 전설 관련 이야기를 거론하며, 19세기 말까지 수많은 조선조 문인들이 이 전설과 관련한 기록을 남겼다고 밝혔다. 조선조 연행 기록 가운데 가장 이르게 맹강녀를 소개한 인물로 <표해기행록>을 쓴 최부를 거론하며, "세상에 전하기를 망부대(望夫臺)는 곧 진나라가 장성을 쌓을 적에 맹강녀가 남편을 찾았던 곳이라고 한다(出自關東城門, 門之上建東關樓, 門外有東關橋, 誇海子關外有望鄕臺, 望夫臺, 該傳望夫臺, 卽秦築城時, 孟姜女尋夫之處)"라는 부분을 인용했다. 아울러 연행록 안에 수용된 맹강녀 설화는 일기, 시, 잡록 등 총 250여 건이며, 그 중에 일기와 잡록이 166여 건, 시가 84수라고 부연했다.)

녀〉 설화의 전승 양상이 구비물과 문헌물에 따라 그 성격이 달리 나타난다는 점에 주목했다. 중국 내 여덟 지역의 구비 전승 자료에서 드러나는 비장미와, 기량 처 이야기가 맹강녀 설화로 전승되며 드러나는 문헌 전승의 절제미를 비교해 봄으로써 그 전승 양상의 성격을 살필 것이다. 3장에서는 〈맹강녀〉 설화가 관(官)과 민(民), 두 층위를 두루 포섭하며 유전해 올 수 있었던 서사문학적 특질을 살펴봄으로써 그 가치 탐색에 주력할 것이다. 인물의 형상화와 곡(哭)의 연대, 연희적 서사 공간의 확대, 그리고 낭만적 세계관의 해원 의식 등으로 나누어 그 특질을 재구성해 보기로 한다. 이러한 특질이 한국 서사문학과 교섭하며 나타난 양상에도 주목하기로 한다. 그런 가운데 고금에 이르도록 진정성을 갖는 한 편의 서사문학으로 자리하게 된 〈맹강녀〉 설화의 가치를 재발견하고자 한다.[10]

2. 전승 양상의 성격

1) 구비 전승의 비장미

당대(唐代) 이후 맹강녀[11] 이야기는 장성 축조와는 거리가 먼 강남 지역까지 전파되는데, 이때부터 이야기는 더욱 다채로운 면모를 띤다. 새로운 인물의 성격과 새로운 사건의 발생, 또한 그로부터 야기

---

10) 이 논문의 텍스트는 중국민간문학집성전국편집위원회에서 발간한 《중국민간고사집성》을 대상으로 한다. 8편의 자료에 대한 자세한 발행 사항은 본문 각주로 대신하기로 한다.

11) 기량의 처가 후대 맹강녀라는 이름으로 고정되는 것과 달리, 여덟 편의 구비 자료에서 보듯 그 남편의 이름은 만기량, 만희량, 범희랑 등 다양하게 구전된다. 구비 자료에 따라 이 이름들을 그대로 혼용해 쓰기로 한다.

되는 비장미 넘치는 결말이 부가되어 민초들의 현실을 긴장감 있게 반영한다. 구비 전승 자료로 여덟 지역의 맹강녀 설화를 채택하였다. 각 지역 별 〈맹강녀〉 설화의 지속과 변천을 보고 구비 전승 자료의 특색인 비장미를 살피기로 한다. 우선 8편의 〈맹강녀〉 설화를 자료별로 단락 지어 보면 다음과 같다.

자료[1]

(1) 하늘의 선녀였던 맹강녀는 인간세계를 훔쳐본 죄로 땅으로 쫓겨나다.

(2) 맹강녀는 맹 씨와 강 씨 집 울타리 박 속에 숨어 있다가 나중에 박을 타자 어린 여자아이 모습으로 튀어나오다. 자식이 없던 맹 씨가 맹강녀를 거두다.

(3) 처녀가 된 맹강녀는 '온 몸이 하얀 사람이 자신의 배필'이라고 부모에게 말하다.

(4) 당시 진시황은 부왕의 108 후궁 중 가장 어린 '애비'를 자신의 비로 들이고자, 옥황상제를 윽박질러 서쪽에서 해가 뜨게 하고, 다시 그 해를 가릴 장성을 쌓기 위해 11002명의 젊은 남자를 성벽 아래다 생매장하려고 하다.

(5) 옥황상제가 진시황의 꿈에 나타나 범家의 희량이란 자를 잡아 만천량(万千良)[12]을 대신하라고 이르다.

(6) 범희량이 도주하다 맹강녀의 집 후원 연못에 빠지는데, 맹강녀가 그의 흰 몸을 보고 자신의 배필임을 알다.

(7) 두 사람이 혼인하는 날 '주갈'이란 자의 밀고로 범희량은 장성으로 끌려가다.

(8) 맹강녀가 장성으로 찾아가 곡을 하자 성벽이 10리 씩 무너지다.

(9) 진시황이 맹강녀의 미색에 빠져 후궁으로 삼고자 하니 그녀는 세

12) 방언으로 범희량과 발음이 같은 데서 비롯된 것 같다. 일만일천의 사람을 대신한다는 의미.

가지 조건을 요구하다. 첫째, 진시황이 용포 대신 흰 상복을 입고 조문하러 와서 세 번 '아버지'라고 부를 것. 둘째, 범희량의 관을 이고 산으로 가서 장례를 치러 줄 것. 셋째, 맹강녀 자신도 상복을 입고 바닷가로 가 세 번 울게 해 줄 것.

(10) 진시황이 세 가지 조건을 들어주자, 맹강녀는 범희량을 세 번 부르며 바다로 뛰어들다.[13)]

자료[2]

(1) 범희량은 맹강녀와 결혼하자마자 장성을 축조하러 와 죽다.

(2) 맹강녀가 찾아와 곡을 하자 장성 800리가 무너져 내리며 범희량의 시신이 나오다.

(3) 진시황이 맹강녀를 후궁으로 삼고자 하니, 그녀는 진시황이 상복을 입고 남편의 장례를 치러 줄 것을 요구하다.

(4) 진시황이 그 요구를 들어주자 맹강녀는 바다로 몸을 던지다.

(5) 이에 진시황이 산편(山鞭)으로 바다를 후려쳐 용궁을 위태롭게 하다. 이에 용왕의 아홉 째 딸이 맹강녀로 변신해 나타나 진시황의 후궁이 되다.

(6) 진시황이 유력(出遊)을 나간 사이 용녀는 산편을 훔쳐 바다로 달아났는데, 용녀가 산편을 내리칠 때마다 장성이 바다 쪽으로 따라 달리다. 용녀는 바닷가에서 아이를 해산하고 용궁으로 돌아가다.

(7) 바닷가에 버려진 아이에게 범이 와서 젖을 물리고 독수리가 와서 날개로 해를 가려주다. 항 씨 성을 가진 노인이 아이를 거두고 항우라는 이름을 지어 주다. 그는 후에 서초의 패왕이 되다.[14)]

---

13) <맹강녀>, 《중국민간고사집성》(절강권 주산시 정해구), 중국민간고사집성전국편집위원회, 중국 ISBN 중심 출판, 1993, 291-294면.

14) <맹강녀>, 《중국민간고사집성》(요녕권 수중현), 중국민간문학집성전국편집위원회, 중국 ISBN 중심 출판, 1999, 133-137면.

자료[3]

(1) 범희량이 장성 축조에 끌려와 죽다.

(2) 맹강녀가 곡을 하며 적혈로 남편의 뼈를 찾다.

(3) 진시황이 맹강녀를 후궁으로 취하려고 하자, 그녀는 세 가지 조건을 요구하다. 첫째, 단향목 관에 남편의 뼈를 거둘 것. 둘째, 문무백관들이 남편의 장례에 참석할 것. 셋째, 맹강녀가 상복을 입고 강가에서 남편의 제사를 지내게 해 줄 것.

(4) 진시황이 이를 들어주자 맹강녀는 물 속으로 뛰어들다.

(5) 맹강녀를 잃고 상사병에 빠진 진시황에게 절름발이가 찾아와 두 송이 꽃[15]을 바치다.

(6) 황후와 태후가 꽃을 머리에 꽂으니 맹강녀처럼 미색의 용모로 변하다. 진시황이 이성을 잃고 젊어진 모후를 귀빈으로 취하고자 하니, 황궁 성벽이 태양을 가리지 않고서는 아들이 어미를 아내로 맞을 수 없다고 모후가 격노하다.

(7) 이에 진시황은 아랑곳하지 않고 산편으로 하늘을 덮는 거대한 성을 쌓다.

(8) 해가 반으로 가려지는 것을 보고 모후가 곡을 하자 성이 무너지다.

(9) 진시황은 만조백관을 볼 낯이 없어 천하를 둘러본다는 명목으로 길을 나섰다 객사하다.

(10) 꽃 두 송이는 바로 맹강녀가 변한 것으로, 남편의 복수를 위해 찾아온 것이라고 전하다.[16]

자료[4]

(1) 맹 씨·강 씨 노파의 집 울타리 박 속에서 어린 여자아이가 튀어나오다. 두 노인은 아이를 키워 줄 허 씨 성을 가진 새어머니를 들이고,

---

15) 꽃망울이 부푼 꽃과 만개한 꽃.

16) <맹강녀가 꽃으로 변해 남편의 복수를 갚은 이야기>, 《중국민간고사집성》(복건권 복정현), 중국민간문학집성전국편집위원회, 중국 ISBN 중심 출판, 1998, 205-206면.

허맹강이라 이름을 짓다.

(2) 혼담이 오고가자, 맹강녀는 박 속에서부터 차고 나온 팔찌를 처음 보는 사람과 결혼하겠다고 하다.

(3) 범희량이 장성 축조 부역을 피해 도주하다 맹강녀의 집 후원으로 숨어들다. 마침 연못물에 손을 씻는 맹강녀의 팔찌를 보다.

(4) 맹강녀와 혼인한 지 사흘 만에 범희량은 장성으로 끌려가다.

(5) 맹강녀가 장성으로 찾아가 곡을 하자 성이 무너지며 백골이 나오다.

(6) 맹강녀는 적혈로 남편의 뼈를 찾다.

(7) 진시황이 맹강녀를 후궁으로 취하려고 하자, 세 가지 조건을 요구하다. 첫째, 금·은으로 된 덮개를 씌운 관을 마련해 줄 것. 둘째, 문무백관은 물론이요 진시황까지 장례 행렬에 참여해 줄 것. 셋째, 강변으로 가서 남편의 시신을 배장해 줄 것.

(8) 진시황이 이를 들어주자 맹강녀는 강으로 뛰어들다.[17]

자료[5]

(1) 맹장군과 맹강녀는 복중 애기혼사로 맺어져 15년 뒤 혼인을 하다.

(2) 맹장군이 만리장성 축조 현장으로 끌려가다.

(3) 맹강녀는 후원 연못에서 음산한 날씨 속에 맹장군이 홀연 나타났다 사라지는 것을 보고 남편이 이미 死者가 되었음을 직감하다.

(4) 맹강녀는 진시황에게 바칠 황룡포와 자신을 위해 준비한 검은 옷을 들고 황궁으로 떠나다.

(5) 진시황이 맹강녀를 후궁으로 취하려고 하자, 그녀는 장성 아래 묻힌 남편의 주검을 찾아 북과 노래로 장례지내 주길 요구하다.

(6) 맹강녀가 장성 아래 앉아 곡을 하니 성벽이 무너지며 백골이 나타나다.

---

17) <맹강녀>, 《중국민간고사집성》(하남권 동백현), 중국민간문학집성전국편집위원회, 중국 ISBN 중심 출판, 2002, 261-263면.

(7) 맹강녀가 적혈로 남편의 유골임을 확인하다.
(8) 제사가 진행되는 중에 맹강녀는 남편의 유골을 끌어안고 바다로 뛰어들다.[18)]

자료[6]
(1) 효부인 란향녀는 시어머니가 중병에 걸리자 북방지역으로 신선 약을 구하러 떠나다.
(2) 절벽 위에서 요귀를 만나 생사의 기로에 선 란향녀는 신선 약을 구하러 갈 수 없음을 한탄하다.
(3) 발아래 있던 흰 바위가 말로 변해 란향녀를 태우고 일어나다. 란향녀가 나무막대기로 땅에 붙은 말 꼬리를 치자 백마는 하늘로 날아올랐고, 그 꼬리는 산 정상으로 떨어져 만리장성 최초의 한 단이 되다.
(4) 백마는 란향녀의 시어머니가 이미 완쾌되었음을 알리고 땅으로 떨어지다. 란향녀도 미련 없이 백마와 함께 땅으로 떨어지다. 백마는 바위가 되고, 란향녀는 박씨가 되어 그 위로 떨어지다. 백마 꼬리에서 떨어진 피가 장성이 되었는데, 란향녀를 태우고 날아간 거리가 곧 장성의 길이가 되다.
(5) 백 년 뒤 까치가 박씨를 물어 맹 씨와 강 씨 집 울타리 아래 떨어트렸는데, 박이 열리고 그 속에서 어린 여자아이가 나오다. 맹강녀라고 이름 짓다.
(6) 후에 맹강녀가 남편을 찾아 장성 아래서 울자 성벽 800리가 무너졌는데, 이는 장성이 란향녀를 기억하기 때문이라고 전하다. 장성은 곧 란향녀를 태우고 날아가던 백마의 피가 떨어져 변한 것이기 때문이다.[19)]

---

18) <맹강녀 전설>, 《중국민간고사집성》(산서권 양천시), 중국민간문학집성전국편집위원회, 중국 ISBN 중심 출판, 1998, 188-189면.
19) <맹강녀와 만리장성의 최초 한 단>, 《중국민간고사집성》(북경권 연경현), 중국민간문학집성전국편집위원회, 중국 ISBN 중심 출판, 1995, 140-141면.

자료[7]

(1) 진시황은 만리장성이 거듭 무너지자 산 사람을 묻고 제사 지내기로 하다.

(2) 일만 명을 대신하는 万 씨 성을 가진 만기량이 조정으로 잡혀오다.

(3) 만기량의 아내 맹강녀가 황궁 앞에서 남편을 찾으며 곡하다

(4) 진시황이 맹강녀를 후궁으로 삼고자 하니 세 가지 조건을 요구하다. 첫째, 강변에 제단을 세우고 남편의 장례를 치러 줄 것. 둘째, 스님 72명을 모셔 시주하게 해 줄 것. 셋째, 진시황이 직접 제사를 지내 줄 것.

(5) 진시황이 이를 들어주자 맹강녀는 물 속으로 뛰어들다.

(6) 화가 난 진시황이 맹강녀의 시신을 찾아 갈기갈기 찢어 물고기 밥으로 던지다. 토막 난 시체가 병어로 변했는데, 상복 때문에 흰색의 물고기가 되었고 잘게 찢긴 살이 꼭 국수 같아서 면어(面條)라고도 불리게 되다.[20]

자료[8]

(1) 범희량이 장성 부역장에서 일하다 도주하던 중 맹강녀의 집 후원으로 숨어들다.

(2) 범희량은 계수나무 속에서 때마침 시녀들과 연못에서 목욕을 하던 맹강녀를 훔쳐보다.

(3) 눈치 빠른 시녀들이 죽대로 계수나무를 찔러 범희량을 땅으로 끌어내리다.

(4) 범희량은 장성 부역을 피해 도주한 사실을 밝히며 일부러 엿볼 의도가 없었음을 밝히다.

(5) 맹강녀는 범희량의 인물됨을 알아보고 부모에게 간청해 혼인하다.

(6) 후에 맹강녀는 범희량을 찾아 천리 길을 걸어가 곡을 했는데, 장성

20) <맹강녀와 병어>, 《중국민간고사집성》(강소권 남통시), 중국민간문학집성전국편집위원회, 중국 ISBN 중심 출판, 1998, 174-176면.

이 무너지고 범희량의 시신을 찾았다고 전하다.[21)]

민(民)의 구비 전승에서 교훈적 효용성과 아울러 재미와 감동이 배가된 서사로 발전한 것은 설화 전승 집단의 기대치에 부응한 결과이다. 민(民)의 기대치는 재미와 흥미에만 머물지 않고 맹강녀를 통해 현실에 포진한 부조리한 문제의 징계로 나아간다. 진시황과 장성 축조를 당대의 삶과 연결함으로써 민(民)의 고통을 드러낸 것이 그 한 예이다. '장성 축조 → 기량의 도주 → 기량과 맹중자의 연못 상봉 → 기량의 죽음 → 맹중자의 곡(哭) → 그로 인한 붕장성(崩長成) → 적혈' 등의 화소로 이루어진 것이 주요 내용이다. 이로부터 확대 발전한 화소들을 보면 적강(신이한 탄생 포함), 인신공희,[22)] 관탈민녀,[23)] 세 가지 조건, 지명 전설, 인물 전설, 이계, 밀고자, 변신담, 등이 새롭게 추가된다.

우선 두드러진 화소는 '적강 화소'이다. 적강 화소는 인간세계에서 벌어질 맹강녀의 삶이 순탄치 않음을 예고한다. 적강녀마저 어쩌지 못하는 생이별이 존재하는 곳이 바로 현실세계이다. 그러니 범부의

---

21) <맹강녀와 범희량>, 《중국민간고사집성》(호남권 례현), 중국민간문학집성전국편집위원회, 중국 ISBN 중심 출판, 2002, 260-262면.

22) 인신공희 사례를 살필 수 있는 연구는 다음과 같다.
유우선, 「심청전의 근원설화와 배경사상」, 『용봉논총: 인문과학연구』11, 전남대 인문과학연구소, 1981.
최운식, 「인신공희설화 연구」, 『한국민속학보』10, 한국민속학회, 1999.
황인덕, 「에밀레종 전설의 근원과 전래」, 『어문연구』56, 어문연구학회, 2008.

23) 최래옥은, 앞의 논문에서 官吏가 평민의 여자를 빼앗으려는 사건을 담은 설화를 '관탈민녀형설화'라고 명명하였다. 이때 남자의 신분은 가장 높은 왕, 다음은 그 고을의 長인 원님으로 등장하는 경우가 대부분이며, 여자는 미천한 백성으로 반드시 미색을 갖춘 조건으로 등장한다고 하였다. 이를 근거로 관탈민녀형 고전 서사물을 비교 연구하였다.

삶 속에 든 생이별이야 오죽하겠는가 하는 비애가 표출된다. 적강은 아니지만 맹강녀가 박씨 속에서 태어나는 자료 〔4〕와 〔6〕 역시 이와 같은 의미에서 장치된 듯하다. 자료 〔5〕에서 맹강녀와 기량은 복중혼사로 이미 태어나기 전부터 배필로 맺어지지만 관(官)의 부당한 개입으로 생이별을 겪는다. 이처럼 신이한 출생은 생이별을 강조하는 역할을 한다.

'인신공희 화소'는 자료 〔1〕과 〔7〕에서 볼 수 있다. 범희량은 장성축조의 인신공희 대상으로 잡혀 오는데, 11002명 혹은 10000명을 대신할 목숨이기 때문이다. 이는 《좌전》이나 《열녀전》의 기량이 충(忠)을 위해 목숨을 바치는 것과 사뭇 다른 점이다. 구비 전승 자료 속의 기량은 오히려 관(官)의 부당한 압력에 어쩔 수 없이 인신공희 제물이 되기 때문이다. 게다가 기량은 자신이 인신공희로 바쳐질 것이라는 사실을 알자 왕의 명을 거스르고 도주까지 한다. 비록 자신의 죽음으로 만 명의 목숨을 구할 수 있다는 사실을 알고 있었으나 인간적인 두려움은 뿌리치지 못한 모습이다. 인신공희 화소는 관의 폭정 앞에 희생되었던 당대 민(民)의 고통을 드러낸 것이다.

'관탈민녀 화소'와 '세 가지 조건 화소'는 자료 〔1〕과 〔2〕, 〔3〕과 〔4〕, 그리고 〔7〕에서 동일하게 볼 수 있다. 맹강녀를 후궁으로 들이려고 하는 진시황에게 맹강녀는 세 가지 조건을 요구하는데, 예외적으로 자료 〔2〕에서만큼은 한 가지 조건만 요구한다. 그 요구 조건은 일관되게 남편의 장례를 엄숙한 예법으로 치러 달라는 것이다. 이는 《좌전》의 기량 처가 조문을 교외에서 받지 않고 예법을 지켜 자신의 집에서 받는 내용과 상통한다. 전사자인 남편의 죽음을 흉사가 아닌 열사(烈士)의 위치로 상승시키는 효과로 이해할 수 있다. 그녀는, 진시황과 만조백관이 장례 행렬을 따르는 것은 물론 운구까지 요구한다.

더군다나 자료 〔1〕에서는 진시황이 조문 와서 '아버지'라고 세 번 부를 것까지 요구하고 있다. 이처럼 대범한 요구는 문헌 전승에서는 볼 수 없는 것이다.

구비 설화는 증거물이 있는 경우 강한 전승력을 획득하고 전승 집단이 이 증거물에 대한 외경심이 강하면 강할수록 전승력이 강화된다.[24] 이러한 구비 설화의 특성을 자료 〔6〕에서 읽을 수 있다. 맹강녀의 전생인 란향녀 이야기를 통해 만리장성이 생긴 '지명전설'을 만들어 냈다. 만리장성이 위치한 북경 지역의 특수성에서 기인한 지명전설이라고 할 수 있다. 이때의 만리장성은 열부가 아닌 효부의 효행으로 서사가 변형됐다는 데 그 특징이 있다. 효부로서의 맹강녀를 그린 자료는 이 한 편에 그친다.[25] 자료 〔2〕를 보면 맹강녀로 변신한 용녀가 진시황의 후궁으로 들어가 항우를 낳는다. 맹강녀 설화의 서사적 포용성은 역사적 인물의 출생담을 담은 '인물전설'의 바탕이 되기도 하였다.

기량 처 이야기에서 시작해 맹중자 이야기로 전승된 문헌 기록에서는 '이계'의 개입이 드러나지 않는다. 구비 전승 자료 〔1〕과 〔2〕, 그리고 〔3〕에서는 옥황상제와 용왕, 그리고 용궁 같은 이계와 그 세계의 인물이 등장한다. 또한 진시황이 성을 쌓거나 용궁을 위협하는 데 쓴 이계의 물건인 산편도 등장한다. 반면에 비록 한 편에 그친 화소이지만 이계와는 반대로 가장 현실적인 인물이 자료 〔1〕에 등장하는

24) 정상박, 앞의 논문, 30면.

25) 그러나 명청대를 지나며 나타난, 『소석맹강녀충렬정절현량보권(銷釋孟姜女忠烈貞節賢良寶卷)』 같은 맹강녀보권 작품에는 충효, 정절, 현량이 세 가지 덕목이 맹강녀에게 부과되었음을 알 수 있다. 역시 유가 중심의 봉건주의 예법을 강요하던 당시의 사회적인 분위기에서 우선적으로 그 원인을 찾을 수 있다.(김우석, 앞의 논문 참조)

데 바로 밀고자로 등장한 '주갈'이란 자이다. 장성에서 도주해 온 기량이 맹강녀와 결혼하는 날 '주갈'이란 자가 관에 밀고해 기량이 장성으로 끌려가는 비극을 맞이한다. 당대의 다양한 인간 군상에도 관심을 가졌던 민(民)의 의식이 반영된 화소이다.

다음으로 '변신담 화소'를 자료 〔2〕와 〔3〕에서 확인할 수 있다. 자료 〔2〕에서는 용녀가 맹강녀로 변신하는데, 그 목적은 용궁을 위협하는 진시황의 산편을 훔쳐 돌아오기 위해서이다. 반면에 자료 〔3〕의 변신담은 맹강녀가 꽃으로 변해 남편을 죽인 진시황에게 찾아오는 이야기이다. 그래서 진시황을 패륜으로 이끌어 마침내 황실의 문을 닫게 하고 객사하게 하는 복수담을 그린다. 변신 복수담은 비록 현실적인 화소는 아니지만 맹강녀의 복수가 성사되었다는 점에서 민(民)의 분노를 상징하는 의미로 다가온다.

자료 〔8〕을 보면 나머지 자료들과 다른 구조가 눈에 띈다. 장성 축조 공사장에서 도주한 기량은 맹강녀의 집 후원 연못에서 목욕을 하고 있던 맹강녀를 엿본다. 하녀들에게 발각되어 곤욕을 치르는 이야기로 진행되는데, 이때 맹강녀는 기량의 인물 됨됨이를 알아보고 부모에게 간청해 혼인을 맺는다. 그런 뒤 맹강녀가 장성에서 곡을 하고 성벽을 무너트려 기량의 시신을 찾는다는 짤막한 이야기를 전승담처럼 부연하고 있다. 중요한 뒷부분을 이처럼 축약하고 맹강녀와 범희량의 혼사담이 강조된 점이 특이하다. 장성 축조, 도주, 규시(몰래 엿보기), 발각, 해명, 혼사 등 다른 자료에서 볼 수 없는 현실적이고도 극적인 요소들이 넘친다. 곧 맹강녀 설화는 사실적이고도 현실적인 서사 전개가 가능할 정도의 서사문학적 역량을 갖추고 있었다.

'투신'은 새로운 화소가 아니지만 이야기의 주제와 관련된 중요한 부분이므로 간과할 수 없다. 자료 여덟 편 중 일곱 편에서 맹강녀의 투신이 일어난다. 그런데 이때의 투신은 전대(前代) 문헌 전승 속의 투신과는 그 양상이 다르다. 전대의 투신은 올곧이 남편의 죽음에 동조한 죽음이었다. 커다란 동요도 복수도 계획도 없이 그저 순리처럼 따르는 순절이었다. 이때의 투신은 비장한 계획 뒤의 죽음이라는 데 그 의미가 깊다. 맹강녀는 강물이나 바다에 투신하기 전 반드시 진시황에게 세 가지 조건을 요구하는데, 복수의 의미를 담고 있는 조건이었다. 진시황은 맹강녀가 투신하고 나자 그 분함을 이기지 못해 자료 〔7〕에서처럼 맹강녀의 시신을 훼손하기도 한다. 그렇게 잘게 찢긴 살점이 병어라는 물고기가 되었다는 후일담까지 낳는다. 자료 〔2〕에서는 그녀가 빠져 죽은 바다를 진시황이 산편으로 후려쳐 용궁을 위험에 빠트릴 만큼 분노한다. 혹은 자료 〔3〕에서처럼 자신의 추한 행적을 뒤로 하고 황궁을 나섰다가 객사하기도 한다. 부당한 관(官)을 징계한 맹강녀의 죽음, 범부의 장례 행렬에 왕과 만조백관을 행차시키고, 관을 지게 하는 행위를 마친 뒤의 죽음은 여느 영웅 못지않은 비장함을 준다.

〈맹강녀〉 설화는 다양한 화소의 변이와 등장으로 한층 생동하는 서사적 성격을 갖추었다. 그 주제는 열부의 비장한 죽음에 맞추어져 전승되었다. 비장함은 민(民)의 속내를 대변하기에 더없이 적절한 감정의 분출구였다. 역사 이래 민(民)의 말하고자 하는 욕구는 다양한 구비 전승물로 이입되어 당대의 현실을 담아냈다. 〈맹강녀〉 설화 역시 그러한 민중의 희원을 담아 끊임없이 구비 전승되었다고 할 것이다. 그 중심의 미학적 근간은 비장미에 있다는 사실을 확인할 수 있다. 지금까지 살펴 본 화소들을 도표로 정리해 보면 다음과 같다.

자료 / 화소	《조옥집》 맹중자 전설	중국민간 고사집성 절강권자료1	요녕권 자료 2	복건권 자료 3	하남권 자료 4	산서권 자료 5	북경권 자료 6	강소권 자료 7	호남권 자료 8
장성축조	○	○	○	○	○	○		○	○
도주	○	○			○				○
연못상봉	○	○			○	○			○
곡	○	○	○	○	○	○	○	○	
붕장성	○	○	○		○	○	○		
적혈	○			○	○	○			
적강		○			○		○		
인신공희		○						○	
관탈민녀		○	○	○	○			○	
세가지 조건		○	◐	○	○			○	
지명전설							○		
인물전설			○						
이계		○	○	○					
밀고자		○							
변신담			○	○					
투신		○	○	○	○	○		○	
기타			한가지 조건	변신 복수담	신이 탄생	복중 혼사	효부 맹강녀	병어 후일담	혼사담

2) 문헌 전승의 절제미

맹강녀 설화의 원형인 기량 처 이야기가 최초로 관(官)의 기록으로 실린 때는 주나라 때이고, 그것이 다시 변천하여 하나의 서사문학적 골격을 갖춘 맹강녀 이야기로 탄생한 시기는 당나라 때이다. 양윤정은 이 당대(唐代)의 서사물이 남송대에 이르러 '맹강'이라는 정식 명사로 정형화되었고, 이후 명대에는 맹강녀 입묘(立廟) 운동이 일어날 만큼 번성하였던 사실을 들어 이 작품이 당대의 사회 현상과 밀접하게 관련되어 있음을 파악[26]하였다.

문학 작품이 관(官)의 입장에서 기록될 경우, 〈맹강녀〉 설화의 문헌 전승에서 보듯 지배 계층의 정치이념을 부각시키는 방향으로 나아간다. 기량 처 이야기가 실린 《좌전》이나 《예기》, 그리고 《맹자》 등의 제사서(諸史書)는 백성들을 계몽하는 전통 도덕, 군신의 도리, 부부의 예와 같은 것을 기재함으로써 교화의 목적[27]을 다했다. 〈맹강녀〉 설화의 원형은 《좌전》 양공(襄公) 23년(B.C.550)의 기록에서 볼 수 있다.

> 제나라 군주가 진나라에서 자기 나라로 돌아가지 않고, 바로 거나라를 기습 공격하였다. (생략) 거나라 군주는 뇌물을 주고 그들을 죽이지 않겠다며, "그대들이 내게 맹세하고 돌아가기를 바라네." 하였다. 화주(華周)는 "재물을 탐하여 임금의 명령을 저버리는 것은 당신도 싫어할 것입니다. 어두울 때 명령을 받고 해가 한 나절이 되기도 전에 이를 버린다면 어떻게 군주를 섬길 수 있겠습니까?" 하였다. 그러자 거나라 군주는 친히 북을 쳐, 거들을 정벌하고 기량을 사로잡았다. 그 뒤에 거나라 사람이 제나라에 화친을 맺었고, 제나라 군주는 귀환했다. 제나라 군주가 귀환하다가 도읍의 교외에서 기량의 부인을 만났다. 사람을 시켜 기량이 죽은 것에 대해 조문을 하게 하니, 그 부인은 조문 받기를 거절하면서, "제 남편에게 죄가 있다면 어찌 외람되게 군주의 조문을 받을 수 있겠습니까? 그러나 만약 죄가 없다면 선대로부터의 누추한 집이 저 아래쪽에 있으니 저는 교외에서 조문을 받을 수 없습니다."라고 하였다. 제후는 기량의 집에 가서 조의를 표하였다.[28]

---

26) 양윤정, 앞의 논문, 2면.

27) 양윤정, 위의 논문, 5면.

28) 諸侯還自晉, 不入, 逐襲莒 (생략) 莒子重賂之, 使無死曰:請有盟 華周對曰: 貪貨棄命 亦君所惡也, 昏而受命, 日未中而棄之, 何以事君? 莒子親鼓之, 從而伐之獲杞梁. 莒人行成 諸侯歸, 萬杞梁之妻于郊, 使吊之 辭曰:殖之有罪, 何辱命焉? 若免

이를 주요 서사 단락으로 축약해 보면 아래와 같다.

(1) 주나라의 제후국인 제(齊)의 장공이 기식과 화한을 시켜 거(莒)를 공격하다.
(2) 거나라 왕이 재물로 기량을 매수해 동맹을 맺고자 하나 거절당하자 그를 죽이다.
(3) 제의 장공이 교외에서 기량의 부인을 만나 사람을 시켜 조문하게 하다.
(4) 기량의 부인이 이를 거절하고 집 안에서 왕의 조문을 받다.

이 기록으로 보아 기식(기량)은 주나라의 제후국이었던 제(齊) 장공이 거(莒)를 습격할 때 전사한 인물이란 사실을 알 수 있다. 이때 장공이 사람을 시켜 교외에서 위로하고자 하니, 기량의 처가 이를 거절하고 예법에 맞춰 집 안에서 조문을 받게 된 일을 서술하고 있다. 당시 춘추시대 제나라 지방에서는 전사한 사람을 조문할 때에는 반드시 교외에서 했다. 타지에서의 전사는 흉사라고 여겨 교외에서 조문받는 것이 관례였으나 결국 기량 처로부터 그 풍속이 바뀌게 되었으니, 기량 처의 이러한 예법 때문에 유향의 《열녀전》에 채택된 것이 아닌가 하는 유추[29]도 타당성 있다.

전사한 남편의 주검 앞에 선 기량 처는 의연하다 못해 엄숙하기까지 하다. 무엇이 이토록 그녀의 감정적 분출을 막고 이성적 판단을 전면에 내세우게 하였는가. 우선 기량이 보여 준 행동을 보자. 거나라 왕이 기량을 재물로 매수하려고 하니 그는, "재물을 탐하여 임금

于罪, 獲有先人之敝廬在, 下妾不得于郊吊. 諸侯吊諸其室.

29) 조숙자, 「고대 여인의 죽음과 그림자-기량의 아내 이야기를 중심으로」, 『동아시아 여성의 기원-열녀전에 대한 여성학적 탐구』, 이화여대 출판부, 2002, 282-283면.

의 명령을 저버리는 것은 당신도 싫어할 것이다. 어두울 때 약속하고 해가 한나절도 되기 전에 어긴다면 어떻게 임금을 섬기겠는가."[30] 라고 제나라 왕에 대한 충성을 강조하였다. 기량 처의 의연했던 태도는 바로 이러한 기량의 충성심과 상응하는 것이다.

남편인 기량은 적국 왕의 회유를 물리치고 죽음으로써 군신 간의 도리를 다하였다. 기량 처는 비통한 심정을 드러내는 대신 남편의 주검을 흉사가 아닌 열사의 죽음으로 승화시키며 부부 간의 절의를 다하였다. 기량 처의 절제된 이성은 곧 당대의 만민(萬民)을 교화하고자 하는 상층의 의도에서 확보된 것이다. 군신의 도리와 부부 간의 절의는 봉건 제도를 유지하는 데 중핵이 된다. 주나라 황실과 제후국과의 결속을 도모하는 데 기량 부부가 보여 준 이와 같은 충과 열은 관민(官民)을 하나로 묶어 주는 중요한 구심점이 되기에 충분했다. 그래서 감정적 인물보다는 예를 바탕으로 한 이성적 인물을 내세운 것이다.

이러한 절제미, 개아의 감정보다는 세계의 존립이 우선인 이성을 앞세웠기 때문에 기량 처 이야기는 《좌전》을 거쳐 한 대의 《열녀전》으로 문헌 전승되었다. 서한(西漢) 말기 유향의 문헌 속으로 전승된 기량 처 이야기[31]는 새로운 내용이 부가된 것이 특징이다. 즉, 기량 처의 곡(哭)과 장성의 붕괴(崩城), 그리고 치수 투신이라는 새로운 결말이 그것이다. 기량의 전사 소식을 듣고 기량 처가 곡을 하니 성이

30) 貪貨棄命, 亦君所惡也, 昏而受命, 日未中而棄之, 何以事君.

31) ①『설원(說苑)』「입절」: 기량과 화주가 전투를 벌여 27명을 죽이고 전사하였는데, 그 아내가 이 소식을 듣고 소리 내어 울자 성이 기울고 그 귀퉁이가 무너졌다.(杞梁華周(舟)進鬪, 殺二十七人而死, 其妻聞之而哭, 城爲之阤隅爲之崩)

②『설원』「선설」: 옛날에 화주와 기량이 전쟁에 참여하여 죽었다. 그 아내가 그를 슬퍼하여 성을 향해 소리 내어 울었는데 성의 귀퉁이가 무너지고 성이 무너졌다.(昔華周杞梁戰而死, 其妻悲之, 向城而哭, 隅爲之崩, 城爲之阤)

③『열녀전』「정순전 · 제기량처」: 이 부분은 본문에서 기록하기로 한다.

무너졌다는 내용은 그녀의 곡이 여느 범부의 통곡과 달리 신적(神的) 경지의 것임을 드러낸다. 그래서 기량 처의 가곡(歌哭)은 신앙적인 측면에서 논의되는데, 대개는 당시 민간의 가곡 풍속을 반영해 주는 것으로 본다. 가곡은 천지를 감동시키고 귀신을 울릴 만한 힘을 가지고 있다고 여겨, 특히 무속 신앙에서 천신과 지지(地祇)에게 마음을 표현하는 수단으로 인식되었다.[32)]

천지를 감동시켜 성을 무너트릴 만큼 곡을 하는 기량 처의 모습은 《좌전》의 기록과 달리 상당히 감정적이고도 격정적이다. 예법 숭앙을 강조하기 위해 다분히 이성적으로 그려졌던 기량 처의 모습이 이처럼 변천한 데에는 결론적으로 치수 투신이라는 당대의 명분을 구축하기 위함이었다. 달리 말해 한대(漢代)의 특수한 시대적 상황 때문이기도 하였다. 주나라를 지탱하였던 종족의 해체와 더불어 전국시대 이후 중국 사회는 하나의 전제 군주가 지배하는 국가와 하나의 가장이 지배하는 가족이라는 두 개의 영역을 기본 축으로 구성되었다.[33)] 기량 처는 그와 같은 정치 이념을 실현하는 인물로 부각되었다.

유향의 《열녀전》 〈정순전·제기량처〉에 실린 내용의 서사 단락을 살피면 다음과 같다.

(1) 기량이 거나라와의 전투에서 전사하다.
(2) 기량 처의 요구로 제나라 장공이 예를 갖춰 기량의 집에서 조문하다.
(3) 기량 처가 기량의 시신을 성 아래 두고 열흘간 곡을 하니 성이 무너지다.

32) 조숙자, 앞의 논문, 283면.

33) 정재서, 「열녀전의 여성 유형학」, 『동아시아 여성의 기원-열녀전에 대한 여성학적 탐구』, 이화여자대학교출판부, 2002, 16면.

(4) 위로는 아버지도 없고, 가운데로는 남편도 없고, 아래로는 아들이 없음을 한탄한 기량 처는 치수로 가 죽다.
(5) 군자에 의해 칭송 받다.

(2)의 예법을 이행하고, (4)의 가부장적 논리에 포섭되어 마침내 치수에 투신하는 기량 처의 모습에서 당대 여성상의 실마리가 잡히고,[34] (5)의 논리를 통해서는 유학을 내세운 위정자의 이데올로기를 읽어낼 수 있다. 《좌전》에서 보이는 기량 처의 이성적인 판단은 (3)의 격정적인 태도로 그 절제미를 잃는 듯하다. 그러나 치수 투신이라는 정당성 확보를 위한 의도적 장치일 뿐 그녀의 절제된 미덕은 변함이 없다. 오히려 남편을 따라 순절한다는 점에서 더욱 절제미를 강조한 모양새를 갖춘다. 기량 처의 이러한 기록은 문헌 전승이 여성 교육을 목적으로 만들어진 최초의 저술이라는 특성 때문에 구현된 것이다. 정절을 강조한 기량 처 이야기는 당대(唐代)에 이르러 맹강녀 설화로 자리 잡는다. 《조옥집(琱玉集)》 〈감응편〉에 실린 〈맹중자〉 설화를 보면 다음과 같다.

(1) 기량이 만리장성을 쌓다 도주하다.
(2) 기량은 맹초의 후원 연못으로 숨어들어 목욕을 하던 초의 딸 중자를 보다.
(3) 기량은 중자와 부부의 예를 맺고 장성으로 돌아가지만 진시황이 죽여 성벽 아래 묻다.

---

34) 최진아는, 한대부터 청대에 이르기까지 줄곧 이어진 여성들의 순절, 곧 왕이나 남편을 따라 죽는 순사의 원전이 유향의 『열녀전』에서 시작되었다고 파악하고, 중국과 조선의 각 시대별 『열녀전』을 연구하였다.(최진아, 「견고한 원전과 그 계보들-동아시아 여성 쓰기의 역사」, 『동아시아 여성의 기원-열녀전에 대한 여성학적 탐구』, 이화여자대학교출판부, 2002, 53-100면 참조.)

(4) 중자가 장성으로 찾아가 곡을 하니 성벽이 무너지며 백골이 쏟아지다.

(5) 적혈로[35] 기량의 뼈를 찾아 장사지내다.

진기한 것은 진시황의 출현과 함께 만리장성에 얽힌 그의 만행(蠻行)이 언급되고 있다는 점이다. (1)에서는 민(民)이 도주를 할 만큼 장성 축조 부역이 고된 노동이었다는 사실이다. (3)에서는 민의 죽음을 예우로 대하지 않고 성벽에 묻어버리는 진시황의 만행을 그리고 있다. 전대(前代)의 문헌 전승 기록보다 훨씬 현실적인 서사로 전개되고 있다. 맹강녀는 (2)에서 보듯 자신의 몸을 맨 처음 본 남자와 결혼할 것을 다짐하는 절제된 사고의 인물이다. (4)에서는 적혈로 남편의 뼈를 찾지만, 구비 전승 기록에서처럼 진시황을 향해 복수를 계획할 만큼 능동적이지는 못하다.

그러나 이는 정절 의식을 표방하는 문헌 전승 기록물의 특징에서 비롯한 결과이다. 기량 처 이야기보다 분명 그 부가된 내용이나 구조적인 면, 새로운 인물의 등장으로 변천을 하였으나, 여성의 열을 강조하는 주제적인 측면은 오히려 더욱 견고해졌다. 《열녀전》의 〈제기량처〉와 《조옥집》의 〈맹중자〉에 보이는 아내의 곡(哭)은 감정 노출보다는 절제된 여성상을 표현하는 장치로 다가온다. 《열녀전》의 곡은 치수 투신이라는 명제를 위한 것이고, 《조옥집》의 곡은 남편의 백골을 찾는 열부의 정절을 강조한다. 장성을 붕괴시킬 만큼 요란한 감정 노출로 보이지만, 사실은 당대의 정형화된 여성상을 구축하는 곡이었다는 데 공통점이 있다.

---

35) 피를 떨어트려 혈육을 분별하는 것. 피를 물에 떨어트려 서로 뭉쳐지거나, 뼈에 떨어트려 그 속으로 스며들면 혈육 간으로 여김.

조선조 사신들이 연경으로 들어가는 길목인 산해관 부근에 강녀묘(姜女廟)가 위치해 있었는데, 사행사들은 관행처럼 이 묘에 들러 한 구절씩이라도 그녀에 대한 이야기를 남겼다. 그 이유는 유교적 덕목의 실천자로서의 열녀 맹강녀에 대한 관심이 충성심과 굳은 지조를 바탕으로 하는 자신들의 유교적 이념과 일치했기 때문이다. 요컨대 열녀에 대한 숭배를 시대적 풍조인양 유도한 것은 유교적 충절, 즉 당시 통치자에 대한 충성을 강조하기 위한 데 목적[36]이 있었다.

사건 서술 중심의 '원형 이야기'를 '변형 이야기'로 바꾸는 힘은 바로 인간이 본원적으로 지니는 모종의 결핍과 욕망에서 기인한다. 인간 정신의 내면에 존재하는 본원적 결핍은 대개 집요한 욕망의 양상으로 드러난다.[37] 〈맹강녀〉 설화는 바로 이와 같은 당대인의 결핍과 욕망을 위장한 이면을 지닌 이야기이다. 감정보다는 이성을 앞세운 절제된 미덕, 당대의 위정자는 그것을 여성을 통해 구현하고자 하였다. 그래서 관(官)은 설화의 전승력에 기대어 민(民)을 교도할 목적으로 〈맹강녀〉 설화를 적극 활용한 것으로 이해된다.

3. 〈맹강녀〉 설화의 서사문학적 특질

1) 인물의 형상화와 곡(哭)의 연대

봉건 사회는 개인이 욕망하는 꿈이나 열망을 실현하기에는 현실적 제약이 클 수밖에 없었다. 개인보다는 집단의 건재와 존립이 우선이

36) 김철, 앞의 논문, 183-184면.

37) 장준영, 「이야기(故事)의 고금 변형을 통한 인문학적 소통의 가치 읽기」, 『중국연구』64, 한국외국어대학교 중국연구소, 2015, 442면.

었기 때문이다. 문헌 전승의 〈맹강녀〉 설화에 나오는 인물을 보면 이처럼 세습적이고도 숙명적인 계층 결정 때문에 고통 받는 현실 안에서 존재한다. 그 단적인 예가 범기량(혹은 만기량)인데, 그는 애초부터 부역에서 벗어날 수 없는 계층이다. 그래서 혼인을 마치기도 전에 장성을 축조하는 공사장으로 끌려가고, 거기서 도주한 죄 때문에 죽임을 당하는 힘없는 백성이다.

그에 반해 맹강녀는 신과 인간의 경계에 선 신이한 인물이다. 곡(哭)의 경지가 얼마나 신이했던지 장성이 붕괴될 정도였다. 물론 《좌전》의 기량 처 이야기에서는 이와 같은 신이한 경지에 대한 언급이 없다. 한대(漢代) 유향의 《열녀전》이나 《설원》 등에서 보이기 시작한 특이한 설정이다. 이에 대해 논자들은 기량 처가 잘 우는 부인으로 유명하기 때문에 본래의 '기량 처 이야기'와 '성이 무너진다'는 전설이 서로 결합해 '기량 처가 울어서 성이 무너졌다'는 전설이 형성[38] 되었다고 보기도 하였다.

구비 전승 자료에서도 맹강녀의 신이한 곡은 중심 화소이다. 조숙자는, 은대 이전부터 이미 특이한 소리(울음을 포함해서)를 이용해서 하늘에 기도하였음을 전제하고, 신을 향하여 자신의 소원을 비는 데 가장 효과적인 방법으로 곡을 내세웠으며, "잘 울었다"고 하는 것은 민간 신앙에서 자연스럽게 신과 대화할 수 있는 능력으로 인식[39]되었다고 했다. 맹강녀의 곡은 단순히 남편의 죽음에 따른 상실과 분노 때문에 폭발한 원성이 아니라, 위령제에서 불리는 곡과 같은 의미로 망자를 위로하고 산 자를 징계하는 신이성을 띤 것이다.

---

38) 조숙자, 앞의 논문, 284-285면.

39) 조숙자, 위의 논문, 285면.

이와 같은 신이한 곡의 형태를 한국의 고대서사물인 〈공무도하가〉에서도 살필 수 있다. 백수광부가 물에 빠진 순간 그의 처가 부른 노래는 횡사한 사람의 혼령을 위무하는 위령제에 쓰인 사설[40]과도 같아서 맹강녀의 곡과 그 성격이 유사하다는 사실을 알 수 있다. 〈공무도하가〉의 배경 설화에 나타난 광부 처의 행동을 이해하기 위해 중국의 〈기량처가〉 배경 설화에 주목한 논의[41]가 있어서 주목되는데, 이 두 문헌이 동일하게 《금조》(채옹, 133-192)와 《고금주》(최표, 290-306)에 실려 있다는 사실에 기인한 연구였다. 기량 처의 곡(哭)이 일정한 선율이 있는 처연한 가(歌) 형태라는 점에서 〈공무도하가〉의 가(歌)와 일맥상통한다고 본 견해는 두 서사문학의 교섭 양상을 살필 수 있는 고무적인 성찰이다.

좀 더 후대의 《삼국사기》 권48 〈열전〉8 〈도미전〉에 나오는 도미 처의 곡도 이러한 신이성을 띤 것으로 접근해 볼 수 있다. 개로왕의 난행을 피해 강가로 도망쳐 왔으나 그 물을 건널 길이 없자 도미 처가 하늘을 향해 곡을 하니 홀연히 배 한 척이 나타난다. 맹강녀의 곡(哭)처럼 천지를 감응시킨 신이한 곡이었다. 다만 다른 점은 이 곡이 끝난 뒤 맹강녀는 바닷가로 가 투신을 하였고, 도미 처는 남편을 만난다는 점이 다르다. 여성인물의 곡이 사건 전개의 중요 화소로 등장한다는 점에서 눈에 띄는 대목이다.

부연하자면 맹강녀의 곡은 곧 이 설화의 신이성을 드러내는 중심 화소인데, 문헌 전승 자료에서는 어떻게 해서 그녀가 이러한 경지에 들게 되었는지에 대한 설명이 없다. 구비 전승 자료에서는 갖가지 화

40) 김태곤, 『한국고대종교사상』, 집문당, 1984, 293면.

41) 이영태, 「공무도하가의 배경설화에 나타난 광부 처의 행동」, 『민족문학사연구』33, 민족문학사학회 민족문학사연구소, 2007, 110-128면.

소들이 나타나 신이한 인물의 신빙성을 더해 준다. 예컨대 자료 〔1〕에서는 맹강녀가 적강녀로 등장함으로써 단락(8)의 곡(哭)과 단락(9)의 붕장성(崩長城)이 조합된다. 단락(3)을 보면 맹강녀는 자신의 배필이 '온 몸이 하얀 사람'이 될 것임을 알고 있다. 이 역시 적강녀라는 배경에서 개연성이 선다. 자료 〔5〕에서도 맹강녀의 비범한 예감이 나타나는데, 환영처럼 나타난 맹장군(범기량)을 보곤 그가 이미 사자(死者)가 되었음을 직감하고 장성으로 떠난다. 이러한 배경 뒤에 나타나는 맹강녀의 곡은 마땅히 신이한 경지일 수밖에 없다.[42]

맹강녀가 하늘과 천지를 감응시켜 장성을 붕괴시키는 신이한 존재로서만 회자되었다면 비현실적인 요소로 인해 그 감동이 반감했을 것이다. 〈맹강녀〉 설화는 현실적 고통을 대리 해소하고자 하는 민(民)의 희구가 담긴 서사문학이다. 그래서 맹강녀는 인간적이고도 현실적인 성격으로 구현될 수밖에 없었다. 맹강녀의 이러한 성격은 그녀의 출생 부분과 진시황의 권력 앞에 맞서는 의연한 모습을 통해 드러난다. 맹강녀는 적강녀의 모습으로 등장하기도 하지만 거개는 평범한 인간으로 태어난다. 여느 사람처럼 혼담이 오가고 배필인 범기량을 만나 혼인하는 인간적인 길을 걷는다.

다만 특이하게도 자료 〔1〕과 〔4〕에서는 박의 씨 속에 몸을 의탁하고 있다가 어린 여자아이 몸으로 튀어나오는데, 그녀에게 둘 혹은 세 명의 부모가 나선다. 자료 〔1〕에서는 맹 씨와 강 씨 노인이 서로 부모가 되려고 옥신각신하다 자식이 없는 맹 씨 노인이 맹강녀를 키운다. 이

42) 조숙자는, 현재까지도 맹강녀의 신성한 영역이 이어져 호남 상덕의 한극(漢劇)에서 온갖 병을 없애 주고 구원의 별을 내려 주는 인물로 맹강녀가 등장하며, 강소 남통의 동자희(童子戲)에서도 말을 탄 여신 오방현량을 부르는 가운데 맹강녀가 그 다섯 신 중 하나인 북방현량으로 나타난다는 사실을 밝혔다.(앞의 논문, 293면)

름은 맹 씨와 강 씨 성을 따서 맹강녀이다. 자료 〔4〕에서도 맹강녀가 박 속에서 튀어나오자 맹 씨와 강 씨 노인은 아이를 잘 키워 줄 허 씨 성을 가진 새어머니를 들이고 이름도 허맹강이라 짓는다. 서로 앞다투어 부모가 되어 줄 만큼 맹강녀는 동정심을 자극하는 인간적인 인물이었다.

맹강녀가 신이성뿐만 아니라 현실적 인간이라는 측면은 무엇보다도 세 가지 조건 화소에서 잘 드러난다. 자료 〔1〕과 〔2〕, 그리고 〔3〕과 〔4〕, 또한 〔7〕에서 보면 곡을 하는 맹강녀의 미색에 빠진 진시황이 그녀를 후궁으로 들이려는 장면이 나온다. 이때 맹강녀는 그 요구를 수용하는 조건으로 세 가지를 제시하는데, 하나같이 남편 범기량의 주검을 예법에 맞게 장사지내되 진시황과 만조백관이 조문을 와야 한다는 것이었다. 전대(前代)의 기록에서처럼 맹강녀의 곡으로 장성이 무너지는 것만으론 현실적 징계를 할 수 없다고 생각했던 듯하다. 그래서 민(民)은 자신들의 부당한 불의를 대신해 맞서 줄 인물로 맹강녀를 선택했고, 그녀의 용기와 의연함을 서사문학 속에서 성장시켰다.

이러한 성장 문학적 특질은 한국의 작품에서도 그 단면을 유추해 볼 수 있다. 백수광부의 처와 도미 처 같은 한국적 서사 주인공을 탄생시킨 지점이 그것이다. 다시 말해 맹강녀는 물론 백수광부의 처와 도미의 처는 처연하고도 신이한 곡(哭)이 연대해 형상화된 인물이란 점이다.

인물의 형상화는 그를 에워싼 세계와 우주 자연을 통해서도 이루어지지만 이처럼 인간적인 행위, 바깥 세계의 문제에 대응하는 가장 솔직하고도 진솔한 '울음'을 통해서도 발현될 수 있다는 사실을 일깨워 준다.

2) 연희적 서사 공간의 확대

〈맹강녀〉 설화는 맹강녀의 신성함과 위정자들에 대항한 의연한 절개로 끊임없이 추앙 받아 왔다. 현재도 향촌의 제사 연극인 나희(儺戲)에서 빠질 수 없는 레퍼토리로 간주되고 있으며, 특정 지역에서는 재앙과 사악한 기운을 물리치는 데 반드시 필요한 신으로 추앙받고 있다. 안휘성 지주 지역에서는 여전히 〈심부기(尋夫記)〉나 〈맹강녀심부기〉, 또는 〈맹강녀〉 등의 제목으로 공연되고 있다.[43] 여기서 주목해 볼 것은 그 연희적 서사 무대의 특징이다.

구비 전승 자료에 보면 맹강녀 설화의 주요 공간 배경은 크게 세 가지로 나타난다. 먼저 맹강녀의 집 후원 연못과 장성, 그리고 바닷가(혹은 강) 등이다. 후원 연못은 가택의 담장 안에 있어 장성이나 바닷가처럼 투명한 시각을 주지는 못하는 공간이다. 이 세 가지 배경의 특징은 점층적인 확장을 하는 공간이란 사실이다. 가택 안의 연못에서 장성으로 확장되고, 다시 주변 환경이 트인 바닷가로 이어진다. 그 연희적 무대가 보다 확장한 것으로 볼 수 있다.

이 즈음해서 인간을 신에게 제물로 바치는 인신공희의 제의적 실체에 대해 고심해 볼 필요가 있다. 구비 전승 자료 안의 맹강녀는 투신을 하는데, 이는 항해형 인신공희 설화의 시발로도 볼 수 있지 않을까 싶다. 항해형 인신공희 설화는 바다를 공간적 배경으로 하면서, 주로 항해의 도중에 섬에 표착한 집단이 풍랑 등의 재해로 위기에 처하고, 신의 계시로 집단의 일원을 제물로 바쳐 전멸의 위험에서 벗어

43) 남송에 이르러 맹강은 정식명사로 정형되었고, 남희(南戲)와 북극(北劇)에서는 무대의 입체적 연출로 다루기 시작하였다. 희극(戲劇)의 감염력은 강하여 명대 중엽 각 지역에서 맹강녀 입묘 운동이 일어나는 기폭제 역할을 하였다.(조숙자, 앞의 논문, 293면 ; 양윤정, 앞의 논문 2면 참조.)

난다는 서사의 골격을 가지고 있다[44]는 점에서 집단적 제의, 집단적 연희가 이루어졌던 무대의 설정을 유추해 볼 수 있다.

이러한 서사 공간의 확대는 〈맹강녀〉 설화의 배경이 민(民)의 현실과 괴리되지 않은 일상적인 곳임을 밝히는 중요한 단서를 제공한다. 선계의 별궁이거나 지하세계, 혹은 용궁세계의 거처가 주요 서사 무대가 되었다면 애초 〈맹강녀〉 설화에 담긴 민중의 현실적 비원은 비현실성을 띠게 되고 그만큼 감동이 덜할 수밖에 없다. 이 세 가지 서사 무대는 극적 긴장감의 조성과 긴밀히 연결되었는데, 각각의 무대마다 극적 사건이 전개되고 있기 때문이다. 서사 공간의 점층적 확대로 인해 민(民)은 그 극적 긴장감을 더욱 밀도 있게 공유할 수 있었다.

후원 연못은 맹강녀와 범기량의 만남이 이루어지는 곳이다. 여덟 편의 자료 가운데 다섯 편의 자료에서 후원 연못 무대가 나올 만큼 비중이 크다. 이곳은 가장 인간적인 추구, 곧 선남선녀가 만나 사랑을 키우고 결혼을 기약하는 평온하고 안정된 공간이다. 물론 자료[6]에서는 사자(死者)인 범희량과 맹강녀가 대면하는 곳으로 나오기도 하지만, 그 이전에 이미 그곳은 복중 혼사로 태어나 가연을 맺은 두 사람의 행복한 시간이 담겨 있는 장소이다. 후원 연못은 가택이라는 안온한 현실이 관(官)의 부당한 외압으로 비극적 현장으로 변하는 과정을 드러낸다.

특히 자료 [8]은 이러한 연희적 서사 공간의 특성이 강조되어 있다. 장성에서 도주한 범기량과 맹강녀의 만남이 이루어지고, 혼사가 이루어지는 부분만으로 서사 공간을 활용하고 있다. 그 이후의 곡장성(哭長城)과 바닷가 투신은 짤막하게 전승담 식으로 부연한다. 계수

44) 김영호, 「항해형 인신공희 설화 연구」, 『어문학』129, 한국어문학회, 2015, 117면.

나무 위에 숨어 목욕하는 맹강녀를 엿보는 기량의 감정 상태는 물론 시녀들이 범기량을 끌어내려 희롱하는 부분, 맹강녀가 범기량의 인물 됨됨이를 살피며 그와의 혼사를 타진하는 속마음까지 희곡적 무대에서 가능한 감정과 동선으로 짜여 있다.

이 후원 연못은 극의 결말을 암시하는 복선 공간이기도 하다. 두 남녀가 만나는 첫 장면을 보면 범희량이 연못물에 빠진다든지(자료1), 맹강녀가 연못물에 손을 씻고 있다든지(자료4), 목욕을 하고 있는 상황에서 그것을 유추해 볼 수 있다.(자료8) 자료 〔1〕은 결말 부분에 이르러 맹강녀가 범희량의 유골을 안고 바다로 투신하는(자료5) 것과 일치한다. 자료 〔4〕와 〔8〕역시 맹강녀의 투신 장면과 맥이 닿아 있다. 이처럼 연못물은 등장인물의 이합이 드러나는 서사 공간이다.

《삼국유사》〈기이편〉〈무왕〉조를 보면 서사 공간으로 후원 연못 배경이 등장한다. '그 어머니는 과부가 되어 서울 남쪽 못가에 집을 짓고 살고 있었는데, 그녀는 그 못의 용과 관계하여 장을 낳았다.'라는 기록에서 가택 내 연못이 서동 어머니와 용왕의 기이한 인연이 맺어진 공간으로 형상화되었음을 알 수 있다. 비록 비극적 결말의 암시는 나타나지 않지만, 두 남녀의 만남이 이루어진다는 데서 맹강녀 설화와 비교해 볼 수 있는 대목이다.

두 번째 주요 공간인 장성은 말 그대로 관(官)의 폭정과 불의가 상징화된 곳으로, 가장 중요한 서사 공간이라고 할 것이다. 민간인에게 성벽이라는 것은 막강한 권력과 군사력, 혹은 그것의 견고함과 중압감을 뜻하는 것이다. 고대 중국인들은 자연 재난, 혹은 사악한 귀신에 의하여 저질러진 재난보다도 더 무서운 것이 바로 통치자의 폭정이라고 여겼다. 통치자의 폭정은 대게 혹독하고 가혹한 세금 징수나 의무적으로 참여하여야 하는 부역 활동[45]으로 표현되었다. 범희량이 장성 부역장에서 죽음을 맞이하는 것도 이러한 시대적 배경과 무관하지 않다.

고통스러운 장성 축조 부역과 그 부역을 강행한 관에 대한 민중의 원성은 마침내 진시황의 반인륜적이고도 부도덕한 행실을 드러내는 서사 공간을 마련하는 데 주저하지 않는다. 자료 〔1〕을 보면 진시황이 장성을 축조하려는 의도가 패륜적인 이유 때문이란 사실을 부각한다. 즉 부왕의 108 후궁 중 '애비'라는 후궁을 자신의 비로 들이려고 하는 것이 그것이다. 애비는 패륜을 저지를 수 없다고 하나 진시황은 옥황상제를 윽박질러 해가 서쪽에서 뜨게 하였으며, 그 해를 가릴 장성을 쌓는 데 젊은 남자 11002명을 생매장하려고 하였다. 이에 범희량이 잡혀 와 11002명을 대신해 장성 아래 묻힌다. 자료 〔7〕에서는 장성 축조 중에 그 붕괴를 막기 위해 1만 명의 산 사람을 묻고 제사 지내기로 한다. 이때 만 씨 성을 가진 만희량이 잡혀 와 장성에 묻힌다. 이처럼 장성은 만인의 희생을 강요하는 인신공희 공간이었다.

자료 〔3〕은 두 번의 곡(哭)을 반복해 진시황의 불의와 반인륜적인 면을 부각한 공간이다. 첫 번째 곡은 맹강녀가 남편의 시신을 찾기 위한 것이고, 두 번째 곡은 특이하게도 진시황 모후의 것이다. 갑자기 젊음을 찾은 모후의 미색에 빠져 진시황이 자신의 어미를 후궁으로 삼으려고 하는 패륜을 저지른다. 모후가 황궁 성벽이 태양을 가리지 않고서는 어미를 아내로 맞을 수 없다고 격노한다. 진시황이 장성을 쌓아 태양을 가리려고 하니 이에 모후가 곡을 하고 성이 무너진다. 진시황의 모후까지 등장시켜 관(官)의 부정을 상징할 만큼 장성 공간은 민(民)의 울분이 극대화된 무대이다.

이와 관련한 한국적 서사 무대는 〈도미전〉[46]에서 살필 수 있다.

---

45) 조숙자, 앞의 논문, 286면.

도미 처가 처했던 시대 상황은 맹강녀가 처했던 시대 상황과 매우 흡사하다. 《삼국사기》 권제25 《백제본기》3 〈개로왕〉조를 보면, 15년 겨울 10월에 "쌍현성을 수축하고, 청목령에 큰 목책을 세우고, 북한산성의 병졸들을 나누어 수비하다'라는 기록이 보인다. 이때의 정황을 외부의 시각으로 살펴보면 18년 개로왕이 고구려와의 전쟁을 위해 위나라에 구원병을 청했을 때 위나라 현조(顯祖)가 보낸 조서에 이르기를, '그대는 선대 임금의 옛 원수를 갚는다고 핑계하여 백성들을 편케 하는 큰 덕을 버리고 있으며, 전쟁이 여러 해에 걸치고 환난이 변경에 맺혀 신포서[47]의 정성을 겸하게 하였으며, 나라는 초(楚)와 월(越)처럼 위급함을 나는 잘 알고 있다"고 하여 당시 백제 상황을 소상히 밝힌다. 군주의 덕 없음과 축성, 전란으로 인한 민(民)의 고통 등은 맹강녀 설화의 시대적 배경과 다르지 않다.

관(官)에 맞서는 민녀(民녀)의 절행은 부부의 예를 다하는 것으로 끝나는 것이 아니라 당대인의 현실을 이입시켜 민의 속내를 풀어 주는 데 더 큰 목적이 있었다. 맹강녀가 곡으로 장성 붕괴를 일으켜 관

---

46) 채록된 '도미 설화'는 경남 진해와 충남 보령이라는 두 지역에서 전승되고 있다. 진해 지역의 도미 설화가 대체로 《삼국사기》의 내용을 축약한 형태로 전개된 반면, 보령 지역의 도미 설화는 주변 지형지물과 연관된 여러 증거물을 남기고 있다. 특히 오천면 교성리의 작은 항구가 '도미항'으로 명명되고, 도미항 건너편의 빙도라는 섬은 도미부인이 태어난 '미인도'로 부른다. 가장 특징적인 변이 부분은 도미의 직업이 '목수'로 나타난다는 사실이다. 왕이나 권력자가 목수인 도미에게 마구간과 같이 특정한 건물을 짓게 하고, 그 틈에 부인을 취하려 하거나, 아니면 건물이 제때 지어지지 못한 것을 핑계로 도미를 처벌하고 부인을 겁탈하려 한다. 이는 도미의 직업에 따라 서사가 변이된 것으로 파악할 수 있다.(정제호, 「삼국사기 소재 도미설화의 구비 전승과 변이에 대한 연구-충남 지역을 중심으로」, 『인문논총』 제72권 제2호, 서울대학교 인문학 연구원, 2015, 275-280면 참조)

47) 申包胥: 전국시대 초나라 사람으로, 나라가 오나라에 점령되자 진나라로 가서 7주야를 울며 구원병을 요청.

을 징치했듯, 도미 처 역시 신이한 곡으로 개로왕의 난행을 고발했다. 그녀의 곡은 천지를 감응시켜 위기에서 탈출할 수 있는 배를 불렀고, 마침내는 천성도에 이르러 도미를 만났다. 이러한 곡의 신이성은 서사 공간의 독창성을 구현하는 기능으로 이해된다.

세 번째 서사 공간인 바다는 맹강녀의 투신이 이루어지는 곳으로, 시야가 가장 넓게 트인 공간이다. 너른 대해로 홀연히 뛰어드는 맹강녀의 모습은 그 공간의 확장으로 인해 비장미를 더한다. 그녀의 마지막 순절이 폐쇄된 공간에서 다른 형태로 이루어졌다면 이와 같은 비장미는 덜했을 것이다. 광대한 자연 앞에서 치러지는 순사는 인간적 연민을 자아내기에 적절하다. 더군다나 그것이 관의 횡포에 맞선 의로운 죽음이 될 때 바다라는 외경스러운 자연과 합일되어 비장한 미의식마저 들게 한다.

〈공무도하가〉 배경 설화에 등장하는 광인부처(狂人夫妻)의 비극은 명실 공히 비극 그 자체요, 따라서 희곡이 되는[48] 것으로 볼 때, 백수광부의 처가 투신하는 서사 공건과 맹강녀가 투신하는 서사 공간은 당대 민(民)이 추구하던 비장미가 강조된 곳이다. 연희적 서사 공간의 확대는 《삼국유사》에 이르러 용과 관련한 바다가 주요 서사 무대로 등장하는 대목에서도 볼 수 있다. '거타지 설화'는 불의와 운명해 항거하는 인간의 모습을, 바다라는 공간을 통해 극대화한다. 후대의 〈최척전〉 같은 고전소설은 등장인물의 인연을 20여 년에 걸쳐 떠돌게 하는 공간으로 등장한다. 그리고 〈만강홍〉 같은 희곡 작품에서는 극중 인물들의 표착 공간으로 바다가 등장[49]하는 것을 살필 수

48) 사재동, 《한국희곡문학사의 연구Ⅱ》, 2000, 중앙인문사, 16면.

49) 경일남, <만강홍의 공간구조와 작가의식>, 《고전희곡연구》2(2001.2), 한국고전희곡학회, 127면.

있다. 이러한 서사 공간의 확대는 광대한 바다와 작고 미약한 인간을 조화시킴으로써 작품의 주제 의식을 강조하는 역할을 한다.

〈맹강녀〉 설화가 구전하는 가운데 민(民)은 자신들의 속내를 한층 강렬하게 드러낼 수 있는 너른 서사 무대를 갈구하게 되었으며, 그로 인해 나타난 것이 바다였다. 당대의 현실을 적나라하게 노출시키고 싶어 했던 민(民)의 비원이 담긴 개방된 공간이다. 문헌 기록에서는 보이지 않던 현실에 대한 민(民)의 말하고자 하는 욕구를 마침내 사방이 트인 바다라는 서사 공간을 통해 구현한다.

3) 낭만적 세계관의 해원의식

맹강녀와 기량의 애정 이야기는 인간의 삶 속에 들어 있는 가장 보편적인 것이다. 그런데 그것이 부당한 외압으로 비극적인 결말로 치닫게 되고 마침내는 두 남녀 주인공의 죽음이 현실로 되면서 더 이상 보편적인 이야기에 머물지 않는다. 그러나 맹강녀는 죽음에 관해 초연한 여인이다. 곡으로 천지를 감응시키고 장성을 붕괴시킬 만큼 그녀는 이미 지상적 삶에서 어느 정도 거리를 둔 인물이다. 범희량이 인신공희 재물로 거론되자 이를 두려워 해 도주한 모습과 상당히 대조적이다. 맹강녀의 곡은 장성을 붕괴시켜 남편의 시신을 찾는 데 있는 것이 아니라, 그러한 현실을 제공한 위정자를 징치하는 데 더 큰 비중이 있었다. 그래서 그 뒤에 행해지는 그녀의 초연한 죽음(투신)은 타당성을 얻으며 비장함을 안겨 준다.

〈맹강녀〉 설화의 이와 같은 낭만성은 그녀의 죽음에 함몰되어 있다고 해도 과언이 아닐 것이다. 맹강녀의 투신은 단순히 육신을 버리는 것이 아니다. 물론 열녀화를 주도하던 관의 개입으로 그녀의 죽음이 관습에 따른 순절이란 혐의를 벗을 수는 없다. 그러나 구비 전승 자료에서 맹강녀가 생사의 경계에서 보여 주는 초연함은 분명 비장한 낭만성을 내포하고 있다. 예컨데 자료 〔2〕를 보면 맹강녀의 전생인 란향녀가 시어머니의 약을 구하러 떠난 길에 아무 미련 없이 백마와 함께 죽음을 맞이하는 순간이 나온다. 백마를 통해 이미 시어머니의 병이 치유되었음을 알게 되었으면서도 란향녀는 더 이상 이 세상에 미련을 두지 않는다. 하늘을 나는 백마와 함께 몸을 던진다.

이처럼 초연한 의식은 범희량의 억울한 죽음을 풀어 주는 해원 의식으로 나타난다. 범희량은 두 가지 이유로 죽음을 맞이하는데 자료 〔1〕과 〔7〕에서는 인신공희 대상으로, 자료 〔8〕을 제외한 나머지 자료에서는 부역을 피해 도주한 죄의 대가로 죽임을 당하거나 아니면 힘든 부역으로 지쳐 죽는 대상으로 등장한다. 인신공희 대상으로 죽게 된 경우에는 일만 명을 대신한 것이고, 나머지 자료에서의 죽음은 개인적 비극으로 일어난 것이다. 어찌 되었건 그 죽음은 하나같이 장성과 연결되어 있고, 맹강녀의 곡으로 그 장성이 무너진다는 공통점을 보여 준다. 곡을 통한 장성의 붕괴 안에서 비명에 죽은 범희량의 해원의식이 치러진다. 이와 같은 해원의식이 잘 드러나는 곳은 자료 〔5〕이다. 남편이 사자(死者)가 되었음을 알고 검은 옷을 준비해 장성으로 떠나는 맹강녀의 모습이 보인다. 이미 자신의 죽음을 예견한 행동인 동시에 남편의 혼을 위무하러 떠나는 숙연한 모습이다. 뒤이어 이어지는 그녀의 곡과 장성 붕괴는 그래서 더더욱 비장미를 획득한다.

맹강녀의 죽음은 현실 세계의 비극을 끊고 또 다른 세계로의 이입을 그린다. 붕장성이 남편의 해원의식을 치른 결과였다면, 맹강녀의 바다 투신은 이 설화에 의탁한 민(民)의 원성을 풀어 주는 해원의식인 셈이다. 관(官)에 대해 그처럼 의연한 행동을 할 수 있는 여성은 현실 세계에서는 볼 수 없는 존재이다. 그녀는 어디까지나 민의 낭만적 세계관 속에 살아 있는 인물이다. 그녀를 통해 당대인의 울분을 토로하고 관을 징계하고자 곡장성(哭長城), 붕장성(崩長城)이라는 낭만적 세계를 창조해 낸 것이다.

〈맹강녀〉 설화는 민(民)의 가슴 속에서 면면히 유전할 수 있었던 서사문학적 특질을 간직한 작품이다. 부당한 외압에 항거하는 민(民)의 호소가 관과 민의 대결 구도를 장치했으며, 그 속에서 가치 있는 삶을 추구하였던 맹강녀의 삶이 조명되었다. 또한 연희적 서사 공간의 확장으로 맹강녀 이야기가 입체적이고도 실사적 분위기를 유지할 수 있었다. 뿐만 아니라 민(民)의 억눌린 속내를 풀어주는 해원 의식을 통해 고금을 넘나드는 주제의식을 선보였다. 타 문학과의 교섭 양상을 가능하게 한 이러한 특질들 때문에 〈맹강녀〉 설화는 그 서사문학적 가치가 높다.

4. 결론

이 논문은 〈맹강녀〉 설화가 관(官)과 민(民)을 아우르며 2000여 년간 유전해 올 수 있었던 서사문학적 특질에 초점을 맞추었다. 이를 위해 문헌 전승 기록과 구비 전승 기록의 차이점을 살펴, 전승 집단의 의식에 따라 캐릭터의 변이와 새로운 서사 구조의 등장, 보다 명징해진 주제 의식을 이해할 수 있었다. 그런 가운데 한국적 교섭 양상이 이루어지는 지점을 살폈다.

2장에서는 〈맹강녀〉 설화가 최초로 관의 기록으로 실린 《좌전》 기록을 살펴, 그것이 민을 교화하고 계몽하는 목적이었음을 이해하였다. 기량 처 이야기는 당대(唐代)에 이르러 〈맹강녀〉 설화로 자리 잡는다. 새로운 화소가 추가되는데 바로 기량과 맹강녀의 만남이 이루어지는 연못 상봉이 그것이다. 또 하나 새롭게 등장한 화소는 맹강녀가 적혈로 남편의 뼈를 찾는 대목이다. 새로운 화소와 새로운 사건이 추가되었지만 구비 전승 자료에 비해 여전히 절제된 미덕을 강조하고 있다. 감정보다는 이성을 앞세운 절제된 미덕, 당대의 위정자는 그것을 여성을 통해 구현하고자 하였다.

당대 이후 다채롭게 변모한 구비 전승 자료 가운데 8편을 채택해 민이 추구하던 서사적 비장미에 대해 살폈다. 문헌 기록에서의 결말 부분은 '적혈' 화소로 끝난다. 그런데 민의 전승에서는 적강(신이한 탄생 포함), 인신공희, 관탈민녀, 세 가지 조건, 지명전설, 인명전설, 이계, 밀고자, 변신담 등이 새롭게 추가된다. 이 화소들은 인물들의 절제된 이성보다는 솔직한 감정 상태를 살리고, 짜임새를 갖춘 서사 구조로 가치 있는 삶을 추구하기 위해 죽음도 불사하는 비장한 주제 의식을 발현한다.

3장에서는 〈맹강녀〉 설화의 서사문학적 특질을 살펴 그 가치를 가늠해 보았다. 맹강녀의 신이성이 형상화되는 데 그녀의 곡(哭)이 주요한 배경으로 작용했음을 지목했다. 그녀의 신이성은 곡에서 기인하며, 그 능력은 곧 망자를 위안하고 산 자를 징계하는 장치로 쓰였다. 이러한 곡의 형태가 한국의 고대시가 〈공무도하가〉와 《삼국사기》, 〈도미전〉과도 긴밀한 관계에 있다는 사실을 이해하였다.

〈맹강녀〉 설화의 주요 공간 배경은 크게 세 가지, 가택의 후원 연못에서 장성으로, 다시 바다로 확장된다는 사실에 주목하였다. 이는 연희적 서사 공간의 확대를 살필 수 있는 실마리이다. 이 공간들의 극대화된 너비로 인해 극적 긴장감을 민과 함께 공유할 수 있었다.

후원 연못은 두 남녀 주인공의 만남과 이별이 이루어지는 서사무대로, 장성은 남편의 주검을 위안하고 위정자에 대한 징치를 하는 서사무대로, 바다는 설화 속 등장인물은 물론 민의 해원의식이 치러지는 서사공간으로 접근하였다.

후원 연못을 배경으로 하는 한국적 서사 무대로 《삼국유사》 〈무왕〉조를 살폈고, 장성 서사 무대로는 《삼국사기》 〈개로왕〉조의 축성 상황과 전란 상황이 〈맹강녀〉 설화의 시대 상황과 근접한 관계를 살폈다. 바다가 배경인 서사 무대로 〈공무도하가〉와 《삼국유사》에 산재한 바다에 관한 기록들, 고전소설 〈최척전〉과 희곡 작품 〈만강홍〉을 예로 들었다. 서사 무대의 개방성은 당대의 현실을 적나라하게 노출시키고자 했던 민의 비원이 담긴 결과물이다.

〈맹강녀〉 설화는 그녀의 죽음으로 비장미를 더한다. 맹강녀의 바다 투신은 이 설화에 의탁한 민의 원성을 풀어 주는 해원 의식인 셈이다. 민은, 자신들의 현실적 울분을 풀어 준 그녀를 다시 낭만적 죽음 속으로 돌려보낸다. 한국에서는 〈춘향전〉이 현실적 열부 형을 만들지만 지고지순한 사랑을 향한 의지를 지키는 모습에서 여전히 맹강녀와 도미 처의 맥을 잇는 낭만적 세계관 속의 인물임을 살폈다.

민(民)의 가슴 속에 면면히 유전될 수 있었던 〈맹강녀〉 설화의 특질을 살펴 그 서사문학적 가치에 주목해 보았다. 그러나 중국의 구비전승 자료가 8편에 한정되어 있어 보다 상세한 비교 연구는 전개되지 못한 부분은 후일의 연구를 통해 개진할 필요성을 느낀다. 구비전승 자료들과 각 지역의 지리는 물론 역사와 문화를 함께 살핀 논의도 이루어지지 못했다. 중국의 구비 전승 자료와 한국의 구비 전승 자료의 보다 개괄적 논의 역시 후속 과제로 남긴다.

《사산비명》 행적부 서사의 문학적 성격과 의미

1. 서론

《사산비명》은 최치원이 왕명을 받고 지은 네 편의 비문으로, 조선 선조 때의 고승 해안(海眼)이 『고운집』10권에서 가려 주석을 붙이고 엮은 것이다. 네 편의 비문이란, 〈숭엄산성주사대낭혜화상백월보광탑비명〉, 〈지리산쌍계사진감선사비명〉, 〈초월산대숭복사비명〉, 〈희양산봉암사지증대사적조탑비명〉을 말하며, 네 군데 산 이름을 취하여 이른바 '사산비명'이라고 한다.[1) 『사산비명』은 고승들의 삶과 왕실 원찰의 내력을 신묘한 문력으로 담고 있어 당대인의 세계관을 밀도 있게 추적할 수 있는 작품이다. 따라서 역사적, 사상적 측면은 물론 문학적 측면까지 접근해 볼 수 있는 작품이다.

그 동안 『사산비명』은 가치 있는 인간 체험의 요소를 질서 있게 배열하고 조직적으로 기록하는 것을 목적으로 삼는 문학의 본의[2)]에 충실한 가운데, 화려하고도 전아한 수사와 함축적인 미(美)로 최치원

1) 최영성, 『교주 사산비명』, 이른 아침, 2014, 24쪽.(이후 『사산비명』의 유래와 주해 관련한 부분은 이 자료에 따르기로 하고, 원문 인용 시에는 서명과 인용 면수만 밝히기로 한다.)

2) 박철희, 『문학개론』, 형설출판사, 1997(개정신판), 20면.

이 귀국한 뒤의 저술 가운데 백미[3]로 지칭되며 거론되었다. 또한 우리나라의 비지(碑誌)류[4] 작품 가운데 본격적인 문학 작품으로 언급되는 최초의 비지류 작품[5]으로 연구되기도 하였다. 『사산비명』의 문학성에 대한 논의는 지속적으로 이루어졌는데,[6] 특히 『사산비명』의 보존 실태 조사를 벌이고 전형적인 사육변려문인 문체 분석을 통해 그 의의를 찾은 논의[7]와 역주본의 발간과 아울러 최치원의 삼교관

---

3) 최영성, 『최치원의 철학사상』, 아세아문화사, 2001, 64면.

4) 비지문은 인물을 대상으로 서술한 비명(碑銘)과 묘지명(墓誌銘)을 지칭한다. 비명은 무덤 앞이나 묘도에 세운 비석에 새기고, 묘지명은 석판이나 도판(陶板)에 새겨 무덤 안에 넣었는데 둘 다 망자의 행적을 서술한 같은 성격의 글이다. 주로 공덕 있는 행적을 적는데, 서술자는 죽은 이의 일생을 다 쓰지만 그의 인물됨 중에서 가장 정채가 있는 부분을 글의 맥으로 하여 서술한다.(이정임, 「비지문의 인물 서술양상: 고려시대 작품을 중심으로」, 『우리어문학연구』3, 한국외국어대 사범대학 한국어교육과, 1991, 149-150면)

5) 황의열은, 우리나라의 비지류 작품으로 가장 이른 것으로 「광개토왕비」를 들고 아직까지 문학의 측면에서 본격적으로 연구되지 못하고 있다는 사실과 아울러 그 이후의 비지류도 문학성과는 관련이 없거나 알아볼 수 없는 글자가 너무 많아서 문학적 검토의 대상에서 도외시되고 있다고 밝혔다.(황의열, 「비지문의 특징과 변천 양상」, 『한국한문학의 이론(산문)』, 보고사, 2007, 195면)

6) 배연형, 「최치원의 사산비명의 문학적 연구」, 동국대 석사학위논문, 1982.
김문기, 「최치원의 사산비명 연구」, 『퇴계학과 유교문화』15, 경북대 퇴계학 연구소, 1987.
정윤상, 「사산비명에 대한 문학성 연구」, 국민대 교육대학원 석사학위논문, 1990.
유영봉, 「사산비명 연구」, 성균관대 박사학위논문, 1993.
이구의, 「최치원 문학에 나타난 현실인식」, 『한국사상과 문화』, 한국사상문화학회, 2002.
이구의, 「최치원의 봉암사지증대사비문고」, 『한민족어문학』42, 한민족어문학회, 2003.
이구의, 「최치원의 대숭복사비명고」, 『동방한문학』26, 동방한문학회, 2004.
이구의, 「최치원의 진감선사비명고」, 『한국의 철학』35-2, 경북대 퇴계연구소, 2004.
구슬아, 「최치원 비명의 문학성 연구: 성주사낭혜화상백월보광탑비」, 『한국한시연구』20호, 새문사, 2012, 41-93면.

7) 김문기, 「사산비명연구: 실태조사와 내용 및 문체분석을 중심으로」, 『한국의 철학』

속에서 동인의식을 확장시킨 논의[8]는 『사산비명』에 대한 본격적인 연구의 초석을 다지는 계기가 되었다. 논의의 실체를 좁혀 비지문이라는 글 갈래적 특성에 대한 최치원의 의식을 살펴 문학성을 추출하기도 하였으며,[9] 비문 찬술에 인용된 고사들의 중국 원전 내용을 살펴 최치원의 사상적 경향을 살핌으로써 『사산비명』 연구의 새로운 방법론을 제시하기도 하였다.[10] 뿐만 아니라 서예 문화 및 문장 형식을 연구하는 데 귀중한 자료 대상으로써 논의되기도 하였다.[11]

이 논문은 문학성과 관련한 기존의 논의를 바탕으로 『사산비명』 행적부 서사의 문학적 특질에 주목해 보고자 한다. 그간의 논의는 『사산비명』의 네 단계 구조, 곧 찬술 경위와 명분을 쓴 도입부와 행적 서술부, '논왈'이라고 덧붙인 마무리 부분과 게송인 명사(銘詞)를 일괄적으로 살피는 것이 관례였다. 그래서 비명 주인의 보다 입자적인 행장은 물론 최치원의 문예 의식에 대한 섬세한 조명이 소략하게 연구된 듯하다. 비문의 핵심이라고 할 수 있는 행적 부분을 중심으로 『사산비명』이 지니는 문학적 특질을 탐문해 보기로 한다. 비주(碑主)의 '있었던 사실'이 작자에 의해서 '이야기'로 탈바꿈하여 독자에게 전달되는 것이 비문의 본령[12]이란 점은 이러한 문학성 도출에 타당

15, 경북대 퇴계연구소, 1987, 125-179면.

8) 최영성, 『최치원전집』, 아세아문화사, 1998.
최영성, 『최치원의 철학사상』, 아세아문화사, 2001.

9) 황의열, 「사산비명의 문학성에 대한 일고찰: 글갈래적 특성에 주안하여」, 『태동고전연구』10, 한림대 부설 태동고전연구소, 1993, 39-64면.

10) 곽승훈, 「신라말 사상사 연구의 새로운 시도: 최치원의 중국사 탐구와 사산비명찬술」, 『역사학보』192, 역사학회, 2006, 450-456면.

11) 정수암, 「고운 최치원 사산비명에 대하여」, 『경주문화논총』10, 경주문화원 부설 향토문화연구소, 2007, 170-181면.

12) 황의열(1993), 위의 논문, 42면.

성을 제공한다.

특히 『사산비명』은 비주인 고승과 원찰의 행적을 엮으며 각기 고유한 구성을 취하고 있어 주목된다. 이를 중점적으로 살피기 위해 2장에서는 『사산비명』 행적부 서사의 문학적 성격을 타진한다. 네 편의 비문이 각각 노정형 구법담, 고행형 이인담, 포교형 계행담, 공간사유형 인연담 성격으로 구성된 사실을 짚어 본다. 3장에서는 허구적 신이담의 편재, 정중선·동중선의 선문학적 구성이라는 측면에서 문학적 의미를 가늠해 본다. 이로써 『사산비명』이 추구한 문예미를 발견하고, 나아가 당대인의 창작 의식을 가늠하는 실마리를 찾고자 한다.

2. 행적부 서사의 문학적 성격

최치원은 은거한 뒤에 〈법장화상전〉이나 〈부석존자전〉 등의 승전을 찬술할 만큼 불교에 침잠한 인물이다. 이 작품들은 후대 승전의 전범이 되어 〈균여전〉이나 〈해동고승전〉 등의 찬술에 영향을 끼쳤다고 언급될 정도로 최치원은 고승의 전기를 찬술하는 데 높은 안목을 갖춘 인물이었다. 『사산비명』은 그 바로 10여 년 전에 찬술한 것이다. "뛰어난 자취들이 별처럼 많으나, 후학들에게 일깨움이 되지 못한 것은 역시 쓰지 않는다(則大師時順間事蹟 犖犖者星繁 非所以警後學 亦不書)"고 밝힌 최치원의 견해는, 네 편의 비문 안에 어떤 방식으로든 작자의 가치관이 개입[13]될 수 있었다는 사실을 추정케 한다.

---

13) 황의열(1993), 위의 논문, 50면.

『사산비명』은 한국 선종사의 거성들을 다룬 만큼 그들의 행적부는 선승다운 면모가 서사의 주축을 이룬다. 범인(凡人)과 다른 삶의 족적이 부각되고 있는 것이다. 이는 최치원의 주관적 가치 판단에 따른 선택적 서사 전개에 따른 결과이며, 그들의 특수한 면모를 통해 선승으로서의 자용을 강조하기 위함이다. 행적부의 서사 전개에 있어 각 편마다 독창적 선승의 형상을 달리 모색하고 있다는 데 특징이 있다. 단순히 참선을 통한 선도의 체득이라는 언술에서 탈피해 선승 개개인의 독자성을 내세운 행적을 선사한다.

1) 〈낭혜화상비명〉과 노정형 구법담

〈숭엄산성주사대낭혜화상백월보광탑비명〉(이하 〈낭혜화상비명〉)은 무염국사의 비명으로, 탑비는 현재 충남 보령시 성주면 성주사 터에 남아 있으며, 국보 제8호로 지정되어 있다. 이 비문의 행적부 서사는 무염국사의 구법 행위에 초점을 맞추고 있어 주목할 만하다. 특히 그 구법 행위가 끊임없이 노정(路程) 속에서 이루어진다는 점이 흥미롭다. 우선 〈낭혜화상비명〉의 행적부 서사 단락을 살펴보면 다음과 같다.

① 무염의 8대조는 무열왕이며 고조와 증조는 장상(將相)으로 이름나고 조부는 한찬을 지내다. 일족이 진골에서 한 등급을 깎아내리는(族降眞骨一等) 득난(得難)을 겪다
② 모친 화씨가 머리 셋에 팔이 여섯인 수비천인이 연꽃을 내려주는 꿈을 꾸고 임신하다. 또한 꿈에 호도인(胡道人)이 나타나 법장이라고 칭한 뒤 열석 달째 대사가 태어나다. 대사는 아이 때부터 합장하거나 가부좌 자세를 취하고, 반드시 불상을 그리거나 불탑을 만들며 놀다
③ 13세에 구류(九流)를 비속하게 여기고, 설악산 오색암사 법성선사

에게 입문하다. 수년 뒤 능가선을 사사받고 입당을 권유받다

④ 대사는 부석산 석등대덕을 찾아가 화엄을 배운 뒤 완전한 깨달음을 보기 위해 국사(國使)의 배를 타고 출항하다. 풍랑으로 검산도에 표류하다 정조사로 당나라에 들어가는 왕자 흔(昕)의 배를 타고 입당하다

⑤ 대흥성 남산 지상사에서 화엄승을 만나, "멀리 외계(外界)에서 도를 취하고자 하는 것이 어찌 그대에게 있는 부처를 체인(體認)하는 것에 비하겠는가?"란 소리에 크게 깨치고 길을 떠나다

⑥ 낙양 숭산 불광사에서 마조 도일의 제자인 여만에게 도를 묻고, 역시 마조 도일의 심법을 이어 받은 마곡사 보철 화상에게 심인(心印)을 전수받다

⑦ 보철 화상이 입적하자 진승(眞僧)을 찾아 각처를 유랑하다. 병자를 구호하고 고아와 자식 없는 노인을 구휼하다. 문성왕 7년(845년) '회창의 법난'을 피해 귀국하다

⑧ 왕자 흔의 선조 봉지인 성주사에 거하며 불도를 크게 이루다. 871년 경문왕의 청으로 하산하여 '반야의 경계'에 대한 심인을 설하다. 876년 대왕의 와병과 승하를 지키고 성주사로 돌아가다

⑨ 헌강왕이 부처에 귀의코자 대사를 청하니 두 번째 출행해 알현하다

⑩ 입산하여 세상과의 인연을 끊자 임금이 방생장(放生場)의 경계를 표시하니 새와 짐승이 즐거워하다

⑪ 888년 "나는 멀리 떠나니 너희들은 선도(禪道)에 잘 안주하도록 하라. 강(講)하기를 한결같이 하며, 마음을 지켜서 잃어버리지 않도록 하라"는 유훈을 남기고 가부좌로 입적하다[14]

무염국사의 일생은 소년기부터 노년기에 이르기까지 그야말로 노정의 연속이라고 할 만큼 구법을 향해 부단히 운신한다. 서사 단락 ③을 보면 13세에 이미 불가의 뛰어난 학인임을 인정받아 법당선사

14) 최영성, 『교주 사산비명』, 124-157면 참조.

로부터 입당을 권유받으며 실질적인 구법을 시작한다. 차후에 이어질 노정 위의 구법이 예견되고 있는 셈인데, 이는 최치원이 이 비명의 서사 전개를 애초부터 노정형 구법담으로 짜겠다는 의도를 내보인 것으로 이해된다. 그러나 그의 구법은 바로 입당으로 이어지지 않는다. ④에서 보듯 석등대덕에게 화엄을 배우고 체득한 뒤 비로소 입당한다. 여기서 무염국사의 구법이 '만행'과 '보림'의 이중 구조로 나타난다.

만행은 선승들이 확연한 깨달음을 길에서도 얻기 위해 떠나는 구도이며, 보림은 이미 깨우친 바를 잃지 않도록 갈고 닦는 것을 의미한다. 만행을 떠나는 까닭은 참선 정진으로 일구어 낸 경지를 구체적인 삶의 현장에서 펼쳐 보는 데 있다. 만행은 곧 여러 가지 삶의 경계에서 화두를 여일하게 드는 또 하나의 구도 과정이기도 하다.[15] 무염국사는 법성선사에게 입문해 보림의 시간을 갖다가 석등선사에게 만행의 길을 떠난다. 다시 보림의 시간을 갖고 입당 만행 길에 오른다. 만행과 보림의 이중 구조는 사건 단락 ⑤⑥⑦에서도 반복된다. 지상사의 화엄승에게서 도를 깨우치고 닦지만 곧 만행을 떠나 여만에게 이르고, 그곳에서 보림한 뒤 만행을 떠나 보철에게 이른다. 특히 사건 단락 ⑦에서 진승을 찾아 각처를 유랑하고 난민을 구호하는 행적은 만행과 보림이라는 구법행을 실질적으로 보여준다.

무염국사의 만행은 귀국 후 성주사에 거하던 중 경문왕에게 반야의 경계를 설하러 출행하는 곳에서도 읽을 수 있다. '상구보리 하화중생'의 만행을 엿볼 수 있는데, 임금을 알현한 것이라는 점에서 사건단락 ⑦의 만행 중에 만난 일반 백성과 대비된다. 무염국사의 만

15) 불학연구소 편저, 『간화선』, 조계종출판사, 2005, 47면.

행이 상하 신분에 걸림이 없었음을 상대적으로 제시하는 행적 서술이다. 무염국사는 입산하여 보림의 경지에 든 뒤 입적에 들며 영원한 만행을 떠난다. 무염국사의 이와 같은 만행과 보림의 구법담은 행적부의 서사 전반에 걸쳐 나타난다.

서사 단락 ①에서 보듯 무염국사의 신분 계층은 무열왕을 팔대조로 하는 진골이었으나 부친 대에 이르러 육두품으로 강등, 편입되는 세파를 겪는다. 그의 부친이 역모나 패전과 같은 국가적인 대사에 연루된 것으로 짐작된다. 이 과정에서 무염국사는 육두품으로서 택할 수 있는 길 가운데 하나인 불가에의 귀의를 택한 것이 아닌가 여겨진다.[16] 그의 대당 유학이 신분의 벽을 넘기 위한 선택에서 비롯된 것이었다고 하더라도 경론에 심취한 교학승이 아닌 실천적 구법 행위에 초점을 맞춘 선승의 족적을 쌓았다는 점에서 속가의 파란만장한 질곡으로부터 초탈한 선승의 면모를 보여준다.

속가 삶의 험난한 노정(득난의 상황, 族降眞骨一等)은 그가 구법의 길에 들어서서도 동일하게 펼쳐진다는 점에서 눈에 띈다. 서사 단락 ④를 보면, 무염국사는 완전한 깨달음을 얻기 위해 국사(國使)의 배를 타고 입당을 시도한다. 그 길은 쉽게 이루어지지 않는다. 갑자기 풍랑이 일어 큰 배가 무너지고, 무염국사는 외쪽 널빤지를 걸터타고 밤낮없이 반 달 남짓 떠돌다가 검산도에 표착한다. 그 뒤 정조사로 들어가는 왕자 흔의 배를 타고 입당한다.[17] 귀족 가문에서 강등되어 육두품 가문의 일원으로 살게 된 삶의 노정은 이후 불각을 이룬 뒤 왕 앞에 이르러 “능관인”[18]을 진언하는 계기로 작동한다. 최치원이,

16) 유영봉, 『사산비명 연구』, 성균관대 박사학위논문, 1993, 106-107면.

17) 及大洋中, 風濤欻顚怒, 巨艑壞, 人不可復振. 大師與心友道亮, 跨隻板, 恣業風. 通星 半月餘, 飄至劒山島. 최영성, 『교주 사산비명』, 90면.

무염국사의 순탄치 않았던 삶의 족적과 종교적 입성의 과정을 노정이라는 틀로 구상해 놓고 접근한 사실이 드러난다. 그런 가운데 선승으로서의 무염국사에 대한 인간적 이해와 경외감을 살려낸다.

〈낭혜화상비명〉은 만행과 보림이라는 노정형 구법담을 선사한다. 길 위에서의 구법을 강조함으로써 구도가 결코 이 세상과 유리된 것이 아니라는 사실을 강조한다. 그렇기에 무염국사의 면모가 단순히 초월적 성인으로서만이 아닌 한 인간으로서의 동질감을 형성한다. 이는 객관성과 주관성이 공히 내재된 글쓰기 전략을 통해 내용의 진실성과 참신함을 확보[19]한 최치원의 사유 체계에서 비롯한 것이다.

2) 〈진감선사비명〉과 고행형 이인담

〈지리산쌍계사진감선사비명〉(이하 〈진감선사비명〉)은 진감선사 혜소의 비명으로, 현재 경상남도 하동군 화계면 쌍계사 경내에 탑비가 남아 있으며, 국보 제47호이다. 이 비명의 행적부는 고행형 이인담으로 짜여 있다는 데 특징이 있다. 〈낭혜선사비명〉이나 〈지증대사비명〉의 행적부가 사실성과 현실성을 내세운 것과 대조되는 점이다. 〈진감선사비명〉의 서사 단락을 살펴보면 다음과 같다.

> ① 선사 혜소의 속성은 최씨로, 선대는 한족으로 산동의 고관이다. 수나라의 고구려 정벌 시 뜻을 굽히고 전주의 금마 사람이 되다.

---

18) '능관인(能官人)'은, 능력 있는 인재를 잘 살펴서 관직에 등용해야 한다는 말(최영성, 앞의 책, 145면)로, 도덕적인 유교 정치와 신분보다는 능력에 따른 정치를 말한 것이며, 선승이었음에도 불구하고 육두품 지식인들에 대한 생각을 왕에게 말한 것을 높이 평가할 수 있다.(조범환, 「신라 하대 유학자의 선종 불교 인식: 최치원의 사산비명과 관련하여」, 『한국선학』2호, 한국선학회, 2001, 177-206면)

19) 구슬아, 앞의 논문, 55면.

② 모친 고씨의 꿈에 범승이 나타나 아들이 되기를 원하며 유리 항아리를 표식으로 주더니 곧 선사를 임신하다. 아이 때부터 반드시 나뭇잎을 태워 향이라 하고, 꽃을 따서 공양으로 삼았으며, 간혹 서쪽을 향해 바르게 앉아 해가 기울도록 움직이지 않다
③ 성년이 되자 가난한 부모를 봉양하기 위해 생선 장사를 업으로 삼다. 애장왕 5년(804), 부모의 상을 치르고 세공사(歲貢使) 뱃사공으로 자원해 입당하다
④ 창주 신잠대사를 찾아가 삭발하고 승복을 입은 뒤 인계(印契)를 받다
⑤ 선사는 얼굴이 검어 '흑두타(黑頭陀)'라고 불렀는데, 동진 때의 고승 도안법사와 송나라 때의 자한과 북천축국의 불타야사, 선종의 초조인 달마처럼 색상(色相)으로써 영원히 나타날 기이한 용모이다
⑥ 810년 숭산 소림사의 유리단에서 구족계를 받고 학림에서 수승한 경지에 오른 뒤 운수 행각을 떠나다
⑦ 도의를 만나 운수 행각하며 불지견(佛知見)을 증득하다. 도의가 귀국한 뒤 종남산으로 입산해 소나무 열매를 따먹으며 3년간 지관(止觀)하고, 다시 3년간은 세상을 유랑하다
⑧ 홍덕왕 5년(830)에 귀국하여 지리산으로 들어가니 호랑이들이 길을 인도하므로 화계곡의 절터에 선사(禪寺)를 세우다
⑨ 문성왕 12년(850), "탑을 세워 형해(形骸)를 갈무리하거나 명(銘)을 지어 걸어온 발자취를 기록하지 말라"는 유훈을 남기고 앉은 채 입적하다
⑩ 선사가 입적할 때 바람과 우레가 홀연히 일어나고, 호랑이와 이리가 슬피 울부짖더니 삼나무와 향나무도 시들하게 변하고, 검붉은 구름이 덮인 공중에서 손가락 튕기는 소리가 울리다[20]

『사산비명』에는 상상이나 환상, 또는 얼마간의 과장이라 할 수 있

20) 최영성, 『교주 사산비명』, 188-211면.

는 이야기들도 있는데, 이러한 것들을 통해 사물의 본질을 표현해 내는 형상화의 기법이 구상[21]된 사실을 알 수 있다. 예컨대 신이한 태몽담이라든지 산달을 훌쩍 넘기고 태어나는 출생담이라든지 하는 예가 그것이다. 낭혜화상은 모친이 천인에게 연꽃을 받고 또 서역승에게 십계를 받은 뒤 열석 달째 태어나고, 지증대사는 용의 몸을 벗고 인간으로 환생하는 태몽과 산기 후 4백일이나 지나 탄생하는 이인담을 선보인다. 물론 혜소선사도 모친이 꿈에 범승(인도승)에게 유리 항아리를 표식으로 받고 임신하는 이인적 성격을 보여준다. 그런데 혜소선사의 경우 이러한 이인적 성격이 행적부 전반에 걸쳐 발화된다는 점이 이채롭다.

서사 단락 ④에서는 혜소선사가 당나라 신잠대사와의 숙세 인연을 깨우치고 불가에 입문하는 서사를 보여줌으로써 그의 이인적 면모를 부각한다. 선사가 이미 선가의 맥을 이을 존재로, 전생과 현생을 잇는 초월성을 반증하는 것이다. ⑤에서는 '흑두타'라고 불리는 혜소의 용모를 선종의 초조인 달마대사와 닮은 것으로 비유하며, 선사의 존재 자체를 신라에서 벗어난 국제적 위상의 성격으로 끌어올린다. 이는 ④에 나타난 선사의 불가 입문이 이미 당연한 사실처럼 정해진 수순이라는 사실을 반증하는 부분이다. 이러한 화법은 ⑥에서도 드러나는데, 선사가 소림사 유리단에서 구족계를 받게 된 사실이 곧 ②에서 이미 예시된 선승으로서의 필연성을 반증하는 것이다. 이러한 반증을 통한 서사 구조는 ⑧과 ⑩에서도 이루어진다. ⑧에서는 선사가 귀국한 뒤 호랑이가 인도한 절터에 선사를 창건하는데, 이와 같은 이적이 일어난 장소이기에 그가 입적하자 바람과 우레가 울고 호랑

---

21) 황의열, 앞의 논문(1993), 55면.

이와 이리가 슬피 울더니 주변의 나무들이 시들고 공중에서는 손가락 튕기는 이적이 ⑩에서 일어난다.

재주가 신통하고 비범한 이인으로서의 성격을 부각한 것은 비문의 찬자인 최치원의 문학적 고심에서 찾아야 할 듯하다. 독자는 혜소선사의 나열된 이력을 원하는 것이 아니라 그것이 하나의 이야기로 탈바꿈하여 생동적이고 감동적으로 다가오기를 바랐고, 최치원은 그러한 욕구를 충족시키며 커뮤니케이션을 추구한 것[22]으로 이해된다. 곧 혜소선사의 삶을 그려내는 데 있어 독자의 흥미를 이끌 만한 이인담 형식의 이야기를 토대로 비문을 엮었다는 의미이다. 다시 말해 혜소선사의 일생을 보다 효과적으로 재구성하기 위한 기법으로, 그의 삶을 시간의 경과에 따라 평면적으로 묘사하는 단조로움에서 벗어나 입체화하고자 한 의도적 수법[23] 때문이란 것이다.

최치원이 이와 같은 대비를 통한 반증의 서사에 주목할 수밖에 없었던 이유에 대해서도 살펴보아야 할 듯하다. 서사 단락 ①에서 보듯 혜소선사의 속성은 최씨이지만, 그 선대는 한족으로서 수나라의 고구려 정벌 시 전주의 금마 사람이 된 가계의 일원이다. 최치원의 고민은 이러한 혜소선사의 가계를 어떻게든 신라 고유의 것으로 만들어야 하는 데 있지 않았나 싶다. '동인'으로서의 자부심과 긍지를 내세웠던 최치원에게 한족인 혜소선사의 가계가 이질적으로 다가섰을 법하고, 이를 희석시키고자 결국에는 인도와 연계된 이인적 성격은 물론 외물이 일으키는 이적을 출현시킴으로써 그의 존재를 중국에서 벗어난 범우주적 인물로 그린 것이다.

---

22) 황의열, 앞의 논문(1993), 43면 축약.
23) 유영봉, 앞의 논문, 68-72면 축약.

〈진감선사비명〉의 서사 전개가 이인담을 주조로 출현한 또 하나의 배경을 추리하자면 혜소선사의 법맥과 관련 있을 것이다. 혜소선사는 육조 혜능의 영당을 세우고 철저히 선을 내세워 실천함으로써 혜능을 연상케 했으나 독립된 선파(禪派)를 세우지는 못했는데, 고려조에 와서 희양산파의 조사로 추증된 고승[24]이다. 곧 사후에 선맥의 조사로 추증되어 자리 잡은 것이다. 이러한 법맥 역시 그의 비명을 이인담 성격의 서사로 기울게 한 요인으로 보인다. 당대에 제대로 인정받지 못한 혜소선사의 선맥을, 찬자인 최치원은 애석해 했고, 그에 대한 흠모의 마음을 이인담 성격으로 기울게 한 것으로 보인다. 세상에서 개화하지 못한 그의 선맥이 이미 먼 불타 시절부터 약속된 것임을 반증하며 언젠가는 다시 세상에 전화될 것이라는 기대를 담기 위한 뜻이었다. 다른 선사들과 달리 유독 인도와 연관된 서사를 중심으로 이 비명이 찬술된 데에는 혜소선사가 우리나라에 범패를 최초로 들여온 승려[25]로 유명하다는 사실도 영향을 주었을 법하다.

이 즈음하여 혜소선사의 이인담적 비명이 숭고함만이 아닌 현실성을 갖출 수 있었던 요인을 살펴보아야 한다. 현실계의 선승이 그처럼 이인처럼만 부각되었다면 현실감이 부족했을 것이다. 이를 파악하고 있었던 최치원은 혜소선사의 고행담을 비문 안에 배치함으로써 한 인간에서 성인으로 나아간 선승의 삶을 더욱 두드러지게 묘사하고 있다. 서사 단락 ③을 보면, 혜소선사의 속가 삶에 대한 단서가 나타난다. 그는 무염국사처럼 귀족 가문의 일원도 아니었고, 지증대사처럼 부모의 지원을 받으며 출가했던 몸도 아니다. 유년시절부터 집에

24) 김문기, 앞의 논문, 142면.

25) 유영봉, 위의 논문, 5면.

한 말의 여유 곡식도 없었고, 또 한 자의 땅떼기도 없었기 때문에 소규모의 생선 장사를 해 미끄럽고 맛이 좋은 음식을 넉넉하게 하는 업으로 삼았다. 부모의 상을 당해서는 흙을 져다가 무덤을 만들었고, 당나라에 들어갈 때는 뱃사공이 되어 바다를 건넜다.[26] 속가의 삶만 놓고 보면 네 편의 비문 주인공 가운데 혜소선사가 가장 고행을 한 인물이다. 이러한 고행을 부각했기에 무염국사나 지증대사의 비문보다 허구적 이야기를 강화했음에도 이질적으로 다가오지 않는 행적부 서사로 남았다고 할 것이다.

고행형 이인담 서사는 결국 혜소선사의 선승다운 면모를 부각시키기 위한 장치라는 사실을 알 수 있다. 혜소선사는 귀국한 뒤에 무염국사나 지증대사처럼 왕궁으로 출행했다는 행적이 드러나지 않는다. 그는 곧바로 깊은 산중의 수양처로 들어가 보림한다. 그러다 서사 단락 ⑨에서 보듯 모든 법이 공하니 자신의 주검 앞에 비명을 남기지 말라는 유시를 남기고 입적한다. 불립문자를 내세웠던 선승의 자세를 그대로 보여준다. 이 또한 당대의 여건 속에서 개화하지 못한 채 남은 혜소선사의 선맥을 다시 꽃피우고자 했던 최치원의 문학적 고심으로 다가온다. 즉 혜소선사의 삶을 선승 그 자체로 남겨 두고자 했던 열망이 컸다는 것이다. 그래서 그의 왕궁 출행과 얽힌 후일담은 거두어 내고 홀연히 세속에서 흔적을 거둔 선승으로 남겨 둔 것이다.

---

26) 自丱梟弁, 志切反哺, 跬步不忘, 而家無斗儲, 又無尺壤, 可盜天時者. 口腹之養, 惟力是視, 乃裨販婟隅, 爲瞻滑甘之業. 手非勞於結綱, 心已契於忘筌, 能豐啜菽之資, 允叶采緅之泳, 暨鍾艱棘, 負土成墳. 최영성, 『교주 사산비명』, 173면.

3) 〈지증대사비명〉과 포교형 계행담

〈희양산봉암사지증대사적조탑비명〉(이하 〈지증대사비명〉)은 구산산문 가운데 희양산문의 개산조가 된 지증대사 도헌의 탑비로, 현재 경상북도 문경시 가은면 원북리 봉암사 경내에 있다. 국보 315호로 지정되어 있다. 도헌대사의 행적부는 '육이(六異)'와 '육시(六是)'라는 특이한 서사로 짜여 있다. 곧 여섯 가지 기이한 일과 여섯 가지 옳은 일로 짜여 있는데, 일의 선후를 따라 쓴 것도 아니고, 서로 연관이 있는 것도 아니다. 하나의 이야기에는 각각 하나의 주제가 있어 마치 사서에 비유하면 기사본말체의 서술 수법[27]이다. 이것은 무엇보다 도헌대사의 삶을 작가의 정확한 찬술 의도에 맞추어 구상했다는 뜻이며, 행적의 한 부분, 한 부분을 단독적으로 입체화한 접근이다. 그런 가운데 도헌대사의 빼어난 계행담을 주조로 서사를 전개한다. 그 계행적 삶을 산문과 세간에 두루 포교하기 위한 성격을 취하고 있다는 데 특징이 있다. 〈지증대사비명〉의 행적부 서사 단락을 살펴보면 다음과 같다.

> ① 헌덕왕 16년(824) 대사의 모친 꿈에 한 거인이 나타나다. 과거 비바시불 말세의 중이었으나 용보(龍報)를 돌다 이제 자비로운 교화를 펼치기를 원한다고 고하니 곧 임신이 되고 4백일이 지나 대사가 탄생하다
> ② 태어난 지 여러 날이 되도록 젖을 빨지 않았는데, 문득 문 밖을 지나가던 도인이 훈채(葷菜)와 육류를 끊으라고 이르기에 따랐더니 대사가 모친의 젖을 빨다
> ③ 9살에 부친을 여의고 추복승(追福僧)에게 불타의 출가 동기를 듣고 모친 몰래 부석산 화엄 도량으로 나아가 입문하다. 위중한 모친을

27) 황의열, 앞의 논문(1993), 53면.

위해 하산한 길에 고질병에 걸려 사경을 헤매므로 모친은 불도의 길을 허락하다

④ 17살에 구족계를 받고 비로소 강단에 나아가 선종인(禪宗人)과 교종인(教宗人)을 아우르는 법을 구하다

⑤ 꿈에 보살보현이 나타나 고행을 실행하라고 전언하다. 이로부터 명주옷과 솜옷을 피하고 어린 양가죽 신을 신지 않았으며 새 깃으로 만든 부채나 털로 만든 깔개도 사용하지 않다

⑥ 대사는 남의 스승 되기를 좋아하는 것을 염려해 후생을 막다. 산길에서 만난 늙은 나무꾼이 선각(先覺)이 후각(後覺)을 깨닫게 하는 데 어찌 덧없는 몸을 아끼느냐고 하는 소리에 문득 깨달아 가외자(可畏者)를 받아들이다

⑦ 경문왕 4년(864) 겨울 단의장옹주(경문왕의 누이)가 지증대사에게 귀의하고 영지인 현계산 안락사를 희사하니 거처를 옮기다.

⑧ 도헌대사를 승적에 넣어 준 이에게 보답하는 의미로 철불을 주조해 선(최상의 황금)을 발라 절을 수호하고 저승으로 인도하는 데 쓰다.

⑨ 경문왕 7년(867)에 지주인 옹주가 절에다 전지(田地)와 장획(臧獲)의 문서를 희사하니, 대사가 감응해 왕실과 귀족의 발원으로 세워진 사원의 토지와 부속 건물을 절에 예속시키다

⑩ 심충이라는 사람이 희양산의 당을 희사하며 선사(禪寺) 짓기를 발원하다. 대사는 그곳이 승려의 거처가 되지 않으면 도적의 소굴이 될 것을 내다보고 봉암사를 세우다

⑪ 헌강왕이 대사를 초빙하고 심(心)을 물으니 못 가운데 비친 달을 가리켜, “이것(水月)이 곧 이것(心)이니 더 이상 할 말이 없다”고 답하다

⑫ 임금이 종려나무 가마를 하사하였으나 병으로 말미암아 안락사로 옮겨가고 나서 석장을 짚고도 일어날 수 없게 되었을 때 비로소 그것을 사용하다

⑬ 12월에 대사가 가부좌로 입적하자 임시로 유체를 모셨다가 1년 뒤 봉암사로 옮겨 장사지내다[28]

도헌대사의 계행담은 행적부 전반에 걸쳐 부각된다. 우선 육이를 통해 계행에 누구보다 남달랐던 도헌대사의 생애가 부각된다. ①에서 보듯 도헌대사는 진에(瞋恚)의 과보로 용이 되었다가 인간으로 환생한다. 열 가지 중죄 가운데 하나인 화를 참지 못했다는 것은 선정의 경계에서 무너졌다는 뜻이며, 계행을 지키지 못했다는 것을 의미한다. 도헌대사는 탄생부터 계행과 깊이 연관된 서사를 보여준다. ②에서 보면 대사는 모친이 훈채와 육류를 피하자 먹지 않던 젖을 비로소 먹는데 이 또한 음식을 가렸던 승려의 계행을 나타낸다. ③의 서사 단락에서 도헌대사가 모친의 병을 대신 앓았던 것도 효의 실천을 강조했던 불가의 계행을 이행한 것이다. 17살의 나이로 선종과 교종의 법에 두루 통달한 ④의 서사 단락은 중도적 계행을 보여준다. ⑤는 명주옷과 양가죽 신의 호사를 누리지 않는 육체적 계행을, ⑥은 독단에 치우친 수행에서 벗어난 정신적 계행을 말한다.

여기서 주목되는 것은 그의 계행이 자신만의 구법을 위한 독단에 치우치지 않는 중도적 성격을 보여준다는 점이다. 그가 모친의 병을 대신 앓았던 것도 구법의 실상이 경전이나 참선 속에만 있는 것이 아니라 효의 실천이라는 대의 속에도 있다는 것을 깨달은 중도적 결단에서 기인한다. 남의 스승 되는 일을 염려해 후생을 막았던 생각에서 벗어난 것도 덧없는 명성을 아끼려고 했던 우치에서 벗어난 중도적 결단 때문이었다. 도헌대사의 계행은 한쪽의 현상이나 이치로 치우치지 않는 중도적 실천을 보여주며 선승으로서의 면모를 드높인다. 아울러 이러한 실행이 불도의 길이며, 학인을 깨우치는 포교로 쉽게 전달될 수 있다는 사유를 육이의 구성으로 나타낸다.

---

28) 최영성, 『교주 사산비명』, 349-369면.

도헌선사의 계행은 육시로 계속 이어진다. 육시의 첫 번째는 진퇴의 옳음이다. 그는 경문왕이 알현해 주길 청해도 나아가지 않다가 ⑦에서 보듯 단의장옹주가 희사한 안락사로 거처를 옮긴다. 자신을 닦고 남을 교화할 수 있는 처소로의 출행은 승려가 당연히 지녀야 하는 계행이란 사실을 강조한다. ⑧에서는 보은의 옳음을 통해 계행을 강조한다. 승적에 넣어 준 인물을 위해 불상을 주조함으로써, 보시만 구하는 승려의 모습에서 벗어난다. ⑨는 희사의 옳음을 통한 계행이다. 옹주의 희사에 감응한 대사가 자신의 재산을 절에 희사하는 계행을 한다. 내 것과 네 것의 분별이 없는 계행에서 도헌대사의 초연한 면모가 드러난다. ⑩은 선심(善心)을 계발한 옳음의 계행이이고, ⑪은 세상에 나가서 교화하고 물러나 도를 닦는 것의 옳음을 말하는데, 속세의 명성과 이득에 빠지지 않는 계행을 보여준다. ⑫에서는 가마 하나도 자신을 위해 쓰지 않고 중생의 괴로움을 구제하는 도구로 삼겠다는 발언을 통해 물질적인 욕망에 초연한 계행을 보여준다. 육시 또한 불가의 학인은 물론 중생들이 쉽게 깨우칠 수 있는 계행을 포교하기 위한 구성이다.

육시에서도 도헌대사의 중도적 계행은 행동 철학으로 나타난다. 왕의 처소로는 몸이 기울지 않았으나 수도처를 제공한 단의옹주 처소로는 몸이 향하였다. 똑같은 속인의 청이었으나 중도적 결단으로 하나는 취하고 하나는 내려놓는다. 그런가 하면 산중의 도적들 소굴로 들어가서는 그들을 교화하고 선사(禪寺)를 지으니 중도적 구법의 정수를 보여준다. 그의 구도 속에는 티끌과 오욕의 자리가 따로 분별되어 있지 않았다. 임금이 종려나무 가마를 하사하니 괴로움을 구제하는 도구로 받아들였다가 훗날 병중에 들어서야 그것을 사용한다. 이러한 계행 속에서 왕명을 수용하면서도 자신의 고행에도 순응하는 중도적 발상을 보여준다.

최치원이 유독 도헌대사의 행적부를 이와 같은 중도적 계행담으로 찬술한 것은 그가 그만큼 계율에 엄정했던 고승이었다는 사실을 드러내기 위해서이다. 도헌선사는 전술한 무염국사나 혜소선사처럼 도당해서 구법에 통달한 고승이 아니었다. 도헌대사는 선승의 면모를 말 그대로 국내에서 체화한 인물로, 그를 선도로 이끈 승려는 불타의 출가 동기를 들려 준 추복승 하나에 불과하다. 많은 선사와의 교유와 계도를 통해 선적 경지를 쌓았던 무염국사나 혜소선사의 행적과 대비되는 부분이다. 곧 육이와 육시의 계행담은 대당 유학을 한 여느 승려에게 결코 뒤짐이 없이, 도헌대사 역시 많은 이적과 올바른 족적을 남겼다는 사실을 보여주기 위해[29] 최치원이 구상한 기법이라고 할 것이다. 아울러 후학은 물론 범부 중생에게도 이러한 도헌대사의 삶을 쉽게 포교하기 위해 육이와 육시라는 입체적 구성을 취한 것이다. 도헌대사의 삶 가운데 가장 극적인 부분을 널리 포교할 수 있는 방법을 고심하다 선보인 것이다.

〈지증대사비명〉은 입당 과정을 거치지 않고 자국 내에서 계행을 지켜 불도에 이른 도헌대사의 행적을 다룬다. 육이와 육시라는 시각적이면서도 입체적 구조를 통해 신라 불교사의 뛰어난 고승이 출현하게 된 필연적인 배경을 제시[30]한다. 도헌대사 일신의 계행담에서 벗어나 당대의 선승이 지니고 있던 행동 철학을 살필 수 있는 서사로 나아가고 있어 눈에 띈다.

---

29) 유영봉, 앞의 논문, 89면.

30) 유영봉, 위의 논문, 89면.

4) 〈대숭복사비명〉과 공간사유형 인연담

〈초월산대숭복사비명〉(이하 〈대숭복사비명〉)은 경문왕의 모후인 소문왕후의 외숙인 파진찬 김원랑이 세운 절로써 화엄 계통의 사원이다. 절이 자리한 곳은 지금의 경상북도 경주시 외동면인데, 절 뒤에 고니 모양의 바위가 있어 '곡사'라고 이름 하였다가 헌강왕이 11년(885)에 사명(寺名)을 '대숭복사'로 고치게 했으며, 이듬해 봄 당나라에서 갓 돌아온 최치원에게 사비명을 짓도록 하였다. 앞서의 비문들이 선승들의 탑비인 것과 달리 신라 왕실에서 세운 원찰의 내력을 담고 있다는 것이 특징이다. 비록 숭복사가 인물이 아닌 물리적 공간이라는 점에서 인물을 입전시키는 전의 특성에서 벗어나기는 하나, 한 개인의 일생이 서술되는 묘비명의 양식을 지니고 있어[31] 흥미롭다. 곡사에서 숭복사로 개건되어 가는 과정에 얽힌 인물들의 사유 체계가 충분히 행적부의 성격을 드러낸다. 〈대숭복사비명〉의 서사 단락을 살펴보면 다음과 같다.

> ① 금성 토함산의 숭복사는 원성대왕의 능을 모시고 명복을 빌기 위하여 세우다
> ② 파진찬 김원랑이 유희처였던 가당(歌堂)과 무관(舞館)을 불전(佛殿)과 경대(經臺)로 희사하며 피리소리와 금슬소리가 금종(金鐘)소리, 옥경 소리로 변하다
> ③ 고니를 닮은 바위 때문에 곡사(鵠寺)라고 이름 삼다
> ④ 원성왕 14년(798) 겨울에 임금이 곡사를 유택으로 삼고자 유교하다
> ⑤ 어떤 이가 자유의 사묘와 공자의 구택도 보존되어 칭송되거늘 금지(金地)를 차지하려는 것은 김원랑의 크게 희사한 마음을 저버리는 것

31) 유영봉, 위의 논문, 74면.

으로 하늘로서는 허물이 되는 바라고 의문을 제기하다
⑥ 이에 관리가 절이란 자리하는 곳마다 전화(轉化)되어 화의 터전을 능히 복의 마당으로 전변시켜 백업토록 위태로운 현실 사회를 구제하므로, 지금의 절을 버리고 새 왕릉을 도모해야 하며 그렇게 함으로써 김원랑의 넓은 덕도 순탄하게 흐를 것이라고 비난하다
⑦ 드디어 절을 옮기고 왕릉을 영조(營造)하다. 후에 경문왕의 꿈에 원성왕이 나타나 불상을 세우고 능역(陵域)을 꾸며 호위함을 치하하다. 화엄대덕 결언이 곡사에서 닷새 동안 불경을 강하게 하다
⑧ 좌편의 뾰족한 봉우리들은 닭의 발(초월산과 계족산)이 구름을 끌어당기는 듯하고 우편의 높은 평지와 낮고 습한 들은 용의 비늘이 태양에 번쩍이는 것 같다. 낙랑(경주)의 선경(仙境)은 참으로 즐거운 극락정토이고, 초월이란 명산은 곧 환희의 땅(初地)으로 이를 만하다[32]

이 비문은 파진찬 김원랑의 유희처가 곡사라는 사찰로 바뀌었고, 그것이 다시 원성왕의 원찰로 개건되는 과정을 담고 있다. 피리소리와 금슬소리로 낭자하던 가당과 무관이 스스럼없이 금종과 옥경소리 울리는 법당 공간으로 바뀌었다는 ②와 ③의 내용은 다름 아닌 당대인의 화엄관을 드러내는 명장면이다. 이는 우주의 본체와 현상이 하나라는 '이사무애'와 현상과 본체가 하나로 융합되어 구별할 수 없는 '사사무애'의 경지를 드러낸다. 한 선에 평행하는 현상계 만유의 모든 개개사물이 장애 없이 서로 의존하여 중중무진하게 융통한다[33]는 사고를 드러낸다.

속인의 유희처가 당시 교종 가운데 최상의 지위를 누리고 있던 화엄 도량으로 일순 변모할 수 있었던 것도 이와 같은 사유 체계가 있

32) 최영성, 『교주 사산비명』, 251-281면.
33) 최영성, 앞의 책(2001), 221-222면.

었기에 가능했다. 가당과 무관을 불전과 경대로 수용하고, 피리와 금슬소리를 금종과 옥경소리로 수용하는 발상은 한 걸음 나아가 이곳을 왕실의 원찰로 수용하는 사유 체계로 전이된다. ④에서 보면 원찰 유교가 내리자 ⑤에서 어떤 이가 신성의 공간을 인간의 유택으로 삼는 것은 하늘로서 허물되는 바라고 한다. 이에 ⑥에서 절이란 자리하는 곳마다 변화하여 화의 터전을 능히 복의 마당으로 만든다는 발상을 선보인다. 이는 다름 아닌 공간의 자유자재함을 통한 인연담을 풀어낸 것이라 할 수 있다.

최치원은 숭복사라는 공간에 얽힌 전후 개건 과정과 그에 얽힌 인물들의 사유 체계를 얼개로 '일즉다(一卽多) 다즉일(多卽一)'의 화엄 세계관을 구상한 듯하다. 일 가운데 우주의 모든 만상이 포용되는 원융이 그것인데, 요컨대 파진찬이라는 귀족의 불사 희사를 통해 중앙 귀족 불교의 단상을 드러내고, 원성왕의 유택지로 바뀌는 과정을 통해 풍수지리설을 말하고, ⑧의 말미에서 보듯 이 비명의 찬자인 최치원의 선적 오도지로서의 성격 또한 밝히고 있으니 숭복사라는 공간 안에 일대사가 두루 맞물려 있다. 가야산으로 은거한 뒤 최치원은 〈법장화상전〉 등의 화엄 저술을 적지 않게 남긴 만큼 그 직전에 찬술한 이 비명 안에서 화엄 만다라적 사유 체계를 심는 일은 당연했을 법하다.

이러한 비문의 내용이 왕위 쟁탈전을 비판하고, 불사(佛事)에 따른 지나친 공덕 활동과 무리한 역사(役事)를 비판하는 것[34]으로도 접근되지만, 가장 현상적인 문제를 바탕으로 초월적 세계에 접근한 문력을 선보인 것이라 주목할 만하다. 즉 숭복사라는 공간은 물리적 배경

34) 곽승훈, 『중국사 탐구와 사산비명 찬술』, 한국사학, 2004, 108-110면.

일 뿐 당대의 다기한 사유를 중첩시킨 곳이기 때문이다. 먼저 숭복사 공간은 다양한 층위의 인간관계를 풀어낸 인연담을 보여준다. 아울러 당시 유학뿐만 아니라 노장 사상과도 연결되어 중앙 귀족은 물론 지방의 호족이 숭상하던 풍수지리설[35]의 면모도 보여준다. 이것은 숭복사라는 공간이 단순히 왕실의 원찰 이력 소개에 머무는 것이 아니라 보다 다양한 층위의 사유를 담아내고자 했다는 것을 의미한다. 그것이 당대의 인간관계를 바탕으로 한 인연담을 주축으로 한다는 점에서 주목된다.

〈대숭복사비명〉은 산문과 속세의 삶이 교차하는 가운데 장엄 도량의 출현을 꾀한다. 이 비문은 숭복사라는 공간을 중점으로 만다라적 사유체계를 구현한다. 만상이 하나요, 곧 하나가 만상이라는 만다라적 사유담을 주조로 한다. 왕위쟁탈전과 호족의 봉기 등 최치원이 겪고 있던 신라 말의 어수선했던 시대상을 화엄의 만다라적 사유담으로 승화시켜 보고자 했던 결과이다. 숭복사라는 공간을 통해 인간세계를 통찰해 보고자 했던 최치원의 창작 의식이 여실히 드러난다.

3. 행적부 서사의 문학적 의미

최치원이 종래의 비명과는 차별되는 비문을 짓기 위해 고민했던 흔적을 〈지증대사비명〉에서 읽을 수 있다. "법갈(法碣)이 서로 바라보고 선비(禪碑)가 가장 많았다. 두루 아름다운 글을 보고 시험 삼아 새롭지 못한 글도 찾아보았는데, '무거무래(無去無來)'의 말이 다투어

35) 최영성, 위의 책(2001), 51면.

말(斗)로 헤아릴 정도요, '불생불멸'의 말이 움직이자면 수레에 실을 지경이었다. 일찍이 『춘추』에서와 같은 신의(新義)가 없었고, 간혹 주공(周公)의 구장(舊章)만을 쓴 것과 같을 뿐이었다"고 하여 기존의 비문들이 관습적이고 상투적으로 지어졌다는 사실을 밝혔다. 이왕 비문을 짓는다면 주인공의 일생을 재구성하는 데에서 한 걸음 더 나아가 문학을 한 사람으로서의 자기 성취가 병행되어야 한다고 생각한 듯하다. 이러한 고민은 비문을 순수 실용문으로만 보는 관점에 서 있지 않음을 반증하고 있는 것[36]이다. 최치원의 이러한 창작적 견지가 『사산비명』 행적부 서사의 문학적 특질로 작용하고 있다. 그는 인물의 행적을 주조하는 데 있어 작가의 창작 기법적 관점을 설득력 있게 조화시킨다. 그가 구상한 창작 기법에 대해 다음의 두 가지 측면에서 문학적 의미를 살필 수 있다.

1) 허구적 신이담의 편재

비문에는 기본적으로 세 가지 입장이 있다. 곧 비주와 작자와 독자이다. 비주의 메시지는 작가의 형상화 수법에 힘입어 독자에게 전달되고, 비주의 삶의 가치가 독자에게 이행된다. 독자의 경우 비명이 실용문이라는 성격을 알면서도 그것이 하나의 이야기로 탈바꿈하여 좀 더 생동적이고 좀 더 감동적으로 접근해 주기를 바란다. 언제나 그 이상의 문학성이나 가치의 추구를 요구하는 것이다.[37] 『사산비명』은 이러한 세 가지 입장을 두루 포섭하기 위해 신이한 요소의 허구담을 편재시킨다. 어떠한 사실을 사실 이상으로 미화하는 것

36) 황의열, 앞의 논문(1993), 47면.

37) 황의열, 위의 논문(1993), 42-43면.

은 수사의 기법이며 그것은 이미 창의적 글쓰기와 연관된다. 최치원은 행적부 서사 속에 문학적 허구를 심었는데, 주로 선사들의 태몽이나 출생담, 구법담과 계행담을 통해 나타내고 있다. 선가의 고승이었던 그들의 행적을 구도라는 측면에 초점을 맞춘 결과이다.

〈낭혜화상비명〉의 허구적 신이담은 서사 단락 ②와 ⑤, 그리고 ⑩에서 엿보인다. ②에서는 천인과 범승이 등장하는 태몽담과 산달을 넘기고 태어난 출생담, 불자의 품행을 보이는 유년시절의 신이담이 돋보인다. 특히 불경에 나오는 수비천인과 아미타불을 내세워 보다 정교하게 허구화 한 신이한 태몽담은 승려로서의 삶이 필연적일 수밖에 없다는 사실을 강조하는 발상이다. ⑤에서는 그가 청년기 구법기에 만난 화엄승의 용모를 인도인의 용모처럼 표현한 점에서 허구성이 감지된다. ⑩에서는 무염의 처소를 임금이 방생장으로 표시하자 새와 짐승이 즐거워하더란 곳에서 허구성이 엿보인다. 무염의 덕과 임금의 치사를 생동감 있게 드러내기 위한 최치원의 상상력이다.

〈진감선사비명〉의 허구적 신이담은 서사 단락 전반에 걸쳐 두루 나타난다. 최치원이 혜소선사의 행적부를 반증의 이인담 서사로 구성한 만큼 허구적 가미 역시 나머지 세 비문에 비해 강조되어 있다. ②에서는 기이한 태몽담과 출생담, 유년담을 작가적 상상력으로 구조화하고, ④에서는 선승과 대면한 뒤 출가하는 장면을 단순히 '삭발하고 승복을 입다'라는 것으로 끝내지 않고, '인계를 받다'라는 구체적 모습으로 서술한다. ⑤에서는 선사의 용모를 달마대사와 동일화함으로써 선승으로서의 면모를 부각하는 상상력을 발휘한다. ⑥에서는 소림사 유리단에서 구족계를 받는 상황이 범승으로부터 유리항아리를 받았던 태몽담과 들어맞는다는 주관적 상상력을 개입한다. ⑧에서는 호랑이들이 산중의 절터를 인도하는 동화적 발상을, ⑩에서는 그가 입적하자 외물이 반응하는 신이한 상상력을 발산한다. 특히 공중에서 손가락 튕기는 소리가 울렸다는 상상력은 혜소선사의 입적을 성신이 감동한 장엄 의식으로 형상화하고 있어 미학적 질감을 더한다.

〈지증대사비명〉의 허구적 신이담은 주로 서사 단락 전반부에서 나타난다. ①에서는 앞의 두 고승처럼 용의 몸을 벗고 환생하는 태몽담과 4백일이나 지나 태어나는 출생담을, ②에서는 젖먹이 아기일 때부터 훈채와 육류를 멀리하는 수도자적 자세를, ③에서는 모친 대신 중병을 앓는 효성을 미화한다. 도헌대사의 행적부는 계행담을 주조로 한 서사로 이루어져 있다. 그가 계행으로 이름 높은 선승이었다는 사실을 이미 태몽담과 효행담에서 담아낸 것이다. 도헌대사의 계행을 높이 세우는 허구적 발상은 ⑤와 ⑥에서 절정을 이룬다. ⑤에 등장하는 보현보살은 불가에서 계율 제일의 보살로 알려져 있다. 그런 그에게 직접 고행을 통한 구법의 경지를 체득하는 대목은 〈지증대사비명〉의 가장 극적인 허구 장면이다. ⑥에서도 늙은 나무꾼으로 나타난 불가의 이인을 통해 자신의 수고로움을 아껴 후학을 등한시하지 말라는 계행을 받는데, 도헌대사의 행적을 강조하는 허구적 발상이다.

〈대숭복사비명〉의 허구적 발상은 서사 단락 ⑧에서 여실히 나타난다. 숭복사의 절승 경개를 표현하는데, 이 절이 위치한 초월산과 계족산의 위용이 마치 닭의 발을 닮이 구름을 잡아당기는 듯하고, 높은 평지와 낮고 습한 들이 또한 용의 비늘이 태양에 번쩍이는 것 같다고 묘사한다. 허구적 비유는 문학적 상념으로 이어진다. 숭복사의 절승 경개가 마치 득도의 단계에서 경험하는 불가의 환희지와 다르지 않다는 허구적 사유로 이어지는 것이다. 절이란 자리하는 곳마다 변화해 화의 터전을 능히 복의 마당으로 바꾸어 현실 사회를 구제하므로 지금의 절을 버리고 왕릉을 도모해야 한다는 타당성을 뒷받침하는 부분이다. 어느 용도로나 절의 쓰임은 변할 수 있다는 전제인데, 그것이 환희지라는 극락정토로 치환된 초월산의 신이한 면모 때문임을 알 수 있다.

『사산비명』은 허구적 신이담을 각 편마다 편재시켜 선사들의 덕화를 드러내고 원찰의 위용을 높인다. 허구적 사유이기는 하나 그것이 비문 주인의 가치 있는 행적과 사적을 표방한다는 점에서 문학적 진실을 구현한다. 곧 『사산비명』은 고정 관념을 깬 허구적 신이담의 편재 속에서 보다 수승한 삶을 실현하고자 하였던 당대인의 사유를 문학 작품으로 이끈 역작이다.

2) 정중선·동중선의 선화적(禪話的) 구성

깨달음을 완성한 모든 조사들이 본래 이뤄져 있는 깨달음의 세계를 바로 눈앞에 들어 보인 법문이 조사선이다. 이 조사선의 시발은 불타와 가섭존자가 연꽃을 매개로 소통한 이른바 '염화미소'이다. 이것이 달마대사를 통해 중국으로 전해졌고, 그것을 실질적으로 정착시킨 인물은 육조 혜능이다. 혜능은 사람이 본래 지닌 자성을 직시하여 바로 그 자리에서 깨우치는 돈오견성을 주창하였다. 혜능의 선법을 우리나라로 들여온 것은 신라 말과 고려 초기의 구산선문이다. 그 가운데 조사선을 우리나라로 최초로 도입한 인물은 가지산문의 도의국사이다. 『사산비명』은 선종이 활기를 띠던 시대적 상황을 바탕으로 조사선의 선문답 형식을 액자로 구성하며 정중선(靜中禪), 곧 좌선을 통한 참선을 형상화하고 있다. 뿐만 아니라 좌선에서 나아가 동중선(動中禪), 곧 일상 속에서 선법을 수행하는 선적 경지를 형상화하며 그 문학적 특질을 발휘한다.

〈낭혜선사비명〉에 구성된 정중선은 무염국사가 경문왕의 청으로 하산해 '반야의 경계'를 심인(心印)으로 설하는 선문답에서 볼 수 있다. 경문왕이 유협의 『문심조룡』을 보니, "유(有)에만 머물거나 무(無)만을 지키면 한갓 편벽된 해석에만 날카롭게 된다. 그러므로 진리의 본원에 나아가고자 하는 것, 그것은 곧 반야의 '경계가 끊어진 것'(滯有者全繫於形用 貴無者專守於寂廖 徒銳偏解 莫詣正理 動極神源)"이라고 한 말이 있는데, 그 '경계가 끊어져 있다'는 것에 대한 설명을 해 달라고 청한다. 무염국사는 경계가 이미 끊어져 있다면 사리 또한 없으며, 이것이 심인이니 말없이 행할 따름이라고 답한다. 무경계의 진여란 언설에 묶여 있는 것이 아니며, 언설로 듣고자 하는 그 자체가 벌써 경계에 걸린 것이라는 깨달음을 준다. 선가의 조사다운 선문답을 내보인 것이다. 최치원은 이러한 선문답을 액자 구조로 구성하면서 무염의 선승적 행적을 미적으로 상승시킨다.

〈진감선사비명〉은 정중선을 선문답이라는 액자 구조로 구성하지 않았는데, 다만 행적부 서사 속에서 그 편린을 유추할 수 있을 뿐이다. 서사 단락 ④에서 혜소선사가 신잠대사에게 전생의 인연을 듣고 출가하여 인계를 받는 장면이 나온다. 직지인심 견성성불, 곧 마음을 곧바로 직시해 진여를 보고 깨우친다는 논리가 담겨 있는 선화의 한 형태이다. 우선 선문답을 나누는 혜소선사와 신잠대사라는 두 인물이 있으며, 그 둘의 문답 내용이 생사를 벗어난 본성을 깨치는 것과 맥이 닿아 있어 선문답적 성격을 유추해 볼 수 있다. 또한 ⑦에서 도의를 만나 함께 만행하며 제법실상의 진리를 체득한다는 점에서 선문답의 단서가 잡힌다. 도의는 신라로 처음 조사선을 도입한 선승이다. 그런 그와 만행하며 제법실상의 진리를 체득했다는 것은 실질적인 문답이 나타나지 않았다고 하더라도 충분히 선문답이 오고갔을 가능성을 추측케 한다. 이 예화들을 통해 정중선에 대한 구성 작업이 엿보인다.

〈지증대사비명〉에 구성된 정중선은 서사 단락 ⑪에서 보이는 선문답을 통해 접목해 볼 수 있다. 헌강왕이 도헌대사를 초빙하고 심(心)을 묻자 그에 대한 깨달음을 주는 선문답이다. 마침 달의 그림자가 맑은 못 가운데 똑바로 비친 것을 보고는 대사가 그것을 유심히 살피다가 다시 하늘을 우러러보고는 말한다. "이것(水月)이 곧 이것(心)이니 더 이상 할 말이 없습니다." 헌강왕은 그 뜻에 계합하고 웃으며 염화미소의 유풍과 진실로 합치된다고 기뻐하였다. "문자에 기대지 않고 바로 마음을 가리켜 성품을 보게 하여 깨닫게 한다(敎外別傳 不立文字 直指人心 見性成佛)"[38]는 조사선의 핵심을 그대로 드러내는 선문답이다. 마음을 바로 보면 그 자리에서 깨친다는 돈오(頓悟)의 선문답을 미적으로 표현한 것이다.

〈대숭복사비명〉은 화엄 도량의 사적비인 까닭에 조사선의 선문답 구성이 뚜렷하지는 않다. 그러나 서사 단락 ②와 ⑥을 통해서 화엄이 추구하던 선의 족적을 읽을 수 있다. 화엄선의 성격은 원융함이다. 본체와 현상이 서로 맞물린 이사무애 사사무애의 경지이다. 서사 단락 ②는 속인의 유희처였던 공간이 곡사로 바뀌는 무애함을 보여 주는데, 서사 단락 ⑥에 이르러 그것이 인간의 유택으로 바뀌는 전변을 겪으며 다시금 하나가 만사로 돌아가고, 만사가 하나로 돌아가는 일체무애법을 표방한다. 〈대숭복사비명〉의 서사 전개가 화엄의 만다라적 사유담으로 짜여 있음을 이미 살펴보았듯 이 비문은 일체세간의

38) 불학연구소 편저, 앞의 책, 108면.

무애법이라는 선적 진리를 구가하며 사적비로서의 미학을 더한다.

『사산비명』은 당대 조사선의 선문답을 액자 형식으로 구성함으로써 정중선의 미학을 살린다. 거기서 한 발 나아가 실천을 중시했던 선종의 유풍도 문학적으로 형상화하고 있는데, 바로 동중선의 구현이 그것이다. 이미 선승의 행적을 담은 비명이라는 점에서 그들의 선적 구도는 당연한 것이었겠지만, 상구보리 하화중생의 측면이 강조된 서사 부분에서는 동중선의 특질이 구현되고 있다.

예컨대 〈낭혜화상비명〉의 서사 단락 ⑦에서 보듯 무염국사의 구법은 진승을 찾아 중국 각처를 유랑하는 노정에서 한 걸음 나아가 병자를 구호하고 고아와 자식 없는 노인을 구휼하는 경지로 향한다. 그의 만행과 보림으로 이어지는 노정 속의 구법담이 문학적 특질을 획득할 수 있는 것은 바로 이와 같은 구도행의 생생함 때문이다. 그의 구도는 진승을 찾는 관념적 경지에서 벗어나 생멸의 고통이 살아 있는 삶의 현장에서 체현된 것이다.

〈진감선사비명〉의 서사 단락 ③과 ⑦에서도 생동하는 동중선의 면모가 나타난다. 혜소선사는 부모를 봉양하기 위해 생선 장사를 업으로 삼고, 부모의 상을 치른 뒤에는 세공사의 뱃사공이 되어 입당한다. 부단히 자신의 몸을 운신시키며 득도의 순간으로 나아간다. 그는 3년간은 소나무 열매를 따먹으며 마음을 관조하고 다시 3년은 세상을 유랑하며 득도한다. 일상생활과 선을 분리하지 않았던 당대인의 동중선 구도법이 그대로 전달된다.

한편 〈지증대사비명〉의 행적부 속에서는 서사 단락 ①과 ②를 제외하곤 전편에 걸쳐 동중선이 구현된다. 산문과 속세의 경계에 걸림없이 중도적 계행으로 일생을 살았던 도헌대사의 삶과 동중선의 구도행이 연결된다. 물론 앞의 두 선승 역시 일생을 선적 구도행으로 살았지만, 찬술자가 그 행적부 서사에 있어 도헌대사만큼 동중선의 문학적 구상을 꾀하지는 않았다. 도헌대사는 모친의 중병을 대신 앓는 가운데, 혹은 명주옷과 솜옷을 피하고 어린 양가죽 신을 신지 않는 고행 속에서, 도적의 땅으로 들어가 선사(禪寺)를 짓는 무심 속에서 동중선의 모습을 보여준다. 〈지증대사비명〉은 『사산비명』 가운데 동중선을 가장 치열하게 문학적으로 구현한 작품이다.

〈대숭복사비명〉의 경우 동중선을 실행한 특정인의 비명과는 성격이 다르다. 다만 속인의 유희처가 불당으로 변하고 다시 그것이 속인의 유택으로 전화하는 과정 속에서 당대인의 화엄선을 볼 수 있으며, 끊임없는 변화 속에서도 존재론적 탐문이 이어진다는 점에서 동중선의 성격도 유추해 볼 수 있다.

당대를 풍미하던 문장가 최치원은 정중선과 동중선의 문학적 형상화를 꾀해 비문의 주인인 삼 선사와 원찰 사적지의 행적을 보다 실감나고 가치 있는 대상으로 변모시켰다. 정중선은 액자 형식의 선문답을 통해, 동중선은 상구보리 하화중생이라는 실천적 구법 속에서 구현한다. 이는 『사산비명』이 지향하는 선사상을 두드러지게 하기 위한 창작 기법으로 최치원의 문학적 역량이 살아있는 부분이다.

『사산비명』이 찬술된 신라 말의 상황은 암울한 현실과 대치하고 있었다. 진골 귀족의 분열로 왕위 쟁탈전이 일어났으며, 골품 제도의 모순으로 육두품 세력의 반감이 극에 달했고, 해상 무역의 발달로 호족의 시대가 도래하였으며, 군진 세력의 확장과 아울러 민란이 끊이지 않았으며, 사상적으로는 교종이 쇠퇴하고 선종이 맹위를 떨쳤다.[39] 이와 같은 조류 속에서 최치원은 『사산비명』 찬술의 왕명을 받는다.

39) 이기백, 『한국사신론』, 일조각, 2003(한글판), 111-117면.

당시 호족과 결탁하고 있던 선문(禪門)을 회유하기 위해 왕실에서 적극적으로 선사들의 비명을 찬술하도록 의도한 것이 『사산비명』의 직접적 찬술 계기[40]이기는 하나, 최치원의 문력은 단순히 일정한 민족이나 국가나 계급을 위한 선민사상이 아니라 모든 사람 하나하나를 구제한다는 보편적 인간애와 평화 정신[41]에 연결되어 있었다. 당대의 시대적 분열과 혼란을 합일된 의지로 승화시켜 난세를 극복하고자 했던 그의 호국 의식[42]과도 맞물리면서 선가(禪家)의 사상을 응축시킨 수작 『사산비명』을 찬술한 데서 문학적 의미를 찾을 수 있다.

4. 결론

이 논문은 최치원의 『사산비명』 행적부 서사의 문학적 특질에 주목했다. 비문의 핵심이라고 할 수 있는 행적부를 중심으로 『사산비명』이 지니는 문학적 성격과 의미를 탐문해 보았다.

우선 2장에서는 『사산비명』 행적부 서사의 문학적 성격을 타진했다. 〈낭혜화상비명〉은 노정형 구법담으로 짜여 있다는 사실에 주목했다. 소년기부터 노년기에 이를 때까지 노정 위에서 구법을 펼친 무염국사의 행적이 만행과 보림이라는 이중 구조로 나타난다. 〈진감선사비명〉의 행적부 서사는 고행형 이인담으로 짜여 있다. 혜소선사의 가계가 중국 혈족이었다는 점, 선문의 조종으로 자리 잡지 못한 채 입적했다

40) 김문기, 앞의 논문, 141면.

41) 유승국, 「신라시대에 있어서 유불도 삼교의 교섭에 대한 연구」, 『학술원논문집』(인문사회과학편)35, 1996, 228면.

42) 이재운, 『최치원 연구』,백산자료원, 1999, 181면.

는 점을 보완하기 위해서 반증을 통한 이인담을 전개하고 있으며, 이러한 이인담에 현실성을 갖추기 위해 혜소선사의 고행을 부각한다.

〈지증대사비명〉의 행적부 서사는 포교형 중도적 계행담으로 짜여 있다. 도헌대사의 행적을 여섯 가지 기이함과 여섯 가지 옳음과 관련된 것으로 서술한다. 도헌대사의 계행담은 도당 구법을 통하지 않고 국내에서 구법한 사실을 강조하기 위한 장치이다. 그가 그만큼 계율에 엄격했던 고승이었고, 당대의 행동 철학을 보여 준다는 점에서 주목된다. 〈대숭복사비명〉의 행적부 서사는 숭복사라는 공간을 바탕으로 만다라적 사유담을 보여준다. 속인의 유희처였던 공간이 불당으로 변하고, 그것이 다시 왕실의 유택으로 변화하는 개건 과정을 보여주며 만상이 하나로 귀결되고, 하나가 만상으로 귀결되는 화엄적 만다라상을 드러낸다.

3장에서는 『사산비명』 행적부 서사의 문학적 의미를 구명해 보았다. 우선 허구적 신이담의 편재를 통해 문학적 질감을 더한다는 사실을 짚어 보았다. 네 편의 비문은 그 주인의 태몽담이나 출생담, 구법담 등에서 허구적 발상을 보여준다. 또한 액자 형태의 선문답을 통해 정중선을 표방하고, 상구보리 하화중생의 서사를 통해 행동 철학을 중시한 동중선을 표방한 사실에서 문학적 의미를 읽었다. 이는 당대의 혼란한 시대상을 하나로 통관하고, 각기 다른 사상이 반목하지 않고 화합의 장으로 나아가도록 꾀한 창작 의식에서 비롯한 것이다.

이 논문은 실용문인 비지류문의 성격에서 문예미를 유추하기 위해서는 그 핵심이라고 할 수 있는 행적부에 대한 조명이 우선 필요하다는 견지에서 출발했다. 『사산비명』의 문학성에 대해 기왕의 논의를 확장해 본 것이므로, 후대의 비지문이나 승전 등과의 비교를 통한 논의 역시 이어져야 할 것이다.

찾아보기

ㅇ

참고문헌

김기동 편, 『이조전기소설선』, 정음사, 1984.

김부식, 『삼국사기』, 이재호 역주, 솔, 1997.

김만중, 『구운몽』, 김병국 교주, 서울대출판부, 2007.

김사엽 역주, 『(교주·해제)송강가사』, 문호사, 1959.

김시습, 『금오신화』, 이재호 역주, 솔, 1998.

「김인향전」·「사씨남정기」, 『한국고전문학100』27, 김기동·김규태 편, 서문당, 1984.

「김희경전」·「전우치전」, 『한국고전문학100』2, 김기동·김규태 편, 서문당, 1994.

『사씨남정기·용문전·김인향전』, 김기동·전규태 편, 서문당, 1984.

소재영, 『기재기이 연구』(고려대 만송문고본과 한글 필사본 수록), 고려대 민족문화연구소, 1990.

신광한, 『기재기이』, 박헌순 역, 범우사, 1990.

______, 『기재집』, 擇點影印 『한국문집총간』22, 민족문화추진회, 1997.

신해진 역주, 『역주 조선후기 세태소설선』, 월인, 1999.

__________, 『조선조 전계소설』, 월인, 2003.

『심청전』, 김진영 외, 민속원, 2005.

원오, 『벽암록』, 백련선서간행회 역해, 장경각, 1993.

____, 『벽암록』, 조오현 역해, 불교시대사, 1999.

이검국·최환 역주, 『신라 수이전 집교와 역주』, 영남대 출판부, 1998.

이상구 역주, 『17세기 애정전기소설』, 월인, 1999.

이종락 강설, 『논어집주』上下, 청유경전연구회 엮음, 문경출판사, 2005.

『적성의전·금방울전·김원전·만언사』, 이윤석 외 교주, 경인문화사,

2006.
『조선왕조실록』「중종실록」, 국사편찬위원회, 2005.
『중국민간고사집성』, 중국민간문학집성전국편집위원회, 중국 ISBN 중심 출판.
차충환, 『숙향전 연구』(이화여대 도서관 소장 국문필사본 수록), 월인, 1999.
「홍계월전」, 『여성영웅소설, 홍계월전』(한국중앙연구원 소장 국한문혼용 45장본), 장시광 옮김, 이담북스, 2011.

가마쿠라, 『아홉 마당으로 풀어 쓴 禪』, 심재룡 역, 한국학술정보(주), 2001.
강동엽, 「최척전에 나타난 임진왜란과 동아시아」, 『어문론총』41호, 한국문학언어학회, 2004, 99-134면.
강상순, 「고소설에서 환상성의 몇 유형과 환몽소설의 환상성」, 『고소설연구』15, 한국고소설학회, 2003, 31-54면.
강진옥, 「삼국 열녀전승의 성격과 그 서사문학적 의의」, 『한국서사문학사의 연구Ⅱ』, 중앙문화사, 1995.
게오르그 루카치, 『소설의 이론』, 심설당, 1985.
경일남, 「고전소설에 나타난 사찰 공간의 실상과 활용양상」, 『고전소설의 창작 기법 연구』, 역락, 2007.
______, 「고전소설의 무덤 활용양상과 문학적 기능」, 『어문연구』58, 어문연구학회, 2008, 161-180면.
______, 「만복사저포기의 이합 구조와 의미」, 『한국 고전소설의 구조와 의미』, 역락, 2002.
______, 「용궁부연록의 연회 양상과 의미」, 『한국고전소설의 구조와 의미』, 역락, 2002.
______, 「고전소설에 삽입된 제문의 양상과 기능」, 『고전소설과 삽입 문예양식』, 2002.

경일남, 「만강홍의 공간구조와 작가의식」, 『고전희곡연구』2, 한국고전희곡학회, 2001, 245-265면.

______, 「불교계 가전의 시가 수용양상과 특징」, 『고전소설과 삽입문예양식』, 역락, 2002.

고힐강, 「맹강녀 이야기의 변천(孟姜女故事的轉變)」, 『맹강녀고사연구집(孟姜女故事研究集)』, 上海:上海古籍出版社, 1984.

곽승훈, 『중국사 탐구와 사산비명 찬술』, 한국사학, 2004, 108-110면.

______, 「신라말 사상사 연구의 새로운 시도:최치원의 중국사 탐구와 사산비명찬술」, 『역사학보』192, 역사학회, 2006, 450-456면.

구슬아, 「최치원 비명의 문학성 연구 : 성주사낭혜화상백월보광탑비」, 『한국한시연구』20호, 새문사, 2012, 41-93면.

권석순, 「기재 신광한의 최생우진기에 관한 일고 : 동해 두타산을 중심으로 한 문학적 가치와 의미」, 『강원민속학』20, 강원도 민속학회, 2006, 541-558면.

권혁래, 「최척전에 그려진 '유랑'의 의미」, 『국어국문학』150호, 국어국문학회, 2008, 207-235면.

______, 「최척전의 문학지리학적 해석과 소설교육」, 『새국어교육』81호, 한국국어교육학회, 2009, 23-44면.

______, 『조선후기 역사소설의 성격』, 박이정, 2000.

______, 『조선후기 역사소설의 연구』, 월인, 2001.

김갑기, 『송강 정철의 시문학』, 동악어문학회, 1997.

______, 『송강 정철 연구』, 이우출판사, 1985.

김광순, 「한국 고소설의 기원과 시대구분시론」, 『국학연구론총』2, 택민국학연구원, 2008, 1-43면.

김근태, 『한국고전소설의 서술방식연구』, 집문당, 2000.

김기동, 「최척전 소고」, 『불교학보』11, 동국대 출판부, 1974, 177-190면.

김대행, 『한국 시의 전통 연구』, 개문사, 1980.

김동욱, 『불교학논문집』(백성욱박사송수기념), 동국대학교, 1959.

김동욱, 『삼국유사의 문예적 연구』, 새문사, 1982.

김동환, 「한국 현대소설에 나타나는 공간적 상상력:소설교육의 방향성을 위한 접근」, 『국어교육』124, 한국어교육학회, 2007, 547-577면.

김문기, 「사산비명연구:실태조사와 내용 및 문체분석을 중심으로」, 『한국의 철학』15, 경북대 퇴계연구소, 1987, 125-179면.

김문희, 「고전소설 환상성의 양상과 인식적 기반」, 『고소설연구』19, 월인, 2005, 5-30면.

______, 「인물의 내면소설로서 만복사저포기와 이생규장전의 독법」, 『고소설연구』32, 월인, 2011, 65-95면.

김민정, 「만복사자포기에 나타난 정서의 미학」, 『국학연구론총』13, 택민국학연구원, 2014. 1-25면.

김상억, 『향가』, 한국자유교육협회, 1974.

김상진, 「송강 시조에 나타난 화자의 모습과 차별 양상」, 『온지논총』8, 온지학회, 2002, 77-107면.

김선기, 「성산별곡의 세 가지 정점에 대하여」, 『고시가연구』5, 한국고시가문학회, 1998, 87-104면.

______, 「삼국유사 향가기술문의 시화적 조명」, 『어문연구』54, 어문연구학회, 2007, 81-113면.

김성기, 「만복사저포기에 대한 심리적 고찰」, 『한국고전산문연구』, 동화문화사, 1981.

______, 『한국고전시가작품론1』, 집문당, 1992.

김성룡, 「고소설의 환상성」, 『고소설연구』15, 한국고소설학회, 2003, 5-30면.

______, 「한국 고전소설의 환상성에 대한 연구」, 서울대 석사학위논문, 1985.

______, 「환상적 텍스트의 미적 근거」, 『한국 고소설의 창작방법 연구』, 새문사, 2005.

김승찬, 「효성왕대의 시대상과 원가」, 『어문연구』26, 어문연구학회, 1995,

243-254면.

김신중, 「문답체 문학의 성격과 성산별곡」, 『고시가연구』통권8, 한국고시가문학회, 2001, 55-76면.

김연숙, 「고소설의 여성주의적 시각 연구」, 서강대 박사학위논문, 1995.

김열규, 「원가의 수목(栢) 상징」, 『국어국문학』18, 국어국문학회, 1957, 96-111면.

______, 『죽음의 사색』, 서당, 1989.

______, 『한국인의 신화-저 너머, 저 속, 저 심연으로』, 일조각, 2005(개정판).

______ 외, 『한국인의 죽음과 삶』, 철학과 현실사, 2001.

김영수, 『향가 연구』, 태학사, 1998.

김완진, 『향가해독법연구』, 서울대학교출판부, 1980.

김우석, 「보권에 대한 연구:소극적 대안으로서의 이단과 미신, 도피적 위안과 마취적 오락의 문학」, 『중국문학』32, 한국중국어문학회, 1999, 197-212면.

김운학, 『신라불교문학연구』, 현암사, 1976.

김일영, 「현대문학에서의 허생 이야기 변용양상 연구」, 경북대 박사논문, 1992.

김장동, 『조선조 역사소설 연구』, 이우출판사, 1986.

김정녀, 「타자와의 관계를 통해 본 여성영웅 홍계월」, 『고소설연구』35, 한국고소설학회, 2013, 105-137면.

김종우, 『향가문학연구』, 이우출판사, 1980..

김종진, 『공간 공감』, 효형 출판, 2011.

김종철, 「전기소설의 전개 양상과 그 특성」, 『민족문화연구』28, 고려대 민족문화연구소, 1995, 31-51면.

김준선, 「소설 창작에 있어 서술자의 인물에 대한 개념과 태도 정하기」, 『한국문학이론과 비평』13권 2호 43집, 한국문학이론과 비평학회, 2009, 313-337면.

김진규, 『조선조 포로소설 연구』, 보고사, 2006.
김진영, 「화소와 결구방식을 통해 본 영웅소설의 유형성」, 『한국고소설의 창작방법 연구』, 새문사, 2005.
김진욱, 「정철 국문시가의 문예미 연구」, 『고시가연구』21, 한국고시가문학회, 2008, 131-152면.
______, 「정철 문학에 드러난 자연관 연구」, 『고시가연구』통권13, 한국고시가문학회, 2004, 125-146면.
______, 『향가문학론』, 역락, 2005.
김창원, 「당쟁시대의 전개와 16세기 강호시가의 변모:성산별곡을 대상으로」, 『어문논집』36, 고려대학교 국어국문학연구회, 1997, 25-48면.
김철, 「'연행록' 중의 맹강녀 전설 기록 양상 소고」, 『민족문화연구』63, 고려대학교 민족문화연구원, 2014, 157-209면.
김태곤, 『한국고대종교사상』, 집문당, 1984.
김학성, 『국문학의 탐구』, 성균관대 출판부, 1987.
______, 『한국고전시가의 연구』, 원광대학교출판부, 1980.
김현룡, 「고소설의 설화소재 수용에 관한 고찰」, 『국학연구론총』2, 택민국학연구원, 2008. 1-43면.
김현실 외, 『한국 패러디소설 연구』, 국학자료원, 1996.
김현화, 「하생기우전 여귀인물의 성격 전환 양상과 의미」, 『한민족어문학』65, 한민족어문학회, 2013, 205-234면.
______, 「최생우진기의 선소설적 미학」, 『어문연구』57, 어문연구학회, 2008, 111-133면.
김호성, 『대승경전과 선』, 민족사, 2002.
김흥호, 『벽암록 풀이, 푸른 바위 위에 새긴 글』, 솔, 1999.
로즈마리 잭슨, 『환상성-전복의 문학』, 문학동네, 서강여성문학연구회 역, 2001.
롤랑 브르뇌프·레알 월레 공저, 『현대소설론』, 현대문학, 1996.
류준경, 「방각본 영웅소설의 문화적 기반과 그 미학적 특질」, 서울대 석사학위논문, 1997.
류준경, 「영웅소설 장르관습과 여성영웅소설」, 『고소설연구』12, 한국고소설학회, 2001, 5-36면.
_____, 「한국 고전소설의 작품 구성 원리」, 『한국 고소설의 세계』, 돌베개, 2005.
문범두, 「최생우진기의 구조와 의미」, 『어문학』72, 한국어문학회, 2001.
민영대, 「최척전에 나타난 작자의 애정관」, 『국어국문학』제98호, 국어국문학회, 1989, 55-76면.
_____, 『조위한과 최척전』, 아세아문화사, 1993.
민찬, 「여성영웅소설의 출현과 후대적 변모」, 서울대 석사학위논문, 1980
박노준, 『옛사람 옛노래 향가와 속요』, 태학사, 2003.
박명희, 「고소설의 여성중심적 시각 연구」, 이화여대 박사학위논문, 1989.
박성의, 「고대인의 귀신관과 국문학」, 『인문논집』8, 고려대 문과대학, 1967, 5-36면.
박성의, 「국문학 배경론」, 『국어국문학』10, 국어국문학회, 1954, 2-5면.
박승규, 「개념에 담겨 있는 지리학의 사고방식」, 『인문지리학의 시선』, 논형, 2005.
박연호, 「문화코드 읽기와 문학교육 : 면앙정가와 성산별곡을 대상으로」, 『문학교육학』22, 역락, 2007, 67-87면.
_____, 「식영정 원림의 공간 특성과 성산별곡」, 『한국문학논총』40, 한국문학회, 2005, 33-58면.
박영주, 「송강 시가의 정서적 특질」, 『한국시가연구』5, 한국시가학회, 1999, 217-245면.
_____, 『정철 평전』, 중앙M&B, 1999.
박요순, 「정철과 그의 시」, 『송강문학연구』, 국학자료원, 1993.
박일용, 「만복사저포기의 형상화 방식과 그 현실적 의미」, 『고소설연구』18, 한국고소설학회, 2004, 33-58면.
_____, 「고전소설에 나타나는 역설적 비극과 낭만: 고전소설에 설정된 이

상적 인물의 이념과 삶」, 『국제고려학회논문집』1, 국제고려학회 서울지회, 1999, 251-274면.

_____, 「애정소설의 사적 전개 과정」, 사재동 편, 『한국서사문학사의 전개』Ⅳ, 중앙문화사, 1995.

_____, 『조선시대의 애정소설』, 집문당, 1993.

박재민, 「향가의 재해독과 문학적 해석」, 『민족문화』34, 한국고전번역원, 2010, 221-272면.

박준규, 「송강의 자연관 연구:산과 물(수)를 중심으로」, 『용봉논총』9, 전남대 인문과학연구소, 1986, 33-60면.

박철희, 『문학개론』, 형설출판사, 1997(개정신판).

박태남, 「송강·노계의 시조 어휘 고찰」, 『순천향대의대 논문집』제2권 제1호, 순천향대학교, 1979, 57-70면.

박태상, 「최척전에 나타난 애정담과 전쟁담 연구」, 『조선조 애정소설 연구』, 태학사, 1997.

_____, 『조선조 애정소설연구』, 태학사, 1996.

박혜숙, 「여성영웅소설과 평등 차이 정체성의 문제」, 『민족문학사연구』31, 민족문학사학회 민족문학사연구소, 2006, 156-193면.

박희병, 『한국전기소설의 미학』, 돌베개, 1997.

_____, 「최척전-16,7세기 동아시아의 전란과 가족이산」, 『한국고전소설 작품론』, 집문당, 1990.

_____, 『조선후기 전의 소설적 향방 연구』, 성균관대 출판부, 1993.

_____, 『한국전기소설의 미학』, 돌베개, 1997.

배연형, 「최치원의 사산비명의 문학적 연구」, 동국대 석사학위논문, 1982.

부가영, 「여성영웅소설의 갈등양상 연구:옥주호연, 홍계월전, 방한림전을 중심으로」, 조선대 교육대학원 석사학위논문, 2009.

불학연구소 편저, 『간화선』, 조계종 출판사, 2005.

사재동, 「공무도하 전승의 희곡적 전개」, 『한국희곡문학사의 연구Ⅱ』, 중앙인문사, 2000.

사재동, 『불교계 국문소설의 연구』, 중앙문화사, 1994.
서강여성문학회, 『한국문학과 환상성』, 예림기획, 2001.
서경희, 「삼국유사에 나타난 화엄선의 문학적 형상화」, 성균관대 박사학위논문, 2003.
서대석, 『군담소설의 구조와 배경』, 이화여대 출판부, 1985.
서인석, 「고전소설의 결말구조와 그 세계관:홍길동전, 구운몽 군담소설을 중심으로」, 『국문학연구』66, 서울대 석사학위논문, 1984.
서철원, 「신라 중대 향가에서 서정성과 정치성의 문제-성덕왕대 헌화가·원가를 중심으로」, 『어문논집』53, 민족어문학회, 2006, 31-55면.
설성경·박태상, 「장화홍련전의 구조적 의미」, 『고소설의 구조와 의미』, 새문사, 1986.
설중환, 「만복사저포기와 불교」, 『어문논집』27, 고려대 국어국문학연구회, 1987, 165-180면.
성무경, 『신라가요의 기반과 작품의 이해』, 보고사, 1998.
성범중, 「장진주 계열 작품의 시적 전승과 변용」, 『한국한시연구』11, 태학사, 2003, 381-415면.
소인호, 『한국 전기문학 연구』, 국학자료원, 1998.
소재영, 「기우록과 피로문학」, 『임병양난과 문학의식』, 한국연구원, 1980.
______, 「임진왜란과 소설문학」, 『임진왜란과 한국문학』, 민음사, 1992.
손연자, 「조선조 여장군형소설 연구」, 이화여대 석사학위논문, 1982.
손정인, 「도미전의 인물형상과 서술방법」, 『어문학』80, 한국어문학회, 2003, 353-380면.
송경빈, 「한국 현대소설의 패로디연구」, 충남대학교 박사학위논문, 1997.
송성욱, 「한국 고전소설의 모티프, 그 환상적 성격」, 『한국 고전소설의 세계』, 돌베개, 2005.
송재주, 「장진주사 평문 해석에 대하여」, 『국어교육』81·82호 합집, 한국국어교육연구회, 1986, 121-130면.
송효섭, 「삼국유사의 환상적 이야기에 대한 기호학적 연구」, 서강대 박사학위논문, 1988.

송효섭, 「이조소설의 환상성에 대한 장르론적 검토」, 『한국언어문학』23, 한국언어문학회, 1984, 355-375면.

송희준, 「단속사의 창건 이후 역사와 폐사과정」, 『남명학 연구』9, 경상대학교 남명학연구소, 1999, 399-425면.

신경림, 「오늘의 시인이 읽은 송강의 시」, 『송강문학연구논총』, 국학자료원, 1993.

신영명, 「향가 수사법과 원가의 통사론적 이해-특히 생략법과 도치법을 중심으로」, 『우리문학연구』44, 경인문화사, 2011, 201-219면.

신재홍, 「금오신화의 환상성에 대한 주제론적 접근」, 『고전문학과 교육』1, 태학사, 1999, 301-321면.

______, 「향가와 의사소통」, 『국어교육』125, 한국어교육학회, 2008, 53-74면.

______, 「향가의 기억과 서정성」, 『한국시가문학연구』37, 한국시가문화학회, 2016, 159-186면.

______, 「초기 한문소설집의 전기성에 관한 반성적 고찰」, 『한국고소설의 창작방법연구』, 새문사, 2005.

______, 『향가의 미학』, 집문당, 2007.

신태수, 「최척전에 나타난 공간의 형상」, 『한민족어문학』51호, 한민족어문학회, 2007, 395-428면.

______, 『한국 고소설의 창작방법연구』, 푸른사상, 2006.

신현달, 「채만식 문학에 나타난 '심청전' 제재 변용 양상과 작가의식 연구」, 계명대 석사학위논문, 1994.

심경호, 『김시습 평전』, 돌베개, 2003.

심진경, 「여장군계 군담소설 홍계월전 연구」, 『한국여성문학비평론』, 개문사, 1995.

안영희, 「고대인들에게 반영된 꽃의 의미:꽃의 어원을 중심으로」, 『아세아여성연구』11, 숙명여대 아세아여성연구소, 1972, 189-213면.

양윤정, 「맹강녀설화 연구」, 숙명여자대학교 대학원 석사학위논문, 1989.
양주동, 『증정 고가연구』, 일조각, 1997.
양희찬, 「성산별곡의 읽기맥(脈)과 성격」, 『고시가연구』25, 한국고시가문학회, 2010, 191-213면.
양희철, 『삼국유사 향가연구』, 태학사, 1997.
엄기영, 「기재기이의 창작방법 연구」, 고려대 박사학위논문, 2007.
여세주, 「여장군 등장의 고소설연구」, 영남대 석사학위논문, 1981.
오승은, 「패러디소설의 이중 시점-최인훈의 '춘향뎐'과 '놀부뎐'」, 서강대 석사학위논문, 1997.
오현숙, 「기재 신광한의 시세계 연구」, 단국대 석사학위논문, 1992.
유강하, 「21세기의 새로운 변신 이야기:『벽노집』 속의 변형 이미지와 신화가 가지는 의미에 대하여」, 『중국어문학논집』54, 중국어문학연구회, 2009, 465-490면.
유기옥, 「신광한의 기재기이 연구」, 전북대 박사학위논문, 1990.
______, 「신광한의 辭賦 연구」, 『한국언어문학』45집, 한국언어문학회, 2000.
유승국, 「신라시대에 있어서 유불도 삼교의 교섭에 대한 연구」, 『학술원논문집』(인문사회과학편)35, 1996, 1-48면.
유영봉, 「사산비명 연구」, 성균관대 박사학위논문, 1993.
유우선, 「심청전의 근원설화와 배경사상」, 『용봉논총:인문과학연구』11, 전남대학교 인문과학연구소, 1981, 189-203.
유정일, 「한국 전기소설에 나타난 무덤과 지하세계의 공간적 의미」, 『한중인문학연구』14, 한중인문학회, 2005, 27-45면.
______, 「최생우진기 연구:전기적 인물의 특징과 작가의식을 중심으로」, 『어문학』83. 한국어문학회, 2004, 339-358면.
______, 『기재기이 연구』, 경인문화사, 2005.
윤경희, 「만복사저포기의 환상성」, 『한국고전연구』4, 한국고전연구회, 1998, 235-258면.
윤경희, 「인귀교환 모티프의 환상성과 패로디적 변용」, 『한국문학과 환상성』, 서강여성문학연구회, 2001.
윤광민, 「고시조에 나타난 꽃 연구」, 성신여대 석사학위논문, 1986.
윤영옥, 『송강 고산 노계가 찾아든 산과 물 그리고 삶』, 새문사, 2005.
______, 「성산별곡 해석」, 『한민족어문학』42, 한민족어문학회, 2003, 5-30면.
______, 「매화와 국화의 시조」, 『시조론』, 일조각, 1978.
윤채근, 「기재 신광한 한시 연구」, 『어문논집』36, 고려대 국어국문학연구회, 1999, 185-222면.
이경규, 「기재기이 연구」, 한남대 석사학위논문, 1999.
이구의, 「최치원 문학에 나타난 현실인식」, 『한국사상과 문화』, 한국사상과문화학회, 2002, 17-44면.
______, 「최치원의 대숭복사비명고」, 『동방한문학』26, 동방한문학회, 2004, 345-378면.
______, 「최치원의 봉암사지증대사비문고」, 『한민족어문학』42, 한민족어문학회, 2003, 31-60면.
______, 「최치원의 진감선사비명고」, 『한국의 철학』35-2, 경북대 퇴계연구소, 2004, 151면-185면.
이금선, 「만복사저포기에 나타난 사랑」, 『어문논집』4, 숙명여대 한국어문학연구소, 1994, 181-209면.
이금희, 『김인향전 연구』, 푸른사상, 2005.
이기백, 『한국사신론』, 일조각, 2003(한글판).
이기철, 『시학』, 일지사, 1993.
이덕진, 『한국인의 생사관』, 태학사, 2008.
이명선, 『조선문학사』, 범우사, 1990.
이미란, 『한국현대소설과 패러디』, 국학자료원, 1999.
이미림, 「이순원 여행소설 속의 타자화된 강원(영동):『말을 찾아서』를 중심으로」, 『우리문학연구』42, 경인문화사, 2014, 261-290면.
이복규, 『우리 고소설 연구』, 역락, 2004.

이상우, 『소설 창작, 이걸 알고 쓰자』, 월인, 2013.

이상택, 「조선후기 소설사 개관」, 『한국서사문학사의 연구』, 중앙문화사, 1995.

이수자, 「무속의례의 꽃장식」, 『한국무속학』14, 한국무속학회, 2007, 407-442면.

이순원, 『우리소설로의 초대』, 생각의 나무, 2001.

이승남, 「성산별곡의 갈등 표출 양상」, 『한국문학연구』20, 동국대 한국문학연구소, 1998, 279-301면.

______, 「삼국유사 신충괘관조에 나타난 일연의 서사적 시각」, 『한국사상과 문화』40, 2007, 45-68면.

이승준, 「한국 패러디 소설의 새로운 가능성:이순원의 '말을 찾아서'와 김영하의 '아랑은 왜'를 중심으로」, 『국제어문』40, 국제어문학회, 2007, 71-98면.

이연남, 「사상의학에서 본 홍계월전의 인물유형 연구」, 성균관대 교육대학원 석사학위논문, 2005.

이영태, 「공무도하가의 배경설화에 나타난 광부 처의 행동」, 『민족문학사연구』33호, 민족문학사학회 민족문학사연구소, 2007, 110-128면.

이영태, 『한국고전시가의 재조명』, 국학자료원, 1998.

이완형, 「송강의 장진주사 연구:장르 귀속에 대한 연구를 중심으로」, 『어문연구』26, 어문연구회, 1995, 343-359면.

이용재, 「한국 고소설에 나타난 죽음의 연구」, 경희대 교육대학원 석사학위논문, 1977.

이월영, 『고소설론』, 월인, 2000.

이인경, 「홍계월전 연구: 갈등양상을 중심으로」, 『관악어문연구』17, 서울대 국문과, 1992, 223-246면.

이인복, 『한국문학에 나타난 죽음의식의 사적 연구』, 열화당, 1971, 118-127면.

이임수, 「송강 장진주사의 구조미학」, 『송강문학연구』, 국학자료원, 1993,

296-303면.
이재선, 『향가의 어문학적 연구』, 서강대학교출판부, 1972.
이재운, 『최치원 연구』, 백산자료원, 1999.
이정임, 「비지문의 인물 서술양상:고려시대 작품을 중심으로」, 『우리어문학연구』3, 한국외국어대 사범대학 한국어교육과, 1991, 149-180면.
이종문, 「삼국유사 신충괘관조의 전삼국사에 대하여」, 『한국고대사연구』14, 서경문화사, 1998, 447-466면.
이지하, 「주체와 타자의 시각에서 바라본 여성영웅소설」, 『국문학연구』16, 국문학연구학회, 2007, 31-57면.
이태극, 「고대소설의 자연배경론 : 續·한국고대소설연구 서설」, 『한국문화연구원논총』3, 이화여대, 1963, 35-51면.
이태옥, 「고소설의 고난구조연구」, 건국대학교 박사학위논문, 1993.
이현수·김수중, 「한국 고전소설에 나타난 죽음의 연구」, 『인문학연구』13, 조선대 인문과학연구소, 1991, 1-22면.
이형대, 「원가와 정과정의 시적 인식과 정서」, 『한성어문학』18, 한성대 국어국문학회, 1999, 99-118면.
임기중, 『신라가요와 기술물의 연구』, 반도출판사, 1981.
임성래, 『조선후기 대중소설』, 보고사, 2008.
임채명, 「기재 신광한 우거기 시의 연구-사유 양상을 중심으로-」, 『한문학논집』20호, 근역한문학회, 1997.
장덕순, 『국문학통론』, 신구문화사, 1973.
_____, 『한국설화문학연구』, 서울대학교출판부, 1970.
장양수, 『한국 패러디소설 연구』, 이회, 1997.
장철식, 「종옥전 연구」, 영남대 교육대학원 석사학위논문, 1998.
전성운, 「금오신화의 창작방식과 의도-만복사저포기를 중심으로」, 『고소설연구』24, 한국고소설학회, 2007, 93-121면.
전용문, 「여성계영웅소설의 계통적 연구」, 충남대 박사학위논문, 1988.
_____, 「홍계월전의 소설사적 위상」, 『어문집』32, 목원대학교, 1997,

119-138면.

전용문, 『한국여성영웅소설의 연구』, 목원대학교 출판부, 1996.

전일환, 「송강 정철 국문시가의 수사 기교」, 『한국언어문학』45, 한국언어문학회, 2000, 247-276면.

전흥남, 「채만식의 '허생전'에 나타난 고전소설의 현대적 수용과 변용」, 『국어국문학』109, 국어국문학회, 1993, 193-218면.

정규식, 「홍계월전에 나타난 여성우위의식」, 『동남어문논집』13, 동남어문학회, 2001, 229-250면.

정대림, 「성산별곡과 사대부의 삶」, 『한국고전시가작품론』2, 집문당, 1992.

정명기, 「여호걸계소설의 형성 과정 연구」, 연세대 석사학위논문, 1982.

정병욱, 『한국고전시가론』, 신구문화사, 2000(신구판).

정병헌·이유경, 『한국의 여성영웅소설』, 태학사, 2000.

정봉곤, 「최인훈의 패러디소설 연구」, 부산대 석사학위논문, 1997.

정상균, 『한국고대시문학사연구』, 한신문화사, 1984.

정상박, 「도미부부 설화 전승고」, 『국어국문학』8, 동아대학교 국어국문학과, 1988, 15-30면.

정수암, 「고운 최치원 사산비명에 대하여」, 『경주문화논총』10, 경주문화원 부설 향토문화연구소, 2007, 170-181면.

정언미, 「홍계월전의 여성의식 연구」, 경남대 교육대학원 석사학위논문, 2011.

정운채, 「만복사저포기의 문학치료학적 독해」, 『고전문학과 교육』2, 태학사, 2000, 209-227면.

정윤상, 「사산비명에 대한 문학성 연구」, 국민대 교육대학원 석사학위논문, 1990.

정은주, 「최인훈의 '구운몽', '서유기' 연구」, 고려대 석사학위논문, 1990.

정익섭, 「성산별곡의 작자고 - 석천 창작설에 대한 이의」, 『어문논총』9, 전남대 어문학연구회, 1986, 429-448면.

정재서, 「열녀전(列女傳)의 여성 유형학」, 『동아시아 여성의 기원-《열녀전》에 대한 여성학적 탐구』, 이화여대출판부, 2003.
정재호, 「송강 가사의 언어미」, 『고시가연구』9, 한국고시가문학회, 2002, 107-138면.
정제호, 「삼국사기 소재 도미설화의 구비 전승과 변이에 대한 연구-충남 지역을 중심으로」, 『인문논총』 제72권 제2호, 서울대학교 인문학 연구원, 2015, 271-303면.
정준식, 「초기 여성영웅소설의 서사적 기반과 정착 과정」, 『한국문학논총』 61, 한국문학회, 2012, 31-59면.
_____, 「홍계월전 이본 재론」, 『어문학』101, 한국어문학회, 2008, 247-279면.
_____, 「홍계월전의 구성원리와 미학적 기반:단국대 103장본 계열을 중심으로」, 『한국문학논총』51, 한국문학회, 2009, 51-74면.
정학성, 「전기소설의 문제」, 『한국문학연구입문』, 지식산업사, 1982.
정환국, 「고전소설의 환상성, 그 연구사적 전망」, 『민족문학사연구』37, 민족문학사학회, 민족문학사연구소, 2008, 75-102면.
_____, 「16-7세기 동아시아 전란과 애정전기」, 『민족문학사연구』15집, 민족문학사학회, 1994, 38-64면.
조규익, 『가곡창사의 국문학적 본질』, 집문당, 1994.
_____, 『고전시가의 변이와 지속』, 학고방, 2006.
조남현, 『소설원론』, 고려원, 1982.
조동일, 「삼국유사불교설화와 숭고하고 비속한 삶」, 『한국설화와 민중의식』, 정음사, 1985.
_____, 『한국문학통사 1』, 지식산업사, 1982.
조범환, 「신라 하대 유학자의 선종 불교 인식 : 최치원의 사산비명과 관련하여」, 『한국선학』2, 한국선학회, 2001, 177-206면.
조세형, 「송강가사의 대화전개방식 연구」, 서울대 석사학위논문, 1990.
조숙자, 「고대 여인의 죽음과 그 그림자-기량의 아내 이야기를 중심으로-」, 『중국어문학지』9, 중국어문학회, 2001, 473-509면.

조은희, 「홍계월전에 나타난 여성의식」, 『우리말글』22, 우리말글학회, 2001, 195-218면.

조재현, 『고전소설의 환상세계』, 월인, 2009.

지그문트 프로이트, 『창조적인 작가와 몽상』, 열린책들, 1996.

진동혁, 『고시조문학론』, 형설출판사, 1982.

천이두, 『한의 구조 연구』, 문학과 지성사, 1993.

최강현, 「사군자의 문학적 고찰(Ⅰ)-주로 매화를 중심으로-」, 『홍대논총』 Ⅶ, 홍익대 출판부, 1976, 21-40면.

최규수, 「송강 정철 시가의 미적 특질 연구」, 이화여대 박사학위논문, 1996.

_____, 「성산별곡의 작품 구조적 특성과 자연관의 문제」, 『이화어문논집』 12, 이화여대 국어국문학연구소, 1992, 551-570면.

최기숙, 『환상』, 연세대 출판부, 2003.

최길성, 『한국민간신앙의 연구』, 계명대학교 출판부, 1989.

최래옥, 「관탈민녀형 설화의 연구」, 『한국고전산문연구』, 동화문화사, 1981.

최삼룡, 『한국고전소설론』, 새문사, 2002(초판 1990).

_____, 「조선전기 소설의 도교사상」, 『한국서사문학사의 연구』, 중앙문화사, 1995.

_____, 「한국 고소설의 소재에 대한 연구」, 『한국언어문학』29, 한국언어문학회, 1991, 325-358면.

최상은, 「고전시가의 이념과 현실, 그리고 공간과 장소 의식 탐색:송강가사를 통한 가능성 모색」, 『한국시가연구』34, 한국시가연구학회, 2013, 5-34면.

_____, 「조선전기 사대부가사의 미의식」, 성균관대 박사학위논문, 1992.

최영성, 『고운사상의 맥』, 심산, 2008.

_____, 『교주 사산비명』, 이른아침, 2014.

최영성, 『최치원의 철학사상』, 아세아문화사, 2001.

최운식, 「도미설화의 전승 양상」, 『고문화』49, 한국대학박물관협회, 1992,

151-170면.

최운식, 「인신공희설화 연구」, 『한국민속학보』10, 한국민속학회, 1999, 167-207면.

최운식, 『심청전 연구』, 집문당, 1982.

최재호, 「보급 형태로 본 여성영웅소설의 향유층 문제 시론」, 『퇴계학과 한국문화』 통권45, 경북대 퇴계연구소, 2009, 281-309면.

최진아, 「견고한 원전과 그 계보들-동아시아 여성 쓰기의 역사」, 『동아시아 여성의 기원-열녀전에 대한 여성학적 탐구』, 이화여대 출판부, 2001, 323-365면.

최철, 『향가의 본질과 시적 상상력』, 새문사, 1983.

최철·설성경 공편, 『향가의 연구』, 정음사, 1984.

최태호, 『송강문학논고』, 역락, 2000.

______, 「송강가사연구의 문제점」, 『대전어문학』11, 대전대 국어국문학회, 1999, 557-578면.

최한선, 「성산별곡과 송강정철」, 『고시가연구』5, 한국고시가문학회, 1998, 677-706면.

최혜진, 「여성영웅소설의 성립 기반과 규훈 문학」, 『우리말글』34, 우리말글학회, 2005, 243-268면.

토도로프 츠베탕, 「문학과 환상」, 『세계의 문학』, 하태환 역, 1997(여름호)

______________, 『환상문학서설』, 이기우 역, 한국문화사, 1996.

한스 라이헨바하, 『시간과 공간의 철학』, 이정우 역, 서광사, 1986.

한채화, 「최인훈의 '춘향뎐' '놀부뎐' 연구」, 청주대 석사학위논문, 1993.

허남춘, 「송강 시조의 미의식」, 『반교어문연구』10, 반교어문학회, 1999, 79-178면.

허원기, 「삼국유사 구도 설화의 의미-특히 중편조동오위와 관련하여-」, 한국정신문화연구원 석사학위논문, 1996.

허윤정, 「맹강녀보권연구(孟姜女寶卷研究)」, 서울대학교 대학원 석사학위논문, 2001.

홍문표, 『시창작강의』, 양문각, 1999(개정판).
홍정자, 「장진주사 장르론」, 『태능어문』3, 서울여자대학 국어국문학회, 1986, 90-104면.
황병하, 「환상문학과 한국문학」, 『세계의 문학』통권84, 1997(여름).
황선엽, 「향가와 배경 설화의 관련성-원가를 중심으로」, 『서강인문논총』43, 인문과학연구소, 2015, 41-88면.
황의열, 「비지문의 특징과 변천 양상」, 『한국한문학의 이론(산문)』, 보고사, 2007.
______, 「사산비명의 문학성에 대한 일고찰:글갈래적 특성에 주안하여」, 『태동고전연구』10, 한림대 부설 태동고전연구소, 1993, 39-64면.
황인규, 『고려말·조선전기 불교계와 고승 연구』, 혜안, 2005.
황인덕, 「에밀레종 전설의 근원과 전래」, 『어문연구』56, 어문연구학회, 2008, 289-322면.
황패강, 「소설 이해를 위한 문체론적 시각」, 『한국 고소설의 조명』, 아세아문화사, 1992.
______, 『신라불교설화연구』, 일지사, 1975.
______, 『향가문학의 이론과 실제』, 일지사, 2001.

논문 초출

「〈만복사저포기〉의 환상 구현방식과 문학적 의미」
김현화, 「만복사저포기의 환상 구현방식과 문학적 의미」, 『한국문학논총』65, 한국문학회, 2013, 31-57면.

「고전소설 무덤 소재의 현대적 전승 양상과 의미」
김현화, 「고전소설 무덤 소재의 현대적 전승 양상과 의미-'하생기우전'과 '영혼은 호수로 가 잠든다'를 중심으로」, 『국학연구론총』16, 택민국학연구원, 2015, 211-236면.

「고전소설에 나타난 꽃의 문예적 조명」
김현화, 「고전소설에 나타난 꽃의 문예적 조명」, 『한국언어문학』74, 한국언어문학회, 2010, 171-198면.

「고전소설에 나타난 노제(路祭)의 문학적 의미」
김현화, 「고전소설에 나타난 노제의 문학적 의미」, 『어문연구』61, 어문연구학회, 2009, 219-244면.

「〈성산별곡〉 서사의 미적 요소와 문학적 의미」
김현화, 「성산별곡 서사의 미적 요소와 문학적 의미」, 『한국언어문학』96, 한국언어문학회, 2016, 83-104면.

「홍계월전의 여성영웅 공간 양상과 문학적 의미」
김현화, 「홍계월전 여성영웅 공간 양상과 문학적 의미」, 『한민족어문학』70, 한민족어문학회, 2015, 235-266면.

「〈최척전〉의 노정 공간 연구」
김현화, 「최척전의 노정 공간 연구」, 『어문연구』70, 어문연구학회, 2011, 103-128면.

「〈장진주사〉의 공간 분할과 미학적 가치」
김현화, 「장진주사의 공간 분할과 미학적 가치」, 『어문학』126, 한국어문학회, 2014, 193-217면.

「〈최생우진기〉의 선소설적(禪小說的) 미학」
김현화, 「최생우진기의 선소설적 미학」, 『어문연구』57, 어문연구학회, 2008, 111-133면.

「〈원가〉의 언로(言路) 방식과 군자지도(君子之道) 세계관」
김현화, 「원가의 언로 방식과 군자지도 세계관」, 『한국언어문학』99, 한국언어문학회, 2016, 127-152면.

「〈맹강녀(孟姜女)〉 설화의 서사문학적 가치 재구」
김현화, 「맹강녀설화의 서사문학적 가치 재구」, 『한국문학논총』71, 한국문학회, 2015, 5-48면.

「《사산비명》 행적부 서사의 문학적 성격과 의미」
김현화, 「사산비명 행적부 서사의 문학적 성격과 의미」, 『어문연구』83, 어문연구학회, 2015, 73-102면.

김현화 金鉉花

대전 출생
충남대학교 문학석사·문학박사
현재 충남대학교 출강 중

1999년 동화 「천도복숭아」로 『문학세계』 신인상
2000년 동화 「미술관 호랑나비」로 '눈높이아동문학상'
2002년 동화 「소금별공주」로 국어문화운동본부 주최 '올해의 문장상'
2007년 청소년소설 『리남행 비행기』로 제5회 푸른문학상 '미래의 작가상'

주요 논저로는 「기재기이의 불교문학적 연구」, 「하생기우전 여귀인물의 성격 전환 양상과 의미」, 『고전소설 공간성의 문예미』, 『기재기이의 창작 미학』 등이 있다. 창작집으로는 단편동화집 『별』, 장편동화 『뻐꾸기둥지 아이들』, 『동시 짓는 오일구씨』, 『구물두꽃 애기씨』, 청소년소설 『리남행 비행기』, 『조생의 사랑』 등이 있다.

창작의 원류, 고전문학에서 보다!

2017년 3월 10일 초판 1쇄 펴냄

지은이 김현화
펴낸이 김흥국
펴낸곳 보고사

책임편집 이경민
표지디자인 손정자

등록 1990년 12월 13일 제6-0429호
주소 경기도 파주시 회동길 337-15 보고사
전화 031-955-9797(대표), 02-922-5120~1(편집), 02-922-2246(영업)
팩스 02-922-6990
메일 kanapub3@naver.com / bogosabooks@naver.com
http://www.bogosabooks.co.kr

ISBN 979-11-5516-650-5 93810

정가 23,000원